HEYNE <

Das Buch

Der junge Eric, Enkel von Oscar Lauritzen, lebt mit seinen Eltern und seinem kleinen Bruder Axel im vornehmen Stockholmer Vorort Saltsjöbaden. Erics Vater ist Pianist und zeigt wenig Geschick für die Leitung des riesigen Familienunternehmens Lauritzen. So fällt die Wahl auf Eric. Sein Großvater sieht in ihm den geeigneten Erben für das Lebenswerk.

Fortan verbringen sie viel Zeit miteinander, in der Oscar Lauritzen seinen Enkel mit dem Unternehmen vertraut macht. Doch ein tragischer Zwischenfall verhindert die geplante Übergabe des Imperiums. Die Familienvilla wird verkauft, und Eric und seine Familie ziehen nach Stockholm. Die Trennung der Eltern, in deren Folge Erics Mutter plötzlich mittellos dasteht, ist eine weitere Tragödie. Doch Eric Lauritzen verzweifelt nicht und bietet dem Schicksal stolz die Stirn.

Der Autor

Jan Guillou wurde 1944 im schwedischen Södertälje geboren und ist einer der prominentesten Autoren seines Landes. Seine preisgekrönten Kriminalromane um den Helden Coq Rouge erreichten Millionenauflagen. Auch mit seiner historischen Romansaga um den Kreuzritter Arn gelang ihm ein Millionenseller, die Verfilmungen zählen in Schweden zu den erfolgreichsten aller Zeiten. Heute lebt Jan Guillou in Stockholm.

Lieferbare Titel

Der Kreuzritter – Aufbruch - Der Kreuzritter – Verbannung - Der Kreuzritter – Rückkehr - Der Kreuzritter - Das Erbe - Die Brückenbauer - Die Brüder - Die Heimkehrer – Schicksalsjahre - Die Schwestern

Jan Guillou

DER SOHN

Roman

Aus dem Schwedischen von Lotta Rüegger
und Holger Wolandt

WILHELM HEYNE VERLAG
MÜNCHEN

Die Originalausgabe erschien unter dem Titel *Äkta Amerikanska Jeans*
bei Piratförlaget, Stockholm.

Verlagsgruppe Random House FSC®N001967

Vollständige deutsche Taschenbuchausgabe 07/2019

Published by agreement with Salmonsson Agency
Umschlaggestaltung: Johannes Wiebel, punchdesign, München
Umschlagabbildung: © Johannes Wiebel unter Verwendung von
Motiven von shutterstock.com (Vadim Petrakov)
Redaktion: Maike Dörries
Satz: Christine Roithner Verlagsservice, Breitenaich
Druck und Bindung: GGP Media GmbH, Pößneck
Printed in Germany

ISBN: 978-3-453-47167-2

www.heyne.de

Stammbaum 1953

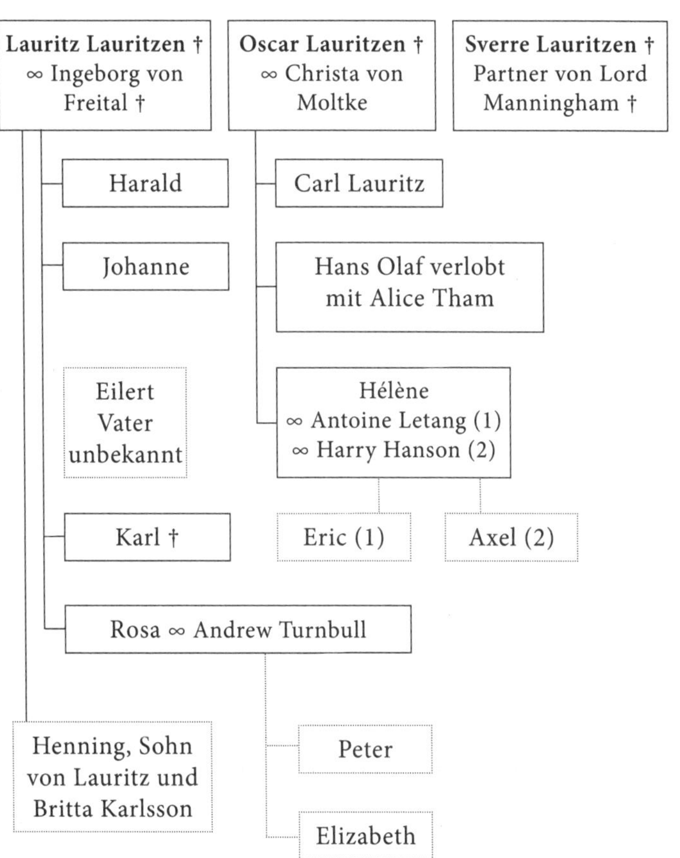

1953

DER NAGELNEUE CADILLAC

Als ich erfuhr, dass Stalin gestorben war, rannte ich in Tränen aufgelöst zu Mama nach Hause.

Johan und ich waren nach der Schule in den Wald hinter Igelboda gegangen, weil er mir auf einem sonnigen Hang, auf dem der Schnee fast geschmolzen war, einen Ameisenhaufen zeigen wollte, in dem die Ameisen bereits aus ihrem Winterschlaf erwacht waren. Was wir mit den Ameisen gemacht haben, ist mir entfallen, vermutlich etwas, woran man sich lieber nicht erinnerte.

Wie gewohnt vertrödelten wir die Zeit und beschlossen daher, mit der Vorortbahn schwarz nach Hause zu fahren, Johan zwei Haltestellen, ich drei.

Am Bahnhof Igelboda verkündete eine Schlagzeile auf der Titelseite des *Aftonbladet* die erschütternde Neuigkeit. Zwei Worte, in großen schwarzen Lettern:

STALIN TOT

Zutiefst erschüttert schlichen wir in den ersten Waggon. Wir sprachen kaum, aber was hätten zwei Neunjährige auch groß dazu sagen können? Mit gesenkten Köpfen saßen wir da und dachten an den großen Mann mit dem markanten Blick und buschigem Schnurrbart. Solange Johan neben mir auf der schmalen, halb verborgenen Holzbank gleich hinter der Lokführerkabine saß, konnte ich mich beherrschen. Aber als er am Ringvägen ausstieg, konnte ich die Tränen nicht mehr aufhalten, was mir unsäglich peinlich war. In meiner Familie wurde nicht geweint, schon gar nicht als Junge.

Als Mama mich beim Eintreten besorgt fragte, wo ich gewesen sei, schlang ich meine Arme um sie, drückte mein Gesicht an ihre Brust und erzählte ihr schluchzend die fürchterliche Neuigkeit.

Sie schien meine Trauer nicht nachvollziehen zu können und sagte zu meiner Erschütterung, das sei auch höchste Zeit gewesen. Und dass kein Junge aus gutem Hause deswegen Tränen vergießen müsse. Wie käme ich denn nur darauf, mir darüber meinen süßen kleinen Kopf zu zerbrechen?

Als ich ihr zu erklären versuchte, dass ich ihn so unglaublich komisch gefunden hätte, wenn er von einer Polizistenhorde mit erhobenen Schlagstöcken gejagt wurde, reagierte Mama für mich noch unbegreiflicher als vorher. Sie lachte glucksend und dann für eine Mutter geradezu ungehörig schallend, ehe sie mich umarmte und mir über die Wangen strich, meine Tränen wegküsste und erneut lachte.

»Mein geliebter Junge«, sagte sie fröhlich, nachdem sie sich etwas gefasst hatte. »Du denkst an Chaplin, und der ist quicklebendig. Von Stalins Tod habe ich im Radio gehört, als du in der Schule warst, und seinetwegen musst du wirklich keine Träne vergießen.«

Meine Verwirrung und Erleichterung waren enorm. Trotzdem erstaunte es mich, dass man sich über einen Todesfall so amüsieren konnte.

Aber wer war dann eigentlich gestorben, wenn nicht Chaplin?

Ich erinnere mich nur diffus an Mamas Antwort. Politik gehörte für mich zu den drei Dingen, über die nicht einmal die Erwachsenen beim Sonntagsessen in der großen Villa sprachen. Die beiden anderen Themen waren Geld und Krankheiten.

Jetzt, fünfzehn Jahre später, verschmilzt die höchst unzuverlässige Erinnerung an die Antwort meiner Mutter mit reinen Mutmaßungen zu einer Rekonstruktion dessen, was sie in Anbetracht ihrer persönlichen Einstellung geantwortet haben könnte.

So könnte sie gesagt haben, Stalin sei der Führer aller Kommunisten der Welt gewesen, die noch schlimmer waren als die Sozis.

Dass die Sozis etwas ganz Schreckliches waren, wusste ich. Sie wollten uns unseren gesamten Besitz wegnehmen, alles was Großvater Oscar und seine Brüder aufgebaut hatten, und außerdem noch unsere Autos und Boote. In dieser Hinsicht waren die Sozis sogar noch schlimmer als die Engländer. Aber wer diese Sozis genau waren, war mir nicht ganz klar. Bei uns in Saltsjöbaden gab es jedenfalls keine. Wahrscheinlich tummelten sie sich in Stockholm. Oder in Norrköping.

Dass Stalin schlimmer als die Sozis und die Engländer zusammen sein sollte, überstieg mein Vorstellungsvermögen. Über Kommunisten wusste ich, dass man sich vor ihnen in Acht nehmen musste. Sie waren Spione, schlimmer ging's nicht, obwohl ich keine Ahnung hatte, womit sich ein Spion exakt beschäftigte. Offenbar bestand da ein Zusammenhang zwischen Spionen und den Leuten, die unsere Flugzeuge abschossen. Harry kam oft auf dieses Thema zu sprechen. Immerhin waren eine DC 3, unsere »zivile Maschine zur Wetterbeobachtung« und das Seerettungsflugzeug Catalina von den Russen abgeschossen worden.

Heute, fünfzehn Jahre später, wissen wir, dass die DC 3 Spionageflugzeuge in Diensten der USA waren. Die allgemeine Ahnungslosigkeit jener Zeit lässt sich kaum nachvollziehen, bei einem Neunjährigen wie mir war sie eventuell noch verzeihlich.

Nach dem Abendessen verpasste Harry mir eine heftigere Tracht Prügel als üblich, schließlich gab es diesmal einen triftigen Grund: Ich war unentschuldigt zu spät nach Hause gekommen.

Es ist psychologisch interessant, dass dieser Mann für mich immer nur »Harry« war, nie »Papa«, obwohl ich damals noch gar nicht wusste, dass er *nur* mein Stiefvater war. Ich schämte mich für ihn, weil er nicht wie andere Väter war. Meine Klassenkameraden wurden nie von ihren Vätern geschlagen, ich hingegen bezog jeden Tag nach dem Essen Prügel, und dafür schämte ich mich ebenfalls.

Die Prügel nach dem Essen erfolgten so regelmäßig, dass ich sie als selbstverständlich und gegeben hinnahm. Und dass sie an diesem Abend ausgiebiger ausfielen, fand ich nicht weiter erwähnenswert, schließlich war ich zu spät gekommen.

Wären wir zu Johan nach Hause gegangen, um Monopoly oder das Brio-Labyrinthspiel zu spielen, hätte ich zu

Hause anrufen und Bescheid geben können, aber beim Ameisenhaufen hatte es kein Telefon gegeben.

Trotzdem ging ich an jenem Abend mit einer gewissen Erleichterung zu Bett, obgleich ich auf dem Bauch liegen musste, weil Rücken und Hintern brannten, und freute mich, dass Chaplin lebte!

Die Schmerzen waren nicht der Grund, dass ich dennoch nicht schlafen konnte. Mir graute vor dem nächsten Tag – der Autos wegen.

Autos haben Gesichter. Ein Volvo PV 444 sieht freundlich und gemütlich aus mit seinem breiten lächelnden Kühlergrill aus Chrom. Der amerikanische Wagen hingegen sah aus wie ein Schwertwal mit weit auseinanderstehenden Raubtieraugen und einem schreckenerregenden Rachen mit zwei Reihen blitzender Zähne. Von vorne betrachtet wirkte das schwarze Monster lebendig, bereit, sich jeden Augenblick mit aufgerissenem Maul nach vorne zu stürzen und alles, was in seine Bahn geriet, zu verschlingen.

Anders und Johan hatten mir ewig in den Ohren gelegen, bis ich mich breitschlagen ließ, ihnen die Autos in unserer Garage zu zeigen. Anders interessierte sich brennend für Autos, er sprach über fast nichts anderes und schien alles darüber zu wissen.

Ich hatte irgendwie eine Ahnung, dass die Autos einem verbotenen Bereich angehörten, ohne genau benennen zu können, worin das Verbot bestand. Darüber wurde nicht gesprochen. Die meisten Familien in Saltsjöbaden besaßen damals bereits ein Auto, manche Väter fuhren morgens damit in die Stadt, obwohl die Bahn viel schneller war.

Da waren auf der einen Seite das unausgesprochene Verbot und auf der anderen Seite meine übereifrigen Klassenkameraden, die mir das Gefühl vermittelten, die Garage berge ein großes Geheimnis.

Der Schultag verging rasch, den wir in meiner Erinnerung komplett mit Eishockeyspielen verbrachten. Der Eishockeyplatz und die Schlittschuhbahn lagen direkt neben dem Schulgebäude. Obwohl das Eis bereits Risse hatte, behielten wir die Schlittschuhe mit Holzschienen unter den Kufen während des Unterrichts an. Sobald es zur Pause klingelte, zogen wir die Schnürsenkel fester und eilten aufs Eis. Die Jungs mit Eishockeyschlittschuhen, die Mädchen mit weißen Kunstlaufschlittschuhen.

Erst vor wenigen Tagen hatten wir unsere Fahrräder aus den Kellern geholt. Auf den unbefestigten Straßen lag noch stellenweise Eis, aber lieber nahmen wir in Kauf hinzufallen, als den langen Weg nach Hause zu laufen. So konnten wir nach einer Viertelstunde unsere Räder vor der Garage parken.

Mit einem mulmigen Gefühl öffneten wir die schweren Torflügel und zogen sie schnell wieder hinter uns zu. Die Fenster waren staubbedeckt, in der Garage herrschte Dunkelheit, und es dauerte eine Weile, bis sich unsere Augen darauf einstellten. In der Mitte, direkt vor uns stand der Schwertwal mit seinem bedrohlich funkelnden Rachen.

Anders stieß einen Zweifingerpfiff aus.

»Donnerwetter!«, rief er, trat auf das Auto zu und kickte fachmännisch gegen einen der Weißwandreifen. »Ein 1953er mit V8-Motor, mindestens 160 PS. Darf ich mir mal den Motor anschauen?«

Ich bin mir nicht sicher, was ich darauf geantwortet habe, wusste ich doch knapp, wie man auf die Rückbank gelangte. Aber Anders kannte sich aus und hatte im Handumdrehen die Motorhaube aufgeklappt und auf die Stützstange gelegt. Dann erklärte er mir die Konstruktion eines V8-Motors, zeigte mir die Zylinder, Zylinderköpfe und Ventile und erläuterte, warum der Ölfilter amerikanischer Autos so viel größer war als der schwedischer.

Wir testeten die weiche, blaulederne Vorderbank, Anders hinter dem großen, elfenbeinfarbenen Lenkrad. Nach einer Weile wechselten wir auf die Rückbank. Mit ausgeklappten Notsitzen ließ sich hier eine halbe Fußballmannschaft unterbringen. Zwischen den beiden Notsitzen befand sich eine Mahagonischatulle mit zwei Kristallkaraffen und vier Gläsern. Der braunen Farbe nach zu urteilen, enthielt die eine Karaffe vermutlich Cognac.

Den Volvo PV begutachtete Anders mit einer gewissen Herablassung. Das etwas ältere Modell war mit einem Fixlight auf dem Dach ausgestattet, das dem sicheren Abbiegen diene, indem zuerst ein blaues Licht die Aufmerksamkeit nachfolgender Fahrer wecke und anschließend ein orangefarbenes Licht die Richtung angebe, dozierte Anders, um gleich hinzuzufügen, wie lausig diese Konstruktion sei, da Wasser eindringen könne. Daher gehörten Fixlights der Vergangenheit an. Der Wagen habe aber noch ein größeres Manko. Wenn man nämlich zum Überholen beschleunigte, setzten die Scheibenwischer aus, was bei Regen ein verdammtes Problem darstellte. Außerdem habe die Karre verglichen mit den 160 des Cadillacs nur schlappe 44 PS.

Der staubige und lange nicht mehr gefahrene Volvo war damit nicht weiter von Interesse. Inzwischen hatten sich unsere Augen ausreichend an das Dunkel in der Garage gewöhnt, dass wir hinter einem Stapel Reservereifen den langen, mit einer schweren grauen Plane abgedeckten Wagen erkennen konnten.

»Das muss der Wagen sein, von dem alle reden«, sagte Anders und ging schnurstracks auf das Auto zu. Er packte die Plane an der rechten vorderen Ecke.

»Helft mir!«, kommandierte er eifrig. »Wenn wir die Plane runterkriegen, kriegen wir sie auch wieder drauf!«

Mit einiger Mühe enthüllten wir das große Geheimnis.

Der Anblick verschlug uns die Sprache. Das riesige schwarze Ungeheuer glich keinem anderen Gefährt, das wir je gesehen hatten. Die silbernen Scheinwerfer glänzten mit den Trägern des Klappverdecks um die Wette. Statt der üblichen zwei Seitenscheiben hatte es drei. Auf der Kühlerhaube prangte ein dreizackiger Stern in einem Kreis.

Anders fasste sich als Erster wieder.

»Donnerwetter, ein Hitler-Schlitten!«

Er machte sich daran, die Kühlerhaube zu öffnen. Es dauerte eine Weile, bis er einsah, dass dies nur von der Seite und nicht von vorne möglich war.

Der Motor war noch größer als der in der Amikarre. Anders zählte zwölf Zylinder, hatte aber keine Ahnung, wie viele PS das bedeutete. Er gab zu, noch nie einen Hitler-Schlitten mit eigenen Augen gesehen zu haben, und hatte keinen Schimmer, warum diese Autos so genannt wurden.

Der Fond mit den zwei sich gegenüberliegenden Bänken war geräumiger als im Amischlitten. Dazu kamen zwei Notsitze, die unter dem zusätzlichen Seitenfenster heruntergeklappt werden konnten. Die Ledersitze waren nicht blau, sondern schwarz bezogen.

Die Plane wieder über das geheimnisvolle Auto zu ziehen war gar nicht so einfach. Ehe wir uns aus der Garage schlichen, verwischten wir unsere Fußabdrücke im Staub und schworen einander, niemandem etwas davon zu erzählen.

Draußen fiel Schneeregen. Im Silbertannenwäldchen oder oben bei der Grotte Cowboy und Indianer zu spielen stand nicht zur Debatte. Stattdessen lud ich meine beiden Freunde in das große Haus ein und bat eines der Dienstmädchen, uns heißen Kakao und Zimtschnecken zu bringen.

Die beiden schafften es, das Geheimnis fast vierzehn Tage für sich zu behalten, und ich glaubte schon, die Gefahr sei gebannt und die Besichtigung der Garage vielleicht doch kein Vergehen.

Das war ein großer Irrtum. Im Dorf werde getratscht, sagte Harry, als die Züchtigung nach dem Essen nahte. Wieder mit Zusatzration. Da ich ohnehin aufgeflogen war, nutzte ich die Gelegenheit, ihn zu fragen, was eigentlich mit Hitler-Schlitten gemeint war. Das war eine dumme Idee, denn dieses Wort war tabu. Die Zusatzration für das unerlaubte Betreten der Garage wurde um fünf weitere Schläge erhöht.

Das reichte, dass ich anschließend an mehreren Stellen blutete. Was lästig war, weil die Wunden mit dem Schlafanzugstoff verklebten, was morgens beim Ausziehen zu neuen Blutungen führte.

Ich erinnere mich mit erstaunlicher Deutlichkeit an diese Nacht. Durch das offene Fenster drang der Duft des Frühlings, und ich schlief erst im Morgengrauen zum vorsichtigen Gesang der Kohlmeisen ein. Aber nicht die

Schmerzen waren der Grund für meine Schlaflosigkeit, da hatte ich schon Schlimmeres erlebt, sondern die plötzliche und unerklärliche Erinnerung an Snorre, den Seehund.

Kein anderes Buch hat mich in meiner Kindheit so beeindruckt, nicht einmal die Geschichte über die Wichtelkinder, die auf dem Rücken dreier kleiner Fledermäuse durch die nordische Sommernacht fliegen.

Bevor ich selber lesen lernte, las mir Mama immer eine Gutenachtgeschichte auf Norwegisch vor, meistens aus »Snorre, der Seehund«. Ich konnte es, trotz gründlicher Suche, nicht mehr finden. Wie »Grimms Märchen« war es verschwunden. Das lag vermutlich daran, dass die Erwachsenen manche Bücher für Kinder für ungeeignet hielten. Johan beispielsweise besaß mehrere Bücher über Pippi Langstrumpf, die bei uns verboten waren.

Der Grund dafür war nur unschwer zu erraten. Pippi Langstrumpf war frech, pfiff auf die Anweisungen der Erwachsenen und gehorchte nicht einmal der Polizei.

Aber warum Snorre, der Seehund?

Die wunderschönen Illustrationen begleiteten mich in meine Träume, und ich flog bis zum Eismeer, wo Snorre auf dem Eis lag und mit großen runden Seehundaugen zum Himmel schaute, an dem das gleißende Nordlicht wogte. Er träumte sich wie ich aus seiner Welt fort, obwohl überall Gefahren lauerten. Sein schlimmster Feind war der Schwertwal, der seinen Vater gefressen hatte. Seitdem hatte er nur noch seine Mutter, die ihn sehr liebte und nie schlug, nicht einmal, wenn er etwas ausgefressen hatte.

Es musste der Cadillac sein, der die Erinnerung an Snorre, den Seehund, geweckt hatte. Der Amischlitten, der von vorne wie ein Schwertwal aussah und hinten Flossen hatte.

Die Bilder gingen mir nicht aus dem Kopf und kehrten in dieser durchwachten Vorfrühlingsnacht überdeutlich zurück. Snorres tröstende Mutter mit ihren lieben Augen, der Eisbär mit dem heimtückischen Blick und der Walrossonkel, der an Großvater Oscar erinnerte. Alle traten sie aus den vergessenen Winkeln der Kindheit hervor, als hätte Mama am Abend auf meiner Bettkante gesessen und mich mit Snorre über die ungewöhnlich zahlreichen Schläge hinweggetröstet. Natürlich wusste sie, dass es mein Lieblingsbuch war. Vielleicht barg die Geschichte von der liebenden Seehundmutter und dem aufgefressenen Vater ja eine geheime Botschaft. Aber diese Art freudscher Interpretation war einem Neunjährigen sicher nicht gegeben.

Die Wichtelkinder, Snorre und die unerzogene Pippi Langstrumpf hatte ich als Neunjähriger hinter mir gelassen. Inzwischen wurde meine Fantasie von Prinz Eisenherz dominiert.

Als Kind hatte Onkel Hans Olaf jahrelang jede Woche die Prinz-Eisenherz-Comicseite aus *Hemmets Journal* ausgeschnitten und in mühsamer Kleinarbeit in Alben geklebt. Eine wahnsinnige Geduldsarbeit, aber das Ergebnis war fantastisch. Was Onkel Hans Olaf in einem Jahr zusammengetragen hatte, las ich an einem Abend. Prinz Eisenherz, der Norweger, sprach fließend Englisch, sobald er seinen Dienst als Knappe bei Sir Gawain antrat. Genau wie mein Cousin Peter, der in Schottland lebte und Prinz Eisenherz mindestens so sehr verehrte wie ich. Peter und ich trafen uns nur an Weihnachten und bei Familienfeiern und hatten immer sofort ein Gesprächsthema. Die Erinnerung an Prinz Eisenherz war mindestens so deutlich wie die an Snorre, den Seehund, oder an die Wichtelkinder.

Bestimmte Dinge blieben im Gedächtnis haften, vermutlich wegen der Bilder: Die Wichtelkinder auf den Rücken der Fledermäuse, Snorre auf dem Eis unter dem Nordlicht und der über den entsetzten Raubrittern schwebende, als Dämon verkleidete Prinz Eisenherz.

Die Erinnerung an Snorre löste in dieser schlaflosen Frühlingsnacht eine Kettenreaktion aus.

Auf dem Schulweg am nächsten Morgen fielen mir die Namen des Schwertwals und des Eisbären wieder ein.

Ich schob mein Fahrrad die erste steile Anhöhe des Källvägen hoch, um den kleinen Frühlingsbächen, die sich im weichen Sand gebildet hatten, auszuweichen und keinen Sturz zu riskieren. Mich auf dem Heimweg schmutzig zu machen war nicht so schlimm, zu Hause konnte ich mich umziehen, aber in der Schule in Saltsjöbaden war saubere und ordentliche Kleidung angesagt, hier lebten ordentliche Menschen. Anders als in Norrköping.

Ich habe lange nicht mehr an Norrköping gedacht. Wie die alten Kinderbücher war die Stadt in Vergessenheit geraten. Aber jetzt kehrten die Bilder zurück.

Das grüne Wasser des Schwimmbades, stämmige Frauen, die die Erstklässler einen nach dem anderen am Genick packten, den so Gefangenen in einen großen Holzbottich mit Zinkbeschlägen tauchten und dort mit der Wurzelbürste abschrubbten, bis die Haut krebsrot war. Klassenkameraden, die nicht schwimmen konnten. Ich, vom Schwimmunterricht befreit, im tiefen Becken schwimmend, während die anderen mit Schwimmgürteln aus Kork im Schneidersitz Trockenübungen absolvierten. Sie waren Stadtkinder und wohnten weit weg vom Meer. Sie hatten es nicht so gut wie die Kinder aus Saltsjöbaden und

Sandhamn, die bereits mit fünf Jahren schwimmen lernten. Ohne Pardon warf Großvater alle Lauritzen-Kinder vom Steg ins Wasser. Die Wassertemperatur war ihm gleichgültig. Für einen echten Lauritzen war Schwimmen so selbstverständlich wie Segeln.

Immerhin haben wir in Norrköping schön gewohnt, neben der Reichsbank und dem Rathaus mit seinem in den Himmel ragenden Turm.

Harry hatte eine von Großvaters Fabriken übernommen, ließ sich mit Herr Direktor ansprechen und fuhr ein rotes Auto mit Klappverdeck, wenn auch nur einen englischen Austin A 90 Atlantic, was Großvater vermutlich nicht gefiel. Harry behauptete, er habe 90 PS und fahre 160 Stundenkilometer, was sich am Tachometer ablesen ließ.

Anders an Norrköping war, dass es dort nicht nur normale Menschen wie in Saltsjöbaden gab. Auf der anderen Seite des Flusses in der Gegend von Tuppens Baumwollspinnerei wohnte ein anderer Menschenschlag. Mama hatte mir verboten, über die Brücke zu gehen.

Nach einiger Zeit lockerte sie dieses Verbot ein wenig, da der Vater meines Klassenkameraden Lasse der Direktor der Baumwollspinnerei war. Um Lasse zu besuchen, war es mir gestattet, über die Brücke auf die andere Seite des Flusses zu gehen, und auch ich durfte Lasse nach Hause einladen.

Es war nur eine Frage der Zeit, bis mich das Brückenverbot in Schwierigkeiten albtraumhafter Dimensionen bringen sollte.

Jane aus meiner Klasse, die ihren Namen Jén aussprach, hatte mich zu sich nach Hause eingeladen.

Sie war bereits einmal bei mir gewesen, und wir hatten im Spielhaus auf dem Hof Doktor gespielt. Jetzt also war sie mit der Gegeneinladung an der Reihe, an sich eine ganz natürliche Entwicklung.

Aber sie wohnte auf der anderen Seite des Flusses.

Ich konnte die Einladung unmöglich ablehnen. Wie hätte ich ihr erklären sollen, dass mir Mama verboten hatte, über den Fluss zu gehen. Den wahren Grund kannte ich ja selbst nicht. Die Strudel des Flusses waren zwar gefährlich, aber die Gefahr hineinzufallen äußerst gering. Besuche bei Jane konnten also kaum gefährlicher sein als bei Lasse.

Die Gefahr aufzufliegen war gering. Einmal war keinmal, und niemand würde etwas erfahren.

Ganz alleine die verbotene Brücke zu überqueren war unsäglich aufregend. Die Schornsteine qualmten, und alle roten Backsteinhäuser sahen gleich aus. Auf den Straßen waren Schulkinder auf dem Heimweg, aber keine Erwachsenen zu sehen.

Jane wohnte vier Blocks von der Brücke entfernt in einem der mehrgeschossigen Backsteinhäuser ohne Fahrstuhl.

In der dritten Etage angekommen, holte ich tief Luft und beschloss, mich wohlerzogen zu verhalten. Auf diese Weise nahm der Albtraum seinen Anfang, und was bis dahin spannend gewesen war, wurde unheimlich.

Mit Entschiedenheit trat ich auf die Herrin des Hauses zu, die neben einer Zinkspüle stand und gerade den Spirituskocher anzündete. Ich machte einen Diener, stellte mich als Eric Lauritzen vor und teilte ihr mit, dass Jane mich eingeladen hatte.

Janes Mutter sah mich wortlos an.

Ich schlug vor, dass wir uns in Janes Zimmer zurückziehen könnten, um unsere Hausaufgaben zu erledigen.

Die Mutter musterte mich skeptisch und sagte etwas mir Unverständliches, was wahrscheinlich an ihrem Dialekt lag. Sie deutete auf eine Holzbank am anderen Ende der Küche. Dort nahmen wir nebeneinander Platz und schlugen die Fibel auf, die mit dem Satz begann: »Vater rudert, Mutter ist lieb.«

Während ihre Mutter Hering briet, flüsterte mir Jane zu, dass sie kein eigenes Zimmer habe, der zweite Raum in der Wohnung sei das Schlafzimmer ihrer Eltern. Sie schien sich zu schämen, und ich bereute schon, die Einladung angenommen zu haben.

Aber es wurde noch peinlicher, als ihr Vater, ihr großer Bruder und ein Onkel eintrafen.

Ich erhob mich, wollte sie begrüßen und mich vorstellen, erhielt aber nur Gelächter und Kopfschütteln zur Antwort.

Die Situation war mir unbegreiflich.

Nacheinander wuschen sich die Männer an der Spüle mit kaltem Wasser das Gesicht und unter den Achseln.

Dann gab es Abendessen – gebratenen Hering und Salzkartoffeln. Obwohl ich der Gast war, durfte ich mich nicht gleich bedienen, aber ich war ja auch nur ein Erstklässler.

Ich riss mich zusammen, um mich nicht noch mehr zu blamieren. Wie die anderen nahm ich nur einen Hering, aber weniger Kartoffeln.

Zu spät bemerkte ich, dass die anderen den Hering nicht entgräteten, sondern ihn komplett mit Flossen aßen.

Am Tisch trat Stille ein. Alle starrten auf meinen entgräteten Fisch, und Janes Vater hieb mit der Faust auf den Tisch und donnerte, jetzt reiche es aber, verdammt noch mal!

Er raunzte mich an, mich schleunigst zu verziehen. Vor Überraschung blieb ich sitzen, bis sich Janes Vater bedrohlich von seinem Platz erhob. Ich eilte zur Wohnungstür, drehte mich im letzten Augenblick noch einmal um, machte einen Diener und bedankte mich für das Essen.

Die Straßen hatten sich inzwischen mit Männern und Frauen in blauen Arbeitskleidern gefüllt. Die Männer trugen Schiebermützen, die Frauen Kopftücher. Alle gingen zu Fuß, auf dieser Seite des Flusses gab es keine gelben Straßenbahnen.

Ein unwirkliches Gefühl beschlich mich. Obwohl ich immer noch den Geruch des gebratenen Herings in der Nase hatte, war mir, als wäre das Erlebte nie geschehen. Als ich zur Brücke gelangte, hielt ich daher einen Augenblick inne, starrte auf die schwarzen Strudel und beschloss, meine Kleidung noch ein wenig im Freien zu lüften.

Aber es half alles nichts.

Ich war viel zu erfüllt von dem Unbegreiflichen und verplapperte mich, indem ich Mama fragte, warum manche Leute den Hering mit Gräten und die Kartoffeln mit Schale aßen. Sie begriff sofort, dass ich auf der anderen Seite des Flusses gewesen war. Meine Dummheit hatte mich überführt.

Natürlich gab es wieder einen Prügelaufschlag nach dem Essen.

Am nächsten Tag erzählte Jane, auch sie habe nach dem Essen Prügel bezogen, weil sie jemanden nach Hause eingeladen hatte, der offenbar nicht fein genug war. Zumindest deutete ich ihre Aussage so. Jane verwendete ein Wort, das ich noch nie gehört hatte und an das ich mich nach so vielen Jahren nicht mehr erinnern kann.

Vermutlich Klassenfeind.

Aber die Erinnerung ist trügerisch. Aus meinem ersten Schuljahr in Norrköping erinnere ich mich ansonsten vor allen Dingen an die Schwimmhalle. Hier wagte ich meinen ersten Kopfsprung vom Dreimeterbrett, während meine Klassenkameraden immer noch mit ihren Korkgürteln übten. Außerdem lernte ich mit gestreckten Armen und ohne Kopfbewegung zu kraulen. Ich erinnere mich an die lärmenden Krähen, die in einer schwarzen Wolke vor dem dunklen Herbsthimmel um den Rathausturm flogen. Ein Mitschüler bekam einen amerikanischen Panzer zu Weihnachten geschenkt, und wir unternahmen einen Ausflug zum Sommerhaus unserer Lehrerin, das an einem verschlungenen schwarzen Fluss mit Taumelkäfern und Wasserläufern lag. Mama und Harry veranstalteten ein großes Knutfest für alle meine Klassenkameraden von der richtigen Seite des Flusses. Ich lag meinen Eltern mit einem amerikanischen Panzer in den Ohren, ohne Hoffnung darauf, einen zu bekommen, obwohl er nicht sonderlich teuer sein konnte.

Glücklicherweise dauerte die Verbannung nach Norrköping nur ein Jahr. Dann war Harry nicht mehr Direktor und verkaufte das rote englische Auto, ehe wir wieder nach Saltsjöbaden zurückkehrten.

Ich begann in der Klasse 2 A, die ins Rathaus ausquartiert war, das Onkel Lauritz gebaut hatte. In Saltsjöbaden waren alle gleich. Im Gegensatz zu Norrköping musste ich nicht befürchten, mich zu blamieren, weil ich nicht fein genug war. Auf beiden Seiten der Tattbybrücke wohnten ganz normale Leute wie wir.

In diesem Jahr verursachte ich in der Weihnachtszeit einen unfassbaren, nicht vorhersehbaren Skandal. Es war zumindest ein schwacher Trost, dass nicht einmal Harry die Tragweite meines Vergehens erfasste und mir damit am Weihnachtstag, wie vorher versprochen, die üblichen Prügel tatsächlich erspart blieben.

Diese Rücksichtnahme erfüllte mich keineswegs mit Dankbarkeit, da ich den Grund der Begnadigung kannte, der weder dem Weihnachtsfrieden noch dem kleinen Jesuskind geschuldet war.

Großvater hielt nichts von der Züchtigung von Kindern, wie er es nannte, obwohl diese damals noch nicht gesetzlich verboten war. Und im großen Haus hatte er das Sagen. So einfach war das.

In der Chauffeurswohnung, die Mama mit ihrer Familie bezogen hatte, nachdem es keinen Chauffeur mehr gab, wehte ein anderer Wind. Dort sah und hörte niemand etwas.

Nach dem Weihnachtsessen in der Villa Bellevue waren Harry sozusagen die Hände gebunden. Er konnte sich schließlich schwerlich mit der Erklärung zurückziehen, dass er »seinem Sprössling« noch schnell die Abendprügel verabreichen müsse. Außerdem fehlten in der Villa die nötigen Werkzeuge, die Kleiderbürste, der lange Schuhlöffel aus Edelstahl und die Hundeleine, die sich als äußerst schmerzhafte Peitsche verwenden ließ.

So gesehen waren die Weihnachtsfeiertage und die Sommeraufenthalte in Sandhamn, während derer sich Harry hauptsächlich in Stockholm aufhielt, die schönste Zeit des Jahres.

Im Gegensatz zu meinen Cousins kannte ich die Villa Bellevue wie meine eigene Westentasche und durfte mich nach Belieben im Spielzimmer aufhalten, sofern ich hinter mir aufräumte. Außer an den Feiertagen waren mein kleiner Bruder Axel und ich die einzigen Kinder, aber Axel war noch zu klein für die Abenteuer der schier unerschöpflichen Schränke voll der Spielzeuge, mit denen Mama, unsere Onkel, Tante Rosa und Tante Johanne als Kinder gespielt hatten.

Es gab elektrische Eisenbahnen, Meccano-Baukästen mit Tausenden von Teilen, Dampfmaschinen, Autos, Schaukelpferde, Puppen mit Echthaar, vollständig eingerichtete Puppenhäuser, Indianerkostüme aus Leder, Revolver mit Holstern, Pfeil und Bogen, Tomahawks, Modellflugzeuge und vieles mehr. Aber es waren nicht nur die Spielzeugschränke, die mich an der Villa Bellevue faszinierten, sondern auch der große, gespenstische Speicher. Die Treppe dort hinauf begann im Korridor vor dem Spielzimmer.

Auf dem Speicher konnte man sich wunderbar zwischen Gartenmöbeln, Kleiderschränken, Truhen mit alten Fahnen oder Signalflaggen für die *Beduin* oder eines der anderen Boote verstecken, zwischen alten Steuerrädern, Fendern, Ankern, Positionslaternen, riesigen Lampions für die Krebsfeste, Wolfspelzen für Schlittenfahrten, Gemälden, für die es keinen Platz gegeben oder an denen sich jemand sattgesehen hatte, altmodischen Lampen mit Seidenschirmen, kleinen Marmorstatuen und gusseisernen Vogeltränken. Das war eine andere, überirdische Welt, in der alles geschehen konnte.

Obwohl ich mich sehr oft dort oben aufhielt, verstrich über ein Jahr, bis ich den verborgenen Schatz in einem Geheimfach im doppelten Boden eines großen Kleiderschrankes fand.

Langsam und lautlos robbte ich in geheimer Mission der Dschungelpatrouille unter dem Schrank hindurch, als mir die unebenen Bodenbretter auffielen. Im Schrankinnern bildeten sie eine glatte Fläche.

Aber von unten war das Geheimfach zu erahnen. Der knifflige Schließmechanismus widersetzte sich mir lange, aber zu guter Letzt fand ich die versteckte Verriegelung und konnte den Deckel abheben.

In dem geheimen Fach lag eine schwarze Aktentasche, schwer, aber nicht abgeschlossen.

Als ich sie klopfenden Herzens öffnete, lag der heimliche Schatz vor mir.

Ein großer Dolch in einer schwarzen, silberbeschlagenen Lederscheide mit einem Griff, der vermutlich aus Elfenbein war.

Des Weiteren enthielt die Tasche beschriebene Blätter in einer mir unbekannten Sprache und ein grünes Samtkissen mit einem eigentümlichen Ring und vier silbernen Orden. Ich betrachtete den mit mehreren kleinen Totenköpfen besetzten Ring, der mich an den Totenkopfring des Phantoms erinnerte. Zwischen den Totenköpfen sah ich verschiedene Geheimzeichen, die an Wikingerrunen erinnerten.

Die Orden waren schwer und vielleicht aus echtem Silber. Nicht wissend, was sie bedeuteten, war mir klar, dass sie wertvoll, aber trotzdem geheim sein mussten.

Ich verlor kein Wort über den geheimen Schatz. Versteckte Schätze waren nicht für neugierige Kinderaugen gedacht, das verstand sich von selbst.

An diesem Weihnachtsfest durften wir Kinder vor dem Festmahl nach Herzenslust spielen und lärmen. Mama erzählte, dass das in ihrer Kindheit ganz anders gewesen sei. Die Geschwister hatten in frisch gebügelten Matrosenanzügen und Kleidchen still und brav auf das Essen gewartet. Am ersten Weihnachtstag war es besonders streng zugegangen.

Aber jetzt waren neue Zeiten angebrochen, und andere Regeln galten. Die Cousins, also die Jungs von Tante Johanne und Tante Rosa, und ich fochten mit Steckenpferden einen Ritterkrieg im Spielzimmer aus. Cousin Peter hatte erst vorgeschlagen, dass Schottland und Norwegen gegen Schweden antreten sollten.

Aber das wäre ungerecht gewesen, denn Peter und ich, die Schottland und Norwegen repräsentierten, waren zwei Jahre jünger als die Schweden Eilert und Henning. Also entschlossen wir uns für einen Bürgerkrieg mit Henning und mir auf der einen und Peter und Eilert auf der anderen Seite.

Wir traten mit Holzschwertern gegeneinander an, die ordentlich schmerzten, aber da Blutvergießen vor dem Essen ausgeschlossen war, verlegten wir uns auf eine Kissenschlacht. Der Kampf wogte hin und her, ohne dass eine Seite siegte oder einer der Kämpfer auch nur Ermüdungserscheinungen zeigte.

Als wir schließlich lachend voneinander abließen, meinte Peter, in Schottland bekämen alle Soldaten nach einem solchen Kampf einen Orden verliehen.

So kam ich auf die unglaublich dumme Idee. Mit eifrig

geröteten Wangen und ohne nachzudenken eilte ich auf den Speicher, um die Orden zu holen.

Wenig später galoppierten wir mit unseren Steckenpferden die Treppe hinunter und erwarteten lachenden Applaus der Erwachsenen, als wir im Weihnachtssalon eine Runde drehten. Sie saßen mit einem Drink vor dem offenen Kamin, während mein kleiner Bruder und Peters kleine Schwester Elizabeth andächtig auf die Bescherung harrten wie einst meine Mutter.

Wir waren bereits auf dem Weg zum Esszimmer und so gut wie in Sicherheit, als Großmutter Christa einen durchdringenden Schrei ausstieß. Wir blieben wie angewurzelt stehen, und Großmutter Christa streckte die Hand nach uns aus.

Es wurde vollkommen still. Die Erwachsenen starrten uns an, als ob wir Gespenster wären.

Die geheimen Orden hatten sie aufgeschreckt.

Tante Johanne fing sich als Erste, kam mit energischen Schritten auf mich zu und nahm mir den Orden ab. Ich hatte den schönsten genommen, den man an einem schwarz-weiß-roten Band um den Hals hängen konnte. Dann ging Tante Johanne zu Eilert und Henning und streckte die Hand aus. Gehorsam nahmen sie ihre Orden ab. Cousin Peter hielt seinen bereits in der Hand und überreichte ihn rasch seiner Tante.

Natürlich bestand kein Zweifel daran, dass ich der Schuldige war.

»Zeig mir sofort, wo du die gefunden hast!«, befahl Tante Johanne und sah mich durchdringend an.

Im Weihnachtssalon war es mucksmäuschenstill, als ich die Schiebetüren zum großen Esszimmer öffnete, um zur

Treppe ins Obergeschoss zu gelangen. Tante Johanne folgte mir mit den Orden in der Hand.

Oben auf dem Speicher überflog sie die Papiere, warf alles achtlos in die Aktentasche zurück und machte sie zu.

Nachdenklich verharrte sie eine Weile in der Hocke, dann erhob sie sich rasch mit der Aktentasche in der Hand.

»Die nehme ich mit«, sagte sie ohne Ärger in der Stimme. »Über gewisse Dinge wird in unserer Familie nicht gesprochen, und diese Tasche zählt dazu. Ich werde meinen Jungs Bescheid sagen, und dann ist es, als sei nichts geschehen. Verstanden?«

Ich erhob keine Einwände, was hätte ich auch sagen sollen.

Es wurde ein sehr stilles Weihnachtsessen, sowohl am Erwachsenen- als auch am Kindertisch, an dem alle ohne Murren ihren Stockfisch aßen. Der Skandal wurde mit keinem Wort erwähnt, und alle taten, als wäre nichts geschehen. Aber das war es.

*

Stockholm, Mai 1968

Ich muss zugeben, dass ich im Augenblick lieber woanders wäre. In Paris haben sich Arbeiter und Studenten vereinigt und stehen buchstäblich auf denselben Barrikaden. In Frankreich herrscht Generalstreik, über zehn Millionen Arbeiter sind in den Ausstand getreten und haben über dreißig Industriezweige besetzt. Fast alle Studenten streiken und widmen sich der großen Aufgabe, die französische Republik von Grund auf zu verändern. Überall weht die

NFL-Fahne. Dort trifft durchaus zu, dass »die leuchtende Zukunft bald unser ist«. Ich müsste mich eigentlich zu meinen Landsleuten gesellen. Wegen meines französischen Passes kann man mich an der Grenze nicht aufhalten wie die anderen europäischen Studenten.

Aber die Revolution muss warten. Ich will vor Semesterende erst noch die Prüfung in allgemeiner Rechtslehre bestehen, dann fehlt mir zum fertigen Juristen nur noch eine Abschlussarbeit. Um später einmal Schriftsteller werden zu können, brauche ich einen Beruf, mit dem ich meinen Lebensunterhalt bestreiten kann. Ein anständiger Intellektueller kann nicht vom Schreiben leben.

Ich stelle mir vor, dass Du jetzt lächelst. Erst die Prüfungen, dann der Roman, anschließend möglicherweise die Revolution. Ordnung muss sein. Die Pflicht kommt zuerst! In dieser Beziehung bin ich wie Onkel Oscar und Dein Vater Lauritz, den ich leider nie kennengelernt habe.

Aber zurück zum Ernst und zu Deiner Kritik.

Vorab ein Detail. Du findest, dass aufgeweckte und wissbegierige kleine Jungen wie ich und meine Cousins die deutschen Orden Onkel Haralds hätten erkennen müssen. Aber ich versichere Dir, dass dem nicht so war. Wir haben nicht einmal geahnt, dass es sich um deutsche Orden handelte.

Du mit Deinen Spezialkenntnissen hättest natürlich das Ritterkreuz und das Eiserne Kreuz erster Klasse bereits aus zehn Metern Entfernung erkannt. Aber Du warst im Krieg englische Spionin, nicht einmal der geheime SS-Ring wäre Dir entgangen.

Bei uns war das ganz anders. Die alten amerikanischen Kriegsfilme, die wir im Kino von Neglinge gesehen haben, waren vermutlich veraltet und für den Kinobetreiber damit einigermaßen günstig. In diesen Filmen waren die Russen noch die guten Alliierten. Ich erinnere mich deutlich an einen Film mit Humphrey Bogart, der von einem Schiffskonvoi nach Murmansk handelte, wo die Amerikaner als Verbündete willkommen geheißen wurden. Der deutsche Standardschurke, der flachsblond war und Englisch mit starkem deutschem Akzent sprach, trug – zugegebenermaßen – oft ein Ritterkreuz, allerdings späteren Datums.

Seltsamer war da in meinen Augen eher, dass weder Johan Hallström noch ich weniger als zehn Jahre nach Kriegsende wussten, wer Stalin war oder was mit dem Wort Hitler-Schlitten gemeint sein könnte. Es stellt sich also die Frage, ob man uns beschützt oder betrogen hat – vielleicht ja beides. Alles natürlich nur aus den besten Absichten heraus.

Meine Güte, ich habe eine Tante, die während des Krieges Majorin in der Special Operations Executive war, und einen Onkel, der den Rang eines SS-Sturmbannführers bekleidete. All das wurde in der Villa Bellevue totgeschwiegen. Hättest Du mir nicht davon erzählt, wüsste ich es heute noch nicht. Übrigens las ich gerade in der Zeitung, dass das Krankenhaus Villa Bellevue Einfamilienhäusern weichen soll.

Du siehst, ich schweife die ganze Zeit ab, was verzeihlich sein mag. Sich in die Fünfzigerjahre der Kindheit zurückzubegeben und in das Kind von damals hineinzuversetzen, die Lügen, das Schweigen und die Geheimnisse auszugraben, ohne sie der Öffentlichkeit preiszugeben, ist ein schwieriges, aufwühlendes Unterfangen. Aber Du hast die Regeln festgelegt, und ich verstehe sehr gut, warum. Damit ich nicht in die Journalistenprosa der 68er oder in den typisch französischen Redeschwall verfallen soll, der mir unseligerweise eigen ist. Das wird schwer. Aber ich strenge mich an, schließlich haben wir gewettet. Wie ein junger Candide fahre ich also im nächsten Kapitel fort, inzwischen zehn Jahre alt.

Im Übrigen finde ich, dass Du unbedingt Deine Kriegsmemoiren schreiben solltest. In diesem Punkt gebe ich nicht nach.

1954

TOMAHAWK

Die letzten Tage vor den Ferien bekam ich schulfrei, um an einer Beerdigung in Norwegen teilnehmen zu können. Meine Urgroßmutter, die Mutter von Großvater Oscar und Großonkel Sverre, war gestorben, also Mamas Großmutter väterlicherseits.

Einige Jahre zuvor war ich schon einmal in Norwegen gewesen, konnte mich aber nur vage erinnern. Das Wasser war viel salziger als bei uns, und wir hatten vom Ufer und vom Steg aus mit an Schnüren befestigten Miesmuscheln kleine Krebse gefangen.

Die Erwachsenen hatten während des Sonntagsessens darüber gestritten, wer fahren musste und wem es erspart blieb. Streit war vielleicht übertrieben, denn beim Essen wurde nicht gestritten. Jedenfalls war man sich zu Beginn der Mahlzeit nicht einig.

Onkel Carl Lauritz sträubte sich anfänglich, weil er dann die erste Sommerregatta in Vaxholm verpasste. Kurzerhand entschied Großvater, dass er auf diese Regatta verzichten müsse.

Tante Johanne wollte gerne reisen, da sie Großmutter Maren Kristine sehr nahegestanden hatte. Die Jungen sollten bei dem Dienstmädchen in Stockholm bleiben, da eine norwegische Beerdigung nichts für Kinder sei, wie sie meinte. Großvater widersprach nicht.

Es verwunderte mich, dass Eilert und Henning nicht mitmussten, ich aber schon. Harry und mein kleiner Bruder blieben ebenfalls zu Hause.

Onkel Hans Olaf teilte mit, er werde ohne Alice reisen, da sie nur verlobt seien. Danach wurde die Kleiderordnung besprochen, als ob man in Norwegen andere Kleider trug.

Bei näherem Nachdenken fand ich eine so weite Reise ziemlich aufregend. Außerdem hatte mir Anders einen Geheimauftrag erteilt, der nur in Norwegen ausgeführt werden konnte.

Am Morgen unserer Abreise wurde Großmutter Christa von einer seltsamen Krankheit befallen und musste zu Hause bleiben, was weder Mama noch Großvater sonderlich erstaunte oder beunruhigte. Großvater seufzte leise und schien ein wenig verärgert.

Harry, der uns mit dem Cadillac zum Stockholmer Hauptbahnhof bringen sollte, war bester Laune, vermutlich weil er jetzt eine ganze Woche lang unbeobachtet über den Wagen verfügen konnte.

Am Bahnhof warteten bereits Onkel Carl Lauritz, Onkel Hans Olaf und Tante Johanne. Onkel Sverre war vorausgefahren, und Tante Rosa wollte direkt von Aberdeen in Schottland die Fähre nach Bergen nehmen.

Bahnfahrten hatten mir schon immer Spaß gemacht, selbst die kurze Strecke von Saltsjöbaden nach Stockholm mit der Vorortbahn.

Die Reise nach Oslo nahm einen ganzen Tag in Anspruch und regte meine Fantasie an.

Während sich der Zug durch dichte Wälder schlängelte, brauchte ich nur das riesige Zauberschwert aus Tausend und einer Nacht auszustrecken, und die Bäume fielen, als striche eine Sense durchs Feld. Über offene Landschaften mit weidenden Kühen auf junigrünen Wiesen ließ ich die allermodernsten Flugzeuge, eine Staffel der J 29, genannt die fliegende Tonne, in niedriger Höhe und so nahe an unserem Abteilfenster vorbeijagen, dass ich die Sauerstoffmasken der Piloten sehen konnte. Wenn der Zug Brücken überquerte, bekam er plötzlich Flügel, und in den Städten verwandelte er sich in eine Märklin-Eisenbahn, deren Geschwindigkeit von mir, einem Riesen im Himmel, mit einem Trafo mit rotem Regler bestimmt wurde. Mir war an keiner Stelle langweilig, und ich brauchte mich nicht wie die Erwachsenen mit einem Buch abzulenken.

In Oslo nahm das Abenteuer ein Ende, denn dort stiegen wir in einen anderen roten Zug mit verdunkelten Schlafwagenabteilen, die die helle Mittsommernacht ausschlossen. Mama und ich teilten uns ein Abteil. Als sie glaubte, dass ich schlief, schlich sie sich, vielleicht um zu rauchen, nach draußen.

Das gleichmäßige Rattern des Zuges sorgte für raschen Schlaf. Ich erwachte, weil mir kalt war und es durch einen Spalt in der schwarzen Gardine vor dem Fenster ins Abteil schneite. Ich kämpfte eine Weile mit dem Fenster, bis es mir gelang, es ganz zu schließen. Als ich wieder in die obere Koje kletterte, war Mama immer noch nicht zurück.

Jetzt konnte ich nicht mehr einschlafen. Ich bibberte und rieb mir die eiskalten Hände, während unerwünschte Fantasiebilder mich unaufhaltbar überrollten. Mama war von Räubern entführt worden, und als Großvater sich als

Geisel anbot, wurde auch er gefangen genommen. Die Räuber, die dann auch noch meine Onkel schnappten, trugen Cowboyhüte und schwarze Halstücher vor dem Gesicht. Sie hatten im Speisewagen ihr Quartier bezogen, indem sie sämtliche Fahrgäste zwangen, nacheinander ihre Taschen auszuleeren und ihre Brieftaschen und goldenen Uhren abzugeben.

Als wir in den Hauptbahnhof von Bergen einfuhren, erwachte ich, als mir Mama die Wange tätschelte und mich spöttisch einen Siebenschläfer nannte. Ich schämte mich, eingeschlafen zu sein, während Großvater und sie in Gefahr schwebten und ehe ich mir ein glückliches Ende zusammenfantasieren konnte.

Erst auf der Fähre nach Osterøya hatte ich das Gefühl, in einem anderen Land zu sein. An der Sprache lag es nicht, da ich mit dem Schwedischen und dem Norwegischen aufgewachsen war.

Aber der Fjord, die hohen Berge, deren Gipfel teilweise noch schneebedeckt waren, obwohl Mittsommer nahte, das funkelnde Sonnenlicht auf dem abwechselnd grünen und dunkelblauen Wasser, die weißen Häuser, die sich an die Hänge klammerten, die Wasserfälle, die vollkommen andersartigen Boote, all das war Ausland. Und das Meer roch ganz anders und viel stärker als in Sandhamn oder Saltsjöbaden.

Tante Johanne saß neben Mama und mir und erklärte uns, wie die verschiedenen Landungsbrücken hießen, was dort gelöscht und geladen wurde und dass es sich immer noch um dieselbe Fähre handelte, mit der sie als Kind und während des Krieges gefahren war, wenn sie ihre Großmutter besucht hatte.

Mama und Tante Johanne unterhielten sich auf Norwegisch, was mir im ersten Moment gar nicht auffiel, weil ich über andere Dinge nachgrübelte.

Als Mama und Tante Johanne über etwas reden wollten, was nicht für Kinderohren geeignet war, schickten sie mich zu Tante Rosas Familie aufs Achterdeck.

Gehorsam begab ich mich aufs Achterdeck, unsicher, worüber ich mich mit ihnen unterhalten sollte, obwohl Mama mir immer wieder eingeschärft hatte, wie wichtig die Fähigkeit geläufiger Konversation in feinen Kreisen war.

Als ich an den Tisch meiner Verwandten trat, stellte ich also weltmännisch fest, was für ein Glück wir mit dem Wetter hätten, da es hierzulande oft sehr regnerisch sei.

»Indeed«, erwiderte Peters Papa und stellte ein großes Fernglas vor sich auf den Tisch. »Atemberaubende Landscape. So viel zu sehen.«

Ich wurde eingeladen, Platz zu nehmen, und wir unterhielten uns eine Weile über das Wetter. Peter und sein Vater trugen Tweedjacken, Rollkragenpullover und Kniebundhosen. Tante Rosa hatte sich in einen langen, weiten Mantel, ebenfalls aus Tweed, gehüllt. Zum Abendessen würden sie sich natürlich umziehen.

Ich trug einen Lodenmantel. Großmutter Christa hatte mir den Unterschied zwischen Loden und Tweed erklärt und dass Letzteres eine zu meidende englische Erfindung war. Für die Jagd, auf See und bei Wind eigne sich Loden am besten. Aber in diesem Augenblick fand ich, dass Peter und Onkel Andrew sehr viel schicker aussahen als ich, jedenfalls wirkte Peter erwachsener als ich.

»Bist du auch Segler, junger Mann? Ihr da draußen in

den Schären habt ja long traditions«, meinte Onkel Andrew in seinem seltsamen Englisch.

Ich kann mich nicht erinnern, was ich antwortete. Vermutlich, dass ich demnächst an einem Segelkurs der Königlichen Schwedischen Segelgesellschaft auf Lökholmen teilnehmen würde.

Am Kai von Tyssebotn wartete die gesamte norwegische Verwandtschaft, die an ihrer schwarzen Kleidung zu erkennen war. Mindestens 25 Personen, die meisten davon Kinder, standen in einer Gruppe für sich. Niemand lächelte.

In einer langen Reihe gingen wir von Bord, Großvater Oscar an der Spitze, Peter und ich zuletzt.

Wir gaben den schwarz gekleideten Verwandten, darunter auch Onkel Sverre, einem nach dem anderen die Hand, die mit gesenktem Blick antworteten: »Gottes Segen. Willkommen in Tyssebotn.«

Wenn sie sich unbeobachtet glaubten, starrten sie uns mit großen Augen an. Einige Kinder zeigten sogar auf Mama, lachten und wurden eilig zurechtgewiesen.

Mama trug auf Reisen keine Kopfbedeckung, offenes Haar, Hosen, Pullover und Sonnenbrille. Ich fand das nicht weiter bemerkenswert, aber die norwegische Verwandtschaft war offensichtlich befremdet.

Nach der Begrüßung begaben wir uns in einer Prozession zum Hof Frøynes, den ich sofort wiedererkannte. Das Langhaus ähnelte dem in Sandhamn, war aber viel größer, und der Dachfirst war mit geschnitzten Drachenköpfen verziert. Beide Häuser hatte mein Großonkel Lauritz gebaut.

Dann wurde getafelt. Lachs mit Sahnesauce, junge Kartoffeln und Gurkensalat.

Die Gäste waren im großen Haus einquartiert, in dem es wie in Sandhamn Schlafnischen mit Stockbetten gab.

Während des mehrere Stunden dauernden Essens, bei dem alle schwiegen, wurde nach dem Lachs getrocknetes Hammelfleisch, Hefezopf und Kaffee serviert. Der restliche Abend sollte in Stille und getrennt von der norwegischen Verwandtschaft verbracht werden. An Krebsangeln war offenbar nicht zu denken.

Jetzt kamen mir die Bücher zupass, die mir Mama während der Bahnfahrt aufgenötigt hatte. »Old Shatterhand« und »Der letzte Mohikaner« hatte Onkel Hans Olaf in seiner Kindheit auch gelesen.

Am nächsten Tag trugen acht mit hohen Zylindern und interessanten Westen gekleidete Männer, unter ihnen Großvater Oscar und Onkel Sverre, den Sarg meiner Urgroßmutter zum Kirchboot. Mama erklärte mir, dass eine Fischersfrau auf ihrer letzten Fahrt immer von ihren Söhnen gerudert werde.

Alle anderen Trauergäste saßen in Fuhrwerken, die von mit schwarzen Schleifen geschmückten Pferden gezogen wurden.

Wir sogenannten Schweden trugen an diesem Tag schwarze Anzüge mit weißen Krawatten, was offenbar von der norwegischen Verwandtschaft gebilligt wurde.

Onkel Andrew und Peter trugen Kilt, dazu schwarze Jacken, weiße Kniestrümpfe und schwarze, bis zu den Waden geschnürte Schuhe. Unter dem Bund ihres rechten Strumpfes steckte ein Messer.

Ihr Erscheinungsbild schien die norwegische Verwandtschaft noch mehr zu entsetzen als Mamas Reisekleidung.

Tante Rosa erklärte ihnen flüsternd, das sei in Schottland die zu Beerdigungen übliche und feierliche Kleidung. Anschließend wandte sie sich mit derselben Erklärung an die schwedische Verwandtschaft. Alle nickten verhalten, aber niemand lächelte.

Der Gottesdienst in der Kirche in Hosanger zog sich in die Länge. Es wurden viele Lieder gesungen, und die Predigt nahm kein Ende.

Peter und ich saßen in der hintersten Reihe, rutschten unruhig hin und her und flüsterten miteinander. Als Peter schließlich laut seufzte, drehte sich einer der älteren Norweger um und starrte uns streng an.

Zu guter Letzt trugen acht Männer, Großvater Oscar und Onkel Sverre an der Spitze, den Sarg zur Grabstelle.

Im Namen des Vaters, des Sohnes und des Heiligen Geistes ließen sie ihn in die Grube hinab. Anschließend verbeugten sich alle vor dem Grab und vor Urgroßmutter Maren Kristine. Der Ablauf der Trauerfeier stimmte im Großen und Ganzen mit dem überein, was meine Klassenkameraden mir erzählt hatten.

Außer in einem Punkt. Niemand weinte. Tante Johanne war den Tränen nahe, nahm sich aber zusammen.

Hinterher versammelten sich alle zum Trauermahl an einer riesigen, endlos langen Tafel in Frøynes, an deren unterem Ende auch die Kinder Platz fanden. Es gab Hammelbraten und viel Bier. Wir Kinder tranken sogenanntes Würzbier, das an Dünnbier erinnerte, aber besser schmeckte.

Nach einer halben Ewigkeit durften alle Kinder die Tafel verlassen. Die norwegischen mussten direkt auf die Nachbarhöfe zurückkehren, da Spiele oder laute Unterhaltungen verboten waren. Wie Zwerge sahen sie aus, als sie sich in ihren schwarzen Trauerkleidern auf den Heimweg machten.

Cousin Peter und ich saßen eine Weile gelangweilt und mit viel zu vollen Bäuchen vor dem Haus. Peter berichtete, die schottische Zeremonie für seinen verstorbenen Großvater sei ähnlich verlaufen, allerdings mit lustigerer Musik. Anschließend waren sie in das Haus des Großvaters eingezogen, weil es seinem Vater als ältestem Sohn zugefallen war.

Wir kehrten in unserer Trauerkleidung nach Bergen zurück, um mit unserer Reisekleidung bei der norwegischen Verwandtschaft kein erneutes Missfallen zu erregen.

Onkel Andrew und Peter froren auf der Fähre an den Beinen und wurden skeptisch angestarrt. Wobei die Norweger noch nicht einmal wussten, dass unterm Kilt keine Unterwäsche getragen wurde, wie ich nach einer Demonstration Peters erfahren hatte.

Vom Hafen in Bergen fuhren wir mit dem Taxi direkt zum Zentralhotel, um uns umzuziehen. Onkel Hans Olaf und Onkel Carl Lauritz fuhren mit dem Nachmittagszug nach Stockholm weiter, da sie in Eile waren. Onkel Sverre machte sich unterdessen auf den Weg in ein Kunstmuseum.

Die übrigen Erwachsenen wollten sofort wieder etwas essen, was kein Problem war, da die Fähre nach Aberdeen erst am Spätnachmittag ablegte.

Der Nachmittag gestaltete sich dann spannender als von Peter und mir erwartet. Mit einer Seilbahn fuhren wir auf einen Berg, wo ein Restaurant mit Aussicht auf die Stadt und den Fjord lag. Dank des guten Wetters konnten wir draußen sitzen. Vermutlich waren die Erwachsenen ebenso erleichtert wie Peter und ich, die schwarze Schwermut abschütteln zu dürfen. Man scherzte und erzählte von der Kindheit in Bergen und davon, wie einsilbig und zugleich redegewandt Urgroßmutter Maren Kristine gewesen war. Als Tante Johanne sie nachahmte, verstanden Peter und ich kein Wort.

Wir mussten unsere Portionen nicht aufessen und bekamen trotzdem Eis zum Nachtisch.

Danach begleiteten wir die Schotten zur Fähre nach Aberdeen. Spaßeshalber bezeichneten wir einander als Schotten und Schweden, weil uns die norwegische Verwandtschaft so genannt hatte.

Die Wetteraussichten seien gut, meinte der Steuermann an der Gangway und sagte eine ruhige Überfahrt voraus.

Als die Fähre ablegte, standen die Schotten auf dem Achterdeck und winkten mit weißen Taschentüchern. Vermutlich waren sie froh, die Feierlichkeiten hinter sich gebracht zu haben. Mir zumindest war es recht, dass unser Kreis stetig kleiner wurde und sich die Beerdigungsstimmung zusehends verflüchtigte wie Mottenkugelgeruch im Freien.

Im Schein der Spätsommersonne gingen wir am Hafen spazieren. Die bunten Holzhäuser erinnerten an leuchtende Signalflaggen und verstärkten das Gefühl, im Ausland zu sein.

Auf der Terrasse des Zentralhotels nahmen wir in der Dämmerung ein einfaches Abendessen zu uns, Dorsch mit zerlassener Butter und gehackten hart gekochten Eiern oder nach Geschmack knusprig gebratenen Speckwürfeln. Die Erwachsenen tranken Weißwein, und ich bestellte ein Würzbier, wogegen niemand etwas einzuwenden hatte.

Zu meinem Erstaunen unterhielten sich die Erwachsenen über das Erbe, sonst sprachen sie nie über Geldangelegenheiten, zumindest nicht beim Essen und keinesfalls im Beisein von Kindern. Aber das einzige Kind war ja ich, und die Unterhaltung fiel sehr kurz aus.

Onkel Sverre brachte das Thema zur Sprache, als er feststellte, dass sich niemand für seinen Museumsbericht interessierte.

Seiner Meinung nach war die Lage unkompliziert. Nach dem Tode ihres Bruders Lauritz waren Großvater Oscar und er die einzigen Erben. Aber was sollten sie mit Frøynes? Sollten sie das Erbe nicht besser den Verwandten auf Osterøya überlassen?

Großvater stimmte ihm zu. Dann wurde nicht mehr darüber gesprochen.

Tante Johanne berichtete von ihrer Kindheit in Bergen, als man sie deutsche Bälger geschimpft und ihren Bruder Harald beinahe totgeschlagen hatte, woraufhin sie nach Schweden geflüchtet waren.

Von diesen Dingen verstand ich nichts und schwieg daher.

Am nächsten Morgen trafen wir frühzeitig am Bahnhof ein. Die Träger des Zentralhotels brachten unser Gepäck ins Abteil, während uns Großvater das Gebäude zeigte, das ihr Bruder Lauritz gebaut hatte.

Onkel Sverre fand den Bau wunderbar romantisch, ein wenig Mittelalter, ein wenig Wikinger, mit einer Prise Ironie, daran erkenne man seinen Bruder.

Während sich die Erwachsenen über Granit und Reliefs unterhielten, befiel mich ein schlechtes Gewissen. Ich hatte einen Geheimauftrag von Anders erhalten, der sich an einem großen Kiosk neben dem Restaurant in der Haupthalle ausführen ließ. Aber ich besaß weder norwegisches noch schwedisches Geld.

Vorsichtig nahm ich Mamas Hand, zog sie beiseite und erklärte ihr die Lage. Sie wurde zu meinem Erstaunen nicht böse und begriff wahrscheinlich gar nicht, was an meiner Idee kriminell oder gar gefährlich sein sollte. Sie lachte nur und begleitete mich zum Kiosk, um den Geheimauftrag auszuführen.

Im Zug drückte ich meine Nase ans Abteilfenster. Anfänglich ging es so langsam steil bergauf, dass ich meine Hand in das weiße Blütenmeer tauchen wollte wie in das glatte Wasser der Ostsee an einem ruhigen Sommerabend im Ruderboot.

Neben der Abteiltür unterhielten sich Großvater und Onkel Sverre auf Norwegisch, nicht jenes Halbnorwegisch, das sie im Umgang mit den Schweden verwendeten.

Mir gegenüber am Fenster saß Mama, die außer mit den schwarz gekleideten Verwandten auf Osterøya fast nie Norwegisch sprach. Tante Johanne neben Mama war wie immer in ein Buch vertieft. Norwegisch sprach sie ebenso fließend wie Schwedisch. War sie in gleichem Maße Norwegerin als auch Schwedin?

Und ich, wie norwegisch war ich selbst? Dieser Sache wollte ich auf den Grund gehen.

Großmutter Christa war Deutsche, was mit Stillschweigen übergangen wurde. Abgesehen von Onkel Andrew sprach sie das eigentümlichste Schwedisch in der Familie.

Großvater war Norweger, also war Mama halb Norwegerin und halb Deutsche.

Das machte mich zum Viertelnorweger, Vierteldeutschen und Halbschweden, da Harry Schwede und sonst nichts war, wie er gerne betonte.

Das Norwegische in mir spürte ich, nicht aber das Deutsche.

Tante Johanne und ihre Geschwister waren aus Bergen geflohen, weil sie als deutsche Bälger beschimpft worden waren. Das hatte Tante Johanne beim Abendessen im Hotel erzählt. Wieso hatten die Norweger die Deutschen so sehr gehasst, dass sie Onkel Harald beinahe totschlugen? Ein Rätsel. Und hassten die Norweger die Deutschen noch immer? Wohl kaum Tante Johanne, da ihr nicht anzumerken war, dass sie deutscher Abstammung war? Sie sprach ebenso gut Norwegisch wie jeder Norweger.

Meine norwegischen Verwandten auf Osterøya waren mir zwar vertraut, aber zugleich schien uns ein Graben zu trennen. Hätte ich einer von ihnen sein können? Dazu musste man sich einen normalen sonnigen Tag am Fjord vorstellen, an dem alle ihre Alltagskleidung trugen und die Kinder so hemmungslos reden und lachen durften und vom Steg aus Krebse fingen. Ich kannte meine norwegischen Cousins und Cousinen, die eigentlich keine echten Cousins und Cousinen waren, nur von der Trauerfeier.

Ein bisschen Norweger war ich schon auch, und ich fand die norwegische Fahne viel schöner als die schwedische.

Aber rein mathematisch gesehen war ich vor allem Schwede – zu fünfzig Prozent. Ich war ebenso schwedisch wie meine Mitschüler in Saltsjöbaden und sprach sogar besser Schwedisch als sie.

Dass mein schwedischer Anteil von Harry stammte, war kein gutes Gefühl. Im Kreise von Harrys Familienangehörigen fühlte ich mich nicht unter Verwandten. Sie waren mir fremder als die norwegischen und manchmal schrecklich schwer zu verstehen. Mir wäre niemals eingefallen, Harrys Vater Großvater zu nennen.

Wir hatten ihn einige Male im Stockholmer Vorort Hammarbyhöjden besucht, und Mama fühlte sich dort ganz offensichtlich auch nicht wohl.

Ich war zuletzt im vergangenen Sommer dort gewesen, nachdem sowohl die *Beduin* als auch das Motorboot zu Beginn der Saison nach Sandhamn überführt worden waren. Warum Mama, mein kleiner Bruder und ich erst später nach Sandhamn fuhren, wusste ich nicht.

Nachdem wir den Booten in Saltsjöbaden hinterhergewunken hatten, sollte es eine Überraschung geben, hatte Harry angekündigt. Wir fuhren mit dem Cadillac nach Stockholm und von dort weiter nach Hammarbyhöjden, das weder richtig in der Stadt noch auf dem Land lag. Gleichförmige Häuser reihten sich aneinander. Dazwischen gab es ein paar Bäume und Büsche, Spielplätze, Teppichstangen und von hohen Maschendrahtzäunen umgebene Ascheplätze zum Fußballspielen.

Harrys Vater hieß Folke oder so ähnlich und war Briefträger gewesen. Jetzt unternahm er nicht mehr sonderlich viel, besaß aber ein schönes Aquarium mit Schwertträgern, Guppys und Black Mollys, die ihre Jungen lebend zur Welt brachten und dann auffraßen.

Harrys Schwestern hießen Sivan und Anki. Sie sprachen anders als normale Menschen, nasaler. Je länger man ihnen zuhörte, desto mehr fiel es auf.

Harrys Mutter wollte nett zu mir sein und goss mir ein Glas selbst gemachten Himbeersaft ein.

Dann wurde uns am Küchentisch ein Sommermittagessen serviert. Ich erinnere mich nicht mehr, was es gab, nur, dass Harrys Familie recht seltsame Essgewohnheiten hatte. Mama saß stocksteif da und fütterte meinen kleinen Bruder. Ihr Unbehagen war ihr anzumerken. Sivans Abneigung war ebenso offensichtlich, als sie sich eine Zigarette anzündete, Mama den Rauch ins Gesicht blies und sich mit einem kurzen »Hoppla« entschuldigte.

Harrys Vater wirkte jedoch nett und erzählte von den Fischen und der Aquarienpflege.

Die Familie bewohnte drei Zimmer, und nirgends stand ein Bücherregal.

Ich war erleichtert, als wir schließlich aufbrachen, obwohl Harry sich über uns, meinen kleinen Bruder natürlich ausgenommen, zu ärgern schien.

Irgendwo verbarg sich ein Geheimnis, das ich nicht ergründen konnte. Hammarbyhöjden war eine andere Welt und weit weg von Saltsjöbaden, obwohl die Fahrt dorthin nur eine Stunde dauerte. Übrigens hatte Harry vor seiner Schwester Sivan so getan, als gehöre der Cadillac ihm.

Das Ganze rief mir Norrköping in Erinnerung. Wer hatte schon Verwandte auf der anderen Seite des Flusses? Natürlich war ich Schwede, aber nicht auf diese Art.

»Jetzt müsst ihr schauen!«, rief Tante Johanne plötzlich, klappte ihr Buch zu und deutete aus dem Fenster. »Gleich fahren wir über die Kleivebrücke, die längste Brücke der gesamten Strecke, und die hat Papa Lauritz gebaut!«

Alle drängten sich ans Fenster, und das Rattern der Zugräder klang auf einmal anders, hohler. Wir blickten in einen unendlichen Abgrund, bevor gleich darauf der Zug in einem Tunnel verschwand und ich nur noch mein eigenes Spiegelbild sah.

Der Zug gewann an Höhe, und alle Bäume verschwanden bis auf niedrige, verkrümmte Birken. Streckenweise war die Landschaft beinahe hässlich und bestand, so weit das Auge reichte, nur aus grauem Geröll.

Ich begann, sie mit den Apfelblüten und dem frischen Grün meiner Fantasie anzumalen.

Bald waren erste weiße Flecken in den Senken zu sehen, die nach und nach in eine geschlossene Schneedecke übergingen, die bis zu den fernen Gipfeln und blau schimmernden Gletschern reichte. Da die Sonne hoch am wolkenlosen Himmel stand, musste ich die Augen zusammenkneifen, um nicht geblendet zu werden.

Mama erklärte mir, dass wir uns nun auf der Hardangervidda befänden. Auf der Hinreise hatte hier ein Schneesturm gewütet, der Schnee würde jedoch bei anhaltendem sonnigen Wetter innerhalb weniger Tage schmelzen. Sie deutete auf verschiedene winterharte Pflanzenexemplare, aber ich erinnere mich nur noch an das wahrscheinlich schönste, den Gletscher-Hahnenfuß.

Ich ließ meinen Blick über die endlose weiße Landschaft schweifen und versuchte mir vorzustellen, wie sich Großonkel Lauritz hier einst abgerackert hatte. Er war nicht nur der Erbauer der Brücke, die wir in zehn Sekunden überquert hatten, sondern der gesamten Bahnstrecke nach Oslo.

Ich kannte ihn nur von dem Bild im großen Esszimmer in Saltsjöbaden und konnte ihn mir gut in einem dicken Wolfspelz im dichten Schneesturm vorstellen.

Für jedes Do-Dong-Do-Dong der Schienenstöße waren

zwei schwere Eisenbahnschienen herbeigeschleppt und auf ein Fundament aus Felsbrocken gebettet worden, für das die Arbeiter erst einmal den harten Boden ebnen mussten. Dann hatten sie die Schwellen verlegt und die Schienen mit Keilen und Vorschlaghämmern festgenagelt. Das alles bei Regen, Schnee und Kälte. Vermutlich hatten sie nicht mehr als sieben oder acht Schienen pro Tag geschafft. Wie mein Großvater war Großonkel Lauritz Bauingenieur gewesen, und die Arbeiter hatten die ganze Strecke nach Oslo Schiene um Schiene nach seinen Anweisungen verlegt.

In Oslo stiegen wir ohne Aufenthalt in den Zug nach Stockholm um. Dieses Mal hatten wir keinen Schlafwagen. Nach einer Weile nickte ich ein, da nur Wälder und Äcker vor dem Fenster vorbeizogen. Als die Zöllner unser Abteil betraten, wurde ich schlagartig wach. Mit Herzklopfen hörte ich die Erwachsenen sagen, dass wir nichts zu verzollen hatten. Ich schwieg, was mir eine Lüge ersparte, über die Schmuggelware im Gepäcknetz über meinem Kopf. Was wohl geschehen wäre, wenn man mich erwischt hätte? Vielleicht wäre es ja ein noch größerer Skandal gewesen als die Geschichte mit Onkel Haralds Orden, über die fortan geschwiegen wurde.

In Saltsjöbaden herrschte behagliche Stille, die Sommerferien hatten begonnen, und bis zur Regatta blieben noch ein paar ruhige Wochen. Die meisten Klassenkameraden waren in Urlaub gefahren. Das war ein neues Wort und bedeutete, dass die Eltern ihr Auto vollpackten, die Kinder auf der Rückbank verstauten und irgendwo Verwandte besuchten. Johan war mit seiner Familie in Båstad in Schonen.

Aber Anders war zu Hause geblieben. Er hatte ein neues Fahrrad mit einem Bananensattel bekommen. Das war der letzte Schrei, ein Sattel, wie ihn Motorräder hatten. Erwartungsvoll fand er sich ein und erkundigte sich, wie die geheime Mission in Norwegen gelaufen sei.

Ich ließ ihn ein wenig zappeln und nickte dann verschwörerisch. Der Auftrag war ausgeführt und die Schmuggelaktion perfekt verlaufen, die Zollschnüffler hatten keinerlei Verdacht geschöpft.

Wir schlichen zur Grotte hinauf, um unbeobachtet zu sein. Die Flaschen und zwei Gläser hatte ich in meiner Schultasche verstaut.

Ein letztes Mal schauten wir uns um, dann zog ich triumphierend die beiden Coca-Cola-Flaschen aus der Tasche und stellte sie vorsichtig auf den Gartentisch.

»Potztausend!«, sagte Anders. »Echte amerikanische Coca Cola! Verbotener geht's nicht.«

Andächtig betasteten wir die Flaschen, deren Form offenbar dem besseren Griff diente. Sie sahen ganz anders aus als unsere Pommac- und Loranga-Flaschen. Der Kapselverschluss ließ sich nicht einfach abreißen, aber Anders' Schweizer Armeemesser mit allen möglichen Gerätschaften löste das Problem. Nach mehreren vergeblichen Versuchen entdeckten wir ein Instrument, mit dem sich der amerikanische Verschluss mühelos öffnen ließ.

Wir schenkten ein und stießen feierlich an, kosteten, stießen ein weiteres Mal an und stellten die Gläser ab.

Wir waren uns einig, dass das Getränk ganz anders schmeckte als schwedische Limonade. Vielleicht war Coca Cola in Schweden ja wegen des fremden Geschmacks verboten?

Anders bezweifelte dies, schließlich war Coca Cola in Norwegen erlaubt. Die Erklärung musste mit der Haltung zu Amerika zu tun haben. Norwegen war mehr aufseiten Amerikas als das neutrale Schweden.

Erneut stießen wir an und grübelten über das rätselhafte Verbot nach.

Wir überlegten, was wohl passiert wäre, wenn die Zollschnüffler die Flaschen entdeckt hätten. Natürlich hätten sie sie beschlagnahmt, aber hätte es noch eine Geldstrafe oder Schlimmeres nach sich gezogen?

Jedenfalls keine Gefängnisstrafe, da war sich Anders vollkommen sicher. Kinder wurden nicht ins Gefängnis gesteckt, höchstens die Erziehungsberechtigten, in meinem Fall also Mama, denn Warenschmuggel war ein schweres Vergehen.

Andächtig langsam tranken wir die braune Limonade, um den Genuss in die Länge zu ziehen. Wir behielten jeden Schluck lange im Mund, nicht nur, weil es so gut schmeckte, sondern noch mehr, weil es verboten war. Wir achteten darauf, gleich schnell zu trinken, damit beide Flaschen gleichzeitig leer waren. Natürlich durfte Anders seine leere Flasche behalten. Sie würde einen Ehrenplatz in seinem Bücherregal bekommen.

Bis auf Weiteres versteckten wir unseren Schatz in der Grotte und radelten zum Eisenwarenladen. Laut Anders gab es dort ein neues Modellflugzeug, das er bezahlen wollte, um sich zu revanchieren.

Zwei Modelle standen zur Auswahl, die F-86 Super Sabre und die J 29 Fliegende Tonne. Ein Bausatz kostete 2,50 Kronen. Ohne mit der Wimper zu zucken, legte Anders einen Fünfkronenschein auf den Tresen. Dann radelten wir rasch zurück und gingen ins Spielzimmer, in dem es alle nötigen Utensilien zum Zusammensetzen der Bausätze gab: Kleber, scharfe Messer für Balsaholz und vieles andere.

Die Arbeit ging schnell von der Hand, die Bausätze waren einfach und bestanden nur aus Tragflächen, der Heckpartie und dem Flugzeugrumpf, der mit einem Gummiband auf einer Pappe befestigt war, aus der man die Dekoration der verschiedenen Teile ausschneiden konnte. An den Unterseiten des Rumpfes war ein Haken befestigt, wie ihn Jagdflugzeuge auf Flugzeugträgern hatten. Mithilfe dieses Hakens ließen sich die Flugzeuge mit der Zwille, die ebenfalls in dem Paket enthalten war, in die Luft schießen. Die Zwillen aus Bakelit waren nicht sehr stabil, also suchte ich eine Weile in den Spielzeugschränken, bis ich zwei Gusseisenschleudern mit doppelt so dicken Gummibändern fand.

Beinahe hätten wir das Aufräumen vergessen, weil wir dem Testflug auf dem Hof entgegenfieberten.

Es dauerte eine Weile, bis wir die Technik beherrschten. Die Gummibänder durften nicht zu stark gespannt werden, sonst gerieten die Flugzeuge ins Trudeln und stürzten zu Boden. Mit der richtigen Technik flogen sie wie Pfeile, und mit etwas mehr Kraft gelangen uns sogar Loopings.

Anders erklärte, es gäbe keine besseren Maschinen als die amerikanischen. Im letzten Krieg weit weg irgendwo bei China seien sie den MiG-15 der Kommunisten haushoch überlegen gewesen. Gegen die F-86 Super Sabre konnten die Kommunisten nichts ausrichten. Wenn wir doch nur solche besessen hätten, als die Kommunisten unsere DC 3 und unsere Catalina über internationalen Gewässern abschossen.

Angesichts seiner Sachkenntnis fühlte ich mich ein wenig

unterlegen und wandte ein, ich hätte in der Zeitung gelesen, dass unsere Fliegende Tonne eines der besten Flugzeuge der Welt sei und sich mit denen der Amis durchaus messen könne.

Das stimmte nicht ganz, denn ich las immer nur den Sportteil. Harry hatte beim Abendessen davon erzählt. Ich sah jedoch keine Veranlassung, ihn zu erwähnen.

Nicht, dass es für Anders eine Rolle gespielt hätte. Er seufzte und zuckte ohne Einwände mit den Achseln, etwa so, als hätte ein Mädchen seine Ansicht geäußert.

Wir ließen die Flugzeuge höher und höher fliegen. Die Fliegende Tonne schnitt besser ab als die F-86 Super Sabre, was Anders so sehr ärgerte, dass er zu heftig am Gummi zog und seine amerikanische Maschine auf das Dach stürzte, dann auf den Ziegeln nach unten rutschte und in der Regenrinne hängen blieb.

Wir machten lange Gesichter. Aufgrund technischer Probleme war die amerikanische Maschine über feindlichem Territorium abgestürzt und befand sich auf einem unerreichbaren Gebirgshang in einer augenscheinlich hoffnungslosen Lage. Wenn wir die Maschine nicht bargen, würde sie mitsamt dem Piloten dem Feind in die Hände fallen. Wenn sich Letzterer mit dem Fallschirm retten konnte, war es trotzdem nur eine Frage der Zeit, bis ihn die Kommunisten fanden und folterten.

Nur eine heldenhafte Expedition zweier ungewöhnlich begabter Bergsteiger wie Sir Edmund Hillary und Sherpa Tenzing, die ein Jahr zuvor den Mount Everest bestiegen hatten, konnte die Lage retten.

Anders wollte Sir Edmund Hillary sein, also fiel mir die Rolle des Sherpa Tenzing zu.

Als Erstes wollten wir auf dem Dachboden ein Basislager errichten und die passende Ausrüstung zusammensuchen.

Für den Aufstieg auf der ersten Etappe zum Spielzimmer und zur Speichertreppe hatten wir noch genug Sauerstoff. Von dort an aber war äußerste Vorsicht geboten, damit die knarrende Speichertreppe Großmutter Christa nicht verriet, dass wir aufwärts strebten.

Das Basislager, den Speicher, erreichten wir ohne Zwischenfälle.

In den drei kleinen Zimmern, in denen früher die Dienstmädchen gewohnt hatten, waren für den Fall eines Brandes unter den Fenstern lange Strickleitern angebracht worden, damit sie sich bei Gefahr im Verzug aus dem Fenster retten konnten. Von diesen Fenstern hatte man einen Blick über die gesamte Hotelbucht. Bis runter zum Boden waren es schätzungsweise fünfzehn Meter. Erstaunlicherweise schien Anders die Aussicht nicht weiter zu beeindrucken.

Am Plan für die letzte Etappe der Expedition musste noch gefeilt werden. Die Ausrüstung war noch nicht komplett, um den Gipfelsturm, der uns ans Ziel führen sollte, beginnen zu können. Ich wählte eine lange Vertäuungsleine und wickelte sie mir um den Oberkörper. Anders schleppte die Strickleiter.

Eine schmale Stiege führte zu einem Absatz vor der Schornsteinfegerluke, die sich oberhalb des abgestürzten Flugzeugs befand. Wir öffneten sie, fixierten sie mit einem Metallstab und verschafften uns einen Überblick.

Dann ließen wir die Strickleiter bis zur Regenrinne hinunter, knoteten sie mit mehreren ordentlichen halben Schlägen fest und verschafften uns erneut einen Überblick.

Das Flugzeug lag zu weit vom unteren Ende der Strickleiter weg, die Ausrüstung musste vervollständigt werden. Ich verließ den Schornsteinfegerabsatz, um einen Eishockeyschläger zu holen. Dann knotete ich Anders mit einem Palstek das Seil um die Brust und befestigte das andere Ende an einem Balken. Der Plan sah folgendermaßen aus: Sir Edmund Hillary würde die Strickleiter hinunterklettern, während ich die Länge der Sicherheitsleine anpasste. Es konnte nichts schiefgehen. Selbst wenn er ausrutschte und das Gleichgewicht verlor, würde ich ihn mit der Leine vor dem Absturz bewahren.

Aber plötzlich hatte Anders keine Lust mehr. Er betrachtete den Abgrund und die schneebedeckten Gipfel und meinte, es sei einfacher, ein neues Flugzeug zu kaufen.

Damit war ich keinesfalls einverstanden, schließlich befanden wir uns auf einer Rettungsexpedition. Wir hatten nicht nur einen wertvollen Düsenjäger verloren, der den Kommunisten in die Hände fallen würde, sondern mussten auch den Piloten retten.

Anders meinte gereizt, dass dann wohl Sherpa Tenzing die letzte Etappe der Expedition übernehmen müsse.

Ich zeigte Anders, wie er die Sicherheitsleine um den Balken legen und fieren sollte. Dann knotete ich mir das andere Ende um die Brust. Das kann gar nicht schiefgehen, dachte ich, als ich aufs Dach kletterte und mit meinem Fuß auf der Strickleiter Halt suchte. Von so weit oben sah die Welt aufregend anders aus.

Anders reichte mir den Eishockeyschläger, und ich nahm die letzte Etappe in Angriff, auf der ich leider in einen Schneesturm geriet. Auf 8 000 Meter Höhe war das Wetter sehr wechselhaft, im einen Moment strahlender Sonnenschein, im nächsten ein Schneesturm. Leider hatten wir keine Schneebrillen mitgenommen, und die spitzen Schneekörnchen, die der eisige Wind vor sich her peitschte, zwangen mich, die Augen zuzukneifen. Mit äußerster Vorsicht schob ich nacheinander Füße und Hände vor und kontrollierte, dass die Sicherheitsleine noch gespannt war.

Vielleicht war es so auch in Wirklichkeit gewesen. Großvater behauptete jedenfalls, Sherpa Tenzing und nicht der Engländer hätte die entscheidende Leistung erbracht. Vor zwei Jahren hatte Sherpa Tenzing schon einmal den Versuch unternommen, einen anderen Engländer zum Gipfel zu schleppen, aber dieser Trottel hatte unterwegs aufgegeben. Jetzt hatte er einen weiteren englischen Kandidaten transportiert. Das Sherpavolk vertrug extreme Höhen und wurde deswegen von den Engländern immer wieder angeheuert.

Kein Sherpa wagte es zu widersprechen, wenn sich die Engländer hinterher als Helden darstellten. Schließlich wurden sie dafür bezahlt, die Engländer zu tragen.

Im entscheidenden Augenblick zerbrach ein Dachziegel unter meinem Gewicht und löste eine kleine Lawine aus. Ich duckte mich, um dem Schnee möglichst wenig Fläche zu bieten, und presste mich auf den eiskalten Untergrund, bis die Gefahr vorüber war. Das Wetter schlug um, und die Sonne strahlte, als ich mich erhob und meinen Blick über Nepal schweifen ließ.

Mit der einen Hand streckte ich den Eishockeyschläger aus, hielt mich mit der anderen gut fest und hebelte das Flugzeug aus der Regenrinne, damit es seiner Rettung entgegentrudeln konnte.

Da hörte ich unten auf dem Hof einen Schrei. Mama.

Ich winkte ihr zu und deutete auf meine Sicherheitsleine. Mir konnte nichts passieren.

Trotzdem hatte sie Angst.

Und petzte.

Harry verprügelte mich mit der Hundeleine für die ungewöhnlich dumme Idee, mich so einer großen Gefahr auszusetzen.

Ich musste drei Tage lang zu Hause bleiben, weil der Schorf erst einmal trocknen musste. Eine geschlagene Woche konnte ich nicht in die Badeanstalt.

Ausgerechnet in dieser Woche war es ungewöhnlich warm, und alle anderen verbrachten ihre Tage in der Badeanstalt. Es war nicht ganz einfach, Anders zu erklären, warum ich nicht baden konnte. Ich behauptete, die Mount-Everest-Expedition habe mir Stubenarrest eingetragen. Anders hielt diese Strafe für zu hart, und beinahe hätte ich mich verplappert.

Auch Mama und mein kleiner Bruder waren tagsüber in der Badeanstalt, allerdings in der Damenabteilung. Mit gefülltem Picknickkorb radelten sie morgens los und kehrten erst zurück, wenn Harry aufwachte und sein Essen wollte. Er schlief tagsüber und fuhr nach dem Abendessen nach Stockholm. Er spielte Klavier, erst in einem Restaurant und anschließend in einem Nachtklub. Ich bekam selten mit, wenn er am frühen Morgen mit dem Taxi nach Hause zurückkehrte.

Natürlich war es angenehm, dass mir Harry tagsüber erspart blieb, und die Prügel nach dem Essen fielen relativ milde aus, da ich nichts anstellen konnte. Harry bekam nichts mit, da er den ganzen Tag verschlief, während Mama in der Badeanstalt war. Selbst wenn ich etwas ausgefressen hätte, konnte ich mich darauf verlassen, dass Großmutter Christa mich nie im Leben verraten würde. Darum bekam ich in dieser Woche nur die weiche Seite der Kleiderbürste zu spüren. Aber vielleicht wollte Harry nur nicht, dass der Schorf wieder aufplatzte.

Zwei Tage lang schlich ich wie der letzte Mohikaner auf der Suche nach freundlich gesinnten Indianern durch stille Wälder. Wie immer hatte ich mein Lager in der Grotte aufgeschlagen, von der ich unbekanntes Terrain erforschte. Ich bewaffnete mich mit einem Bogen aus Hickoryholz und Pfeilen mit Spitzen aus dem Kupfer von Gewehrkugeln. Ich trug Lederkleidung und echte Mokassins aus Amerika, aber natürlich keine Häuptlingsfedern, um nicht vom Feind entdeckt zu werden. Auf der offenen Prärie bei den Sioux und Cheyenne betrug die Sicht mehrere Kilometer. Hier im Wald trug ich nur ein rotes Stirnband mit einer Adlerfeder zum Zeichen, dass ich ein Krieger war.

Als Erstes musste ich ungesehen das Fort der Weißen, das eigentlich das Spielhäuschen war, passieren und dann den Abhang hinunterschleichen, der in einem echten Bambushain endete, in dem mich das geringste Rascheln verraten konnte. Dahinter lag ein gut einzusehender Eichenhain mit großer Entdeckungsgefahr. Den musste ich schnell durchqueren, um dann in einem Silbertannenwald zu verschwinden, dessen Teppich aus braunen Nadeln jedes Geräusch verschluckte. Hier gab es Weißwedelhirsche, an die ich sehr nahe heranpirschen musste, ehe ich einen Pfeil abschoss. Die Beute trug ich auf den Schultern den Berg hinauf zur Grotte jenseits des Silbertannenwaldes.

Die Meisen übernahmen die Rolle der Weißwedelhirsche, und sobald ein Pfeil in der Nähe eines entsetzten

Vogels einschlug, wurde das als Treffer gewertet, weil Hirsche viel größer sind.

Am zweiten Expeditionstag ging alles schief. Ich schlich mich an ein gerade flügge gewordenes Amseljunges heran, das sich an den Stamm einer Tanne drückte, und zielte sorgfältig direkt daneben auf den Stamm, um den Hirsch mit einem Schuss ins Herz zu erlegen.

Bereits als der Pfeil von der Sehne schnellte, wusste ich, was geschehen würde. Der Pfeil schlug wie berechnet in den Baum ein, durchbohrte dabei aber das kläglich piepsende Amseljunge und nagelte es an den Stamm.

Der Vogel starb, als ich den Pfeil aus seiner Brust zog. Er lag noch einige Sekunden schwer atmend in meiner Hand, schloss langsam seine zarten grauen Lider und lag dann vollkommen still, aber immer noch warm da.

Aus dieser Wirklichkeit gab es keine Flucht in die Fantasie. Ich war kein Indianer auf Hirschjagd in Nordamerika, sondern der idiotisch verkleidete Eric Lauritzen aus Schweden, der aus reiner Bosheit ein Amseljunges getötet hatte.

Ich begann zu weinen.

Den Vogel in der Hand sank ich neben dem Baumstamm auf die Knie. Ich musste einen klaren Kopf bewahren und durfte mich nicht aus Angst zu irgendwelchen Dummheiten hinreißen lassen. Im Tannenwald hatte mich niemand gesehen, von dort bis zur Betonmauer, die das gesamte Grundstück umgab, waren es fünfzig Meter. Zufälligen Passanten auf dem Weg war der Einblick versperrt. Was Harry tun würde, falls er von meiner Untat erfuhr, wollte ich mir lieber nicht vorstellen.

Außer mir wusste niemand auf der Welt von meinem

Geheimnis, und wenn ich es niemandem erzählte, würde es nie herauskommen. Wäre der Vogel nur verletzt gewesen, hätte ich ihn zu einem Tierarzt bringen müssen, und dann wäre ich geliefert gewesen. Aber diese Sache ließ sich definitiv nicht rückgängig machen.

Mit meinem Tomahawk grub ich in den Tannennadeln ein Grab, legte das Amseljunge hinein und deckte es wieder mit Tannennadeln zu, ohne irgendwelche Kirchenlieder zu singen. Danach kehrte ich rasch zum großen Haus zurück. Im Spielzimmer zog ich mich um. Den blutigen Pfeil reinigte ich im Badezimmer neben Onkel Hans Olafs altem Zimmer. Dann legte ich die Indianerverkleidung ordentlich in den Schrank zurück.

Erst jetzt entdeckte ich die beiden Staffeleien am hinteren Ende des Spielzimmers neben den Steckenpferden. Sie waren neu.

Die halb fertigen Gemälde zeigten Großvater und Großmutter, so naturgetreu, dass es mich nicht gewundert hätte, wenn sie auf Ansprache geantwortet hätten. Die oberen Teile der Gemälde bis zu den Schultern schienen fertig zu sein, der Rest darunter war mit langen Strichen skizziert.

Ich musste eine Weile nach Großmutter Christa suchen. Schließlich fand ich sie mit einem Buch in der Hand in einem Liegestuhl auf dem Balkon ihres Schlafzimmers. Sie erzählte, dass Onkel Sverre ihnen die Gemälde zu Weihnachten schenken wollte und immer frühmorgens auf dem Balkon des Spielzimmers malte, weil er das Licht dort besonders gut geeignet fand. Den Rest des Tages verbrachte er dann in der Herrenabteilung der Badeanstalt. Wenn ich am nächsten Tag früh aufstand, durfte ich ihm sicher beim Malen zuschauen. Das sei wahre Zauberei, versicherte sie.

Womit sie recht hatte. Es war reine Magie.

Am nächsten Morgen stand ich früher als sonst auf und schlich leise und ohne jemanden zu wecken aus der Chauffeurswohnung ins große Haus. Onkel Sverre hatte seine Staffelei auf dem großen Balkon aufgebaut. Er freute sich, mich zu sehen, und forderte mich auf, einen Stuhl zu holen, damit er mir erklären könne, was er machte.

Momentan war er mit der recht schwierigen Aufgabe beschäftigt, direkt unter dem Kragen von Großvaters weißem Frackhemd einen großen Orden in Blau, Weiß und Gold abzubilden. Der richtige Orden hing am oberen Leinwandrand und schien Stück für Stück in das Bild hineinzufließen. Sverre probierte einen kleinen Trick aus. Vorsichtig tupfte er mit einem dünnen Pinsel weiße Punkte in das Blau, und mit einem Mal schien der Orden in der Sonne zu funkeln. Wenige Farbtupfer hatten ihn zum Leben erweckt.

Er trat ein paar Schritte zurück, betrachtete sein Bild mit kritischem Blick, tat dann einen raschen Schritt nach vorn, besserte das Weiß nach, nickte, wischte den Pinsel mit einem terpentingetränkten Lappen ab und legte ihn beiseite.

Ich bat ihn, von seiner Malerei zu erzählen.

Er begann mit der Feststellung, eigentlich nichts weiter als ein begabter Fälscher zu sein. Es gab legale und illegale Fälschungen, der Unterschied bestand in der Signatur. Würde er in der rechten unteren Gemäldeecke mit dem Namen eines berühmten Künstlers signieren, würde alle Welt glauben, dieser berühmte Künstler habe die Großeltern porträtiert. Nicht einmal ein Experte würde die Fälschung erkennen. Das wäre dann eine illegale Fälschung mit betrügerischer Signatur. Das wollte er natürlich nicht.

Offenbar sah er mir an, dass ich ihm nicht recht folgen konnte. Er hob Großvaters Gemälde von der Staffelei, stellte einen großen Skizzenblock darauf und bat mich, vor ihm Platz zu nehmen.

»Es gibt drei unterschiedliche Arten von Porträts«, sagte er und begann zu arbeiten. »Ich fordere dich jetzt auf, deine Fantasie anzuwenden, aber daran mangelt es dir ja nicht.«

»Fertig!«, sagte er wenig später. »Sieh dir dieses Bild an und sage mir, was du siehst.«

Ich erkannte mich sofort wieder. Es grenzte an ein Wunder, wie schnell Onkel Sverre dieses Bild von mir geschaffen hatte. Ich trug einen Matrosenanzug, die Haare mit Wasser glatt gekämmt und sah so ordentlich aus, als wäre Weihnachten.

Auf meinen Kommentar hin lachte er, tätschelte mir den Kopf und erklärte, dies sei die erste Art von Porträt, das den Eric abbilde, wie die Umgebung, zum Beispiel meine Großeltern, ihn sich wünschten und sehen wollten.

Ich kehrte zu meinem Stuhl zurück, und Onkel Sverre nahm erneut den Stift zur Hand. Im zweiten Anlauf wollte er mich so malen, wie ich mich selbst gerne sähe.

Dieses Bild ging ihm ebenso schnell von der Hand. Ich wirkte älter und trug die Adlerfeder eines Indianerkriegers. Ich lachte und applaudierte.

Für das dritte Bild benötigte er mehr Zeit. Er wollte mich so zeigen, wie er mich sah.

Dieses Porträt überraschte mich am meisten. Am auffälligsten waren meine Augen, größer als in Wirklichkeit, ein wenig melancholisch, jedenfalls sehr ernst. Ich wusste nicht, was ich sagen sollte, konnte mich selber besser mit den vorhergehenden Bildern identifizieren.

Onkel Sverre fragte, ob ich verstanden hätte, worum es ging, und ich antwortete ausweichend.

Da bat er mich, mir noch einmal das Bild von Großvater anzusehen, und stellte es zurück auf die Staffelei. Dazu müsse ich mir in Erinnerung rufen, dass Großvater von Kunst keine Ahnung habe und Großmutter nicht viel mehr, obwohl sie den besseren Geschmack von beiden besäße. So wie auf dem Porträt abgebildet, wollte Großvater sich dargestellt sehen. Er wollte unbedingt wiederzuerkennen sein, was durchaus der Fall war, sein Gesicht sah beinahe so aus wie eine Farbfotografie. Überdies sollte auch ein Betrachter, der Großvater nicht kannte, erkennen, was für ein energischer Mann er war, der es im Leben weit gebracht hatte. Dank des Frackes und der Orden konnte das nicht einmal dem Dümmsten entgehen.

Die Gemälde sollten im großen Esszimmer hängen, wo bislang nur die Porträts von Eilerts und Peters Großeltern Lauritz und Ingeborg hingen. Ich hatte die beiden nicht mehr kennengelernt, aber viele Geschichten über sie gehört. Nach meinem Geschmack waren sie rechts und links von der großen Anrichte zu weit voneinander entfernt. Bald würden sie also nebeneinander auf einer Seite des schwarzen Schrankes hängen. So vermutete ich zumindest, was mir Onkel Sverre auch bestätigte. Wer weiß, vielleicht habe die Familie in mir ein weiteres Talent. Ansonsten verstehe nur Onkel Olaf etwas von Kunst. Alle anderen Männer der Familie hätten nur einen Rechenschieber im Kopf.

Mir fiel keine schlagfertige Antwort ein, als ich auf Großvaters linker Seite des Frackes ein großes und ein kleineres schwarzes Kreuz mit Silberkante entdeckte. Sie waren noch nicht ganz fertig, weshalb ich sie vermutlich nicht eher bemerkt hatte. Genau diese Orden hatten mir an Weihnachten so viel Ärger eingetragen.

Das verwirrte mich, und ich konnte mir die Frage nicht verkneifen, warum Onkel Haralds Orden geheim waren, wenn Großvater sich damit malen ließ?

Onkel Sverre machte ein bekümmertes Gesicht und lächelte nicht mehr.

Düster dreinschauend griff er zu einem Pinsel und deutete auf das blau-weiße Sternkreuz um Großvaters Hals. Er nannte mir zuerst einen komplizierten Namen, an den ich mich nicht mehr erinnere, dann den umgangssprachlichen Namen für den Orden: Blauer Max. Der Blaue Max war die höchste Auszeichnung Deutschlands, des alten Deutschlands. So sei es auch mit dem Eisernen Kreuz erster Klasse. Auf diesen Orden konnte man sehr stolz sein. Mit den Orden Onkel Haralds sei es genau umgekehrt.

Aber jetzt müsse er weiterarbeiten und habe keine Zeit mehr.

Verwirrt machte ich einen Diener, stellte meinen Stuhl an seinen Platz zurück und schlich davon, während er wieder zu Palette und Pinsel griff. Die Erwachsenen hüteten so viele Geheimnisse, und man konnte nie wissen, wann man in ein Fettnäpfchen trat.

Anders und ich saßen im Schneidersitz auf dem grasbewachsenen Dach der Grotte und spähten über die nordamerikanische Landschaft, in der jeden Augenblick Bleichgesichter auftauchen konnten, um uns unser Land wegzunehmen.

Am letzten Tag meines Badeverbots war das Wetter so mäßig, dass mich Anders zum Indianerspielen besuchte. Ich fühlte mich in meinen geerbten Lederkleidern wie ein echter Indianer. Kein anderer Junge in Saltsjöbaden besaß so schöne Indianerkleider wie ich. Da gerade kein Krieg tobte, trugen wir beide Häuptlingsschmuck, die großen Federbüsche. Wir unterhielten uns über den unversöhnlichen weißen Mann, der uns noch mehr von unserem Land stehlen wollte, die uns überrollenden Menschenmassen, unzählbar wie die Sterne. Aus purem Übermut töteten sie die Büffel, ohne ihr Fleisch zu essen und die Felle zu verarbeiten. Mit dem Eisenpferd, das sich wie eine riesige Schlange in unser Land drängte, schafften die Eindringlinge alles heran, was sie brauchten, um uns auszurotten. Eine alte Legende unseres Volkes besagte, dass eines Tages eine Schlange geboren würde, die so groß war, dass sie die ganze Welt umschlingen konnte. Das wäre unser Untergang, und wir würden ins Reich der Väter eingehen, in dem der große Geist Manitu herrschte und es keine Kriege mehr gab.

Wir waren uns einig, dass es sich bei dem Eisenpferd um diese Schlange handeln musste, deren funkelnde Schienen sich durch die Landschaft schlängelten. Das Eisenpferd stellte die größte Bedrohung dar, die vom weißen Mann ausging, und die beste Verteidigung bestand darin, die Schienen an so vielen Stellen wie möglich zu zerstören.

Im ersten Moment hielt ich es für ein Fantasiegebilde unseres Spieles. Aber Anders sah es auch. Weit unten im Silberwald, nicht weit von der Pforte entfernt, pirschten sich vorsichtig zwei Bleichgesichter an. Sie waren größer als wir, trugen Cowboyhüte und Turnschuhe und waren mit silbernen Revolvern bewaffnet.

Wir blieben ruhig sitzen und beobachteten den Feind. »Vielleicht ist das ja ein guter Tag zum Sterben«, sagte Anders.

Mehr Worte waren nicht nötig. Wir nahmen den Häuptlingsschmuck ab und ersetzten ihn durch eine Adlerfeder. Dann wandten wir Manitu unsere Gesichter zu, trugen Kriegsbemalung auf und bewaffneten uns für einen Kampf auf Leben und Tod. Pfeil und Bogen waren zu gefährlich, für den Nahkampf waren Streitaxt und Tomahawk besser geeignet.

Taktisch befanden wir uns eindeutig im Vorteil. Wir hatten den Feind bereits entdeckt, er uns aber nicht. Wir schlichen uns also von unterhalb des Hanges an und rechneten uns aus, bei dem großen Felsen, der den Silbertannenwald von einer kleinen Wiese trennte, auf die Bleichgesichter zu stoßen. Dort wollten wir uns verstecken und den Feind aus dem Hinterhalt angreifen.

Alles hing vom Überraschungseffekt ab. Wir mussten sie so nahe an uns ranlassen, dass sie es nicht mehr schafften, ihre Revolver zu ziehen und genügend Schüsse abzufeuern, dass sie rufen durften, wir seien tot.

Rechtzeitig bezogen wir unseren Posten hinter dem Felsen und hörten sie kommen, da sich der weiße Mann nicht so leise in der Natur bewegen konnte wie wir in unseren Mokassins.

Mit größter Spannung verfolgten wir ihren Vormarsch. Mein Herz klopfte so stark, dass ich es im ganzen Körper spürte.

Als wir Blickkontakt mit dem Feind hatten, betrug der Abstand gerade noch drei Meter. Sie hatten keine Chance, ihre Revolver zu ziehen, und unser Kampfgeschrei erfüllte sie mit Todesangst, als wir sie mit erhobenen Tomahawks angriffen.

Ich traf einen Cowboy mit einem Schlag im Gesicht,

und als er nach hinten fiel, sah ich erst, wie groß er war. Wenn ich jetzt zögerte, würde er mich umbringen. Deswegen schlug ich immer wieder auf ihn ein, bis er zu heulen begann und um Gnade winselte. Anders hatte mit seinem Cowboy weniger Glück. Sie rangen. Anders lag unten. Ich ließ meinen Tomahawk sprechen, griff in blinder Wut an und schlug so lange auf ihn ein, bis er blutüberströmt war.

Danach weist meine Erinnerung eine Lücke auf, wie ein Filmriss.

Anders zerrte mich weinend von den besiegten Feinden weg, die ebenfalls heulten. Als ich mich erneut mit einem Kampfruf auf die Bleichgesichter stürzen wollte, um sie zu skalpieren, schlug mir Anders ins Gesicht. Nicht fest, aber so, dass ich wieder zu mir kam und in die Wirklichkeit zurückfand.

Vor uns lagen zwei blutverschmierte Zwölfjährige im Gras und heulten Rotz und Wasser. Heilkräuter wuchsen keine in der Nähe.

Wir boten vermutlich einen skurrilen Anblick, als wir zusammen zum großen Haus marschierten. Zwei kleine, in Tränen aufgelöste Indianer mit Lippenstiftkriegsbemalung und zwei größere, ebenfalls heulende Cowboys.

Natürlich gab es wieder einen Skandal.

Die Dienstmädchen reinigten die Wunden der Cowboys, und Großmutter sorgte dafür, dass ein Taxi die beiden zur Notaufnahme der Kurklinik brachte, da genäht werden musste. Die Eltern der Jungs riefen an und erstatteten Anzeige. Der Polizist fand sich am Spätnachmittag ein, um sich ein wenig mit den Indianern zu unterhalten, wie er sich ausdrückte.

Er berichtete, dass die Cowboys aus Neglinge waren,

was uns wunderte. Wir kannten niemanden aus diesem Ort, den wir ausschließlich zur Kinomatinee aufsuchten. Was hatten Jungs aus Neglinge an der Strandpromenade verloren? Der Polizist lieferte uns die Erklärung. Einer der beiden war einige Tage zuvor an unserem Grundstück entlanggeradelt und hatte einen Indianer erblickt. Daraufhin war ihm die brillante Idee gekommen, einen Indianerkrieg anzuzetteln. Da die Neglinger zu diesem Zwecke auf ein Privatgrundstück eingedrungen waren, war die Schuldfrage schnell geklärt, und Anders und ich hatten von der Polizei nichts mehr zu befürchten.

Der Polizist bemerkte scherzhaft, dass mit Knallplättchenpistolen gegen Tomahawks wenig auszurichten sei, worauf wir uns verteidigten, dass die Neglinger wegen unseres Blitzangriffes keinen einzigen Schuss abfeuern konnten. Hätten sie einfach nur gerufen: Ihr seid tot!, hätten sie gewonnen.

Dem Polizisten schien unsere Argumentation nicht einzuleuchten.

Großmutter erbot sich, die Kosten für den Arzt zu übernehmen, was der Polizist ablehnte, schließlich sei es nicht unsere Schuld gewesen. Er salutierte und ging.

Endlich durfte Anders nach Hause radeln. Wir verabredeten uns für den nächsten Tag in der Badeanstalt. Anders schien sehr erleichtert zu sein, als er auf seinem neuen Fahrrad mit dem Bananensattel davonfuhr.

Großmutter wollte sich mit mir unter vier Augen unterhalten. Wir setzten uns auf ihren Balkon, und sie ließ sich ein Glas Weißwein bringen und mir selbst gemachte Limonade.

Sie sah mich nachdenklich an. Ich hatte nichts zu sagen,

da ich nicht genau wusste, was eigentlich geschehen war. Wir hatten einfach nur Cowboy und Indianer gespielt, mit vielleicht etwas zu blutigem Ausgang. Dann war die Polizei gekommen.

Großmutter schien nicht böse zu sein.

»Ich bin mit einem Soldaten verheiratet«, begann sie, »der im zivilen Leben nie Gewalt angewendet hat. Denk immer daran. Im Krieg herrscht Gewalt. Und während einer Revolution. Aber nicht in Friedenszeiten und schon gar nicht zwischen spielenden Kindern.«

Ich wusste immer noch nicht, was ich sagen sollte, und versuchte, mir meinen freundlichen Großvater als Soldat vorzustellen. Dieser Gedanke war mir vollkommen neu. Zumindest waren damit Onkel Sverres Andeutungen in Bezug auf Großvaters Orden etwas begreiflicher. Aber Großvater war so alt, und ich verstand nicht recht, in welchem Krieg er gekämpft hatte.

»Du musst lernen«, fuhr Großmutter fort, »deinen Zorn zu bändigen. Wenn Kinder sich prügeln, ist das schlimm, aber kein großes Drama, schon gar nicht, wenn Kinder von der Strandpromenade die aus Neglinge verdreschen. So ungerecht ist die Welt, und das wirst du begreifen, wenn du älter bist. Wärst du jetzt schon älter, hätten deine Schläge unbequemere Konsequenzen gehabt und wir hätten es nicht mit einem freundlich devoten Polizisten zu tun gehabt, der den Opfern die Schuld in die Schuhe schiebt.«

Ich musste ihr versprechen, nie wieder andere Kinder zu schlagen.

Nach einer kleinen Pause wandte sie sich einem anderen mir unbegreiflichen Thema zu und verkündete, dass sie wisse, was Harry tue. Das sei ein Unglück für uns alle, müsse aber ein Geheimnis bleiben. Ich müsse lernen, es zu ertragen, und die Hand in der Tasche zur Faust ballen. Dann überreichte sie mir ein Buch über einen Jungen aus Sparta im antiken Griechenland.

Dieser Junge musste noch viel Schlimmeres ertragen als ich und wurde später trotzdem ein großer Heerführer. Seine Kindheit hatte ihn abgehärtet.

Ehrfürchtig las ich an diesem Nachmittag fast das halbe Buch, bevor Harry aufwachte und Mama aus dem Strandbad zurückkam.

Ich fürchtete nicht nur die Schmerzen, die irgendwann vorübergingen, wenn Harry erfuhr, dass die Polizei bei uns vorgesprochen hatte. Aber vor den Ferien in Sandhamn wollte ich das goldene Schwimmabzeichen erringen. Eine weitere Woche Badeverbot würde diese Pläne durchkreuzen, da die Prüfungen bereits begonnen hatten. Anders war bereits voll dabei.

Als Mama mit meinem kleinen Bruder nach Hause kam, um Harrys Abendessen zuzubereiten, erfuhr sie alles von Torunn, Großmutters Dienstmädchen, und trug die Neuigkeit wie erwartet gleich an Harry weiter.

Es gab ein typisch norwegisches Gericht, Frikadellen aus Walfischhack von Frionor. Wir hatten seit Kurzem eine Tiefkühltruhe, die genauso aussah wie die von Johans Mutter.

Ich hatte nichts gegen Walfisch, den ich aus Norwegen kannte, aber die Angst vor den Schlägen nach dem Essen raubte mir den Appetit. Die Strafe würde gnadenlos sein, denn nichts war schlimmer als ein Skandal.

Als Mama das Geschirr spülte und mein kleiner Bruder

das Kinderprogramm im Radio hörte, begaben Harry und ich uns wie gewohnt ins Kinderzimmer. Wie immer schloss er die Tür hinter uns und setzte sich wie üblich auf mein Bett.

Er hatte weder Kleiderbürste oder Schuhlöffel noch die Hundepeitsche dabei und wirkte geradezu aufgeräumt. Das war mir unheimlich.

Harry erkundigte sich, ob ich tatsächlich zwei Zwölfjährige krankenhausreif geschlagen hätte.

Ich leugnete nicht. Dinge abzustreiten machte in der Regel alles nur noch schlimmer.

»Na, dann ist ja alles geregelt. Hier hast du meine Kralle«, sagte er und hielt mir die Hand hin.

Mir war zwar klar, was er mit Kralle meinte, aber ansonsten begriff ich rein gar nichts. Für gewöhnlich gaben wir uns immer erst nach vollzogener Strafe die Hand, nie vorher.

Aber jetzt war es vorbei, ehe es begonnen hatte. Wir kehrten in die Küche zurück, dann ging Harry ins Obergeschoss, um seinen Smoking anzuziehen. Ich war begnadigt worden.

Während ich Mama beim Abtrocknen half, schwirrten mir die Gedanken im Kopf herum. Harrys Worte, mit denen er mich begnadigte, obwohl ich mehr denn je Prügel verdient hatte, würde ich nie vergessen. *Hier hast du meine Kralle*. Harry gefiel, was andere verurteilten, und das war unbegreiflich.

Die Herrenbadeanstalt glich einer großen Holzburg. Nach Abgabe einer 25-Öre-Münze schob man sich durch ein schwarzes Drehkreuz und eilte die Treppe hinunter. Das eigentliche Bad war hufeisenförmig von stufenartig angeordneten Zuschauerbänken eingerahmt. Rechts außen ragte Furcht einflößend ein elf Meter hoher Sprungturm auf. Von unten sah er harmlos aus, aber nicht von oben. Den meisten Badegästen wurde dort oben schwindelig, sodass sie unverrichteter Dinge wieder hinunterkletterten. Ich hatte mit Anders gewettet, dass ich den Sprung vor dem Sommerende wagen würde, was ich beinahe bereute, aber schließlich hatte Anders immer Geld. Der Unterschied zwischen uns hatte nur indirekt mit diesem Umstand zu tun, denn in Saltsjöbaden waren alle gleich. Aber einige Eltern waren der Meinung, dass ihre Kinder Geld verdienen sollten, indem sie zu Hause mithalfen, was nicht so leicht war, wenn man Dienstmädchen hatte wie wir. Die Sozis hatten den meisten Leuten die Dienstmädchen weggenommen. Wie genau das gelaufen war, wusste ich nicht, aber weder bei Anders noch bei Johan gab es welche, was ihre Eltern den Sozis vorwarfen.

Andere Kinder bekamen Taschengeld, also leicht verdientes Geld.

Dummerweise hatte ich mit Anders um ganze zehn Kronen gewettet. So viel verdiente ich zu Hause im ganzen Sommer nicht. Wenn ich beim Spülen half, bekam ich 25 Öre, die ich für den Eintritt ins Strandbad brauchte.

Anders war noch nicht da. Ich rannte auf den Steg und meldete mich zur Prüfung an. Der Schwimmlehrer schrieb meinen Namen auf eine Liste, wobei er streng bemerkte, dass die anderen schon viel weiter seien. Ich schlug vor, mehrere Prüfungen an einem Tag abzulegen, worauf er mir den Tipp gab, mit der 800-Meter-Strecke anzufangen und die ersten zehn Meter im Tauchgang zu absolvieren, um zwei Fliegen mit einer Klappe zu schlagen. Ich nahm den Schwimmlehrer beim Wort und schwamm die erste Bahn unter Wasser und erledigte dann die restlichen einunddreißig Bahnen, womit Streckentauchen als auch -schwimmen abgehakt werden konnten.

Als mir das monotone Hin- und Herschwimmen langweilig wurde, wechselte ich zwischen Brustschwimmen und Kraulen, damit es etwas schneller ging. Mir war klar, dass mich die Schwimmlehrer heimlich beobachteten. Ich war immer schneller gewesen als die anderen.

Nach den zweiunddreißig Bahnen machte ich direkt mit der läppischsten Prüfung weiter, die Toter Mann hieß. Drei Bahnen Rückenschwimmen, die Arme parallel zum Oberkörper. Noch läppischer war das sogenannte Wassertreten: Mit durchgedrücktem Rücken legte ich drei Bahnen in der Vertikalen tretend zurück.

Nach einer Stunde gab ich auf, weil es zu kalt wurde. Zitternd und mit blauen Lippen stieg ich aus dem Wasser.

Onkel Sverre und seine Freunde hatten Stammplätze auf der oberen Terrasse. Sie waren braun wie Leder und hatten ihre eigenen Liegestühle dabei. Ich gesellte mich zu ihnen, um mich aufzuwärmen und wahrscheinlich auch, um damit anzugeben, dass ich die anderen Prüflinge in einer Stunde beinahe eingeholt hatte. Am nächsten Tag wollte ich die Prüfung im Kleider- und Rettungsschwimmen absolvieren.

Onkel Sverre freute sich und wickelte mich in ein Badelaken ein, um mich warm zu rubbeln, während er mich seinen Freunden vorstellte.

Wenn man ihn so sah, konnte man kaum glauben, dass Onkel Sverre und Großvater fast gleichaltrig waren. Großvater war wie alle alten Männer sehr dick, Onkel Sverre hingegen hatte kein Gramm Fett auf den Rippen. Er wirkte fast mager und trug eine sehr knappe Badehose. Sein Haar war kurz geschnitten, und er trug keinen Bart. Viele seiner Freunde sahen genauso aus wie er, waren aber bedeutend jünger.

Ich blieb eine Weile bei ihnen sitzen und lauschte ihrem Gespräch. Sie sprachen über Kunst, so viel war klar, über einen Künstler, der ein guter Freund Großvaters war und in der großen verfallenen Villa neben unserer gewohnt hatte. Danach unterhielten sie sich über einen Franzosen, der diesem ehemaligen Nachbarn einiges beigebracht hatte, was die einen gut, die anderen aber schlecht fanden. Ich konnte dem Gespräch nicht folgen, und sobald mir wieder wärmer war, stahl ich mich unbemerkt davon, während sie weiterzankten.

Ich begab mich zum Sprungturm. Es hatte keinen Sinn, das Problem aufzuschieben, da es dadurch nicht einfach verschwinden würde.

Vor dem Dreimeterbrett hatte sich eine Schlange gebildet. Es wurde in rascher Folge gesprungen. Ein paar Erstklässler warteten auf ihren Sprung und ärgerten sich, weil sie dachten, ich wolle mich vordrängeln. Möglichst beiläufig erklärte ich ihnen, ich hätte Höheres im Sinn. Sofort wurde ich vorbeigelassen.

Unpraktischerweise hatte der Saltsjöbadener Sprungturm kein Fünfmeterbrett. Nach dem Dreier folgte ein kleiner Balkon, von dem es acht Meter in die Tiefe ging.

Vom Dreimeterbrett war ich bereits in der ersten Klasse gesprungen. Auf das Fünfmeterbrett, das es in den meisten anderen Strandbädern gab, hatte ich mich hin und wieder getraut, wenn wir Mamas Freunde und Bekannte besucht hatten. Aber acht Meter waren ein Dreimeterbrett auf einem Fünfmeterturm.

Als ich auf den kleinen Balkon trat, bereute ich es sofort. Das war viel höher, als ich es mir vorgestellt hatte.

Aber zum Umkehren war es zu spät.

Die beiden kleinen Jungen, an denen ich mich gerade vorbeigedrängt hatte, waren schrill kreischend wie Mädchen zusammen vom Dreier gesprungen. Als sie zum Steg zurückschwammen und zu ihren Freunden hochschauten, entdeckten sie mich und fuchtelten mit den Armen.

Ich hatte Publikum. Die beiden Schwimmlehrer hatten mich ebenfalls gesehen. Der Sprung dauert höchstens eine Sekunde länger als vom Fünfmeterbrett, versuchte ich mir Mut zu machen, sah ein, dass es kein Zurück gab, holte tief Luft und sprang in die Tiefe.

Eine erste Sekunde der Befreiung und Freude.

Eine zweite Sekunde der Panik, als mir aufging, dass ich falsch auftreffen würde und nichts dagegen unternehmen konnte.

Ich kippte nach hinten, das Wasser klatschte an meine Waden, und ich landete verkehrt herum im Wasser.

Als ich zum Steg zurückschwamm, brannten meine Waden und mein Rücken. Ich schämte mich für meine ungeschickte Vorführung, war aber gleichzeitig stolz, es zumindest gewagt zu haben, obwohl ich in diesem Augenblick wenig Lust hatte, es zu wiederholen.

Die Wette mit Anders galt dummerweise nicht für acht Meter. Elf Meter waren noch einmal drei Meter mehr, und die Gefahr, sich richtig wehzutun, dementsprechend größer. Einem Unglücklichen wären bei einem Bauchklatscher die Därme geplatzt, hieß es.

Am nächsten Tag fand ich mich angekleidet auf dem Badesteg ein, da Kleiderschwimmen an der Reihe war. Einer der Schwimmlehrer nahm mich beiseite, um mich auf zwei Dinge hinzuweisen.

Erstens sollte ich mich vom sonnenanbetenden Herrenklub auf der oberen Terrasse fernhalten. Den Grund dafür nannte er nicht, aber ich ahnte, dass es unklug wäre, preiszugeben, dass einer der Männer mein Großonkel war.

Der zweite Hinweis war lehrreich. Ich hatte beim Sprung vom Achtmeterbrett einen Anfängerfehler begangen, der leicht zu vermeiden war. Genau wie aus geringerer Höhe hatte ich versucht, schräg ins Wasser einzutauchen. In acht Metern Höhe durfte ich beim Sprung nicht nach unten, sondern musste nach vorne zielen. Und wenn ich es von ganz oben versuchte, musste ich sogar schräg nach oben zielen. Der Schwimmlehrer versprach, nach den Prüfungen für das Abzeichen mit mir zu üben.

Mir war ziemlich beklommen zumute, als ich die 400 Meter Kleiderschwimmen in Angriff nahm, da ich den Gedanken an die bevorstehende Höhe nicht aus dem Kopf verbannen konnte.

Ich stieg fröstelnd aus dem Wasser, wollte aber gleich im Anschluss die Lebensrettungsprüfung ablegen, da auch diese angekleidet durchgeführt wurde. Anschließend musste ich mich lange in der Sonne aufwärmen, bis ich nicht mehr mit den Zähnen klapperte. Zu Beginn des Sommers war das Wasser selten wärmer als 16 Grad.

Anders erschien mit ein paar Klassenkameraden, die auch nicht verreist waren. Nachdem die Schwimmlehrer die Korkleinen entfernt hatten, spielten wir im Wasser und auf den Stegen Fangen. Die ständige Bewegung machte das kalte Wasser erträglicher. Als ich den Schwimmlehrer auf mich zukommen sah, tauchte ich unter und verdrückte mich.

Er erwischte mich trotzdem und meinte, jetzt sei es Zeit. Vielleicht sah er, dass ich zögerte, jedenfalls schlug er vor, mit mir zusammen zu springen, wenn auch nicht gleichzeitig. Er würde mich nach oben begleiten, mir alles genau erklären und dann vor mir springen.

Das konnte ich nicht ablehnen.

Wenig später standen wir oben. Er drehte dem Wasser den Rücken zu und stellte sich auf die Balkonkante, lachte und meinte, das sei die Ausgangsposition für den deutschen Sprung, heute würden wir uns aber mit dem normalen, dem Schwanensprung begnügen.

Er schob mich zur Kante vor und forderte mich auf, aufs Wasser zu schauen.

Ich kam seiner Aufforderung nach und verspürte ein Ziehen im ganzen Körper.

Das sei tunlichst zu unterlassen, erklärte der Schwimmlehrer.

»Schau stattdessen geradeaus auf das Badehotel, dann kann nichts schiefgehen. Und jetzt sieh dir an, wie ich es mache, und folge meinem Beispiel. Ganz einfach.«

Er nahm die Ausgangsposition der Turmspringer mit nach vorne gestreckten Armen ein, krümmte seine Zehen um die vordere Kante und ließ sich mit schräg nach vorne gestreckten Armen in einem perfekten Bogen ins Nichts fallen. Kurz vor dem Eintauchen führte er die Arme zusammen und durchstieß fast geräuschlos die Wasseroberfläche.

Die Badegäste im Strandbad klatschten. Natürlich hatten

sich während unserer Beratung Zuschauer eingefunden. Jetzt waren alle Blicke auf mich gerichtet.

Der Schwimmlehrer bedeutete mir vom Wasser aus, es ihm nachzumachen.

Ich kann nur schwer beschreiben, was ich in diesem Augenblick fühlte. Vielleicht eine Art Wut. Oder Verzweiflung. Oder beides. Jedenfalls war es ein Gefühl, das die Angst besiegte.

Ich machte es wie er und streckte die Arme wie ein richtiger Turmspringer vor mir aus. Dann ließ ich sie sinken, klammerte mich mit den Zehen an die Kante, richtete meinen Blick auf das Badehotel, ohne nach unten zu schauen, und warf mich ins Leere.

Die Sekunden bis zum Eintauchen waren von einem jubelnden Glücksgefühl erfüllt. Als ich wieder an die Oberfläche kam, klatschten alle.

Anschließend empfahl mir der Schwimmlehrer, jeden Tag etwa zehnmal zu springen, dann könnte ich bald den Sprung aus elf Metern Höhe wagen.

Glücklich radelte ich am Nachmittag nach Hause. Harry aß immer sehr früh zu Abend, da er bereits vor sieben in Stockholm sein musste.

Selbst nach den vergleichsweise harmlosen Prügeln mit der Borstenseite der Kleiderbürste war ich noch glücklich. Ich war glücklich, als ich Mama beim Abwasch half und die 25 Öre für den nächsten Eintritt verdiente.

Da es Samstagabend war, saßen wir nachher gemütlich beisammen und hörten uns im Radio das Samstags-Karussell mit Lennart Hyland an. Mama rauchte Kette, und mein kleiner Bruder quengelte und hustete, was sie nicht weiter kümmerte. Sie trank Wein und wir Loranga, und wir lachten sehr viel. Mein Glücksgefühl hielt weiter an, und in Gedanken wiederholte ich den perfekten Sprung vom Achtmeterbrett viele Male.

Ehrlicherweise muss gesagt werden, dass der Sprung nicht ganz perfekt ausgefallen war. Beim Eintauchen hatte es meine Arme auseinandergepresst, und ich war mit der Stirn aufgetroffen. Inzwischen wusste ich, dass sich dies vermeiden ließ, indem man mit der rechten Hand den linken Daumen festhielt, die ausgestreckten Arme an die Ohren presste und sich regelrecht durch die Wasseroberfläche boxte. Außerdem musste man auf den Grund zielen und durfte sich nach dem Eintauchen nicht krümmen.

Ich fieberte dem nächsten Tag entgegen, an dem ich zehn immer bessere Sprünge absolvieren würde.

Am nächsten Tag regnete es jedoch in Strömen.

Johan und seine Familie waren noch nicht aus dem Urlaub zurückgekehrt, sonst hätte ich zu ihm radeln, irgendein Würfelspiel spielen oder Donald Duck lesen können, was bei uns verboten war.

Vermutlich las ich zum dritten Mal Ivanhoe, nahm dann einen Regenschirm und ging runter zu den Großeltern. In den Spielzeugschränken fand sich immer etwas, das ich noch nicht ausprobiert hatte, und notfalls konnte ich mir mit dem Meccano-Baukasten die Zeit vertreiben.

In der Küche herrschte bereits rege Betriebsamkeit für das Abendessen, das wir jeden Sonntag bei meinen Großeltern einnahmen. Großmutter und zwei Dienstmädchen hantierten mit Töpfen, und ein Braten, Gemüse und Makrelen lagen in Bereitschaft. Ich machte einen Diener und eilte weiter, damit niemand auf die Idee kam, mich mit irgendwelchen Leckerbissen aufzuhalten.

Die Tür zum kleinen Esszimmer stand offen, und im Hintergrund leuchtete der eigentümliche Apparat mit Mahagonigehäuse. Ich schlich ins Zimmer und schloss die Tür hinter mir. Dieses geheimnisvolle Gerät hatte schon immer meine Neugier geweckt.

Ich betrachtete den eckigen Mahagonikasten mit Kurbeln auf beiden Seiten. Auf der dritten Seite befanden sich wie bei einem Fernglas zwei Linsen. Im Kasteninnern leuchtete Licht, offenbar hatte jemand vergessen, es auszuschalten. Vor den Gucklöchern stand ein Stuhl.

Ich nahm Platz, beugte mich vor und schaute in eine Märchenwelt.

Das farbige Bild war an sich nicht weiter bemerkenswert. Flanierende Menschen in altmodischen Kleidern auf einer Straße mit alten, schönen Häusern.

Das Faszinierende war nicht das Motiv, sondern der Umstand, dass es dreidimensional war. Ich glaubte beinahe, mitten zwischen diesen Menschen zu stehen. Sie waren so wirklich, schienen sich zu bewegen und zu unterhalten, in einer fremden Sprache. Das waren weder Schweden noch Norweger.

Ich hatte eine ungefähre Vorstellung, was dreidimensional bedeutete. Johan und sein Bruder waren einmal mit ihrer Mutter nach Stockholm gefahren, um einen Film in 3D anzuschauen. Dazu hatten sie Brillen mit einem roten und einem grünen Glas aufgesetzt. Bei diesem Kasten war das offenbar nicht nötig.

Vorsichtig drehte ich an den beiden Kurbeln. Flapp! Ein neues Bild erschien vor meinen Augen. Ich sah eine große Kirche mit zwei Türmen und Menschen, die um mich herum standen. Die nächsten Bilder zeigten einen Blumenmarkt und eine von Statuen flankierte Brücke über einen blauen Fluss. Auf der Brücke spazierten Menschen in denselben altmodischen Sonntagskleidern.

Es gab unendlich viele Bilder. Jedes war am unteren Rand mit einer Textzeile in einer mir fremden Sprache versehen. Ein Wort, das mir nichts sagte, kehrte ständig wieder: Dresden.

Es verstrich sicher eine ganze Stunde, bis ich wieder beim ersten Bild ankam. Ich erwachte wie aus einem Traum und war sehr neugierig, wie diese Zauberei wohl funktionierte.

Da ich seitlich keine Öffnungen entdecken konnte, hob ich behutsam den losen Deckel ab. Ich legte ihn auf den Esstisch, stellte mich auf die Zehenspitzen und schaute in das geheimnisvolle Innenleben des Kastens.

Da waren zwei Glühbirnen und dahinter die paarweise in ein Rad eingesteckten, identischen Bilder. Ein Messingstab hielt das folgende Bildpaar zurück, bis ich an den seitlichen Kurbeln drehte und das nächste Bilderpaar mit einem leisen Klatschen vorklappte. Bei den Bildern handelte es sich um einfache Postkarten. Bestand der Trick vielleicht darin, dass man beide auf einmal sah?

Genauso war es. Als ich mit beiden Augen durch die Linsen blickte, wurden die Bilder nicht nur größer, sondern auch dreidimensional. Sobald ich ein Auge schloss, wurde alles flach.

Nachdem ich den Deckel wieder auf den Kasten gesetzt hatte, sah ich mir die Vorstellung ein zweites Mal an, was vermutlich eine weitere Stunde in Anspruch nahm. In der Zauberwelt verflog die Zeit im Nu.

Danach schaltete ich die Lampen aus, rollte den Apparat

in die Ecke, in der er immer stand, und stellte den Stuhl zurück an den Esstisch. Ich machte mich auf die Suche nach Großmutter, voller Fragen.

Wie immer, bevor Großvater aus seinem Stockholmer Büro kam, saß sie lesend im Erker.

Ich fragte sie, was Dresden sei. Sie sah mich erstaunt an, dann begriff sie vermutlich, womit ich mir die Zeit vertrieben hatte, was sie zu meiner Erleichterung nicht erzürnte. Sie legte ihr Buch beiseite und lud mich ein, neben ihr Platz zu nehmen. Dann begann sie, auf ihre freundliche, bedächtige und märchenhafte Art zu erzählen.

»Es war einmal eine Stadt namens Dresden im Land Sachsen unweit der Grenze zur Tschechoslowakei.

Diese Stadt war eine der schönsten der Welt, und ihre Bewohner waren sehr friedliebend. Aus dieser Stadt stamme ich, genau wie Ingeborg, meine beste Freundin, die du dort drüben auf dem Gemälde siehst.

Mein Vater besaß mitten in der Stadt an der Elbe ein Haus. Wir führten ein angenehmes Leben, auch in Zeiten, in denen andere Leute es sehr schwer hatten. So ungerecht kann das Leben sein. Denn wer hat, dem soll gegeben werden, wer aber nicht hat, dem wird auch, was er hat, genommen, wie es in der Bibel steht.

Aber was kümmert das ein Kind? Mich jedenfalls nicht, meine Geschwister auch nicht und meine Eltern am allerwenigsten. Und ich glaube kaum, dass du dir, mein lieber Enkel, über solche Fragen den Kopf zerbrichst. Sicher denkst du an andere Ungerechtigkeiten. Ich weiß, dass es Dinge gibt, die du nur schwer ertragen kannst.

Die wahre Ungerechtigkeit des Lebens versteht man erst, wenn man älter wird, und da ist es für die Vernunft manchmal bereits zu spät. Schließlich ist es leicht und angenehm, ein besseres Leben zu leben als andere. Ebenso leicht ist es, sich selbst zu betrügen und zu glauben, es sei rechtens, Gottes Wille oder von der Natur so eingerichtet und dass wir es deswegen verdient hätten.

Aber als ich noch ein Kind war und ein Zimmer im dritten Stock mit Blick auf die Elbe bewohnte, machte ich mir keinerlei Gedanken darüber. Ich saß oft stundenlang an meinem Fenster und schaute auf den Fluss und die Stadt, die nicht mehr existiert und die du dir gerade auf den schönen alten Bildern im Dioptikon im kleinen Esszimmer angesehen hast.

Die Sommer verbrachten wir in unserem Haus auf dem Land, das im Winter nicht bewohnbar war, weil zumindest der älteste Teil vor fast tausend Jahren erbaut worden war.

Ich pflückte Blumen auf den grünen Wiesen, stickte Blumen, presste Blumen in meinem Herbarium und versuchte, sie abzumalen, wie es kleine Mädchen damals eben so taten.

Dresden existiert nur noch als Traum. Die Stadt liegt tief in meinem Herzen verborgen, so wie in dem deines Großvaters. Dort an der Technischen Hochschule haben sich seine Brüder und er zu Diplomingenieuren ausgebildet.

Aus diesem Grund steht das Dioptikon im kleinen Esszimmer. Ab und zu sehen wir uns die Bilder an und schwelgen in den Erinnerungen an das schöne Dresden. Ich war zuletzt heute dort. Und eben habe ich dich am Apparat gehört und sogleich die Bilder vor meinem inneren Auge gesehen. Jetzt weißt du, aus welch einer schönen Stadt ich stamme.«

Mir fehlten die Worte. Meine Großmutter stammte aus jener kolorierten Märchenwelt, die ich gerade betrachtet hatte.

Nachdem ich einen Moment lang gegrübelt hatte, fragte ich, warum Dresden nicht mehr existierte. Ich hatte die Stadt doch auf den Ansichtskarten gesehen, die nicht sonderlich alt schienen.

Großmutter schwieg und schien den Tränen nahe. Dann sagte sie, dass es Dresden nicht mehr gab, weil die Stadt im Krieg vollkommen zerstört worden war. Kein Stein sei auf dem anderen geblieben.

Von der Vernichtung vieler Städte hatte ich gehört. Manchmal, wenn Mama ein Glas Wein getrunken hatte, redete sie von Strontium und Cäsium und der Atombombe, vor der sich alle Erwachsenen fürchteten.

Ich fragte Großmutter, ob Dresden von einer Atombombe zerstört worden wäre. »Viel schlimmer«, antwortete sie. Das war irrsinnig, war doch die Atombombe das Schlimmste überhaupt. Eines schönen Tages würde die Welt in einem Feuerball untergehen, wie wir das im Religionsunterricht gelernt hatten.

Großmutter war nicht mehr in der Laune für weitere Märchen. Ich fragte trotzdem, was aus dem alten Haus auf dem Land geworden sei. Sie lächelte. Das Sommerhaus hatten die Sieger des Krieges gestohlen.

»Die Engländer?«, fragte ich, weil die mir als Erstes in den Sinn kamen.

Sie lachte. »So schlimm nun auch wieder nicht.« Sie schaute auf die Uhr, strich ihr Kleid glatt und erinnerte mich daran, dass ich mich zum Abendessen umziehen sollte. Wir erwarteten Gäste.

Kurz vor Mittsommer begann die Saison. Großvater schloss das Büro in der Stadt und gab allen Angestellten frei. Die *Beduin* wurde auf der Plyhms-Werft aufgemastet und zum Beladen an unseren Steg gesegelt.

Ab Mittsommer wohnten wir in Sandhamn, den gesamten Juli und während der Regatta bis Ende August. Die Saison entsprach vermutlich in etwa dem, was allgemein als Urlaub bezeichnet wurde. Mittsommer war die wichtigste Zeit, weil die ganze Familie nur dann und an Weihnachten vollzählig zusammenkam.

Das Beladen der *Beduin* nahm einen halben Tag in Anspruch. Nicht nur unser Gepäck wurde verstaut, sondern auch die Weinkisten und Vorräte, die ein roter Lastwagen von Arvid Nordquist aus Stockholm anlieferte. Wir benötigten große Mengen Lebensmittel, da wir so zahlreich waren.

Großvater überwachte das Stauen. Das Gewicht musste gleichmäßig verteilt werden, besonders die Weinkisten und Großmutters Bücherkoffer.

Großvater trug eine dunkelblaue Seglerjacke und eine Schirmmütze mit dem Wappen der Königlichen Schwedischen Segelgesellschaft, Seglerschuhe und weiße Leinenhosen. Diese Kluft signalisierte den Beginn des Sommers. Ungefähr wie das sommerliche Lied, das wir im Schulabschlussgottesdienst sangen. Aber Großvaters Schirmmütze war besser als der Sommerpsalm, denn sie verhieß Sandhamn, wo Harry mit Ausnahme der Mittsommerfeierlichkeiten nicht sein würde. Den Sommer über war er auf Tournee oder trat in Stockholm auf und stattete uns höchstens kurze Besuche ab. Er fiel durch seine Blässe auf und sah in seiner viel zu großen Badehose lächerlich aus. Ins Wasser ging er nie.

In Sandhamn war Harry ungefährlich. Wenn die ganze Familie versammelt war, wohnten wir recht beengt, und für die Prügel nach dem Essen gab es keinen Raum. Als die *Beduin* endlich ablegte, herrschte nur eine leichte Brise und kaum Seegang. Großvater öffnete eine Flasche Champagner, und alle versammelten sich im Cockpit, um auf den ersten Tag der Saison anzustoßen. Wie üblich bekam ich nur ein halbes Glas.

Wir trugen unsere feine Seglerkleidung, auch die von Sandhamn zur Überführung des großen Bootes angereisten Onkel: Marineblaue Hosen, Seglerschuhe und weißer Pullover mit V-Ausschnitt mit grünem Saum und unserem Wimpel in Grün und Weiß über der linken Brust. Mama trug wie immer lange Hosen und Onkel Sverre einen weißen Leinenanzug und einen Strohhut. Mein kleiner Bruder hatte kurze Hosen an.

Wir hissten das Großsegel, als wir uns auf offenem Gewässer befanden, und die *Beduin* zog bei auffrischendem Wind zügig davon. Mama, Großmutter und Torunn begaben sich mit meinem kleinen Bruder in den Salon. Jetzt waren nur noch wir Männer an Deck und bereiteten uns auf das kommende Gefecht vor.

Die Spanier, unsere Verfolger, waren etwas schneller, da ihr Schiff mit weniger Kanonen bestückt und daher leichter war. Ihr Plan war leicht zu durchschauen. Sie wollten uns mit ihren beiden Schiffen in die Zange nehmen und beschießen.

Aus dieser Verlegenheit konnten wir uns nur durch ein kühnes, überraschendes Manöver retten. Finster schaute ich auf das aufgewühlte Meer und berechnete den Abstand. Wir öffneten die Kanonenluken auf der Steuerbordseite, und ich befahl alle Mann auf Gefechtsstation. Die Spanier schienen nichts Böses zu ahnen.

Im richtigen Augenblick drehten wir nach steuerbord ab und kamen mit der auf den hilflosen Spanier gerichteten Breitseite beinahe zum Stillstand. Wir feuerten aus sämtlichen Kanonen sowohl auf Rigg und Rumpf des Feindes. Ein Treffer fällte den Großmast, und an Bord brach Chaos aus. Unsere nächste Salve bestand aus Granaten, und wenig später stand das gegnerische Schiff in Flammen. Rauchwolken verbargen uns vor dem zweiten gegnerischen Schiff.

Aber wir waren noch nicht fertig mit ihnen. Als die HMS *Beduin* an dem brennenden Spanier vorbeigetrieben war, nahm sie das Gefecht erneut auf. Immer noch im Sichtschutz der Rauchwolken luvten wir zügig an, und die Segel strafften sich.

Als sie uns entdeckten, war es zu spät. Unsere Bugkanonen waren mit zwei Eisenkugeln geladen, die von einer Kette zusammengehalten wurden. Die Wirkung war fürchterlich, als sie die geblähten Segel des Gegners trafen. Damit war der Kampf im Prinzip beendet und die HMS *Beduin* auf dem Weg, weitere strahlende Siege auf den sieben Weltmeeren zu erringen.

Das Mittsommerfest in Sandhamn war wie immer für die Erwachsenen spaßiger als für uns Kinder, da stundenlang an einem langen Tisch getafelt wurde. Ich konnte mir nicht vorstellen, dass ich im Alter selber einmal so werden würde. Cousin Eilert meinte, solche Mahlzeiten seien garantiert lustiger, wenn man Schnaps und Wein dazu trinken dürfe. Wahrscheinlich lag darin das Geheimnis.

Nach dem Mittsommerfest kam die erste Enttäuschung.

Tante Johanne und Eilert wollten in Schottland Tante Rosa mit Familie besuchen. Damit zerschlug sich der Plan, Hans Olafs alten Kanadier, der hinter dem Brennholzschuppen vergammelte, zu dritt aufzurüsten. Mein kleiner Bruder und ich waren also die einzigen Kinder unter lauter Erwachsenen. Ich sah schon auf mich zukommen, ständig Kindermädchen zu spielen, obwohl es bezahlt wurde.

Die nächste Enttäuschung bestand darin, dass Hans Olaf und Alice unbedingt mein kleines gemütliches Lieblingsquartier, das Stockbett im Holzschuppen, das eigentlich für die Dienstmädchen vorgesehen war, beziehen wollten. Deswegen mussten Torunn und Signy ins Zimmer des Kronprinzen Olav umziehen, das zweitbeste Quartier, ebenfalls mit eigener Tür. Dieses Zimmer verfügte als einziges über ein altes Wasserklosett, das allerdings nicht mehr benutzt wurde. Die Sozis hatten Wasserklosetts verboten, und wir hatten ein Trockenklosett bauen müssen. Für mich hatte das allerdings den Vorteil, dass ich für jede volle Tonne, die ich oben im Wald vergrub, eine Krone bekam. Das geschah recht oft, da wir zahlreich waren. Für das Rausrudern und Müllversenken im Meer wurde dasselbe bezahlt.

Da meine Großeltern immer in der Dalstuga und Onkel Carl Lauritz und seine Besatzung im Seglerhaus wohnten, mussten Mama, mein kleiner Bruder und ich mit dem Langhaus, dem schlechtesten Quartier, vorliebnehmen.

Die allergrößte Enttäuschung war aber, dass ich zwei Wochen lang die Segelschule auf Lökholmen besuchen musste. Alles war organisiert, und Großvater glaubte, mir als Spross einer begeisterten Seglerfamilie mit dieser Überraschung eine Freude zu machen. Ich hatte nichts dagegen einzuwenden, auf der *Beduin* oder auf Onkel Carl Lauritz' Folkbåt mitzusegeln. Aber die Segelschule zu besuchen, statt einfach nur die Sommerferien zu genießen, war alles andere als verlockend.

Die Königliche Schwedische Segelgesellschaft veranstaltete jedes Jahr Kurse auf der Insel Lökholmen, die ich mit dem Ruderboot in wenigen Minuten erreichte. Ich hatte die Jungs aus Lidingö oder Djursholm immer belächelt, die sich in ihren Optis abmühten, um die Wende und die Halse zu erlernen. Wenn für den Unterricht wenigstens Starboote zur Verfügung gestanden hätten, aber für die waren wir noch zu jung.

Zu allem Übel saß man auf Lökholmen abends mit dem Volksschulliederbuch am Lagerfeuer. Die KSSS besaß zwar ein eigenes Liederbuch, das aber offenbar einige Texte enthielt, die nicht für Kinder aus gutem Hause geeignet waren.

Und die meisten Kursteilnehmer stammten aus feineren Familien. Aber nicht alle. Es gab auch ein paar Neureiche. Ich für meinen Teil machte mir keinen Kopf darüber, wer welcher Gruppe angehörte. Alle Kursteilnehmer sprachen ungefähr gleich, hatten dieselben Tischmanieren und trugen dieselben Kleider. Unterschiede fielen nur den Erwachsenen auf.

Bei meinem ersten Heimaturlaub erkundigten sich Großmutter und Onkel Hans Olafs Verlobte Alice nach den Namen meiner Lagerkameraden, aber ich kannte nur ihre Vor- oder Spitznamen, beispielsweise Tjotte, Peppe und Lucke. Als ich das nächste Mal nach Hause ruderte, hatte sie eine Namensliste besorgt und erklärte mir, mit welchen Jungs ich Umgang pflegen durfte. Neureichen sollte ich aus dem Weg gehen. Ihr Makel bestand offenbar nicht darin, dass sie reich waren, sondern dass sie es auf die falsche Art waren.

Weder Großmutter noch Alice konnten erklären, wie man auf die falsche Art reich war. Aber offensichtlich gaben sie nur vor, sich für das Segeln zu interessieren, weil das als vornehm galt.

Der Zusammenhang zwischen Vornehmheit und Segeln, was unsere Familie betraf, lag auf der Hand, im Herrenzimmer in Saltsjöbaden standen auf dem Billardtisch eine Vielzahl von Silberpokalen, die Großvater, Großonkel Sverre und ihr Bruder Lauritz errungen hatten. Jetzt kamen immer wieder neue von Onkel Carl Lauritz hinzu.

Ehrlich gesagt interessierte ich mich mehr für Fußball und Schwimmen. Das Segellager auf Lökholmen langweilte mich, und die Optis glichen Badewannen mit Masten.

Zum Abschluss des Kurses fand eine lächerliche Regatta statt, die aus drei Wettkämpfen bestand. Ich landete in der Gesamtwertung auf Platz vier.

Diese letzte Enttäuschung des Sommers kümmerte mich nicht sonderlich. Onkel Carl Lauritz hingegen war der Meinung, dass ich mich mehr hätte anstrengen müssen, obwohl auch er bei der Sandhamn-Regatta nur den dritten Platz belegte.

Das Schönste in diesem Sommer war die Taucherbrille, die ich in dem Laden entdeckte, den NK im Sommer in Sandhamn betrieb. Wenige Tage später brachte mir Torunn eine mit.

Eine neue Welt eröffnete sich mir. Der Meeresboden vor unserem Haus und in Skärkarlshamn bestand aus allerfeinstem Sand. Beim Tauchen mit offenen Augen hatte ich immer Schatten in alle Richtungen huschen sehen. Mit der Taucherbrille war das Bild plötzlich gestochen scharf. Die Schatten waren meist kleine Flundern, die sich im Sand versteckten. Rasch lernte ich, gegen das Licht zu schwimmen, damit mein Schatten sie nicht erschreckte. Auf diese Weise kam ich ihnen so nahe, dass ich ihre halb im Sand vergrabenen Konturen erkennen konnte.

Aus einem Nagel und einem Stock bastelte ich eine Harpune.

Nach einigen Tagen hatte ich mir die richtige Technik angeeignet. Es war August und so warm im Wasser, dass ich es lange darin aushielt. Als ich in der zweiten Woche vier Flundern von zufriedenstellender Größe erbeutet hatte, kam Großvater persönlich auf den Steg und lobte meinen Fang.

Dann stieß er ein Mora-Messer mit rotem Griff in das Holz des Steges und forderte mich auf, die Fische auszunehmen.

Also legte ich los, obwohl mich Großvaters Aufmerksamkeit ein wenig verunsicherte. Er konnte eine Flunder in fünfzehn Sekunden und ebenso schnell wie Fischhändler Brown im Dorf ausnehmen.

Man wog die Flunder in der Hand, um herauszufinden, auf welcher Seite der Magen und die Därme lagen. Dann trennte man den Kopf von der anderen Seite her bis zum Rückgrat durch, riss ihn ab und zog mit ihm die Innereien heraus.

Das gelang selbst mir in weniger als fünf Sekunden.

Danach knallte ich die Flunder auf den Steg und trennte die rechtsseitigen Flossen ab. Immer noch reibungslos, höchstens sieben oder acht Sekunden.

Jetzt kam der schwierigste Teil. Der Fisch wurde mit der weißen Seite nach oben umgedreht und der andere Flossenkranz, aber nicht die braune Fischhaut auf der Oberseite durchtrennt. Zu guter Letzt knickte man die Flossen um die Klinge und riss sie mitsamt der rot gepunkteten Haut ab.

Fertig war die pfannenfertige Sandhamn-Flunder, fünfzehn Sekunden.

Laut Großvater trennten die letzten Handgriffe die Spreu vom Weizen. Es bestand kein Zweifel daran, wer von uns beiden die Spreu und wer der Weizen war.

Der erste Versuch misslang, weil ich in der Schlussphase das Messer zu fest andrückte, der zweite, weil ich so behutsam vorging, dass es fast eine geschlagene Minute dauerte, bis ich die Haut von der Oberseite entfernt hatte. Beim dritten Fisch nahm mir Großvater das Messer aus der Hand.

Ich solle nicht nur zuschauen, sondern auch genau hinhören. Wenn das Messer mit der angemessenen Kraft geführt wurde, war beim Zerschneiden des Flossenkranzes ein charakteristisches Knacken zu hören.

Zwei Möwen kreisten über uns, und wir warfen ihnen die Fischköpfe zu. Die Vögel fingen sie im Flug auf und verschlangen sie gierig. Dann dümpelten sie eine Weile auf den Wellen und hofften wohl auf weitere Leckerbissen, während Sturm- und Silbermöwen aus allen Richtungen heranflogen.

Der Flunderfang machte mir sehr viel Spaß, nicht nur, weil ich etwas Neues gelernt hatte. Dorsche machten mehr Arbeit, weil sie so zahlreich anbissen. Kaum hatte ich die Jolle der *Beduin* an einem schwarz-weißen Seezeichen vertäut, zog ich auch schon einen schönen, gut riechenden und silberschimmernden Fisch nach dem anderen aus dem Wasser.

Als ich das erste Mal mit zwei gefüllten Eimern in die Küche trat, freuten sich Torunn und Signy und lobten mich als Meisterfischer. Beim zweiten Mal waren sie schon nicht mehr so erfreut, und beim dritten Mal seufzten sie und baten mich, meine Lieferungen auf zweimal wöchentlich zu beschränken, damit uns der Fisch nicht zu den Ohren rauskäme. Obschon Lebensmittel nicht mehr so knapp waren wie während des Krieges, durfte man gefangenen Fisch nicht einfach wegwerfen. Das tat kein anständiger Mensch.

Sicherlich, Fisch und Anstand gehörten zusammen, und natürlich durfte Essen nicht einfach weggeworfen werden. Aber was der Dorsch mit dem Krieg zu tun hatte, erklärte mir niemand.

Ende August stieg die Wassertemperatur, und das Problem der üppigen Dorschmengen löste sich von selbst. Die Fischschwärme verzogen sich in tiefere Gewässer und waren unauffindbar.

Die Rückkehr nach Saltsjöbaden glich der Fahrt nach Sandhamn, allerdings mit geringerer Ladung, da der Wein und die großen Lebensmittelvorräte verzehrt waren. Früher hatte mich die Heimkehr immer ein wenig melancholisch gestimmt, weil der Sommer so schnell vergangen war. Dieses Mal war es anders, weil ich mich auf etwas freuen konnte.

Kurz vor Schulbeginn fand die Abschlussfeier der Schwimmschule statt. Erst gab es eine Vorführung in der Herrenbadeanstalt, dann wurde im Restaurant zwischen der Damen- und der Herrenabteilung gefeiert, und alle bekamen ihre Urkunden überreicht. Diese Abschlussfeier war eines der wichtigsten jährlich wiederkehrenden Ereignisse in Saltsjöbaden, und die Zuschauertribüne war bis auf den letzten Platz besetzt.

Bislang war ich noch nicht vom Elfmeterbrett gesprungen. In der letzten Woche vor der Sandhamn-Saison hatte ich mich zwar auf acht Metern halbwegs sicher gefühlt, aber aus irgendeinem Grund hatte ich den entscheidenden Sprung aus höchster Höhe noch nicht gewagt. Vielleicht lag es daran, dass Anders am letzten Tag nicht in der Badeanstalt gewesen war, um den Sprung mit eigenen Augen zu bezeugen und mir die zehn Kronen auszuhändigen.

Ich hatte mir einen Plan zurechtgelegt. Den Schwimmlehrern hatte ich versprochen, meinen Sprung vom Elfer bei der Gala vorzuführen. Auf diese Weise konnte ich keinen Rückzieher machen. Ein Mann, ein Wort, Ehrensache. Dieses Versprechen wog schwerer als die zehn Kronen, um die wir gewettet hatten. Obwohl Spielschulden natürlich auch eine Art Ehrensache waren.

Der Plan ging auf, und ich gewann die Wette.

Über das erste Halbjahr der Klasse 4A lässt sich nicht viel berichten, aus dem einfachen Grund, weil es gemessen am Weihnachtsskandal banal und belanglos ist. Der Herbst verging im Großen und Ganzen wie gewohnt, bloß das Cowboy- und Indianerspielen war mir verleidet. Da konnten Johan und Anders sich noch so sehr den Mund fusselig reden. Ich hatte die Lust verloren.

Ich will mich gar nicht rausreden, aber was an Weihnachten geschah, war wirklich nicht meine Schuld.

Heiligabend begann wie immer. Wir waren zahlreicher als sonst, da auch Tante Rosa, Onkel Andrew, Peter und seine kleine Schwester angereist waren. Sie hatten ursprünglich Weihnachten in Schottland feiern wollen, sich dann aber eines Besseren besonnen.

Die Familie war also mit Ausnahme der Verstorbenen und Onkel Haralds, der zu den Toten gezählt wurde, vollzählig versammelt.

Eine Neuerung war, dass Harry mitfeierte, meines Wissens zum ersten Mal. Bislang hatte er immer in Hammarbyhöjden gefeiert, nahm ich an, aber offen gestanden wusste ich es nicht. Jedenfalls waren alle begeistert. Großmutter hatte den Flügel im Damensalon stimmen lassen, und Harry gab ein bejubeltes Konzert. Auch wenn sich der Erfolg nur nach und nach einstellte. Er begann mit einigen Weihnachtsliedern, die wir Kinder nicht kannten und über die Großmutter die Nase rümpfte, weil sie amerikanisch waren.

Also spielte Harry »Glanz über Meer und Strand« und alle schwedischen Weihnachtslieder, bei denen die Erwachsenen begeistert mitsangen. Offenbar hielten sie ihn für einen wundervollen Musiker. Mit seinem dunkel gewellten Haar und dem strahlend weißen Lächeln sah er aus wie ein Filmstar. Er spielte ein paar kurze Stücke von Chopin und Beethoven, auch »Für Elise«, an dem sich ja auch Mama gelegentlich versuchte. Nach seinem Auftritt war er auf einmal allseits beliebt, was ich ungerecht fand. Großvater brummelte immerhin, dass man einen weißen Smoking eigentlich nur südlich des Äquators tragen dürfe. Alle außer Harry trugen einen schwarzen.

Onkel Andrew und Cousin Peter trugen natürlich Kilt

und eine Art schwarze Smokingjacke. Wir Jungen waren mit blauen Samtanzügen und schwarzer Fliege ausstaffiert.

Nach dem Konzert begaben wir uns in den Weihnachtssalon, in dem wegen der großzügigen Deckenhöhe der Christbaum stand. Die Dienstmädchen hatten ihn am Morgen geschmückt, aber solange die Kerzen nicht brannten, wurde ihm keine Beachtung geschenkt, da er gewissermaßen noch nicht Teil der Handlung war.

Eilert, Henning und ich waren langatmige Weihnachtsfeiern gewohnt und hatten gelernt, uns in Geduld zu üben. Wir knackten Nüsse und warfen ab und zu einen Blick auf die vielen Weihnachtsgeschenke unter dem noch unbeachteten Baum. Die Erwachsenen versorgten sich an einem kleinen Servierwagen mit Drinks und wirkten vollkommen gelassen.

Mir fiel auf, dass Cousin Peter ungeduldiger wirkte als wir anderen. Er sagte etwas auf Englisch, das wir bis auf die Worte »bloody hell«, die wir aus dem Kino kannten, nicht verstanden.

Als das Kaminfeuer endlich niedergebrannt war, legte Großvater zwei Birkenscheite nach. Das war wirklich »bloody hell«.

Endlich öffneten die Dienstmädchen die Schiebetüren zum Esszimmer. Die Erwachsenen stellten ihre Gläser ab und suchten ihren Tischpartner, dann durften wir eintreten, um uns die Überraschung anzusehen.

Alle betrachteten andächtig die Gemälde und wandten sich dann an Onkel Sverre, um ihn zu loben und ihm zu gratulieren.

Die vollendeten Porträts meiner Großeltern hingen rechts vom großen Geschirrschrank nahe und unverkennbar zusammengehörig beieinander. Auf der linken Seite bildeten Großonkel Lauritz und seine Frau Ingeborg jetzt ebenfalls eine Einheit, was mir gefiel. Glücklicherweise bemerkte niemand, dass ich zu Tränen gerührt war.

Wir Jungs und Peters kleine Schwester saßen an einem kleineren Tisch im Erker, was so weit in Ordnung war, außer vielleicht, als ich meinem kleinen Bruder beim Essen helfen musste.

Das zähe Festmahl wurde wie immer mit einer Rede Großvaters eröffnet. Dann begann die Völlerei, die anfänglich schmeckte, dann aber aus reiner Wohlerzogenheit fortgesetzt wurde. Torunn, Signy und Solveig, das neue Dienstmädchen, wieselten wie Eichhörnchen zwischen Küche und Esszimmer hin und her. Peter verkündete, dass er allmählich durchdrehte, in Schottland bekam man nämlich die Geschenke vor dem Weihnachtsgelage. Nun näherte man sich aber bereits der Grütze und damit dem krönenden Abschluss, und alle warteten mit Spannung darauf, ob Onkel Sverre auch diese Weihnacht die Mandel bekam.

Natürlich! So kam es tatsächlich. Es wurde gelacht und applaudiert. Ich habe nie herausgefunden, wie er es anstellte. Es konnte sich aber nur um ein abgekartetes Spiel handeln.

Ich sah Torunn und Signy mit einer Leiter in den Weihnachtssalon schleichen, was bedeutete, dass jetzt die Christbaumkerzen entzündet würden.

Onkel Andrew hielt jetzt noch eine kurzweilige Rede, und damit war die erste Halbzeit endlich vorbei.

Alle erhoben sich, die Schiebetüren zum Weihnachtssalon wurden geöffnet, und wir traten langsam ein, um den leuchtenden Baum und die neue Weihnachtsdekoration, die die Dienstmädchen in Windeseile an den Wänden aufgehängt hatten, zu bewundern. Überall brannten Kerzen, nur nicht im Kronleuchter an der Decke. Im offenen Kamin brannte ein knisterndes Feuer.

Die Erwachsenen wollten erst noch ein Glas trinken. Das bedeutete Cognac für die Herren und Rheinwein aus Römern für die Damen. Dazu wurde geraucht.

Uns Kindern blieb nichts anderes übrig, als uns in unsere Ecke zu setzen, wo es nicht einmal Nüsse oder Datteln gab. Immerhin wurde uns Julmost serviert.

Großvater hatte das Sagen, aber zu seiner Verteidigung muss ich sagen, dass er das Cognac- und Zigarrenritual nicht unnötig in die Länge zog, um uns zu ärgern.

Früher war zu diesem Zeitpunkt immer unser Chauffeur Karlsson als Weihnachtsmann verkleidet hereingekommen. Ich glaube, beim ersten Mal bin ich tatsächlich darauf reingefallen.

Jetzt setzte sich Großvater auf einen Stuhl neben die Weihnachtsgeschenke, um dann mit dem Verteilen zu beginnen.

Er hatte die Regel eingeführt, dass jeder nur ein einziges Geschenk bekam. Mama hatte mir erklärt, dass mehrere Geschenke pro Kind zu viel Zeit in Anspruch genommen hätten.

Das einzige Weihnachtsgeschenk sollte dann aber auch etwas ganz Besonderes sein, Kleidungsstücke kamen also nicht infrage.

Mama bekam eine Halskette mit schwarzen Perlen und war begeistert. Mein seltsam längliches Paket enthielt eine echte Harpune, was mir die Sprache verschlug. Onkel Carl

Lauritz bekam ein goldenes Zigarettenetui mit eingraviertem Namen.

Und so ging es zügig weiter, und alle freuten sich sehr.

Selbst Cousin Peter freute sich wie ein Schneekönig über den neuen Kilt in anderen Farben. Was war denn bitte daran toll?

Als wir ihm die Frage stellten, sah er uns an, als wäre er von lauter Idioten umgeben, und erklärte, das seien nicht einfach andere Farben, sondern die *hunting colours* seines Klans.

Wir begriffen immer noch nichts. Er seufzte und erklärte uns, dass er mit dem Kilt als Jäger in seinem Klan aufgenommen worden sei und im Herbst an der jährlichen Rothirschjagd teilnehmen dürfe.

Um diese seltsame Ehre beneidete ihn keiner von uns, obwohl er sich tatsächlich mehr als alle anderen über sein Geschenk freute.

Schließlich waren alle Geschenke verteilt. Die Dienstmädchen hatten das Papier weggeräumt, das Kaminfeuer war fast niedergebrannt, und alle gähnten. Ein langweiliger, aber perfekter Heiligabend war nun endlich vorbei. Dachte ich.

Aber da erklärte Großvater, dass er sich mit uns Jungs unter vier Augen unterhalten wolle. Er deutete auf Eilert, Henning, Peter und mich und dann auf die Tür zum Herrenzimmer. Erstaunt kamen wir seiner Aufforderung nach. Unsere Mütter wirkten nicht minder überrascht als wir. Aber in der Villa Bellevue wurde nun einmal getan, was Großvater befahl.

Ich hätte in tausend Anläufen nicht erraten, was uns erwartet.

Im Herrenzimmer schaltete Großvater die beiden grünen Lampen über dem Billardtisch mit den vielen großen Segelpokalen ein.

Neugierig schauten wir uns um, da uns wegen der vielen kostbaren Gegenstände der Zutritt ins Herrenzimmer nur selten gewährt wurde. An den Wänden hingen Kunstwerke, über die ich nichts wusste, außer, dass es sich um norwegische Künstler handelte. Die Möbel, überwiegend Ledersessel, waren klobig. Andächtig und vollkommen ahnungslos harrten wir der Dinge.

Großvater nahm auf einem großen, ächzenden Ledersessel Platz und legte eine Zweikronenmünze auf die Armlehne.

»Hört mal her, Jungs«, sagte er, »jetzt wird's ernst. Ihr sollt um diese zwei Kronen kämpfen, und es kann nur einen Sieger geben. Wer übrig ist, wenn die anderen aufgegeben haben, bekommt diese zwei Kronen. Los geht's.«

Wir sahen uns erstaunt an und lächelten unsicher.

Großvater lächelte nicht.

»Es geht um mehr als zwei Kronen, fangt an!«, befahl er.

Wie versteinert standen wir da. Aus dem Weihnachtssalon drang fröhliches Gelächter herüber und Onkel Sverres Stimme, die alle anderen übertönte.

Schließlich trat Eilert vor und versetzte Peter, dem Kleinsten, einen halbherzigen Stoß, sodass dieser auf den roten Teppich fiel. Ernst wirkte das nicht. Peter wurde schrecklich wütend, schoss mit geballten Fäusten vor und landete mindestens zwei Treffer, ehe ihn der erzürnte Eilert zu Boden ringen und sich auf seine Brust setzen konnte. Dann schlug er ihm zweimal ins Gesicht. Nun machte Henning, der Größte und Stärkste von uns, einen gelassenen Schritt nach vorne, um seinen Bruder von seinem kleinen schottischen Cousin wegzuziehen.

In dem Moment, in dem sich Henning vorbeugte, fiel mir auf, welche Blöße er sich gab.

Möglicherweise war es die unerfreuliche Aussicht, bald allein gegen Eilert und Henning antreten zu müssen, die einen Kurzschluss in meinem Kopf auslöste und mir jeden weiteren Gedanken ersparte.

Rasch trat ich drei Schritte vor und schlug Henning mit der Faust auf die Nase. Er taumelte mit den Händen vor dem Gesicht zurück. Eilert hob erstaunt den Kopf, und ich versetzte ihm ebenfalls einen Schlag auf die Nase, worauf Eilert blutüberströmt nach hinten kippte. Dann packte ich Peter, ehe dieser sich erheben konnte, am Kragen und verkündete, der Kampf sei beendet, wenn er sich ergab.

Ungefähr so war der Verlauf, wenn mich meine Erinnerung nicht täuscht.

Eilert schrie Zeter und Mordio, erschrocken über seine blutende Nase.

Die Türen wurden aufgerissen, und unsere Mütter stürzten gefolgt von einem Dienstmädchen herein und schrien ebenfalls. Eilert und Henning wurden aus dem Zimmer gebracht, wobei sie sich dummerweise vorbeugten und eine Blutspur auf dem Teppich hinterließen, bis Solveig auf die Idee kam, Henning ihre weiße Schürze vor die Nase zu halten.

Tante Rosa erschien und verließ mit Peter das Zimmer. Als Mama mich ebenfalls abführen wollte, hob Großvater die Hand, und sie gehorchte sofort. Ihr Blick flackerte zwischen mir und Großvater hin und her.

»Von nun an gibt es eine neue Regelung«, sagte Großvater. »In Zukunft wird Eric jeden Morgen mit mir um sieben Uhr im Erker frühstücken.«

Mama nickte schweigend. Großvater reichte mir die Zweikronenmünze und erklärte, alles sei erwartungsgemäß verlaufen.

Damit war zumindest für mich, Mama, Harry und meinen kleinen Bruder dieser Weihnachtsabend zu Ende. Zehn Minuten später begaben wir uns durch den Schneematsch zum Chauffeurshaus. Ich erinnere mich noch, dass Harry fluchte, weil er keine Galoschen dabeihatte.

Ich zeigte meine Zweikronenmünze vor, aber niemand schien sich dafür zu interessieren.

Zu Hause angelangt wurden mein Bruder und ich sofort ins Bett geschickt. Wir hatten unsere Weihnachtsgeschenke im großen Haus vergessen, und zu allem Übel war mein kleiner Bruder aus dem Obergeschoss in mein Zimmer umgesiedelt worden.

Mama und Harry blieben noch auf, hörten einen amerikanischen Radiosender, unterhielten sich laut und tranken Wein.

Mein kleiner Bruder wollte die Zweikronenmünze sehen, und diesem Wunsch kam ich gerne nach. Er versuchte, sie mir wegzunehmen. Dann drohte er, laut zu schreien und zu behaupten, ich hätte ihn geschlagen, wenn ich sie ihm nicht gäbe.

Ich hatte meinen kleinen Bruder noch nie geschlagen, drohte ihm aber nun mit schmerzvollen Hieben, die keine Spuren hinterließen.

Er zögerte lange, wahrscheinlich aus Angst.

Dann kam er zu dem Schluss, dass ich nur bluffte, schrie wie angekündigt und schaute mir dabei in die Augen.

Als Harry nur im Hemd und mit aufgeknoteter Fliege ins Zimmer stürmte, tat er so, als würde er sich vor Schmerzen krümmen, deutete mit dem Finger auf mich und behauptete, ich hätte ihn geschlagen.

Ich bekam sofort Prügel, ohne irgendwelche Gerätschaften, überwiegend Ohrfeigen und ein paar Faustschläge, wo es nicht blutete.

Danach verließ Harry das Zimmer und knallte die Tür zu.

Ein Mann hält sein Wort, aber das war es nicht nur.

Mein kleiner Bruder drohte mit weiterem Geschrei, falls er die Münze nicht bekäme, und wir wussten beide, was in diesem Fall passieren würde.

Ich verprügelte ihn, bis Harry mit der Hundepeitsche in der Hand auftauchte.

Es half nicht, dass ich einen Schlafanzug anhatte. Noch Jahre später waren die Blutflecken auf der Peter-Pan-Tapete zu sehen.

Wegen Fieber und einer Mandelentzündung wurde ich am Weihnachtstag beim traditionellen Stockfischessen entschuldigt. Das mit dem Fieber stimmte, nicht aber die Mandelentzündung. Aber die zwei Kronen waren nach wie vor in meinem Besitz.

*

Stockholm, Mai 1968

Mit Deinen stilistischen Einwänden hast Du natürlich vollkommen recht, insbesondere in Hinblick auf Großmutters Erzählung über Dresden. Nichts läge mir ferner, als einer der gefürchtetsten Literaturkritikerinnen des Landes zu widersprechen. Oder der anerkanntesten, zumindest in den Augen jener Leute, die Du von Deinem Posten bei der großen Tageszeitung akzeptierst, deren Chef in einem Mao-Anzug herumläuft. Entschuldige, das konnte ich mir einfach nicht verkneifen, und es ist auch nur teilweise ironisch gemeint.

Großmutters Dresden-Geschichte einzubauen war nicht ganz einfach. Natürlich ist es nur der Versuch einer Rekonstruktion. Wäre ich damals, 1954, mit einem »Magnetofon« dabei gewesen, sähe dieser Text bestimmt ganz anders aus. Ihre Art zu erzählen war damals wie heute sehr speziell und eigentümlich. Hinzu kam ihr starker deutscher Akzent, der mir damals nicht auffiel, genauso wenig wie der Unterschied zwischen dem Norwegischen, Schwedischen und Schworgischen, das in der Villa Bellevue gesprochen wurde. Ich kann nur den Inhalt ihrer Erzählung rekonstruieren, nicht jedoch die sprachlichen Feinheiten. Ein Dilemma, das sich kaum umgehen lässt. Einerseits ist die Zerstörung Dresdens wichtig, andererseits lässt sie sich anhand der Erinnerungen eines Kindes nicht glaubwürdig wiedergeben.

Aber du hast nun einmal die Regeln festgelegt. Ich darf mich keines allwissenden Erzählers bedienen, weil das zu einfach wäre und dieser Testlauf damit wertlos. So sagtest Du doch, nicht wahr?

Hier haben wir also eine Situation, aus der ein allwissender Erzähler herausgefunden hätte, ein ich-erzählendes Kind jedoch nicht. Eine Möglichkeit, dieses Problem zumindest notdürftig zu bewältigen, wäre vielleicht, den betreffenden Abschnitt als Rekonstruktion zu kennzeichnen, indem man ihn kursiviert.

Jetzt zum Inhalt. Ich stimme Dir natürlich zu, dass die Beschreibung, dass nicht alle Teilnehmer der verdammten Segelschule auf Lökholmen »fein« genug waren, Unbehagen auslöst. Aber ich halte an dieser Erinnerung fest, denn gerade befremdliche Erlebnisse bleiben im Gedächtnis haften.

Du sagst, Großmutter Christa hätte allein aus folgenden zwei Gründen über solchen Gedankengängen stehen müssen. Zum einen entstammte sie einem deutschen Adelsgeschlecht, von dem sie sich distanzieren wollte, zum anderen, und das war pikanter, war sie den größeren Teil ihres Lebens überzeugte Bolschewistin gewesen. Zur Salonbolschewistin entwickelte sie sich erst ganz zuletzt. Sie kämpfte für internationale Solidarität und engagierte sich bei der Roten Hilfe, für die Sexualaufklärung und in vielen anderen Bereichen.

Ihr hätte »Vornehmheit« egal sein müssen, nicht wahr?

Wie bequem wäre es gewesen, Alice, der Verlobten Hans Olafs, die dem niederen Adel angehörte, die Schuld in die Schuhe zu schieben.

Die Sache hat aber einen Haken. Meine eigene Mutter war genauso. Woher hatte sie diese (um es freundlich auszudrücken) altmodischen Ideen?

Leider ist die Geschichte über den Standesdünkel wahr. Es wäre sinnlos, sich deswegen zu schämen, vielleicht sollte man sie eher als Illustration einer zum Untergang verurteilten Mentalität der 50er-Jahre betrachten, die recht bald den Ideen von Gleichheit und Solidarität weichen musste.

Wenden wir uns aber lieber dem Inhalt zu, statt über Stilfragen zu diskutieren.

Ich bin mir sicher, dass ich niemals ein Cowboykostüm getragen habe. Meine Solidarität mit der amerikanischen Urbevölkerung, den »Indianern«, war unerschütterlich, und glaube, was Du willst, das lege ich mir jetzt nicht einfach so zurecht, damit es zu den allgemein akzeptierten Überzeugungen von heute passt.

Ganz so gängig, wie man glauben könnte, sind diese Überzeugungen dann doch wieder nicht. Ich vergaß im Zusammenhang mit Großmutters Standesdünkel darauf hinzuweisen, dass sie allem Adel zum Trotz ein NFB-Abzeichen trug. Dass der Imperialismus das höchste Stadium des Kapitalismus darstellt, war ihr noch immer bewusst. Obwohl sich dieses Abzeichen auf einem Persianermantel zugegebenermaßen seltsam ausnahm.

Um auf die Indianer zurückzukommen. Dein säuerlicher Kommentar mag durchaus zutreffen. Alle jungen Männer auf den Barrikaden würden vermutlich behaupten, als Kinder immer nur Indianer gewesen zu sein. Wer sympathisiert schon offen mit Kolonisatoren?

Was ich schreibe, ist wahr. Ich habe niemals ein Cowboykostüm getragen, egal, wie schick das 1954 gewesen sein mag. Im Übrigen ist es recht lustig, dass mein gesamtes Wissen über Indianer und Weiße von einem deutschen Autor stammt, der nie seinen Fuß auf nordamerikanischen Boden gesetzt hat. Bevor du mich eines Besseren belehrt hast, ging ich davon aus, Karl May sei ein amerikanisches Pseudonym.

Ein noch schlimmeres Aha-Erlebnis dieser Art wurde mir während eines KSSS-Essens im Klub in Sandhamn beschert, als ein paar Deutsche an unseren Tisch traten. An sich ist es nur eine Bagatelle, die keinen Platz in der eigentlichen Geschichte hat, aber in dem Augenblick stellte ich fest, dass meine Onkel und Mama perfekt Deutsch sprachen. Ich hatte bereits genügend amerikanische Filme gesehen, um zu wissen, dass man Deutsche hasste. Ich war ebenfalls alt genug, um zu begreifen, dass die Onkels und Mama nicht das schlechte Deutsch der Schweden, wie es in der Schule gelehrt wurde, sprachen. Mama sprach wie eine Deutsche! Ich war schockiert.

Womit ich unwillkürlich auf den Krieg zu sprechen komme. Hier gilt dasselbe wie für die Indianer. Ich schwöre, dass ich als Zehnjähriger nichts über den Zweiten Weltkrieg wusste. Ich hatte keine Ahnung, wer Dresden bombardiert hatte und warum. So war es einfach.

Dass Du meine Unwissenheit anzweifelst, ist wenig verwunderlich. Du warst dabei, Du warst »Blue Star«, und Du hast Deine Söhne anders erzogen, als ich erzogen wurde. Du hast Eilert und Henning bereits in jungen Jahren vom Krieg erzählt. Zufälligerweise weiß ich das, die Erklärung folgt.

Du hast Henning alles über seine Abstammung erzählt. Du hast Deinen eigenen Halbbruder adoptiert. Mama hat mir immer nur dann etwas erzählt, wenn die Umstände sie dazu zwangen. Falls Mama mit ihrer Geheimhaltung überhaupt etwas beabsichtigte, dann vermutlich, mich vor einem »Skandal« zu bewahren. In diesem Punkt war sie sehr empfindlich und Großmutter im Übrigen auch.

Jetzt etwas, was Dich erstaunen wird und was mit unserer Diskussion über den Text nichts zu tun hat. Ich bin kürzlich Henning begegnet.

Nach dem grotesken Kampf im Herrenzimmer Weihnachten 54 brach nicht ganz unerwartet eine »lebenslange

Feindschaft« zwischen Henning und mir aus. Wahrscheinlich hätte sich alles wieder eingerenkt, wenn wir die kommenden Weihnachtsfeste und Sommermonate wie gewöhnlich zusammen verbracht hätten. Aber unsere Lebenswege trennten sich nun einmal.

Nach all den Jahren kam die unerwartete Wende.

Gestern fand die größte Vietnam-Demonstration dieses Frühjahrs statt, an der mindestens 10 000 Personen teilnahmen. Plötzlich stand ich Henning vor der amerikanischen Botschaft gegenüber. Wir trauten unseren Augen nicht, als wir sahen, dass wir beide ein NFB-Abzeichen trugen. Als sich unsere Verblüffung gelegt hatte, mussten wir lachen und umarmten uns. Dann suchten wir einen höchst bürgerlichen Pub in Östermalm auf, tranken zu viel Bier und unterhielten uns stundenlang über eine verlorene Welt, die einmal die unsere gewesen war.

Heute Abend sind wir zum Essen verabredet. Ich vermute, dass das ebenfalls überaus bürgerlich ist und dass einige unserer Genossen die Nase rümpfen würden. Aber wie Lenin schon meinte, nicht die Klassenzugehörigkeit ist entscheidend, sondern der Klassenstandpunkt. Genosse Henning und ich sitzen inzwischen im selben Boot, wenn ich mir einen Witz über unsere gemeinsame Vergangenheit bei der Königlichen Schwedischen Segelgesellschaft erlauben darf.

1955

DAS HELLE HALBJAHR

Von nun an jeden Morgen, bevor ich mich auf den Schulweg machte, begab ich mich also in eine Art Lehrstube des Lebens. Was ich erst nach einiger Zeit begriff. Der Stoff der ersten Lektion war zu unspektakulär und enthüllte mir noch nicht den eigentlichen Sinn unserer gemeinsamen Frühstücke.

Ich erlernte die Kunst, ein weich gekochtes Ei zu essen.

Großvater fand meine Methode falsch. Es galt, das Ei am breiten Ende aufzuklopfen. Ungeübte Kinder verwendeten hierzu vorzugsweise einen Löffel statt eines Messers. Mit diesem wurde die Schale zerklopft und dann der Deckel abgehoben. Das Köpfen des Eies mit dem Messer war zwar elegant, barg aber die Gefahr von Eigelbflecken auf dem Tischtuch.

Punkt sieben Uhr frühstückten Großvater und ich zu zweit im Erker. Eine halbe Stunde später musste ich in die Schule und er zum Zug nach Stockholm. Die weiße Tischdecke war immer sauber und gebügelt, unsere Breiportionen stets gleich groß. Nach dem Brei mit flüssiger Sahne gab es zwei weich gekochte Eier und frisch geröstetes Toastbrot, dazu Kaffee für Großvater und Tee für mich, nie

Kakao, da es sich schließlich um ein Männerfrühstück handelte.

Das druckfrische *Svenska Dagbladet* auf dem Frühstückstisch las Großvater immer erst in der Bahn. Es wurde jeden Morgen gebügelt und zwar nicht, wie ich anfangs glaubte, um die Seiten zu glätten, sondern damit keine Druckerschwärze auf die Finger abfärbte.

Jeden Morgen verlief das Frühstück auf die gleiche Weise.

Die Schule des Lebens an Großvaters Frühstückstisch begann also mit Kleinigkeiten wie dem Aufschlagen von weich gekochten Eiern, da Großvater offenbar beschlossen hatte, behutsam vorzugehen. Nach und nach wurde es dann ernster.

Großvaters dringlichstes Thema war der Familienzusammenhalt und seine Gefährdung. Die Welt kannte keine Gnade mit den Schwachen, und schwach war, wer alleine war. Der Spruch, Einsamkeit mache stark, sei völliger Unsinn.

Eine Familie, die immer zusammenhielt, war stark, weil alle Mitglieder mit ihren jeweiligen Fähigkeiten dazu beitrugen.

Die wichtigste Verpflichtung unserer Familie war die Firma Lauritzen & Co, die ihr Fundament darstellte und von der wir in jeder Hinsicht abhängig waren.

Vor vielen Jahren hatte Großvaters ältester Bruder Lauritz die Hauptverantwortung getragen, aber keiner seiner zwei Söhne hatte sein Erbe antreten können, da sowohl Harald als auch Karl von den schwarzen Strudeln des Krieges mitgerissen worden waren.

Großvater sagte an keiner Stelle, dass Harald und Karl

gestorben waren, sondern etwas anderes, das vermutlich genau das bedeutete. Er unterhielt sich mit mir wie mit einem Erwachsenen, und vieles musste ich mir selber zusammenreimen.

Die schwarzen Strudel des Krieges verfolgten mich abends bis in den Schlaf.

Vermutlich hatte sich Großvater eine Strategie zurechtgelegt, wie er von einfachen Themen behutsam zu schwierigeren Dingen überleiten wollte. Vermutlich erinnere ich mich deshalb am intensivsten an die ersten und die letzten Treffen dieser Zeit. Kleinigkeiten zu Anfang, wie das Eierköpfen und die Wahl des passenden Rotweins, und die komplexeren Sachverhalte am Schluss.

Ich glaube, dass es ihm im Grunde nur um die Firma ging, für die er jetzt die Verantwortung trug. Offenbar hatte er das Gefühl, dass ihm nicht mehr viel Zeit blieb und er sich dem letzten Kapitel seines Lebens näherte. Er sprach nicht konkret von seinem Tod, und die Länge des Kapitels ließ er offen.

Großvaters großer Kummer war, dass auch seine Söhne die Leitung der Firma nicht übernehmen konnten.

Gegen Ende meiner morgendlichen Lebensschule sprach er direkt und ohne Umschweife mit mir. Seit unserem ersten gemeinsamen Frühstück waren mehrere Monate vergangen. Draußen vor dem Erker war es dunkel und verschneit gewesen, und ich war mit dem Tretschlitten zur Schule gefahren. Jetzt zwitscherten die Vögel, und die Sonne schien so grell zum Fenster herein, dass wir die Markisen herablassen mussten.

Carl Lauritz war ein hervorragender Segler und so gesehen der Stolz der Familie. Hans Olaf war möglicherweise ein ebenso geschickter Maler, aber das war nicht so leicht zu beurteilen. Keiner von beiden strebte eine Zukunft als Chef eines Bauingenieurbüros an. Wofür ihnen auch die Eignung fehlte.

Das waren die Tatsachen, die jedem klar waren, mir ja wohl auch?

Zum ersten Mal stellte er mir eine direkte und schwierige Frage. Eine wichtige Frage.

Die Situation war nicht einfach. Vor mir saß Großvater frisch rasiert und ordentlich gekämmt, kein Haar lag am falschen Platz. Er trug einen Anzug, eine Weste und eine Taschenuhr mit Kette, einen altmodischen Stehkragen und eine goldene Krawattennadel mit einer großen, echten Perle. Sein grauer Schnurrbart war ebenfalls ordentlich gekämmt, und seine blauen Augen, die dieselbe Farbe wie meine hatten, strahlten freundlich. Ich mochte ihn sehr und habe mir manches Mal gewünscht, er wäre mein Vater.

Aber er war das Oberhaupt der Familie.

Und wenn ich mich nicht täuschte, erwartete er nun von mir, dass ich ihm in seiner mäßigen Beurteilung meiner Onkel beipflichtete. Aber auch sie mochte ich sehr.

Wenn Onkel Carl Lauritz mit mir segelte, lernte ich in der halben Zeit doppelt so viel wie in der verdammten Segelschule. Und Hans Olaf mit seinem Zylinder, dem angemalten Schnurrbart, seinen gestreiften Hosen und Clownsschuhen sang immer an meinen Geburtstagen. Sie waren wie große Brüder für mich.

Ohne das geringste Zeichen von Ungeduld harrte Großvater meiner Antwort. Ich zerbrach mir den Kopf, und Großvater wartete weiter.

Schließlich erwiderte ich, dass ich Onkel Carl Lauritz

und Onkel Hans Olaf sehr schätze, mir aber nicht vorstellen könne, dass es ihr Ding war, jeden Tag morgens um sechs aufzustehen, um mit der Bahn ins Büro zu fahren.

Großvaters Mundwinkel zuckten, aber er lachte nicht.

Dann zog er seine goldene Uhr aus der Westentasche, ließ den Deckel aufschnappen, nickte betrübt und sagte, es bliebe keine Zeit, diese Frage eingehender zu erörtern, dass wir sie aber am nächsten Morgen wieder aufgreifen wollten.

Als ich den Källvägen hinauf zur Schule radelte, dachte ich die ganze Zeit an meine Onkel und schämte mich meiner Worte, obwohl sie vermutlich der Wahrheit entsprachen. Wenn sie wollten, waren sie bereit, morgens sehr früh aufzustehen, etwa für eine Regatta oder um günstige Lichtverhältnisse zu nutzen. Harry zog immer über meine Onkel her und nannte sie faul und verwöhnt. Ich wollte nicht mit ihm in einen Topf geworfen werden. Die Abneigung beruhte im Übrigen auf Gegenseitigkeit, was die Erwachsenen zu verbergen suchten, obwohl wir Kinder sie durchschauten.

Wir nahmen in der Schule gerade den Dreißigjährigen Krieg durch. In einem Buch aus Großvaters Bibliothek hatte ich mir einiges über die Lederkanonen Gustavs II. Adolf angelesen.

Die finnische Kavallerie setzte Tillys Infanterie mit einem überraschenden Frontalangriff zu, noch ehe sich der Feind formiert hatte. Als Hauptmann des Kavallerietrupps war ich der Einzige, der wusste, worauf dieser Plan abzielte. Sobald der Feind sich von seiner Überraschung erholt hatte, würde ihm, wie beabsichtigt, auffallen, dass wir ein recht kleiner Trupp waren. Darauf würde er sich rasch mit von allen Seiten angeforderter Kavallerie zum Gegenangriff formieren, was uns in eine kritische Lage bringen würde.

Im allgemeinen Getümmel und aufwirbelnden Staub sah niemand außer mir die 600 Meter entfernte blau-gelbe Fahne hinter dem Hügel. Es war so weit.

Ich winkte den Trompeter und den Fahnenträger zu mir und befahl den Rückzug.

Tilly und die Anhänger der römischen Kirche glaubten, uns in die Falle gelockt zu haben, als wir vor ihrer Kavallerie flüchteten.

Der Plan funktionierte perfekt.

Wir galoppierten über den Hügel und erreichten eine weite, offene Senke. Auf dem nächsten Hügel stand unsere gesamte taktische Artillerie. Die Lederkanonen besaßen den großen Vorteil, beweglicher zu sein als schwere Bronzekanonen. Eine Lederkanone erforderte nur ein Pferd statt der sonst üblichen sechs.

Die Artillerie hatte sich auf dem Bergkamm formiert. Wir hielten mit unseren Pferden einen ausreichenden Abstand zu den Verfolgern. Die Gefechtsführung, vielleicht unter Torstenson oder dem König selbst, wartete eiskalt ab, bis sich sämtliche Feinde in der Senke befanden.

Die Schweden eröffneten das Feuer mit Traubenhagel.

Die Lederkanonen vernichteten den größten Teil der katholischen Kavallerie. Wir machten kehrt und hieben alle Nachzügler mit dem Schwert nieder. Der Sieg bei Breitenfeld 1631 war eine logische Folge dieses taktischen Triumphes.

Im Geschichtsunterricht machte mir der Dreißigjährige Krieg am meisten Spaß.

Beim nächsten Frühstück war Großvater ungewöhnlich gut gelaunt. Ich stand bereits wartend neben dem Tisch, als er eine mir vage bekannte klassische Melodie summend im Erker erschien.

Wir wünschten einander einen Guten Morgen, nahmen Platz und aßen unseren Brei. Dann tupfte sich Großvater mit seiner Serviette den Mund und begann zu sprechen. Anfangs wiederholte er lauter Dinge, die er bereits vor Ewigkeiten gesagt hatte.

Eine Familie sei ein Ganzes, das sich aus vielen Teilen zusammensetze. Nur das Zusammenwirken dieser Teile führe zum Erfolg.

Dann wurde er plötzlich ernst.

Aus dem Krieg habe er eine besonders wichtige Erkenntnis mitgebracht, sagte er. Ich spitzte die Ohren, denn vom Krieg war bislang noch nie die Rede gewesen.

Er habe gelernt, dass es keine Gerechtigkeit gebe. Die Mutigen starben ebenso schnell wie die Feigen. Der Schwächste konnte ebenso nützlich sein wie der Stärkste. Wesentlich sei, dass alle nach besten Kräften zusammenarbeiteten. Nur die geeinte Gruppe könne überleben, und so sei es auch mit dem Familienverband. Wenn sich ein Mitglied in einer ausweglosen Situation befand, rettete ein anderes Mitglied die Lage.

Ich hätte mich sicherlich schon gefragt, was es mit der kleinen Auseinandersetzung der Cousins an Weihnachten auf sich gehabt habe.

Für die wenig erfreuliche Inszenierung habe er triftige Gründe gehabt.

Harald und Karl waren fort, Sverre hatte keine Söhne, und Carl Lauritz und Hans Olaf eigneten sich nicht, um das Ruder zu übernehmen. Also hatte er die nächste Generation ins Auge gefasst, um herauszufinden, wie wir uns in einer Krise verhielten.

Mein Sieg über die Cousins hatte ihn nicht erstaunt.

Das war der Grund, warum wir zusammen frühstückten. Weil er in mir das zukünftige Familienoberhaupt sah.

Die Lage war schwierig. Er hatte es sogar mit Harry versucht und ihn zum Direktor einer Pulverfabrik bei Norrköping gemacht. Daran erinnerte ich mich sicherlich? Nun, Harry war mindestens genauso ungeeignet wie Carl Lauritz und Hans Olaf zusammen. Außerdem war er hochmütig und gemein, was mir ja leider allzu bekannt sei.

Großvater ließ sich Zeit und hatte die Eier und seinen Toast noch nicht angerührt. Mir fiel keine Erwiderung ein. Ich wollte Jagdflieger werden und konnte mir nicht vorstellen, jeden Morgen nach Stockholm zu fahren und meine Tage in einem Büro zu verbringen.

Großvater schaute auf die Uhr. Dann sagte er etwas, was mich vollkommen überrumpelte: »In den Sommerferien fahren wir beide mit Onkel Hans Olaf nach Afrika.«

Nach diesen Worten erhob er sich. Mir gelang es gerade noch, mich ebenfalls zu erheben, einen Diener zu machen und mich zu bedanken.

Bereits am ersten Ferientag traten wir die Reise an, um der schlimmsten Hitze in Afrika zuvorzukommen. Laut Großvater war das Klima jetzt am angenehmsten. Die Regenfälle waren vorüber, und die Landschaft präsentierte sich in sattem Grün, das die große Hitze des Spätsommers in Braun verwandeln würde. Dann hechelten Tiere und Menschen nur noch der nächsten kurzen Regenperiode entgegen.

Ein großes Taxi, ein Volvo, brachte uns von Saltsjöbaden zum Flugplatz in Bromma vor den Toren Stockholms. Erst jetzt erzählte Großvater, was uns erwartete. Wir hatten kaum Gepäck dabei, weil wir alle nötigen Kleider bei unserer Ankunft in Tanganjika kaufen würden. Onkel Hans Olaf führte eine zweite Tasche für seine Malutensilien mit.

Ich hatte mir als Vorbereitung unserer langen Reise auf dem großen Globus im Herrenzimmer unser Ziel und die Länder auf dem Weg dorthin angesehen. Sie führte uns über den Äquator geradewegs nach Süden.

Ein Gefühl der Unwirklichkeit hielt mich gefangen. Eben noch hatte ich Mama zum Abschied zugewunken, und schon im nächsten Augenblick befand ich mich auf dem Weg nach Afrika. Mit Ausnahme Norwegens, das eigentlich nicht zählte, war ich noch nie im Ausland gewesen. Einige meiner Klassenkameraden reisten nach Kopenhagen oder Finnland. Aber von Afrika hätte keiner von uns zu träumen gewagt.

Geflogen war ich auch noch nie.

In Bromma stiegen wir in ein zweimotoriges schwedisches Flugzeug. Großvater erklärte mir den Sicherheitsgurt, zündete sich eine Zigarre an und lehnte sich mit einem zufriedenen Seufzer zurück. Dann nahm er meine Hand und sagte, ich brauche keine Angst zu haben, wenn es beim Start etwas rumpelte. Natürlich hatte ich keine Angst, aber ich war so aufgeregt, dass ich mir fast in die Hosen machte.

Zuerst flogen wir nach Berlin.

Als wir die Ostsee überflogen, durfte ich die Piloten im Cockpit besuchen. Das Wetter war freundlich mit nur wenigen Wolken, und unter uns leuchtete das blaue Meer.

Solange sich die Wolken in weiter Ferne befanden, schienen wir nur im Schneckentempo voranzukommen. Wenn wir durch eine Wolke flogen, ging es auf einmal rasend schnell.

In Berlin warteten wir mehrere Stunden in einem Restaurant, bis es mit einer viermotorigen deutschen Maschine weiter nach Wien ging, wo wir übernachteten.

In jener Nacht träumte ich, dass ich zwei russische MiG-15 mit einer J 29 Fliegenden Tonne verfolgte. Der Traum war wirklicher als die Wirklichkeit, in der ich mich befand. Heute Morgen noch in meinem Bett in Saltsjöbaden und nun in einem Bett in Österreich.

Am nächsten Tag ging es nach Rom weiter. Weil ich keinen eigenen Pass besaß, sondern als Kind unter zwölf Jahren in den Pass meines Großvaters eingetragen war, gab es bei der Passkontrolle ein wenig Ärger. Offenbar war das in Österreich nicht erlaubt.

Großvater bewältigte die Situation mühelos, weil er perfekt Deutsch sprach. Ich verstand kein Wort.

In Rom legten wir einen Tag Pause ein, weil Großvater das Kolosseum besichtigen wollte, das jeder Bauingenieur einmal in seinem Leben gesehen haben musste. Es erinnerte an ein Fußballstadion, war aber vor fast 2 000 Jahren erbaut worden und hatte damals wie später das Berliner Olympiastadion bis zu 80 000 Zuschauern Platz geboten.

Von Rom ging es nach Alexandria weiter. Hier begann Afrika, und von nun an würden wir mit dem Schiff weiterreisen.

Die MS *Patricia* war altmodisch und hatte drei Decks. Unsere Erste-Klasse-Kabinen lagen auf dem Oberdeck, auf dem sich auch das beste Restaurant befand. Bereits am ersten Tag fiel uns das merkwürdige Verhalten der anderen Passagiere auf. Sie grüßten uns nicht und wandten sich ab, wenn wir an ihnen vorbeigingen. Außerdem wurden wir im Speisesaal immer als Letzte bedient und erhielten oft andere Gerichte als das, was Großvater bestellt hatte. Der Oberkellner tat so, als würde er die Einwände von Großvater und Onkel Hans Olaf nicht verstehen, was fast ein wenig unheimlich war.

Großvater hatte eine einfache Erklärung dafür. Die meisten Passagiere in der Ersten Klasse waren Engländer und deswegen arrogant und dumm. Sie hielten uns wegen unserer Sprache für Deutsche.

Bei näherem Nachdenken hatten sie damit nicht ganz unrecht. Großvater war zwar Norweger, aber Onkel Hans Olaf war Halbdeutscher und ich immerhin Vierteldeutscher. Hätten sich unsere englischen Mitpassagiere gesitteter benommen, wäre ihnen vermutlich aufgefallen, dass wir Schweden und Norweger waren.

Onkel Hans Olaf hatte eine Idee, wie dieses Problem gelöst werden konnte. Wir wollten uns tagsüber ganz einfach ein Deck tiefer in der zweiten Klasse aufhalten.

Am nächsten Tag nach dem Frühstück begaben wir uns mit unseren Liegestühlen, Büchern und Hans Olafs Staffelei voller Entschlossenheit in die zweite Klasse. Zuerst glaubte ich, die Engländer in der zweiten Klasse wären tatsächlich weniger hochnäsig, bis sich herausstellte, dass die meisten Passagiere hier Deutsche waren.

Großvater und Onkel Hans Olaf konnten sich nach Herzenslust mit allen unterhalten, da niemand mehr die Nase rümpfte oder uns die kalte Schulter zeigte.

Als wir im gleißenden Sonnenschein durch den Suezkanal fuhren, saß Onkel Hans Olaf, der einen großen Strohhut trug, mit Staffelei, Skizzenblock, Aquarellfarben und einem Glas Wasser an der Reling.

Die deutschen Bauern aus Tanganjika, erläuterte Großvater, als er sich mit einem Bierkrug zu uns gesellte, deren Besitz nach dem Krieg beschlagnahmt wurde, durften ihre Güter zurückkaufen und zogen jetzt wieder dorthin. Die Engländer kontrollierten noch immer das Land, aber das würde nicht von Dauer sein. Die Engländer waren nicht nur lausige Soldaten, die alle anderen verachteten, sie litten überdies an vollkommener Selbstüberschätzung und glaubten allen Ernstes, sie seien Gottes Geschenk an die Menschheit, wir hingegen die *Untermenschen*.

Ich hatte schon immer geahnt, dass meine Großeltern Engländer und Amerikaner nicht mochten. Warum, war mir unklar. Erklärt hatten sie es mir nie. Großvater war im Krieg gewesen, so viel wusste ich. Aber erst jetzt wurde mir klar, dass die Engländer seine Gegner gewesen sein mussten.

Kinder sollen in der Regel den Mund halten. Gleichzeitig sind ihnen aber auch Fragen gestattet, die die Erwachsenen tunlichst meiden sollten. Ich versuchte es also auf gut Glück, da meine Neugier stärker wog als irgendwelche Benimmregeln.

»Erzähl mir vom Krieg in Afrika, Großvater. Darüber weiß ich überhaupt nichts?«, sagte ich.

Onkel Hans Olaf stellte den Pinsel in das Wasserglas und drehte sich zu uns um. »Ja, bitte, Vater. Mich interessiert das auch«, meinte er.

Großvater schwieg eine Weile und betrachtete die schäumenden Bugwellen. Dann nickte er energisch, als hätte er einen Beschluss gefasst.

»Ja«, erwiderte er. »Das ist euer gutes Recht.«

Er begann eine lange Geschichte zu erzählen, die uns Zuhörer aber trotzdem in ihren Bann zog.

Großvater war in jungen Jahren als Eisenbahnbauer in die deutsche Kolonie Tanganjika gekommen. Er war zwar Norweger, hatte sich aber in Deutschland zum Ingenieur ausbilden lassen. Afrika war kein Land für Faulpelze, und harte Arbeit lohnte sich.

An Krieg hatte er nie gedacht.

Nach einigen Jahren konnte er sich von seinem erarbeiteten Geld ein schönes Haus am Strand in Daressalam leisten, er würde uns den Ort bei Gelegenheit zeigen.

In Afrika ahnte damals niemand, dass ein großer Krieg bevorstand und die europäischen Großmächte sich ihre Kolonien streitig machen wollten. Die Engländer hatten es auf Tanganjika und Südwestafrika abgesehen, die Franzosen auf Kamerun, das ebenfalls in deutschem Besitz war.

Als der große Krieg ausbrach, befand sich das deutsche Tanganjika also plötzlich im Krieg mit dem englischen Nachbarland Kenia, und die Engländer in Kenia griffen sofort an.

Als norwegischer Eisenbahnbauer war Großvater neutral, weil Norwegen neutral war. Aber er steckte in Tanganjika fest. Die englische Marine beherrschte die Weltmeere, eine Heimkehr war ausgeschlossen.

Als zwei englische Kreuzer vor Daressalam mit ihren Schiffskanonen das Feuer eröffneten, nützte Großvater die norwegische Neutralität auch nichts mehr. Da es in der Stadt keine militärischen Ziele gab, wurden so viele Gebäude wie möglich zerstört, darunter auch Großvaters

Haus. Alle Angestellten starben, und binnen weniger Minuten hatte er alles verloren und war ein armer Mann. Das Haus brannte zwei Tage lang, erst danach konnten die verkohlten Leichen würdig begraben werden.

Daraufhin schloss Großvater sich der deutschen Armee in Tanganjika an.

Vier Jahre lang kämpfte er gegen die Engländer und Südafrikaner, die von Kenia aus ins Land einfielen. Die Engländer waren den Deutschen haushoch überlegen, da sie unerschöpflich indische Fußsoldaten nachschoben. Schließlich gehörte ihnen das ganze riesige Land, aus dem diese stammten. Weil es billiger war, die Verwundeten einfach sterben zu lassen und neues Kanonenfutter heranzuschaffen, unterhielten sie keine Feldlazarette. Zahllose Inder starben überdies an Malaria, denn nur für englische Offiziere gab es Malariamittel.

Langer Rede kurzer Sinn: Die deutschen Truppen wurden in Afrika nie von den Engländern und ihren Verbündeten besiegt, was wenig nützte, weil der Große Krieg nicht in Afrika, sondern auf den Schlachtfeldern Europas entschieden wurde, von denen in Afrika nie jemand gehört hatte. Und der Sieger bekam alles, und so wurde Tanganjika englisch, Südwestafrika ebenfalls, und Kamerun fiel den Franzosen zu.

Der gesamte deutsche Besitz in Tanganjika wurde beschlagnahmt, auch Großvaters Liegenschaften. Nach einigen Jahren durften die bestohlenen Deutschen ihr Land zurückkaufen, um es nach dem letzten Krieg erneut zu verlieren. Und jetzt war es also wieder so weit und die Engländer nicht zum ersten Mal zu dem Schluss gekommen, dass die Wirtschaft mit deutschen Bauern und Plantagenbesitzern besser funktionierte. Da die Engländer weder Diamanten oder Gold noch Öl gefunden hatten, durften sie zurückkehren und reisten nun an Bord der MS *Patricia*, einem ehemals deutschen Passagierdampfer, der früher einen anderen Namen getragen hatte, in der zweiten Klasse an.

Die Engländer waren eines der grausamsten Völker der Erde, möglicherweise nur von den Belgiern übertroffen. Unglücklicherweise hatten auch die Deutschen solche Tendenzen an den Tag gelegt, die aber eher einem vorübergehenden Wahnsinn zuzuschreiben waren.

Die düstere Geschichte hatte aber euch etwas Erfreuliches. Der englische und der französische Kolonialismus standen kurz vor dem Aus. Im Vorjahr hatten die Franzosen Indochina endgültig verloren. In diesem Jahr hatten sich die Algerier gegen die Franzosen aufgelehnt, was vermutlich wie in Indochina enden würde.

In Kenia, dem letzten Halt vor Daressalam, tobte aktuell ein Aufstand. Mittlerweile hatten die Engländer Zehntausende Kenianer getötet und über eine Viertelmillion in Konzentrationslager gesteckt. Die Engländer würden in Afrika und Indien eine Niederlage erleiden. Am Ende blieben ihnen nur noch ihre eigenen kleinen Inseln. Unberührt reisten sie jedoch immer noch erster Klasse durch die Welt und rümpften über alle anderen die Nase.

Großvater holte sich in der Bar der zweiten Klasse noch ein Bier. Als er zurückkehrte, hatte er keine Lust mehr weiterzuerzählen.

Mir brannten unzählige Fragen auf der Zunge, und ich dachte an die Orden auf Onkel Sverres Porträt. Großvater hatte vermutlich viele Engländer oder Inder erschossen.

Am zweiten Tag auf dem Roten Meer herrschte diesiges Wetter und Flaute. Andere Schiffe glitten wie Trugbilder in der gleißenden Hitze an uns vorbei. Ich schwitzte, und die salzige Luft überzog den ganzen Körper mit einem klebrigen Film. Die Brise vom Mittelmeer auf dem Weg von Alexandria nach Port Said erinnerte an einen sehr heißen Sommertag in Sandhamn. Die trockene Luft auf dem Suezkanal war verglichen damit angenehm gewesen. Das hier war etwas ganz anderes. Da immer noch ein sehr weiter Weg nach Süden vor uns lag, fragte ich mich allmählich, wie heiß es in Afrika werden würde und ob diese Hitze für Schweden oder Norweger überhaupt erträglich war.

Als wir nach einigen Tagen den Indischen Ozean erreichten, wurde es kühler. Wir liefen Aden an, eine englische Kolonie und englischer Flottenstützpunkt.

Die Araber liefen in Nachthemden herum, was wunderbar luftig wirkte, aber an Nichtarabern vermutlich lächerlich ausgesehen hätte.

Wir verbrachten einige Stunden an Land, während die Passagiere der ersten Klasse von Bord gingen und neue Engländer an Bord kamen. Großvater fragte sich zum Basar durch, auf dem billiges japanisches Spielzeug, Metallarbeiten mit Intarsien aus Gold und Silber, glänzende Stoffe und Schmuck verkauft wurden. Vor einem Stand, an dem Eis feilgeboten wurde, hatte sich eine lange Schlange gebildet. Große, verschwitzte Männer schlugen auf vielfarbiges Eis in Metallkübeln ein. Warum sie das taten, konnte Großvater auch nicht erklären.

In einem Geschäft, das etwas luxuriöser wirkte, unterhielt sich Großvater mit einem Mann in Anzug so unbehindert, als würde er Deutsch oder Norwegisch sprechen.

Man servierte uns süßen Tee in kleinen Gläsern, während der Inhaber uns Dolche vorführte. Großvater stellte Fragen, kommentierte und schien sich auszukennen. Ein geschwungener Dolch mit schwarzem Griff und einer silberbeschlagenen Scheide aus grünem Leder, ein offenbar besonders typischer arabischer Gegenstand, erinnerte an einen kleinen Krummsäbel. Kein Adener, der etwas auf sich hielt, verzichtete auf einen solchen Dolch am Gürtel, vorzugsweise mit Nashorngriff. Der Dolch lag schwer in der Hand und wirkte sehr echt. Nach langem Feilschen und mehreren Gläsern Tee kaufte ihn Großvater für mich. Neben der Harpune war er vermutlich das schönste Geschenk, das ich je erhalten hatte.

Wir setzten unsere Reise nach Süden fort und nahmen, um den Engländern auf dem Oberdeck zu entgehen, unser Mittag- und Abendessen im Restaurant zweiter Klasse ein. Mit den Deutschen hatten wir es ausgesprochen nett, und Großvater erfreute sich großer Beliebtheit, da er sehr viel über das Tanganjika von früher zu erzählen wusste.

In Mombasa in Kenia gingen die meisten Engländer von Bord. Dies nahm viel Zeit in Anspruch, da das Schiff wegen der starken Gezeitenschwankungen nur wenige Stunden am Kai ankern konnte und immer wieder vor dem Hafen auf Reede anlegen musste. Schweres Gepäck, Möbel, zwei Flügel und sogar ein Land Rover mit Allradantrieb wurden mit Unterbrechungen von Bord gehievt.

Wir gelangten von der Reede an Land, indem wir mit einer Schaluppe übersetzten. Großvater befürchtete, dass unser Aufenthalt sich nicht sonderlich angenehm gestalten würde, weil uns die Afrikaner vermutlich für Engländer hielten. Wir mussten jedoch dringend etwas erledigen.

Vom Kai nahmen wir ein Taxi, obwohl es bis zu der großen, sehr belebten Straße mit den vielen Geschäften nicht sonderlich weit war. Großvater wollte nicht zu Fuß gehen, was ich auf die Hitze zurückführte.

Er sprach mit dem Fahrer wieder in der seltsamen Sprache, aber dieser antwortete auf Englisch. Wir kamen auf den überfüllten Straßen mit Menschen, Rikschas und Wagen, die von barfüßigen Negern gezogen wurden, nur sehr langsam voran. Überall standen schwarze Polizisten in weißen Uniformen und Helmen. Kaum ein Weißer ging zu Fuß. Es war brutal heiß, was aber niemanden zu kümmern schien. Mir hatte die Flaute auf dem Roten Meer auch schlimmer zugesetzt.

Onkel Hans Olaf schoss unentwegt Fotos mit seiner Leica, was sehr verständlich war, weil wir noch nie eine Stadt mit so vielen schwarzen Menschen und so vielen Polizisten gesehen hatten.

Das Taxi hielt vor einem großen Laden, vor dem Körbe mit verschiedenfarbigen Kräutern aufgereiht standen. Im Schaufenster lagen Rechen, Hacken, Reifen, Kleider, seltsame Helme, Fahrradreifen, Sturmlampen, Petroleumkocher, Seile, Macheten, Angeln und viele andere Dinge. Großvater forderte uns auf, ihn in den Laden zu begleiten.

Im Inneren herrschte reges Gedränge. Wir waren die einzigen Weißen und wurden feindselig angestarrt. Aber als Großvater mit lauter Stimme Afrikanisch zu sprechen begann, änderte sich die Stimmung, und einige Leute lächelten sogar. Der Ladengehilfe, der auf uns zutrat, war überaus freundlich und geleitete uns durch das Gedränge zum Ladentresen. Er breitete unterschiedliche Medikamente vor uns aus, und Großvater las die Etiketten, während er auf Afrikanisch Fragen stellte. Schließlich kaufte er fünf Gläser, die er in seiner Jackentasche verstaute.

Als wir den Laden verließen, um die wenigen Schritte zu unserem wartenden Taxi zurückzulegen, rannten vier Männer mit erhobenen Macheten auf die beiden Polizisten neben dem Taxi zu und schlugen den einen nieder. Der andere konnte gerade noch in seine Trillerpfeife blasen, ehe auch er niedergestreckt wurde.

Blitzschnell schob Großvater uns in den Laden zurück, denn jetzt kamen aus allen Richtungen Schwarze mit erhobenen Macheten herbeigerannt.

Wir zogen die Tür hinter uns zu. Die Menschen in dem Laden waren verängstigt. Mit autoritärer Stimme stellte Großvater eine Frage, und der Ladengehilfe, der uns bedient hatte, deutete auf eine Reihe Gewehre. Großvater schnappte sich eins, erhielt eine Schachtel Munition, schlug diese so fest auf den Tresen, dass sie aufplatzte, und lud das Gewehr.

Dieses Erlebnis würde ich nie vergessen. Großvater verwendete das Gewehr mit so schlafwandlerischer Sicherheit, als nähme er eine Flunder aus.

Mit erhobenem Gewehr stellte er sich vor die geschlossene Tür und forderte uns auf Norwegisch auf, hinter ihm in Deckung zu gehen. Dann rief er etwas auf Afrikanisch, und alle anderen Anwesenden gingen ebenfalls in Deckung oder verschwanden in den Hinterzimmern.

Von draußen waren Schreie, Trillerpfeifen und Macheten zu hören, die auf harte Gegenstände oder Menschen auftrafen. Der Lärm der Trillerpfeifen wurde lauter, und aus der Ferne erklang das Klappern von Hufen.

Plötzlich wurde die Tür eingetreten, und drei Neger mit erhobenen Macheten und hasserfüllten Augen bauten sich vor Großvater auf.

Großvater sagte etwas auf Afrikanisch zu ihnen. Sie zögerten, senkten ihre Macheten und schauten sich um. Großvater redete mit ruhigerer Stimme auf sie ein und richtete sein Gewehr an die Decke. Sie nickten, rannten an Großvater vorbei und verschwanden durch den Laden.

Auf der Straße wimmelte es inzwischen von berittenen Soldaten, die die Menge mit Peitschen und Revolvern auseinandertrieben.

Großvater kehrte an den Tresen zurück, ließ die Patronen aus dem Gewehr zurück in die Schachtel fallen und drückte dem verschreckten Ladengehilfen die Waffe in die Hand.

Erstaunlicherweise stand das Taxi noch vor dem Laden. Der Fahrer hatte sich unter das Lenkrad verkrochen und kam erst wieder hervor, nachdem Großvater ihn mehrfach dazu aufforderte.

Die Straße hatte sich geleert, es waren keine lebenden Menschen mehr zu sehen, nur ein paar erschossene Afrikaner.

Großvater verzog keine Miene, als er Onkel Hans Olaf und mir die Tür aufhielt, und schwieg die ganze Fahrt über. Auch wir anderen, einschließlich des Fahrers, verloren kein Wort. Die Überfahrt zur MS *Patricia* fand in vollkommener Stille statt. Der blasse Onkel Hans Olaf starrte mit leerem Blick vor sich hin und ich vermutlich auch.

Sobald wir wieder an Bord waren, setzten wir uns in die deutsche Bar in der zweiten Klasse, und Großvater bestellte zwei große Bier und eine Limonade.

»Skål!«, sagte er, als unsere Getränke serviert wurden. »Nun wisst ihr, warum man in Kenia nicht für einen Engländer gehalten werden will.«

Wir tranken schweigend. Ich dachte an die drei Afrikaner in der Tür, die uns, den einzigen Weißen weit und breit, gefolgt waren. Hatten sie vorgehabt, uns zu töten, weil sie uns für Engländer hielten?

»Ich muss dich was fragen«, sagte ich zu Großvater, als ich meine Neugier nicht länger zügeln konnte.

Da lächelte er endlich. »Das kann ich mir vorstellen. Was möchtest du wissen?«

Erneut sah ich die drei wütenden Afrikaner vor mir, die uns mit ihren schwertgroßen Messern bedroht hatten. Ich fragte Großvater, was er zu ihnen gesagt habe und ob das Afrikanisch gewesen sei.

»Nein.« Er lächelte. »Es gibt keine einzelne afrikanische Sprache. Das war Swahili, das von den meisten Bewohnern Tanganjikas, aber auch an der kenianischen Küste gesprochen wird und zu unserem Glück auch von den drei Männern, die uns umbringen wollten. Drei Sätze haben uns das Leben gerettet: *Wir sind Deutsche und keine Engländer. Wir unterstützen die Befreiungsbewegung Mau-Mau. Und ich bin Scharfschütze, der vier Jahre lang gegen die verdammten Engländer gekämpft hat.*«

Danach hatte er ihnen geraten, den Hinterausgang zu nehmen, wenn sie der englischen Kavallerie entgehen wollten.

Wir schwiegen eine Weile, während der Film noch einmal vor meinem inneren Auge ablief, jetzt mit schwedischen Untertiteln, sodass ich alles verstand.

Nun stellte auch Onkel Hans Olaf eine Frage. Dank

Großvater sei niemand im Laden zu Schaden gekommen. Warum seien trotzdem alle so feindselig gewesen?

»Weil sie weiß sind«, lautete die überraschende Antwort. »Zwar nicht weißhäutig, aber sie arbeiteten für die Weißen, für die Engländer. Nur wenige Afrikaner können sich die Waren in einem so teuren Geschäft leisten. Alle Kunden in dem Laden sind Angestellte, Gärtner, Fahrer oder Köche in Diensten der Engländer, eine Art schwarzer Quislinge, wenn ihr so wollt, die es für ein besseres Leben als die meisten anderen Afrikaner in Kauf nehmen, mit den Engländern zu kollaborieren. Sie waren bestimmt nicht sonderlich erfreut über einen Deutschen mit geladenem Gewehr, der sagt, dass er mit der verbotenen Mau-Mau-Bewegung sympathisiert und außerdem betont, ein Gegner der Engländer zu sein. Aber es ging schließlich nicht um die Gunst des Publikums im Laden, sondern um die drei Freiheitskämpfer mit den Pangas, wie Macheten in Afrika heißen.«

Der afrikanische Widerstand gegen die Engländer war größer denn je. Eine Viertelmillion Kenianer saßen in Konzentrationslagern, Zehntausende waren bereits ermordet worden. Noch mehr Blutvergießen würde diesen Aufruhr nicht ersticken, sondern nur anfachen. Diese Lektion schienen die Engländer jedoch noch nicht gelernt zu haben, weshalb ihre Tage in Kenia gezählt seien. Die Kolonien standen im Begriff, diese Bestien hinauszuwerfen, was Afrika eine strahlende Zukunft bescheren würde. Afrika besaß Gold, Diamanten, Kupfer, Eisen, fantastische Böden und vor allen Dingen Menschen, die hart arbeiten konnten. Englische Herren, Franzosen oder gar Belgier, dieses plündernde Diebsgesindel, waren überflüssig.

Großvater kam zu einem anderen Thema, indem er zwei Glasfläschchen für Onkel Hans Olaf und mich aus seiner Jackentasche zog, die ein Mittel gegen Malaria enthielten, eine der heimtückischsten Krankheiten Afrikas. Großvater litt seit über 35 Jahren an einer harmloseren Variante. Zwei bis dreimal im Jahr wurde er von Anfällen heimgesucht und musste fiebersenkende Medikamente nehmen. Der Vorteil seiner Erkrankung war, dass sie ihn gegen die anderen, viel schlimmeren Malariavarianten immun machte. Am bedrohlichsten war das Schwarzwasserfieber, erkennbar am schwarzen Urin, gegen das kein Mittel half.

Mit dieser Krankheit war nicht zu spaßen, und am nächsten Tag würden wir in Daressalam eintreffen und uns somit in einer Malariazone befinden. Mit der regelmäßigen Einnahme der Tabletten wären wir einigermaßen geschützt, von nun an alle vier Tage.

Großvater bestellte zwei Gläser Wasser und forderte uns auf, die erste Tablette zu schlucken.

Sie war so groß wie eine Kopfschmerztablette und blieb mir im Hals stecken. Ich brauchte mehrere Versuche. Lachend fügte Großvater hinzu, dass wir möglicherweise mit einer Überraschung rechnen müssten. In der ersten Nacht nach Einnahme dieses Mittels müsse man sich auf seltsame Träume gefasst machen und am nächsten Morgen auf eine gewisse Übelkeit. Aber das sei es wert.

Mit seltsamen Träumen meinte er Albträume.

Als ich an diesem Abend zu Bett ging, schwitzte ich, und mein Herz pochte unruhig. Trotzdem schlief ich rasch ein und träumte von schwarzen Männern mit wilden Augen und erhobenen Pangas, denen Großvater mit seinem Gewehr den Weg versperrte. Ich wollte weglaufen, kam aber nicht vom Fleck. Da griff mich ein Löwe aus der entgegengesetzten Richtung an.

Als ich erwachte, ging bereits die Sonne auf. Unsere Kabinen lagen auf der Backbordseite, grelles Licht fiel durch das Bullauge. Onkel Hans Olaf, mit dem ich die Kabine teilte, lag nicht in seiner Koje, aber seine Laken waren genauso verschwitzt und zerknüllt wie meine. Mein Schlafanzug war schweißnass, und mir war speiübel. Ich trank ein Glas Wasser und begab mich im Schlafanzug auf das Promenadendeck, um in der kühlen Morgenbrise frische Luft zu schöpfen.

Onkel Hans Olaf saß auf dem Promenadendeck an seiner Staffelei und arbeitete an einem Aquarell, das das Meer in Weiß, Rot und Blau unter einer großen glühenden Sonne zeigte, die in Afrika viel größer wirkte als in Schweden oder Norwegen. Das Aquarell, eine Traumlandschaft, war unglaublich schön.

Onkel Hans Olaf lud mich ein, mich zu ihm zu setzen, aber erst einmal zu schweigen, während er konzentriert an der roten Sonne arbeitete. Manchmal wünschte ich mir, wie er mit Farben zaubern oder wie Onkel Sverre die Wirklichkeit exakt wiedergeben zu können.

»Fühlst du dich auch vollkommen zerschlagen?«, fragte Onkel Hans Olaf, als er den Pinsel schließlich in das Wasserglas tauchte. Ich konnte nur nicken. Onkel Hans Olaf lachte, setzte sich neben mich auf die mit braunem Leder bezogene Bank und legte mir den Arm um die Schultern.

Eine Weile betrachteten wir die aufgehende Sonne, deren Glut wie alle anderen Farben auf dem Meer verblasste. Die eben noch roten Wolken wurden weiß. Onkel Hans Olaf lachte erneut und meinte, dass die verdammten Pillen im Hinblick auf sein Farberleben gar nicht so übel seien. Vielleicht sollte er welche davon mit nach Hause nehmen.

Der Hafen von Daressalam ähnelte dem in Mombasa, allerdings liefen wir bei Hochwasser ein und durften, da wir kaum Gepäck hatten, als Erste an Land gehen. Taxifahrer und Träger bedrängten uns von allen Seiten. Die Luft war in diesen frühen Morgenstunden noch angenehm kühl. Fremdartige Möwen kreisten über dem von Palmen gesäumten Strand. In Mombasa schien kein Aufruhr zu wüten, und Weiße mischten sich ungezwungen unter die Afrikaner. Wir schleppten unsere Taschen ins Zollhaus.

Die mürrischen schwarzen Zöllner wurden sogleich gesprächiger, als Großvater sie auf Swahili ansprach. Einer von ihnen flüsterte uns etwas zu, damit ihn der weiße englische Chef in einigen Metern Entfernung nicht hörte. Großvater antwortete ebenfalls flüsternd, und alle lachten. Wir mussten unsere Taschen nicht öffnen, sie wurden mit einem weißen Kreidekreuz versehen, danach stempelten die Zöllner unsere Pässe, ohne sie eingehender zu prüfen.

Endlich befanden wir uns in Großvaters Afrika. Mit den Trägern und Fahrern vor dem Zollhaus erging es uns wie mit den Zöllnern. Sobald Großvater Swahili sprach, freuten sich alle inklusive Großvater.

Im Taxi zum Hotel scherzte und lachte er mit dem Fahrer, während Onkel Hans Olaf und ich, ohne etwas zu verstehen, zuhörten.

Großvater unterbrach sich nur einmal, drehte sich zu uns um und erklärte, wie herrlich es sei, endlich wieder Swahili sprechen zu dürfen, obwohl er natürlich aus der Übung sei. Zu Hause habe er es nur ein einziges Mal versucht, als im Klub in Sandhamn ein Negerorchester aufgetreten sei. Als er die erstaunten Gesichter der amerikanischen Musiker bemerkte, war ihm sein Fehler klar geworden. Die Verschiffung der afrikanischen Sklaven nach Amerika lag schließlich mehrere Hundert Jahre zurück. Und außerdem stammten die amerikanischen Sklaven aus Westafrika.

Wir deponierten unser Gepäck im Hotel und entledigten uns der viel zu warmen Jacketts. Dann begaben wir uns in die Stadt, in der sich Großvater gut auskannte. Wir suchten ein Kleidergeschäft auf und probierten an, was uns Großvater empfahl: Grobe Kakihemden, Shorts mit Munitionstaschen, leichte Lederstiefel, Strümpfe und breitkrempige Hüte aus Leder und Baumwolle. Unsere nackten Knie leuchteten fürchterlich weiß.

»So kleidet man sich in Afrika!«

Unsere schwedischen Kleider und eine zweite Garnitur dessen, was wir jetzt trugen, schickten wir mit einem Boten ins Hotel. Großvater führte uns zum Hafen und dann zum Strand mit der langen, von Palmen gesäumten Promenade. Inzwischen war es nicht mehr kühl.

An der Strandpromenade setzten wir uns im Schatten zweier Palmen auf eine Bank. Großvater zeigte auf vier weiße Gebäude mit Wachen davor. Wo einmal sein Haus, eine Art afrikanisches Langhaus mit Mauern aus weiß gekalkten Ziegeln und einem landesüblichen Dach aus Schilf gestanden hatte, waren inzwischen große Villen im englischen Stil errichtet worden. Die Wachen und die mit vergoldeten Speerspitzen gekrönten Schmiedeeisengitter ließen darauf schließen, dass höhere englische Verwaltungsbeamte auf Großvaters ehemaligem Grundstück wohnten. Ein englischer Kreuzer hatte Großvaters Haus bombardiert. Alle anwesenden Bewohner und viele Menschen in der Nähe hatten ihr Leben verloren. Der Kreuzer mit dem hübschen und schlachtschiffuntypischen Namen HMS *Hyacinth* war später von einem deutschen Kreuzer vor Sansibar versenkt worden, einer der wenigen Siege der deutschen Marine in diesem Krieg. Eine winzige Genugtuung.

Den ganzen Vormittag flanierten wir durch die Stadt. Vielerorts kannte sich Großvater aus, hin und wieder aber auch nicht. Dann murrte er über die hässlichen Häuser von englischen Architekten ohne ästhetisches Empfinden. Allmählich wurde es so heiß, wie Großvater vorausgesagt hatte, ihm schien die Hitze aber nichts auszumachen.

Wie in Mombasa liefen auch hier schwarze Polizisten in weißen Uniformen herum, wenn auch weniger, und die Bewohner der Stadt waren viel gelassener. Auch andere Weiße waren recht unbekümmert zu Fuß unterwegs.

Großvater in seinen kurzen Hosen mit den weißen, blau geäderten Beinen war ein ungewohnter Anblick. Ich kannte ihn nur in fünf Ausstattungen: Smoking, Frack, Anzug, langärmeliger, gestreifter Badeanzug und in Seglerkleidung an Bord der *Beduin*. In Daressalam trug er wie selbstverständlich kakifarbene Kleider, kurze Hosen und Stiefel aus Büffelleder und war ein ganz anderer Großvater. Onkel Hans Olaf und ich empfanden das afrikanische Outfit als Verkleidung, aber Großvater sah darin sehr überzeugend aus. Ich versuchte, mir sein afrikanisches Leben viele Jahre vor meiner Geburt auszumalen. Es musste sich von seinem jetzigen in Saltsjöbaden ungeheuer unterschieden haben.

Während unserer Erkerfrühstücke hatte er diese ihm so

vertraute andere Welt mit keinem Wort erwähnt, was mich im Nachhinein doch sehr erstaunte.

Eine geschlagene Stunde lang suchten wir nach einer Adresse und gelangten schließlich zu einem baufälligen Haus mit kleinen, einfachen Geschäften im Erdgeschoss. Überreste der goldenen Aufschrift Lauritzen waren noch zu erkennen. Großvater unterhielt sich mit den Ladenbesitzern, und schließlich erschien ein gebrechlicher alter Mann, der ihm Auskunft geben konnte. Mit ausholenden Bewegungen deutete er in Richtung Stadtzentrum.

Also machten wir uns auf den Weg zu den vornehmeren Vierteln in Meeresnähe und gelangten zu einem schönen Haus ungewöhnlichen Baustils. Es war weiß und hatte einen Säulengang. Großvater erklärte, das sei die für Sansibar typische Architektur. Wir traten in den Schatten des Säulenganges, und Großvater atmete tief ein, als er das schwarze Schild mit goldener Schrift neben der Tür entdeckte.

Ein Bediensteter in roter Uniform mit goldenem Revers hielt uns die Tür auf, als wir ein pompöses Entree mit Marmorboden, Springbrunnen und Palmen in großen Kübeln und einem Empfangstisch wie in einem Hotel betraten.

Der Mann hinter dem Tisch machte eine abwehrende Handbewegung, als wolle er eine Fliege verscheuchen, und sagte mit unhöflichem Tonfall etwas auf Englisch. Großvater antwortete auf Swahili, worauf der Mann am Empfangstisch zum Telefonhörer griff und mit der anderen Hand auf die Sitzgruppe neben dem Springbrunnen deutete, neben dem ein riesiger Messingkäfig mit Vögeln stand, deren Gefieder metallisch funkelte.

Großvater meinte, wir hätten Glück, wirkte aber gleichzeitig etwas nervös.

Es dauerte nicht lange, da kam ein alter Mann in weiten schwarzen Hosen die Marmortreppe aus dem Obergeschoss herunter.

Großvater erhob sich, und der Mann in den weiten Hosen verharrte auf dem polierten Fußboden. Wie versteinert sahen sich die beiden einige Sekunden lang an. Dann rannten sie förmlich aufeinander zu und umarmten sich. Lachend sprachen sie auf Swahili durcheinander, seufzten, lachten erneut und setzten ihren Wortschwall fort. Onkel Hans Olaf und ich standen mit dummen Gesichtern daneben und versuchten zu erraten, worum es ging.

Schließlich erinnerte sich Großvater an uns, drehte sich um und sagte hocherfreut, das sei kein Geringerer als Mohamedali. Mohamedali, einer seiner allerbesten Freunde.

Wir begrüßten Mohamedali und ließen uns zum Abendessen einladen. Ich seufzte innerlich bei dem Gedanken an eine weitere ewige Mahlzeit in Gesellschaft von Erwachsenen.

Aber es kam ganz anders. Man könnte sagen, dass von nun an überhaupt gar nichts mehr so ablief, wie ich es mir vorgestellt hatte. Nur die Zebras entsprachen meinen Erwartungen.

Am nächsten Tag saß ich am Fenster eines Eisenbahnabteils mit roten Lederbänken und Messinglampen. Drei Tage lang würden wir auf diese Weise unterwegs sein.

Die ersten Stunden verstrichen ohne größere Abwechslung. Die Landschaft war flach, und ab und zu tauchten kleine Negerdörfer mit Hütten mit Schilfdächern auf. Überall weideten Kühe, und schwarze Kinder hüteten Ziegen.

Ich rief mir Großvaters Geschichte über Mohamedali in Erinnerung.

Der berühmte Löwenjäger und Kannibalenschreck Oscar Lauritzen suchte demnach eines Abends nach zahlreichen Strapazen im Busch ein Hotel auf, um dort einen netten Abend zu verbringen. Bei seinem Eintreffen warfen die Türsteher gerade einen jungen Inder, der kaum älter als zwanzig Jahre alt sein konnte, aus dem Lokal. Einer von ihnen versetzte dem auf dem Boden Liegenden sogar noch einen Tritt.

Ohne zu zögern, half der berühmte Löwenjäger dem Inder auf die Beine und klärte die Türsteher darüber auf, dies sei Herr Singh, den er zum Abendessen eingeladen habe, und die Herren sollten sich gefälligst entschuldigen, was diese auch taten.

Wie angekündigt lud er den Inder zum Abendessen ein. Gemeinsam betraten sie das Hotel und bekamen den besten Tisch zugewiesen.

Den Namen Singh hatte Großvater erfunden, aber auf diese Weise verlief Großvaters und Mohamedalis erste Begegnung, was sich als glückliche Fügung erweisen sollte, denn Mohamedalis Familie besaß auf Sansibar ein großes Handelsunternehmen, in dem alle Familienangehörigen nach bestem Vermögen mitarbeiteten. Mohamedali wollte in Daressalam eine Filiale eröffnen, was nicht ganz einfach war, da Tanganjika deutsche, Sansibar jedoch englische Kolonie war.

Im Restaurant dauerte es nicht lange, bis der Löwenjäger und der Kaufmann erkannten, dass sie füreinander geschaffen waren. Großvater konnte beinahe unbegrenzte Mengen Elfenbein und Mahagoni beschaffen, verstand jedoch nichts von Geschäften. Der Geschäftsmann Mohamedali konnte seinerseits Elfenbein und Mahagoni als

Ausländer nicht selbst erwerben. Großvater, der in Diensten der Deutschen stand, konnte alle nötigen Papiere und Genehmigungen beschaffen.

Gemeinsam gründeten sie ein Handelsunternehmen und wurden innerhalb wenigerjahre sehr reich.

Hätte Großvater sich nicht über das Verhalten der Hotelportiers geärgert, wäre das Leben der Lauritzens ganz anders verlaufen. Großonkel Lauritz hätte seine Ingeborg nicht bekommen, und wir würden nicht in Saltsjöbaden wohnen, und Tante Johanne, Tante Rosa, Eilert, Henning und Peter und vielleicht nicht einmal ich hätten das Licht der Welt erblickt.

Die Geschichte gefiel mir.

Das ausgiebige Mahl am Vorabend hatte ebenfalls einen überraschenden Verlauf genommen. Allein schon der Umstand, in einem Meer bunter Kissen zwischen funkelnden Messinglampen auf dem Fußboden zu sitzen, war außergewöhnlich. Die unzähligen kleinen Schüsseln mit köstlichen und fremdartigen Gerichten wurden in rascher Folge aufgetragen und abgeräumt. Ich hatte das Gefühl, mich freizügig aus einer großen Pralinenschachtel zu bedienen, in der jede neue Praline besser schmeckte als die vorhergehende. Großvater und Onkel Hans Olaf tranken viel zu viel Wein, da ständig nachgeschenkt wurde. Der Gastgeber Mohamedali trank Wasser, von dem er mir ebenfalls einschenkte.

Die Eisenbahn fuhr viel langsamer als die schwedischen und norwegischen Bahnen. In der endlosen Savanne hatte ich das Gefühl dahinzusegeln. Als ich die erste Zebraherde entdeckte, geriet ich in äußerste Verzückung. Das waren außer Elefanten – in Skansen in Stockholm gab es kleine indische Elefanten – die einzigen Tiere, die ich wiedererkannte. Großvater zeigte auf die verschiedenen Tiere und versuchte mir ihre Namen beizubringen, die er alle kannte. Das Gnu konnte ich mir am leichtesten merken.

Die Strecke, die wir befuhren, hatte Großvater gebaut, während Großonkel Lauritz mit der Bahnstrecke über die norwegische Hardangervidda beschäftigt war. Ein überwältigender Gedanke, der zeitgleiche Kampf des einen Bruders gegen eisige Schneestürme und des anderen gegen unmenschliche Hitze.

Großvater erzählte, diese Bahnfahrt sei ein wesentlicher Teil seines Vorhabens, ein letztes Mal seine Bahnstrecke und sein Afrika zu sehen. Er wolle uns das Land der Massai zeigen, nicht zuletzt Onkel Hans Olaf, weil das nördliche Tanganjika mit traumhaften Farben und Lichtverhältnissen aufwartete. Das sagte auch Großonkel Sverre, der es wissen musste.

Mithilfe Buana Mohamedalis, der nahezu alle Wünsche in Tanganjika erfüllen konnte, würden wir uns nach unserer Ankunft in Kigama, der kleinen Stadt am Tanganjikasee, auf eine richtige Safari in der Wildnis begeben. Das war mehr, als Großvater zu hoffen gewagt hatte.

*

Stockholm, Mai 1968

Ich bin erleichtert, dass Du dieses Mal keine stilistischen Einwände hattest. Aber Dein Hinweis ist berechtigt: Die Stimme des elfjährigen Erzählers ist entweder zu kindlich oder unerträglich altklug.

An gewissen Formulierungen lässt sich später sicher noch feilen, hingegen nicht an den nautischen Begriffen: Hätte der Elfjährige in Großvaters Gesellschaft statt backbord links gesagt oder etwas in der Art, wäre er sofort korrigiert worden. Aber hier und jetzt geht es vor allem darum, den Text zu Papier zu bringen, da ich bis Mittsommer fertig sein muss.

Nun also zum Inhalt. Ein wenig taktlos deutest Du an, dass ich Großvater Oscar in nicht unbeträchtlichem Ausmaß idealisiere und den heutigen Vorstellungen anpasse, als hätte auch er ein NFB-Abzeichen an seinem Paletot getragen. Was bei seinem Bruder, Deinem Vater Lauritz, unvorstellbar gewesen wäre.

Ich bestehe darauf, dass mein Großvater auch nach heutigem Verständnis Antiimperialist war. Auch wenn es stimmt, dass er die Engländer aufgrund seiner persönlichen Erfahrungen, milde ausgedrückt, hasste.

Franzosen hingegen hasste er nicht, wie wir alle wissen. Sowohl mein Vater als auch mein Großvater sollen sich während ihres kurzen Gastspiels in unserer Familie sehr gut mit ihm verstanden haben.

Ich bin mir vollkommen sicher, dass er von »Indochina« sprach und wie sehr es ihn freute, dass die Franzosen von dort vertrieben worden waren. Bereits damals hatte er eine bedeutend progressivere Haltung hinsichtlich der algerischen Befreiungsbewegung als ich einige Jahre später zu meinen übertrieben frankophilen Zeiten. Ich weiß auch, wie sich Großvater heute zum Krieg in Vietnam gestellt hätte: USA raus aus Vietnam!

Großvater war zweifelsohne ein patriarchalisch gesinnter Konservativer. Zugegeben. Aber er war auch ein ausgesprochener Antiimperialist. Gleichzeitig. So gesehen war er halb rechts, halb links. Das mag ungewöhnlich und widersprüchlich erscheinen, aber so war es nun einmal.

Den antikolonialen Kampf verfolgte er mit Interesse, und er las nicht nur das *Svenska Dagbladet*, sondern im Büro auch die *Neue Zürcher Zeitung*. Vermutlich wusste er alles über die Mau-Mau und andere afrikanische Freiheitsbewegungen wie die NFB in Algerien.

In einem Punkt muss ich Dich allerdings enttäuschen. Ich werde meine Erzählung nicht mit einem Safariabenteuer in Tansania fortsetzen. Großvater schoss zwar seinen letzten Elefanten unter recht dramatischen Umständen, aber ansonsten sind meine Erinnerungen an diese Safari verschwommen und lückenhaft. Von der Jagd verstehe ich obendrein nichts, es wäre schlicht und ergreifend ein zu langer Exkurs.

Ich begebe mich stattdessen geradewegs in die Katastrophe nach dem Begräbnis, die den Wendepunkt dieser Geschichte darstellt, den ich nicht weiter hinauszögern möchte.

Endlich bringt mir die kindliche Perspektive einen Vorteil. Einem allwissenden Erzähler würde es schwerfallen, den Erbstreit und seine finanziellen Folgen zu beschreiben. Das bleibt mir erspart.

Außerdem will ich mich dem eigentlichen Rätsel nähern: Die Fünfzigerjahre sind so nahe und doch so fern. Weder ein klassischer Erbstreit noch eine klassische koloniale Jagdpartie in Afrika würden eine vernünftige Funktion erfüllen.

Also wende ich mich einem ganz speziellen weiblichen Aspekt zu. Schon gut! Ich ahne Dein ironisches Lächeln.

Der heutige Feminismus der Linken weist bedauerlicherweise Züge primitiven Männerhasses und reinen Irrsinns auf, was bei mir und sicher vielen anderen Männern großes Befremden auslöst.

Das neueste Beispiel feministischen Irrsinns ist die These, die Hexenprozesse des 17. Jahrhunderts seien die Folge einer Verschwörung des Patriarchats gewesen. Eine bestimmte Genossin der Gruppe 8, unserer feministischen Avantgarde, veröffentlichte unlängst einen Artikel, in dem sie vollen Ernstes die These vertrat, die Hexen hätten überlegene medizinische Kenntnisse besessen und wären ausgerottet worden, um der primitiven, rein männlichen Schulmedizin den Weg zu bahnen.

Zufällig kenne ich mich mit diesem Thema aus, weil ich darüber bei Prof. Per-Edwin Wallén im Fach Rechtsgeschichte eine Seminararbeit verfasst habe.

Die Idee, höhere medizinische Kenntnisse seien durch die Hexenprozesse vernichtet worden, brachte kein Geringerer als der SS-Chef Heinrich Himmler auf. Er suchte unter anderem nach einem Ersatz für das Christentum, da die Kultur der »Germanen« durch die christliche Hegemonie in Europa ausgelöscht worden sei. Offenbar versuchte die SS mit allen Mitteln zu beweisen, dass die Hexen die geheime germanische Heilkunst beherrschten. Ich vermute, der Umstand, dass der Höhepunkt der Hexenverbrennungen ins 17. Jahrhundert und nicht ins Mittelalter fällt, hat den von der SS beauftragten Wissenschaftlern Kopfzerbrechen bereitet, weil somit der Vernichtungsfeldzug gegen die »germanische« Kultur mit tausendjähriger Verspätung stattfand.

Entschuldige diesen Exkurs, ich konnte mich nicht beherrschen. Im Grunde sind die Feministinnen fortschrittlich, und ich will ihnen nicht unnötig widersprechen. Aber wie verhält man sich angesichts purer Dummheit?

Die weibliche Perspektive der Fünfzigerjahre sieht natürlich ganz anders aus. Ich würde gerne Mama und Dich als Beispiel und Vergleich verwenden. Sollte Dir diese Idee missfallen, muss ich einen anderen Weg finden.

Ich stelle mir das folgendermaßen vor:

Ihr seid Cousinen und wurdet beide von markigen Männern aus Westnorwegen erzogen, die die Rolle des *Pater familias* bekleideten.

Auch Eure Mütter ähnelten sich sehr. Deine Mutter Ingeborg und meine Großmutter Christa besaßen denselben aristokratischen Hintergrund und gehörten seit dem Kampf für das Frauenwahlrecht der radikalen Linken an.

Wie kann es also sein, dass Du Dich so sehr von Mama unterscheidest?

Knappe zehn Jahre trennen Euch, aber auch etwas anders, der Unterschied zwischen den Vierziger- und den Fünfzigerjahren.

Für Dich stand niemals zur Debatte, Hausfrau zu werden, und Du hast Dich mit derselben Energie wie Deine Mutter Ingeborg Deiner Ausbildung gewidmet. Du hast (möglicherweise zu schnell) einen Doktortitel erworben und Dich am Kampf gegen die Nazis beteiligt. Ganz nebenbei finde ich, dass Du Deine Memoiren schreiben solltest.

Mamas berufliche Bestrebungen gingen nie über die einer Hausfrau hinaus, was Dir ebenso unbegreiflich gewesen sein muss wie den progressiven jungen Frauen von heute. Das Wort »Hausfrau« ließe sich bei einem Treffen der Gruppe 8 nur als Schimpfwort denken.

Ich denke, die Frauen der Vierzigerjahre haben eine Berufstätigkeit aufgenommen, weil ihre Männer eingezogen worden waren oder sich im Krieg befanden.

In den Fünfzigern wurden diese Frauen zurück an den Herd geschickt und zwar nicht mit Gewalt, sondern durch die Idealisierung ihrer häuslichen Rolle. Denk nur an alle Hausfrauenfilme und glücklichen Frauen mit neuen Küchengeräten.

Vielleicht ist das Hausfrauenideal der Fünfzigerjahre ja gar kein Relikt altertümlicher Ideen, sondern eine höchst moderne, um nicht zu sagen *amerikanische* Ideologie?

Großvaters Tod hätte für Mama, die wie alle anderen Mütter, die ich in Saltsjöbaden kannte, Hausfrau war, eigentlich der Untergang sein müssen. Niemand war auf plötzliche Armut schlechter vorbereitet als sie. Trotzdem wage ich, um Churchill zu zitieren, zu behaupten, *that this was her finest hour*.

Ich bringe die Geschichte sofort zu Papier. Können wir uns nächste Woche treffen? Ich vermute und befürchte, dass Du viel anzumerken haben wirst.

DAS DUNKLE HALBJAHR

Die Stadt roch ganz anders als Saltsjöbaden, und die Menschen hier sprachen nasaler.

Zuerst wohnten wir in der Hornsgatan im Stadtteil Södermalm. Es hätte aufregend sein können, an einen so ungewöhnlichen Ort zu ziehen, eigentlich hätte es schön sein müssen, dass der heiße Sommer vorüber war und ich endlich an der Oberschule beginnen und Englisch lernen durfte.

Aber ich konnte mich gerade über nichts freuen. Ich weinte viel, und dass in unserer Familie nicht geweint wurde, war mir vollkommen schnuppe. Ab und zu nahm ich das schönste Andenken an Großvater heraus, den arabischen Dolch, den er mir in Aden geschenkt hatte. Ich hatte ihn unerreichbar für meinen kleinen Bruder zuoberst im Kleiderschrank versteckt.

Großvater war auf der Heimreise mit der MS *Patricia* erkrankt. Der Schiffsarzt diagnostizierte Malaria. Offenbar war der Glaube, eine Malariaform immunisiere gegen andere Arten, überholt.

Hätte Großvater dieselben Albtraumtabletten genommen wie Onkel Hans Olaf und ich, wäre er nicht gestorben.

Die Ärzte in Saltsjöbaden konnten die Fieberanfälle lindern, aber gegen die Parasiten, die sich in seinem Körper eingenistet hatten, waren sie machtlos.

Nach über einer Woche mit schwarzem Urin wurde die Familie, jeweils in Zweiergruppen, vorgelassen, um sich von ihm zu verabschieden. Nur ich durfte allein zu ihm. Ganz zuletzt bat er mich zu sich.

»Nicht weinen!«, waren seine ersten Worte, und ich versuchte, mich zusammenzunehmen, was mir nicht leichtfiel. Schweißgebadet und mit glasigem Blick lag er da und war irgendwie geschrumpft, obwohl seine Hände so groß und knochig wie früher aussahen.

»Ich wollte eigentlich länger leben und dabei sein, wenn du die Firma übernimmst. Jetzt pinkele ich schwarzen Urin, es kommt also anders. Nach dem Abitur sollst du an der Handelshochschule studieren, denk daran. Ingenieure gibt es wie Sand am Meer. Die Geschäftsleute werden in Zukunft die Macht haben. Pass also in Mathe gut auf.«

Damit war unser einsames Stündchen auch schon vorbei.

Als er mich umarmte, was nie zuvor geschehen war, zitterten seine Arme vor Anstrengung.

Am Tag darauf starb er.

Meine letzte Erinnerung an ihn ist, wie ich im Källvägen vor der Küchentreppe hinter dem schwarzen Leichenwagen stehe und mir die Nase an der Heckscheibe platt drücke. Großvater lag in einem einfachen, hellen Eichensarg. Ich weiß weder, warum ich alleine dort stand, noch warum sie Großvater vermutlich durch den Kücheneingang aus dem Haus gebracht hatten, auch wenn dieser Weg natürlich kürzer war als der durch den Haupteingang.

Das Auto fuhr unvermittelt an, und ich fiel auf die Nase.

Den Rest des Sommers verbrachten mein kleiner Bruder und ich zusammen mit Großmutter und Torunn in Sandhamn.

Die anderen Erwachsenen waren zu sehr mit dem Erbe und den Rechtsanwälten beschäftigt. Onkel Carl Lauritz erschien nicht einmal zur Regatta im August. Vermutlich das einzige Sandhamner Wettsegeln, das er in seinem ganzen Leben verpasste.

Alle klagten über den heißen Sommer, nur ich nicht, da ich ihn ja zur Hälfte in Afrika verbracht hatte.

Die Beerdigung in Saltsjöbaden blieb mir erspart. So drückte es Mama zumindest aus. Ich kann nicht sagen, ob ich gerne dabei gewesen wäre. Wahrscheinlich hätte ich geheult wie ein Schlosshund und mich blamiert. Mir blieb der Augenblick, als der schwarze Wagen plötzlich anfuhr und ich mit dem Gesicht im Kies landete, als der eigentliche Abschied in Erinnerung.

Die Oberschule war nicht so, wie ich sie mir vorgestellt hatte. Die Schulen in Stockholm waren ganz anders als die in Saltsjöbaden. Plötzlich war ich wieder Erstklässler. Es gab die Klassen eins bis fünf, und die über 700 Schüler waren allesamt Jungs.

Außerdem war alles viel strenger. Jeder Tag wurde mit dem Morgengebet eingeleitet, und an den Schulpforten standen große Fünftklässler und schrieben alle Nachzügler auf. Wer dreimal zu spät kam, erhielt eine schlechtere Note in Betragen.

Beim Morgengebet ging es nicht nur um Gott, Jesus und Kirchenlieder, sondern auch um Schludrigkeit, Rabaukentum, Jugendkriminalität und fürchterliche Strafen. Diese Predigten betrafen uns meiner Meinung nach nicht im Geringsten. Kriminelle waren Erwachsene aus armen Familien, die sich gegenseitig bestahlen und umbrachten.

Aber manchmal handelte das Morgengebet auch von ganz anderen Dingen wie der Atombombe, dem Kommunismus und davon, dass Amerika Europa gerettet hatte. Ich konnte diesen Auslegungen nicht immer folgen, fand sie aber kurzweiliger als das ewige Gerede von der Schludrigkeit.

Jede Klasse hatte einen Klassensprecher, der einen Schlips und ein Jackett trug und der für seine Schulbücher eine Aktentasche wie ein Erwachsener besaß. Normalerweise war der Klassensprecher eine Niete in Fußball und Turnen.

Vor Beginn der Stunde stand der Klassensprecher an der Tür und spähte auf den Korridor. Wenn er den Lehrer kommen sah, rief er: »Stillgestanden!«, und alle nahmen neben der Bank Haltung an. Der Lehrer trat ein, und der Klassensprecher nannte die Namen der Fehlenden, die der Lehrer ins Klassenbuch eintrug. Es folgte die Begrüßung, und alle durften Platz nehmen. Ab jetzt hieß es den Mund halten, aufmerksam zuzuhören, keinesfalls mit dem Nachbarn zu flüstern und zu antworten, wenn man gefragt wurde. Unerlaubtes Schwatzen hatte einen Eintrag ins Klassenbuch zur Folge, drei Einträge in einem Halbjahr führten zu einer schlechteren Note in Betragen.

Es dauerte eine Weile, bis ich mich an diese Disziplin gewöhnt hatte. Nicht weil es sonderlich schwer war, aber es war alles so neu und so anders als in meiner bisherigen Schule. In Saltsjöbaden waren wir nie mehr als achtzehn

Schüler in einer Klasse gewesen, in der 15A der Vasa Real waren wir genau doppelt so viele, und es gab kein einziges Mädchen.

Die erfreulichste Veränderung waren die Lehrer. Am besten gefiel mir unser Geschichtslehrer, der den Spitznamen Erbse trug, Arthur mit Vornamen hieß und Dozent an der nur eine Viertelstunde entfernten Stockholmer Hochschule war. Sein Unterricht war wie Kino, er setzte sich auf das Lehrerpult, legte den Zeigestock über die Schulter und hielt das große Lineal wie ein Schild vor sich hin. Dann spielte er uns vor, wie eine mazedonische Phalanx die feindlichen Reihen durchschnitt.

Das gesamte erste Halbjahr war der klassischen griechischen Geschichte gewidmet, von den Thermopylen und Leonidas bis hin zu Alexander dem Großen und der Blütezeit Athens. Im zweiten Halbjahr erwartete uns ein ebenso unterhaltender Abriss der römischen Geschichte. Kein Wunder, dass ich in Geschichte ebenso gut abschnitt wie in Mathematik.

Endlich durfte ich Englisch lernen, darauf hatte ich mich schon den ganzen Sommer gefreut. Ich konnte zu Hause mit Mama üben. Am meisten litt ich unter dem Religionsunterricht, in dem seit dem ersten Grundschuljahr immer dasselbe durchgekaut wurde.

Am ungewohntesten war der Turnunterricht. In Saltsjöbaden hatten die Jungs die Zeit mit Fußball oder Hockey und die Mädchen mit Völkerball oder Seilspringen verbracht, während unsere Lehrerin Klassenarbeiten korrigierte.

Auf der Oberschule in Stockholm galten andere und strengere Regeln. Die beiden Turnlehrer, der Pirat und

Leutnant Bengtsson, waren Reserveoffiziere. Sie schindeten uns vom ersten Tag an. In der Turnhalle mussten wir im Kreis rennen. Denen, die trödelten, versetzte der Pirat mit einem Florett einen Klaps. Dann folgte Geräteturnen, und die beiden Lehrer machten sich Notizen.

In der zweiten Woche, also etwa nach der siebten oder achten Turnstunde, ließ der Pirat uns in der Turnhalle antreten, rief mich und drei weitere Jungs auf und befahl uns, reihum unsere Mannschaftsmitglieder zu wählen. Ich wusste, was uns erwartete, weil mich Clark, der sitzen geblieben war, vorgewarnt hatte.

Ich durfte beginnen und wählte ohne Zögern Clark. Dafür durften die anderen drei je zwei wählen, anschließend ging es normal weiter, bis jeder sogenannte Zug aus neun Schülern bestand.

Die Zugführer trugen das Schulwappen, die Garbe der Vasakönige, auf dem rechten Oberschenkel der blauen Turnhose, die ausgeteilt worden waren. Alle hatten dieselben Turnsachen und blaue Stoffschuhe mit Gummiverstärkung vorne und hinten und ein weißes Unterhemd mit dem Garbenbündel auf der Brust.

Der Zugführer wählte den stellvertretenden Zugführer, der die Garbe auf dem linken Oberschenkel trug.

In Zukunft würden die Zugführer zu Beginn jeder Stunde Meldung machen, wer fehlte, also nicht der Klassensprecher, der als Vorletzter gewählt worden war.

Der Zugführer stellte beim Fuß- und Handball die Mannschaft auf. Fußball wurde draußen, Handball in der Halle gespielt.

Da die Fuß- und Handballmannschaften aus sieben Mann bestanden, der Zug aber aus neun, entschieden die

Zugführer, wer auf der Bank saß, was dem Piraten und Leutnant Bengtsson auf diese Weise erspart blieb.

Welch ein Glück, dass ich als Erster hatte wählen dürfen. Mit Clark in unserer Mannschaft waren wir sowohl im Fußball als auch im Handball immer die Besten. Selbstverständlich ernannte ich ihn zum stellvertretenden Zugführer, ohne mir bewusst zu sein, wie klug diese Wahl war.

Ein asphaltierter Schulhof mit über 700 Jungs war kein Teekränzchen. Einsam war dort keinesfalls stark.

Anfänglich wurden mir die großen Veränderungen gar nicht bewusst, weil so viel Neues auf mich einstürmte, nicht nur in Bezug auf den Unterricht, sondern auch auf die unergründlichen Klassenkameraden. Nur zwei oder drei redeten wie ich, drängelten sich in der Essensschlange nicht vor und beklagten sich nicht darüber, dass es zweimal pro Woche Dorsch gab.

Ich konnte nicht beurteilen, ob wir in der Hornsgatan an einer guten oder schlechten Adresse wohnten. Viele meiner Mitschüler hatten wie ich einen weiten Schulweg mit der Straßenbahn. Einige hatten sogar noch längere Strecken mit der U-Bahn zu bewältigen. Abstände schienen keine große Rolle zu spielen, aber die meisten meiner Klassenkameraden wohnten in der Nähe vom Sankt Eriks- oder Odenplan und brauchten nur wenige Minuten zu Fuß.

Welchen Status hatten vier Zimmer im vierten Stockwerk in der Hornsgatan? Alle wussten, dass Saltsjöbaden vornehm war, aber wie sah es mit Södermalm aus? Und wie war der Umstand, dass wir kein Dienstmädchen mehr hatten, zu bewerten?

Diese Frage ließ sich nicht ohne Weiteres beantworten. Ich musste meinen neuen Klassenkameraden genau zuhören. Einer von ihnen, Johan Gabriel, wohnte in Lärkstaden, einem Teil Östermalms, war in meinem Zug und sprach wie ich. Er war ein guter Fußballer, aber viel zu zaghaft für Handball. Eines Morgens beklagte er sich darüber, dass ihr Dienstmädchen vergessen hätte, seine Hemden zu bügeln.

Die anderen machten sich über seine Bemerkung lustig, vermutlich weil sie ihn für einen Angeber hielten. Sich mit dem eigenen Wohlstand zu brüsten war tabu.

In der Hornsgatan kaufte ich Milch in einer anderthalb Liter fassenden Blechkanne. In Saltsjöbaden war die Milch jeden Morgen geliefert worden und hatte in Glasflaschen neben der Pforte gestanden. Den Stannioldeckel der Vollmilch zierte ein roter Streifen, während der Deckel der fettarmen Milch einfach nur silbern glänzte. Die Meisen, die den Unterschied sehr wohl kannten, pickten nur die Deckel mit rotem Streifen auf und ließen sich die oberste Sahneschicht schmecken.

Aber im Grunde hatte ich nichts dagegen, die Milch selber zu holen. Manchmal zogen mich Leute im Milchladen auf, weil ich anders sprach als in Södermalm üblich. Einige versuchten sogar, mich nachzuäffen. Aber ich blieb trotzdem höflich, wie Mama es mir eingeschärft hatte.

Auf dem Hinterhof unseres Mietshauses gab es neben den Teppichstangen eine Reihe Trockenklosetts, mindestens zehn braune Häuschen, die niemand zu benutzen schien. Mama vermutete, dass sie ausschließlich von den Bewohnern des Hinterhauses verwendet wurden.

Unsere Wohnung war sehr hell, weil sie weit oben im

Haus lag. Das gefiel mir. Im Salon, der in der Stadt Wohnzimmer hieß, standen der schwarze Flügel, auf dem Harry im Damensalon der Villa Bellevue gespielt hatte, ein Ledersofa und zwei ausladende Sessel, die aus dem Herrenzimmer stammten. Harry hatte auch den Cadillac übernommen, den er vor dem Haus parkte. Es war der einzige Cadillac in der Hornsgatan.

Mama nahm Fahrstunden, obwohl nicht ganz klar war, wozu sie eigentlich einen Führerschein brauchte.

Das Beste an der Stadt waren die vielen Kinos. Hätte ich es mir leisten können, wäre ich jeden Abend ins Kino gegangen. Inzwischen bekam ich zwar Taschengeld, aber das reichte höchstens für einen Film pro Woche.

Aber der Geldmangel war nicht das einzige Hindernis. Die meisten Filme, besonders die Kriegsfilme, waren erst ab 15 zugelassen, und die Platzanweiser waren knallhart. Eine Ausnahme stellte das Mackan dar, das eigentlich Maxim hieß, recht klein war und in der Birger Jarlspassage am Norrmalmstorg lag. Hier spielte das Alter keine Rolle, dafür liefen auch nur alte Filme, überwiegend schwarz-weiß, die zwar nicht jugendfrei waren, aber häufig einfach nur lächerlich. Beispielsweise »Dick und Doof und der Werwolf«, in dem die beiden Komiker den Werwolf für einen verkleideten Kumpel halten und ihm die Maske vom Gesicht reißen wollen. Das war nur bedingt lustig.

Die Altersproblematik ließ sich umgehen, indem man die Vorstellungen des Filmklubs der Schule besuchte. Die Mitgliedschaft war kostenlos. Einleitend wurden erzieherische Kurzfilme gezeigt, beispielsweise über die Gefahren des Rauchens oder Motorradfahrens. Wir ertrugen Teer in den Lungen aufgeschlitzter Leichen und zerschmetterte

Motorradfahrerschädel, weil es anschließend einen richtigen Film gab, meistens einen Kriegsfilm. Hier sah ich zum ersten Mal die F-86 Super Sabre in einer Vorführung, die Anders bestimmt gefallen hätte. Als die Amerikaner in ihren F-86 eine Division kommunistischer MiG-15 entdeckten, warfen sie die Tragflächentanks ab, flogen eine Rolle und griffen die Übermacht unerschrocken an. Ein einfacher Sieg. Noch besser war der Film »Die fliegenden Tiger« über die amerikanische P-40 Warhawk mit aufgemaltem roten Rachen, deren Anblick die japanischen Kommunisten in ihren Ki-21 Sally in Angst und Schrecken versetzte. Leider handelten die meisten Filme vom Bodenkrieg, von der Befreiung Europas durch die Amerikaner oder schlimmstenfalls von in deutschen Konzentrationslagern inhaftierten Amerikanern, die einiges über sich ergehen lassen mussten, ehe ihr listiger Fluchtplan gelang. Ein Farbfilm handelte von dem siegreichen Angriff amerikanischer Flugzeugträger mit F6F Hellcat-Maschinen auf japanische Kommunisten. Die Zero der Japsen waren gegen die F6F Hellcat chancenlos.

Im Filmklub war der Zweite Weltkrieg angesagt. Peinlicherweise beherrschte ich dieses Thema nicht so gut wie viele meiner Klassenkameraden. Ich konnte alle größeren Schlachten, die die Schweden im Dreißigjährigen Krieg gewonnen oder verloren hatten, aufzählen und detailliert beschreiben, wie Karl X. Gustav den Großen Belt überquert und die Dänen geschlagen hatte. Ich wusste sogar, wie das Pferd Alexanders des Großen hieß, und kannte mich mit Bootsbau, Ausrüstung und Taktik der Wikinger aus. Aber über den Zweiten Weltkrieg wusste ich nur, dass die Amerikaner sowohl die Japaner als offenbar auch die Deutschen besiegt hatten. Der Zweite Weltkrieg existierte gewissermaßen nicht in der Geschichte, sondern nur im Kino, während die richtige Geschichte wie die Schlachten bei Breitenfeld und Lützen im Kino überhaupt nicht abgehandelt wurde.

Im Filmklub freundete ich mich mit Rick an, der einer Clique angehörte, die schwarze Lederjacken trug und unter sich blieb. In den Pausen prügelten sie sich und triezten die Kleinsten und Schwächsten. Um die Lederjackenclique hatte ich bislang wohlweislich einen großen Bogen gemacht. Zwei ihrer Mitglieder waren in meinem Zug, aber da mussten sie nach meiner Pfeife tanzen, wenn sie nicht auf der Reservebank versauern wollten.

Unter vier Augen war Rick wie alle anderen Jungs, und es machte mir Spaß, mit ihm über Filme zu reden.

Rick nahm mich in einen Film mit, der bereits über einen Monat lang für ein volles Skandia-Kino sorgte – ein Muss für alle jungen Leute. In der Presse wurde diskutiert, ob er verboten oder zumindest eine Altersgrenze eingeführt werden sollte. Das klang sehr vielversprechend, einen solchen Film wollte ich so schnell wie möglich sehen.

Die Aufregung galt nicht dem Film an sich. Dieser handelte von einer fürchterlich aufmüpfigen Klasse, deren Lehrer sich ungemein anstrengen musste, um sie zur Vernunft zu bringen, was ihm am Ende natürlich gelang. Die Empörung galt dem einleitenden Song, der nichts mit der Handlung zu tun hatte, »Rock Around the Clock« mit Bill Haley and his Comets.

Solche Musik hatte ich noch nie gehört. Sie war wie die große Achterbahn in Gröna Lund und hob mich aus dem Kinosessel. Nachdem ich mich vom ersten Schock erholt hatte, genoss ich das vollkommene Glück.

Einer von Ricks Freunden besaß »Rock Around the Clock« auf Schallplatte. Am nächsten Tag fuhren wir nach Alvik und hörten uns die Platte mindestens fünfzigmal an. Wir waren uns einig, dass eine neue Ära angebrochen war und das Ende der schwedischen Schlagermusik besiegelt war. Bald würde uns noch viel mehr Musik aus den Staaten erreichen. Rick und seine Freunde sprachen nie von Amerika oder den USA, sondern immer nur von »den Staaten«.

James Dean war kürzlich bei einem Autounfall ums Leben gekommen.

Ich wusste nicht, wer James Dean war, aber Rick schaffte rasch Abhilfe, indem er mich in »Denn sie wissen nicht, was sie tun« schleifte. Der Film handelte von einem Typen, dem es unsäglich peinlich war, dass sein Schlappschwanz von Vater zu Hause beim Spülen half und dabei sogar eine Schürze trug. James Deans Reaktion erschien mir reichlich übertrieben. Aber eigentlich ging es um etwas ganz anderes, nämlich das *chicken race*. Zwei geklaute Autos rasen auf einen Abgrund zu. Der Fahrer, der sich als letzter aus dem Wagen wirft, hat gewonnen, und der andere ist der Feigling. Der Typ in Lederjacke gewann gewissermaßen, weil er mit dem Auto, das in Flammen aufging, in den Abgrund stürzte, während James Dean überlebte und die Polizei und die hysterischen Eltern am Hals hatte. Alle wollten wie James Dean sein und so aussehen wie er (Rick ahmte seine Frisur mithilfe von Brylcreem nach). Vor allen Dingen wollten alle die rote Jacke von James Dean besitzen, aber solche Jacken waren in ganz Stockholm nicht zu kriegen.

Für manche Schüler war der Schulhof die Hölle. Einige trauten sich in der Pause nicht ins Freie, aber die Aufsicht kannte keine Gnade und schubste sie hinaus. Offenbar gab es ein Gesetz, dass Schulkinder frische Luft brauchten, aber kein Gesetz gegen Prügel auf dem Schulhof.

Es gab eine klare Aufteilung des Terrains. Die Größten hielten sich in dem an die Dalagatan angrenzenden Bereich auf, wo es einen Tabakladen gab, in dem sie Boy- und Florida-Zigaretten einzeln kaufen konnten. Die dritten und die vierten Klassen belegten die Mitte, und die ersten und die zweiten Klassen hatten ihr Revier an der Hälsingegatan, in der sich diejenigen, die Geld hatten und sich das Schulessen ersparen wollten, in einer Bäckerei mit grünem Marzipan gefüllte Hefezöpfe kaufen konnten.

Diese strenge Trennung beruhte vermutlich darauf, dass die Großen aus der Fünften keine Lust hatten, sich mit Zwergen wie uns zu prügeln.

In unseren jeweiligen Altersgruppen rauften wir jedoch nach Herzenslust, auf dem Schulhof galten andere Regeln als im Klassenzimmer, dort herrschte das Gesetz des Dschungels. Wer Schwäche oder Feigheit ausstrahlte, riskierte Prügel und anschließend noch mehr Prügel wegen nun bewiesener Feigheit und Schwäche. Deswegen machten sich, auch in unserer Klasse, einige Schüler, wenn es zur Pause schellte, vor Angst beinahe in die Hose. Und wer von ihnen es wagte, die offenen Pissoirs auf unserer Seite des Schulhofs zu benutzen, riskierte erst recht Prügel. Dort drinnen gab es keine Zeugen, und selbst wenn es Zeugen gab, war Petzen ausgeschlossen.

Die größten Schisser hießen Hosenpisser und wurden grundsätzlich aufs Klo verfolgt.

Mich kümmerte das alles nicht. Schläge machten mir keine Angst, in dieser Hinsicht war ich abgehärteter als jeder andere Schüler. Keiner der Fünftklässler konnte Harry auch nur andeutungsweise das Wasser reichen.

Außerdem war ich Zugführer im Turnen, schoss beim Handball mehr Tore als alle anderen in der Einsfünf und verbrachte die Pausen mit Clark. Die Lederjackenclique und wir ignorierten einander, wie zwei gleich starke Stadtstaaten im alten Griechenland, die keinen unnötigen Krieg riskieren wollten. Das nannte sich bewaffneter Friede, der in unserem Fall erstaunlich lange anhielt.

Bis die Sache mit David Goldmann geschah.

Er war ein kleiner Kerl mit guten Noten, aber lausig im Turnen, ein typischer Bücherwurm. Außerdem hatte er stark abstehende Ohren. Ich taufte ihn Flügelmutter, und ich besaß die Gabe, Spitznamen zu erfinden, die sich sofort durchsetzten.

Spitznamen an sich waren nicht weiter wild, selbst die Lehrer ertrugen ihre mit Gleichmut. Der Zeichenlehrer beispielsweise hieß Gaul, der Religionslehrer Lusche, der Pirat wurde auch Zinken genannt, und in der Klasse gab es einen Käse, Hefeschnecke, Torte, Klette und noch so manche andere.

Der Spitzname Flügelmutter lenkte die Aufmerksamkeit jedoch derart auf Davids Ohren, dass sich alle einen Spaß daraus machten, sich von hinten an ihn anzuschleichen und ihn am Ohr zu ziehen, bis aus ihm ein Hosenpisser wurde, wofür ich mich irgendwie schuldig fühlte.

Eines Tages sah ich, wie er mit zusammengepressten Knien unbemerkt aufs Klo entwischen wollte. Die Angsthasen schienen eine schwächere Blase als ihre Mitschüler zu haben, was unter anderem ihre Spitznamen erklärte.

Aber nicht nur mir, sondern auch der Lederjackenclique war der Notleidende aufgefallen. Sie nahmen die Verfolgung auf. Rick lachte und klopfte Laban, dem Größten, auf die Schulter, ein Anblick, der geradezu schmerzte.

Kümmer dich um deinen eigenen Kram, lautete die goldene Regel des Schulhofs.

Clark war nirgends zu sehen.

Also ging ich allein.

Sie standen um Flügelmutter herum, zwangen ihn zu einer Viertelumdrehung nach der anderen und gaben ihm reihum feste Klapse aufs Ohr. Vermutlich war das nur der Anfang.

Als ich auf sie zumarschiert kam, hielten sie erstaunt inne.

Ich forderte sie auf, ihn in Ruhe zu lassen.

Rick sagte, ich solle mich da raushalten.

Der bewaffnete Frieden war vorbei, und es gab kein Zurück mehr. Ich sagte, wenn es ihm solchen Spaß bereitete, Leuten auf die Ohren zu hauen, dann könnten sie es ja mal mit mir versuchen.

Während sie zögerten, trat ich einen Schritt vor, packte Flügelmutter und stieß ihn in eine der offenen Klozellen. Kaum hatte er den Hosenschlitz geöffnet, fing es auch schon an zu plätschern.

Jetzt blieb ihnen nichts anderes übrig, als mich zu verprügeln, das sahen die Regeln so vor. Andernfalls war es um ihre Autorität geschehen.

Aber ganz so einfach war das nicht: Zwei von ihnen waren in meinem Zug und gute Handballer. Rick und ich waren seit unseren Filmerlebnissen und »Rock Around the Clock« sozusagen befreundet.

Nach kurzem Zögern trat Laban vor, um den Anfang zu machen.

»Du hast einen Schlag frei«, sagte ich und deutete auf meine linke Wange, was ihn völlig aus dem Konzept brachte.

»Bitte schön«, sagte ich und deutete erneut auf meine linke Wange.

Es blieb ihm also nichts anderes übrig, er konnte nicht einfach über mich herfallen, sondern musste zuschlagen.

Er verpasste mir eine Rechte à la Harry, auf die ich vorbereitet war. Ich biss die Zähne zusammen und gab dem Schlag nach, ohne das Gesicht zu verziehen. Dann schüttelte ich zum allgemeinen Staunen den Kopf, kommentierte seine lausige Rechte, drehte mich rasch um, legte Flügelmutter, der gerade den Reißverschluss hochzog, einen Arm um die Schultern und schob ihn zum Ausgang. Dort blieb ich kurz stehen und drehte mich um. Die Lederjackenclique rührte sich nicht, und Laban stand ein Stück von den anderen entfernt.

»Frieden unter einer Bedingung«, erklärte ich. »Ab jetzt lassen alle die Finger von Flügelmutter.«

Keiner antwortete. Dann war der Spuk vorbei.

Ich hatte mehr Glück als Verstand gehabt. Bei Harry wäre diese Taktik, einen Schlag ohne zu blinzeln einzustecken, völlig falsch gewesen und hätte mir nur noch mehr Prügel eingehandelt. Ob ich bei Laban damit Erfolg hatte, konnte ich vorher nicht wissen, aber ich hatte ihn bei einigen Schlägereien beobachtet. Wenn er einen sauberen Treffer landete, war das Ganze schnell vorbei, der andere ging zu Boden, brach in Tränen aus und flehte um Gnade. Vermutlich war es sein Staunen gewesen, das mich dazu gebracht hatte.

Als wir nach der Pause zu einer Doppelstunde Mathe ins Klassenzimmer strömten, legte ich Goldmann, wie er im Klassenzimmer offiziell hieß, meinen Arm um die Schulter und verkündete laut, dass von nun an niemand mehr seine Ohren anfasste. Die Lederjackenclique protestierte nicht, und somit war die Sache geklärt.

In den nächsten Tagen folgte Flügelmutter Clark und mir in den Pausen wie ein junger Hund. Er schien sich nicht darauf zu verlassen, dass seine Segelohren wirklich unantastbar waren. Seine Anhänglichkeit war mir peinlich. Er interessierte sich weder für Rock & Roll noch Sport, die einzigen Themen, über die Clark und ich in den Pausen sprachen. Also schenkten wir ihm keine Beachtung, bis er sich zu guter Letzt jemand anderen suchte. Seine Zeit als Hosenpisser schien jedenfalls überstanden zu sein, und die Sache war damit erledigt, glaubte ich zumindest.

Als ich am Samstagmittag meine Schulbücher zusammenpackte, um nach Hause zu gehen, sprach er mich mit so leiser Stimme an, dass ich ihn zuerst nicht verstand.

Seine Eltern hätten ihm aufgetragen, mich nach der Schule zum Tee einzuladen.

Clark und ich wollten eigentlich in die Chico Bar an der Birger Jarlsgatan, in der es eine Jukebox mit den besten Rockplatten gab. Clark mitzuteilen, dass ich es vorzog, bei dem ehemaligen Hosenpisser Tee zu trinken, war undenkbar.

Eine Einladung Erwachsener abzulehnen wäre jedoch sehr unhöflich gewesen.

Mit leiser Stimme bat ich Flügelmutter, schon einmal vorzugehen und an der Odengatan auf mich zu warten. Clark erklärte ich, dass ich mit einem Mädchen verabredet sei, auf das ich schrecklich scharf war. Vielleicht würde ich ja anschließend in der Chico Bar vorbeischauen. Natürlich musste er diese Ausrede gelten lassen, ein scharfes Date hatte Vorrang.

Ich würde Clark eine der üblichen Geschichten auftischen. Dass ich ihr meine Hand unter den BH oder den Finger in den Slip geschoben hätte.

Goldmann wirkte sehr erleichtert, als ich endlich auftauchte. Wahrscheinlich hatte er damit gerechnet, dass ich ihn versetze.

Das Gespräch zwischen uns verlief schleppend. Ich versuchte es mit der Europameisterschaft im Skispringen, an der zwei Schweden teilnahmen, die über zwei Meter groß waren. Als das Thema erschöpft war, machte ich mit der Schlacht bei Marathon weiter. Glücklicherweise wohnte er nur knapp zehn Minuten von der Schule entfernt.

Ich weiß nicht, was ich erwartete, als ich seine Eltern begrüßte, vielleicht, dass sie auf die Rettungsaktion von Flügelmutter zu sprechen kommen würden. Darauf hätte ich erwidert, dass ich nur meine Pflicht als Klassenkamerad getan hätte, nicht der Rede wert.

Aber geredet wurde viel und zwar über Dinge, die selbst meine Fantasie überstiegen.

Davids Mutter, die Rakel hieß, servierte im Wohnzimmer Tee, und sein Vater, dessen Namen ich nicht verstanden hatte, zündete auf dem Tisch eine einzelne Kerze an und erklärte, das sei die Schabbatkerze. Der Samstag sei für die Juden wie der Sonntag für die Christen. Offenbar verriet mich meine erstaunte Miene, denn mit einem kurzen Lachen fragte der Vater, ob ich nicht gewusst hätte, dass sie Juden seien.

Ich schüttelte den Kopf. Die einzigen Juden, die ich kannte, waren sogenannte Murmeljuden, Leute mit einem besonderen Talent im Murmelspiel. Anders in Saltsjöbaden war so ein typischer Murmeljude.

Dass auch Erwachsene Juden sein könnten, hatte ich nicht gedacht. Als Jesus gekreuzigt wurde, hatte es Juden gegeben, aber das war schließlich fast zweitausend Jahre her. Mit den Juden verhielt es sich also wohl ähnlich wie mit den Griechen oder Römern oder auch mit den Wikingern, Volksgruppen, die vor langer Zeit gelebt hatten. Ich war auch kein Wikinger, obwohl in unserer Familie gescherzt wurde, dass unsere Vorfahren Wikinger gewesen waren.

Wenn ich mich recht entsinne, ließ ich sie an diesen Gedankengängen teilhaben. Davids Mutter Rakel und sein Vater mit dem seltsamen Vornamen sahen mich an, als trauten sie ihren Ohren nicht, und ich kam mir schrecklich dumm vor.

Dann begann Davids Vater zu erzählen, genau wie Großmutter Christa. Vielleicht war er ja Deutscher.

Flügelmutter rührte vorsichtig in seiner Teetasse, während sein Vater eine Geschichte erzählte, die Flügelmutter offenbar schon sehr oft gehört hatte. Er begann mit der Vertreibung der Juden aus Israel vor zweitausend Jahren und endete mit den schwedischen weißen Bussen, die vor gerade einmal zehn Jahren einige wenige Überlebende nach Schweden gebracht hatten.

Zu guter Letzt holte Davids Vater ein großes Album mit Zeitungsausschnitten und Fotos über einen unfassbaren Massenmord hervor. Sechs Millionen Menschen waren vergast und verbrannt worden, was fast der gesamten schwedischen Bevölkerung entsprach. Auf manchen Fotos waren

Leichenhaufen zu sehen, die noch nicht verbrannt worden waren, als die Amerikaner die Lager befreiten.

Die einzigen Lager, von denen ich gehört hatte, waren die aus dem Filmklub am Mittwochabend. Smarte Amerikaner machten sich in diesen Filmen über dämliche Lagerwärter lustig, die seltsames Englisch sprachen, bis den cleveren Amerikanern die Flucht gelang. Diese Lager hatten eigentlich alle sehr freundlich gewirkt.

Meine Gedanken überschlugen sich. Es gab also auch heute noch Juden. Wie es auch moderne Griechen gab?

In Polen gab es ein Konzentrationslager mit einem unaussprechlichen Namen, in dem die Nazis über eine Million Menschen ermordet hatten. Ich versuchte mir vorzustellen, wie viele Menschen das waren. Im Kolosseum fanden 80 000 Menschen Platz, ebenso viele wie im Olympiastadion in Berlin. Nur in diesem einen Lager waren also mehr Menschen ermordet worden, als in einem Dutzend bis zum Rand gefüllter Stadien Platz hatten! Ich versuchte mir das Ausmaß vorzustellen, aber das war unmöglich.

Auf die Goldmanns muss ich wie ein vollkommener Idiot gewirkt haben. So fühlte ich mich auch, das muss ich zugeben.

Ich schämte mich, mir fiel keine vernünftige Antwort ein, und ich wollte einfach nur weg. Ich schob eine leichte Übelkeit vor, was vielleicht sogar der Wahrheit entsprach. Ich machte einen Diener, gab allen die Hand, versprach leicht dümmlich, dass kein Mensch David mehr ein Haar krümmen würde, und machte mich davon.

Die Lust auf Fats Dominos neuesten Song war mir vollkommen vergangen. Ich wollte aber auch nicht nach Hause fahren, also ging ich planlos die Sankt Eriksgatan entlang. Über den Fridhemsplan und die Västerbron brauchte ich zu Fuß mehr als eine Stunde nach Hause.

Wir hatten Flügelmutter gehänselt, weil er abstehende Ohren hatte, nicht weil er Jude war.

Wenn nicht einmal ich als einer der Besten in Geschichte wusste, dass es heute immer noch Juden gab, dann wussten die anderen das vermutlich noch weniger?

Und wieso war die moderne Geschichte offenbar tabu oder zumindest nicht jugendfrei? Die Erwachsenen und sogar Harry mussten doch Bescheid wissen?

Auf dem höchsten Punkt der Västerbron blieb ich stehen und genoss die wohl schönste Aussicht, die Stockholm zu bieten hatte. Es war sonnig, aber der Wind wehte kühl, und das Laub der Bäume an den Ufern war bereits gelb und rot verfärbt. Die drei goldenen Kronen auf dem Rathausturm funkelten, und der Riddarfjärden schimmerte blau. Dieser Anblick ließ sich nicht mit dem Gehörten unter einen Hut bringen, und noch weniger mit den Fotos.

Falls Harry schlief oder an diesem Nachmittag bei einem Tanztee spielte, schließlich war Samstag, wollte ich Mama unerbittlich mit Fragen bombardieren, sobald ich nach Hause kam. In der Hoffnung, dass sie Bescheid wusste und mir erklären konnte, warum die Ermordung von sechs Millionen Juden nicht jugendfrei war.

Als ich eine halbe Stunde später zu Hause eintraf, ergab sich keine Gelegenheit, Fragen zur Geschichte zu stellen, weil sich unser Leben von einer Stunde auf die andere radikal verändert hatte – sowohl zum Schlechteren als auch zum Besseren.

Mamas Gesicht war vom Weinen verquollen. Sie trug ein Pflaster über dem linken Auge, das ganz zugeschwollen war. Vor ihr standen ein großer Gin und ein überquellender Aschenbecher. In der Wohnung herrschte Chaos, überall standen große Pappkartons herum.

Sie fragte, wo ich so lange gewesen sei. Sie hätte sich schon Sorgen gemacht. Dann erhob sie sich schwankend und umarmte mich lange. Sie zitterte am ganzen Körper und wollte mich gar nicht mehr loslassen. Schließlich gab sie sich einen Ruck und führte ein kurzes Telefongespräch, von dem ich inhaltlich nichts mitbekam. Ich wunderte mich etwas über ihre übertriebene Sorge, dass ich am Samstag in meiner Freizeit etwas unternommen hatte, ohne mich abzumelden. Das tat ich öfter, und bislang war es auch erlaubt gewesen.

Als sie zurückkam, nahm sie meine beiden Hände und zog mich neben sich auf das knarrende Ledersofa, das früher im Herrenzimmer gestanden hatte. Dann schaute sie mich mit ihrem unversehrten Auge lange an. Mein kleiner Bruder spielte mit einem Feuerwehrauto, als sei nichts vorgefallen.

»Papa und ich lassen uns scheiden«, sagte sie. »Weißt du, was das bedeutet?«

Ich nickte. Klar wusste ich, was das bedeutete. Ich würde ein Scheidungskind werden und allen leidtun. Zwei Jungen in unserer Klasse waren Scheidungskinder, und alle tuschelten hinter ihrem Rücken. Aber ich brauchte niemandem leidzutun. Im Gegenteil. Denn das konnte nur bedeuten, dass Mama, mein kleiner Bruder und ich umziehen würden – ohne Harry. Mein kleiner Bruder würde natürlich traurig sein, aber das scherte mich nicht. Für mich war das etwas ganz anderes. Ich würde mich nie mehr für die tägliche Tracht Prügel schämen müssen.

»Gleich kommen ein paar Herren und helfen uns beim Umzug«, erklärte Mama. »Wir ziehen nach Kungsholmen in eine kleinere Wohnung, dafür hast du es von dort aus näher zur Schule.«

Jetzt weinte sie wieder und umarmte mich erneut.

»Verzeih«, flüsterte sie, aber ich verstand nicht, was sie meinte.

Die Männer, die uns beim Umzug halfen, sahen ganz anders aus als erwartet. Ich hatte mir große, bierbäuchige Möbelpacker mit Schirmmützen vorgestellt, wie die, die den Flügel vier Stockwerke nach oben getragen und auf jedem Treppenabsatz eine Bierpause eingelegt hatten. Diese Männer aber erschienen mit einem Militärlaster in Tarnfarben mit schwarz-gelbem Militärnummernschild und trugen Schlips und Jackett, das sie allerdings ablegten. Dann krempelten sie die Ärmel hoch. Dickbäuchig waren sie nicht, aber stark.

Wenig später hatten sie die meisten Möbel und alle Pappkartons auf den Lastwagen geladen, allerdings nicht den Flügel. Mama ermahnte mich, dass ich nichts vergessen dürfe, weil wir nie mehr hierher zurückkehren würden. In diesem Moment fiel mir der arabische Dolch ein. Ich hätte es mir nie verziehen, wenn er Harry in die Hände gefallen wäre.

Drei Männer fuhren mit dem Laster, Mama, mein kleiner Bruder und ich stiegen mit dem Ältesten der vier in seinen französischen Bugatti. So ein Auto hatte ich noch nie gesehen. Was Anders wohl dazu gesagt hätte? In diesem Augenblick vermisste ich Anders, Johan und alle anderen Freunde aus Saltsjöbaden besonders schmerzlich.

Wir fuhren in die Hantverkargatan in Kungsholmen. Gegenüber lag das Manhattan-Kino, was perfekt war.

Die neue Wohnung war jedoch alles andere als perfekt. Dass sie nur drei Zimmer und eine kleine Küche hatte, war nicht weiter tragisch, auch nicht, dass sie unordentlich und staubig war, aber es gab kein Badezimmer und nur eine winzige Toilette neben der Wohnungstür. Wir hatten kein Warmwasser, nur einen Kaltwasserhahn über der Spüle. Wie sollte ich mir so die Haare waschen? Aber darüber verlor ich kein Wort, weil ich immer noch heilfroh war, Harry los zu sein.

Den Abend und den gesamten Sonntag verbrachten Mama und ich mit Putzen. Erst wurde gesaugt, dann schrubbten wir alle Böden, hängten die Gemälde auf, die Mama von Großvater geerbt hatte, und wuchteten die schweren Möbel, die in der kleinen Dreizimmerwohnung unproportional groß wirkten, an ihren endgültigen Platz. Als am Sonntagabend alles eingerichtet war, begann Mama Koteletts auf dem Gasherd zu braten, als plötzlich die Flamme erlosch.

Wir fanden heraus, dass wir den Gaszähler mit Wertmarken hätten füttern müssen. Die Koteletts waren noch halb roh, und alle Läden waren geschlossen.

Mama brach in Tränen aus, dann schlug sie mit der Faust auf den Küchentisch, den wir mit dem schönen Goldrandgeschirr aus der Villa Bellevue gedeckt hatten.

Wir klingelten beim Nachbarn.

Ein misstrauischer Typ in Netzunterhemd und mit einer Zigarette im Mundwinkel öffnete nach dem zweiten Klingeln. Mama setzte ihr strahlendstes Lächeln auf, stellte uns als die neuen Nachbarn vor und erklärte, unsere Herdflamme sei erloschen. Der Nachbar zog erst einmal an seiner Zigarette, lächelte dann ebenfalls und händigte uns eine Gaswertmarke aus, für die er kein Geld wollte. Wir sollten ihm einfach am nächsten Tag eine zurückgeben.

Mein Schulweg verkürzte sich um zwanzig Minuten. Ich nahm die Einser-Straßenbahnlinie mit nach hinten offenem Wagen, was das Schwarzfahren erleichterte, da die Schülerkarten nur tagsüber und nicht abends galten.

In der Schule war alles wie gehabt, der bewaffnete Friede zwischen Clark, mir und der Lederjackenclique hielt weiterhin an. Die Tage verliefen in gewohnter Weise, aber abends hatten Mama und ich mehr Zeit, Englisch zu reden. Nach einer Geschichtsstunde, die nach wie vor vom antiken Griechenland handelte, ging ich zu Erbse ans Pult und bat ihn um eine Frage unter vier Augen, wenn die anderen gegangen waren.

Er betrachtete mich mit vielsagender Miene, als glaubte er, ich wollte mehr über die von ihm erwähnten unanständigen Wandmalereien der Antike in Erfahrung bringen. Als ich dann aber auf meine Unkenntnis über den Massenmord an den Juden zu sprechen kam und mich erkundigte, warum dieses Thema nicht im Unterricht durchgenommen werde, verfinsterte sich sein Gesicht.

Er putzte seine Brille und dachte eine Weile nach. Dann antwortete er, dass die Ausrottung der Juden fraglos Teil unserer Geschichte sei, aber erst später auf dem Lehrplan stehe, wenn die Schüler besser in der Lage seien, diese grausame Episode in der europäischen Geschichte zu begreifen. Er entließ mich mit einem tiefen Seufzer.

Nicht jugendfrei also.

In der Woche darauf fanden die jährlichen Schulschwimmmeisterschaften statt. Wir wurden in A-, B- und

C-Junioren eingeteilt, durften aber, wenn wir Lust hatten, in allen Kategorien antreten.

Schwimmen war etwas für die Sommerferien. Aber in Stockholm gab es Hallenbäder. Das größte lag im Sportpalast ganz in der Nähe meiner Schule. Hier trainierte der Stockholmer Schwimmklub Kappis, der bei den Schulschwimmmeisterschaften die Zeitnehmer und Zielrichter stellte.

Ich war noch nie zuvor im Sportpalast gewesen, der das einzige 50-Meter-Becken in Stockholm hatte und mit Sprungturm und Tribüne für internationale Wettkämpfe zugelassen war. Als ich das Gebäude am Tag des Wettkampfes betrat, ergriff mich ein feierliches Gefühl wie beim Betreten einer Kirche. Und zum zweiten Mal innerhalb kurzer Zeit wurde mein Leben auf den Kopf gestellt.

Als ich zum ersten Mal auf einem richtigen Startblock stand und in das hellblaue Wasser mit den schwarz gestreiften Bodenfliesen schaute, fragte ich mich, worauf ich mich da bloß eingelassen hatte. Ich hatte nicht den blassesten Schimmer, wie schnell die anderen C-Junioren schwammen, in der Klasse war nie von Schwimmwettkämpfen die Rede gewesen. Hier aber wirkte alles so offiziell und ernst, als die anderen Jungs mit professioneller Haltung und verbissenen Mienen die Startposition einnahmen.

Die Darbietung war das reinste Fiasko, sie sahen nur so aus wie echte Schwimmwettkämpfer. So errang ich meinen ersten Sieg über 25 Meter Freistil. Eine quer über das Becken gespannte Korkleine markierte das Ende der Bahn. Als ich mich umdrehte und sah, dass die anderen noch mindestens sechs Meter zu schwimmen hatten, war ich glücklich.

Danach war Schluss mit lustig. Hätte ich mit den größeren Jungs schwimmen dürfen, wäre es wenigstens zu einem richtigen Wettkampf gekommen. Aber die Stadtjungs konnten mit einem in Saltsjöbaden und Sandhamn aufgewachsenen Kind einfach nicht mithalten.

Nach der letzten Disziplin, 25 Meter Rücken, die nun wirklich ein Kinderspiel war, fing mich ein Mann in Schiedsrichteranzug mit blauem Revers ab, als ich aus dem Becken stieg.

»Hallo«, sagte er. »Ich heiße Tage Lindström und bin Trainer beim Kappis. In welchem Verein schwimmst du? Neptun?«

Ich sah ihn verständnislos an, mit Schwimmvereinen kannte ich mich überhaupt nicht aus.

Er bot mir eine Mitgliedschaft im Kappis mit gratis Eintritt für den Sportpalast an.

Ein solches Angebot konnte ich natürlich nicht ausschlagen, allein der Sauna und des Warmwassers wegen.

Das Morgentraining begann um 6.30 Uhr. Von der Hantverkargatan brauchte ich zu Fuß etwa eine Viertelstunde, vom Sportpalast zur Schule zehn Minuten.

Anfangs war es wahnsinnig aufregend. In herbstdunklen Morgenstunden ging ich an dem unbesetzten Kassenschalter vorbei, und fünf Minuten später legte ich los. Tage Lindström und die anderen Trainer gingen am Beckenrand auf und ab und tippten uns mit Leichtmetallstangen an, wenn sie uns etwas erklären wollten. Das 50-Meter-Becken war mit Korkleinen in Bahnen aufgeteilt. Wenn die älteren Jungs in der Mitte die Anweisung erhielten, auf Tempo zu schwimmen, fühlte ich mich an Rennboote erinnert. Verglichen mit den Vasa-Real-C-

Junioren erbrachte ich Höchstleistungen, aber hier war ich eine Null.

Das Training bestand aus drei Blöcken. Zuerst zwanzig langweilige Minuten Beinschlag, wobei ich mit ausgestreckten Armen eine Korkplatte vor mir herschob. Dann zwanzig Minuten Armtraining mit fixierten Beinen. Zum Schluss wurde dann endlich Freistil geschwommen.

Dass ich mich jetzt wieder waschen konnte, war wunderbar, aber von dem gechlorten Wasser hatte ich in den ersten Schulstunden immer rote Augen wie ein Kaninchen.

Harry hatte den Cadillac mitgenommen, der auf ihn überschrieben worden war, weil nur er einen Führerschein besaß. Mama nutzte ihren innerhalb einer Woche erworbenen Führerschein herzlich wenig. Ihr Autointeresse war für Mütter ungewöhnlich und daher recht pikant. In diesem Herbst stimmte sie für den Rechtsverkehr und überzeugte auch mich von dem Vorteil dieser Neuerung. Die meisten meiner Klassenkameraden waren wie auch 80 Prozent der Stimmberechtigten dagegen. Mama würde also weiterhin nicht rechts fahren dürfen, obwohl die meisten Autos dafür konstruiert waren. Das Ergebnis der Volksabstimmung erklärte sie mit der Dummheit der Schweden, denen man schlicht und ergreifend keine wichtigen Fragen vorlegen durfte.

Aber egal, wir konnten uns ohnehin kein Auto leisten, weil sich Harry den größten Teil von Mamas Erbe unter den Nagel gerissen hatte. Aber das würde sich hoffentlich bald regeln, weil sie ihre Anwälte auf ihn angesetzt hatte.

Ich war nur vage orientiert, da über Geldangelegenheiten nicht gesprochen wurde.

Als die Tage dunkler wurden und der aufhellende Schnee

auf sich warten ließ, wurde ich zunehmend trauriger, ohne zu wissen, warum. Ich ging nicht mehr in die Chico Bar, um Musik aus der Jukebox zu hören und kalten Kakao zu trinken. Nicht einmal der neuste Rocksänger, von dem alle behaupteten, es gäbe keinen besseren, konnte mich dorthin locken.

Manchmal, wenn ich alleine war, begann ich grundlos zu weinen und schämte mich dafür in Grund und Boden. Die Tränen brachen wie ein plötzliches Niesen einfach über mich herein.

Ich sehnte mich nach Großvater und träumte so lebhaft von ihm, dass ich nach dem Erwachen eine Weile brauchte, um in die Wirklichkeit zurückzufinden. Jeden Morgen und jeden Abend trauerte ich um ihn.

Aber immerhin war ich Harry los, und das wog den Verlust Großvaters beinahe auf.

Wie Großvater mir aufgetragen hatte, passte ich in Mathe besonders gut auf. Da ich nach der Schule direkt nach Hause ging, erledigte ich auch alle anderen Hausaufgaben sehr sorgfältig, und Mama und ich unterhielten uns fast jeden Abend beim Kochen und Spülen auf Englisch. Sie kannte zwar nicht alle englischen Vokabeln für die Gegenstände in der Küche, aber die konnte ich schließlich nachschlagen, und wir hatten viel Spaß dabei. Das wäre mit Harry undenkbar gewesen.

Ich wurde immer öfter von meinen eigenen Tränen überrascht, selbst beim Morgentraining im Schwimmbecken, was glücklicherweise niemandem auffiel. Ich parierte meine Schluchzer mit gesteigertem Tempo und münzte meine unerklärliche Trauer in Wut um. An die neue amerikanische Methode des Intervalltrainings glaubten die

Kappis-Trainer nicht, für sie zählte Strecke, Ausdauer und Kraft.

Tarzan, also der Schauspieler, der Tarzan gespielt hatte, war ein erfolgreicher Schwimmer und hatte eine olympische Goldmedaille errungen. Ich hatte die meisten Tarzanfilme im Kino in Neglinge gesehen. Irgendwann im November, als mir das Leben besonders dunkel und traurig erschien, lief ein Tarzanfilm im Kino gegenüber. Mama gab mir Geld, damit ich ihn mir zusammen mit meinem kleinen Bruder ansehen konnte.

Er handelte von Kannibalen, die einen freundlichen Arzt gefangen genommen hatten, der sie vor einer gefährlichen Krankheit bewahren wollte. Undankbar wie sie sind, binden sie ihn und seine bildhübsche Frau an Totempfähle und tanzen um die beiden herum. Das beobachtet der Schimpanse Cheeta und holt Tarzan zu Hilfe. Jetzt kamen endlich die Schwimmszenen. Erst schwingt Tarzan noch ein bisschen an Lianen hin und her, bis er an einen Fluss oder See gelangt, wo er den Krokodilen mühelos davonschwimmt.

Ich schaute natürlich sehr genau hin. Nach Goldmedaillen sah das nun wirklich nicht aus. Bei dem Tempo hätte sogar ich mithalten können. Und die großen Jungs vom Kappis hätten ihn locker abgehängt.

Nach einer Weile ging mir auf, wie beschränkt ich doch war. Tarzan konnte im Kino ja wohl kaum mit dem Kopf unter Wasser kraulen, weil die Zuschauer ihn dann nicht gesehen hätten. Er schwamm also sozusagen nur pro forma.

Im Kannibalendorf angekommen, fordert Tarzan die Kannibalen freundlich auf, den Arzt freizulassen. Als sie sich weigern, stößt Tarzan seinen Tarzanschrei aus und ruft die Elefanten herbei, die das Kannibalendorf niedertrampeln. Zu guter Letzt reiten Cheeta und der nette Arzt auf einem Elefanten nach Hause, gefolgt von Tarzan und der bildschönen Ehefrau, die sich als Tochter des Arztes entpuppt und Jane heißt. *The End.*

Es handelte sich um einen der ersten Tarzanfilme, weil Tarzan hier Jane kennenlernte. Außerdem waren es indische und nicht afrikanische Elefanten, was mir, nachdem ich in Afrika gewesen war, erstmals auffiel.

Mein kleiner Bruder kapierte mal wieder gar nichts, fand den Film aber trotzdem klasse.

Bis Weihnachten sahen wir noch einen Film, der gerade in einem der großen Kinos in der Kungsgatan, im Saga oder Rigoletto, angelaufen war. Freiwillig wäre ich nie in so einen Kinderfilm gegangen, aber Mama hatte mich und meinen kleinen Bruder eingeladen, also nahm ich mit gelangweilter Miene Platz und ließ durchscheinen, dass mir Kriegsfilme lieber waren.

Zu meiner Schande muss ich eingestehen, dass »Susi und Strolch« ein verdammt guter Film war. Zum Glück fielen meine Tränen im Dunkeln nicht auf. Als wir wieder zu Hause waren, tranken wir Tee und amüsierten uns über die lustigen Szenen des Films und den komischen Akzent des italienischen Restaurantbesitzers.

Es wurde eine traurige Weihnacht.

Die Erwachsenen ließen sich natürlich nichts anmerken und taten so, als seien wir immer noch eine Familie.

Großmutter wohnte noch in der Villa Bellevue, inzwischen alleine mit Torunn. Es würde die letzte Weihnacht in Saltsjöbaden sein, unfassbar.

In der Bahn nach Saltsjöbaden erklärte mir Mama die Situation. Während der Feiertage durfte dieses Thema natürlich nicht angeschnitten werden.

Die Villa Bellevue sollte ein Pflegeheim werden. Die *Beduin* war bereits verkauft und lag bis zum Frühjahr in Göteborg, um dann zu den neuen Besitzern nach Schottland zu segeln. Leider nicht Tante Rosa und ihr Mann, sondern Fremde.

Großmutter würde in ein sogenanntes Familienhotel in Näsbypark bei Djursholm einziehen, und Torunn wollte nach Norwegen zurückkehren. Der einzige Trost war, dass uns das Sommerhaus in Sandhamn blieb, da sich Großmutter zu einem Verkauf nicht durchringen konnte.

Onkel Sverre trug wie immer eine rote Fliege, aber sonst war alles anders. Die Villa Bellevue hatte sich in ein Geisterhaus verwandelt, nur das Esszimmer und die Schlafzimmer meiner Großeltern sahen noch wie früher aus. Das Herrenzimmer und der Damensalon waren fast leer, die wenigen übrig gebliebenen Möbel waren mit weißen Laken zugedeckt. Die meisten Gemälde waren fort, besonders im Herrenzimmer, in dem alle teuren Stücke gehangen hatten.

Die Porträts von meinen Großeltern, Großonkel Lauritz und Großtante Ingeborg mit dem Stethoskop hingen noch im großen Esszimmer.

Das Weihnachtsessen fiel viel kürzer aus als sonst. Onkel Hans Olaf und Tante Alice feierten bei ihren Eltern, aber warum Onkel Carl Lauritz, Tante Johanne und Tante Rosa nicht erschienen waren, wurde nicht erklärt. Zu fünft saßen wir am großen schwarzen Esstisch, einen Kindertisch gab es nicht mehr.

Das Erstaunlichste war dann wohl, dass Mama statt Onkel Sverre die Mandel im Brei fand. Alle klatschten und wünschten ihr viel Glück, einschließlich Onkel Sverre.

Der Weihnachtsbaum war so groß wie immer, darauf hatte Großmutter Christa bestanden. Auch am Kaminfeuer war nichts auszusetzen. Das Warten auf die Weihnachtsgeschenke verging jedoch schneller als je zuvor. Und ich bekam, was ich mir am allermeisten gewünscht hatte, ein Paar Schwimmflossen und einen Schnorchel, und freute mich wahnsinnig.

Als die Erwachsenen Scheite nachlegten und sich einen weiteren Drink genehmigten, schlich ich ins Herrenzimmer, schloss die Tür und machte Licht.

Beim Anblick der leeren Wände mit den Umrissen der Bilder und des leeren Billardtisches, auf dem früher die Silberpokale gestanden hatten, kamen mir die Tränen. Es half auch nicht, sich zusammenzureißen wie ein richtiger Lauritzen, wenn kaum noch etwas von uns übrig war.

1956

MON PÈRE ANTOINE UND MÄDCHENHASCHEN

Es fiel mir nicht leicht, mich in eine Person zu verwandeln, die ich nicht für mein wahres Ich hielt. Dieser Prozess erforderte Zeit und Gewöhnung.

Als die Weihnachtsferien vorüber waren und das zweite Halbjahr begann, entdeckte ich im Klassenbuch etwas Seltsames, genau genommen Clark, dessen Name auf der Schülerliste vor meinem stand. Im Klassenbuch des neuen Schulhalbjahres standen nicht einfach nur mein Vor- und Nachname, sondern »Eric (genannt Lauritzen)«.

Natürlich wurde ich Lauritzen genannt, schließlich hieß ich ja so, auch vor der Scheidung. Manchmal wechselten Scheidungskinder den Nachnamen wie beispielsweise Käse aus unserer Klasse. Vor der Scheidung seiner Eltern hieß er Holm, danach schlicht Petrell, nicht »genannt Petrell«.

Ich tat den Eintrag anfangs als Bagatelle ab. Da ich Lauritzen hieß, wurde ich auch so genannt.

Aber warum stand der Name dann in Klammern? Der Gedanke daran ließ mich nicht los, beschäftigte mich morgens beim Schwimmen, anschließend während des

Unterrichts und manchmal sogar, während wir Handball spielten.

Am einfachsten wäre natürlich gewesen, Mama zu fragen, was mir aber widerstrebte. Wenn ich kein richtiger Lauritzen war, hieß das, dass mich alle belogen hatten, was sie nicht so ohne Weiteres zugeben würden.

Ich wählte die zweiteinfachste Möglichkeit und bat meinen Klassenlehrer, Oberlehrer Lagergren, den wir wegen seiner roten Nase Schnecke nannten, um ein kurzes Gespräch unter vier Augen. Schnecke forderte mich auf, die Klassentür zu schließen, dann stand ich vor dem Lehrerpult, und es gab kein Zurück mehr.

»Warum steht im Klassenbuch bei meinem Namen *genannt Lauritzen*?«, fragte ich ohne Umschweife.

Schneckes freundliches Gesicht blickte auf einmal besorgt. Ich spürte, wie sich mein Puls beschleunigte.

»Das weißt du also nicht?«, konterte Schnecke mit einer Gegenfrage.

»Nein, aber jetzt wüsste ich es gerne«, erwiderte ich.

Schnecke schwieg eine Weile und schien nachzudenken. Dann meinte er, dass ich mich mit dieser Frage an Rektor Lundeqvist wenden sollte.

Er schaute auf die Uhr, nahm seine Aktentasche, eilte davon und ließ mich um keinen Deut klüger vor dem leeren Lehrerpult zurück. Nur eines war klar. Es gab ein Geheimnis, und die Klammer war weder ein Irrtum noch ein Schreibfehler. Um es zu lüften, musste ich im Sekretariat vorstellig werden.

In den folgenden Schwedisch- und Mathestunden war ich so unkonzentriert, dass mir der Lehrer aus reiner Gemeinheit immer wieder Fragen stellte und mich vor der ganzen Klasse vorführte. Sollte ich das Gespräch mit dem Rektor gleich hinter mich bringen, später oder vielleicht gar nicht?

Letzteres wäre feige gewesen und die unnötig verlängerte Qual dumm.

Um zwanzig nach drei betrat ich das Sekretariat und starrte auf das kleine rote Lämpchen neben der Tür des Rektors, das anzeigte, dass er gerade beschäftigt oder im Gespräch war. Es verstrich eine geraume Weile, bis das grüne Lämpchen aufleuchtete.

Ich trat ein, machte einen Diener und sagte meinen Namen, wie er im Klassenbuch stand.

Der Rektor war dick und hatte ein gerötetes Gesicht.

»Und, was hast du auf dem Herzen, Lauritzen?«, fragte er aufgeräumt, schob seine Brille in die Stirn und lehnte sich entspannt zurück, als rechne er mit einem netten Plauderstündchen.

»Ich wüsste gerne, wie ich heiße«, antwortete ich.

Diesen kurzen Satz hatte ich mir zurechtgelegt, um ausweichenden Antworten vorzubeugen.

»Ich werde zwar langsam alt und bin schon etwas vergesslich«, erwiderte der Rektor immer noch lächelnd, »aber ich meine mich zu erinnern, dass du dich mir gerade als Lauritzen vorgestellt hast.«

Also doch ausweichend.

»Im Klassenbuch steht in Klammern *genannt Lauritzen*. Oberlehrer Lagergren hat mich an Sie verwiesen, Herr Rektor.«

»Meine Güte!« Der Rektor lachte, beugte sich vor, schob seine Brille auf die Nase, stützte den Kopf auf die Hände und sah mich an.

»Ich habe schon von dir gehört«, sagte er. »Oberlehrer Lagergren hat erzählt, wie bedacht du deine Worte wählst. Ich gehe davon aus, deine Aufsätze werden in der Klasse vorgelesen?«

Eine Frage des Rektors musste man beantworten, Themenwechsel hin oder her.

»Das stimmt«, antwortete ich. »Aber jetzt habe ich eine konkrete Frage, Herr Rektor Lundeqvist. Wer bin ich?«

Endlich nahm er mich ernst. Er legte die Stirn in Falten.

»Nimm Platz!«, sagte er und deutete auf einen der beiden Sessel neben einem kleinen Tischchen. Verdutzt lockerte ich meine Habachtstellung mit auf dem Rücken verschränkten Händen und leicht gespreizten Beinen, wie es uns der Pirat und Leutnant Bengtsson antrainiert hatten.

Schwer schnaufend nahm der Rektor auf dem anderen Sessel Platz und schob die Brille wieder in die Stirn.

»Ich befinde mich in einem Dilemma«, sagte er. »Ein bürokratischer Fehler hat dich auf eine Frage aufmerksam gemacht, auf die du eine Antwort verlangen kannst, die ich dir aber leider nicht liefern kann.«

Er verstummte und betrachtete mich.

Ich erwiderte seinen Blick vermutlich mit äußerst verwirrter Miene.

»Und zwar, weil ich der Schweigepflicht unterliege«, sagte Rektor Lundeqvist schließlich.

Mir fiel nichts ein, was ich sagen konnte.

»Es gibt aber eine Möglichkeit, dieses Problem zu umgehen«, fuhr er nach einer Denkpause fort. »Wo wohnst du?«

»In der Hantverkargatan«, antwortete ich.

»Gut!«, erwiderte der Rektor. »Das zuständige Pfarramt liegt neben der Kirche, wenige Straßen vom Kungsholmstorg entfernt. Wende dich an den Pfarrer oder irgendeinen Angestellten, sie müssen dir Auskunft geben.«

Der Rektor erhob sich, also blieb mir auch nichts anderes übrig. Ich machte einen Diener, reichte ihm die Hand und bedankte mich, dass er sich die Zeit genommen hatte.

Auf dem Weg zur Straßenbahn überlegte ich, ob ich jetzt klüger war als vorher.

Nein. Ich wusste immer noch nicht, warum ich Lauritzen *genannt* wurde, als sei ich nicht echt.

Nicht weit von zu Hause gab es ein Pfarramt, in dem ich die Wahrheit finden konnte.

In der Straßenbahn fiel mir der Band von Grimms Märchen ein, der spurlos verschwunden war. Mehrere Märchen hatten von Wechselbälgern gehandelt. Ein Prinz wuchs als Schweinehirt auf, bis er der Prinzessin begegnete, die ihn sofort erkannte. Auch Trolle waren dafür bekannt, ihre Kinder gegen Menschenkinder auszutauschen.

Wenn ich also so ein Wechselbalg war, war es vielleicht kein Zufall, dass das Buch ausgerechnet in dem Moment verschwand, als ich darin zu lesen begann.

Harry war mir nie wie ein Vater vorgekommen, aber Mama war zweifellos meine Mutter. Ich konnte mir auf diese Dinge keinen Reim machen.

Fast eine Woche verstrich, bis ich das Pfarramt im Telefonbuch herausgesucht und die Öffnungszeiten ermittelt hatte und mir eine Doppelstunde freinahm, um dorthin zu fahren, ohne einen Eintrag ins Klassenbuch zu riskieren.

Ein junger Pfarrer empfing mich, das heißt, jung im Vergleich zu unseren Religionslehrern.

Der Pfarrer erkundigte sich freundlich und mit vielleicht übertriebener Feierlichkeit, womit er dienen könne.

»Ich würde gerne meinen Namen in Erfahrung bringen«, erwiderte ich. Als er mich erstaunt ansah, erklärte ich, man nenne mich Eric Lauritzen, Eric mit c und Lauritzen mit tz.

Er erkundigte sich mit zusammengekniffenen Lippen, ob meine Eltern geschieden seien. Ich nickte. Seufzend und mit schweren Schritten, in meinen Augen übertrieben, ging er zu einem Karteischrank aus hellem Holz, zog eine Schublade auf und kehrte mit einigen maschinebeschriebenen Dateikarten zurück.

Jetzt sah er mich nicht mehr so freundlich an und seufzte erneut.

»Heißt deine Mutter Helene Solveig Maren Lauritzen, geborene Lauritzen?«, fragte er.

»Beinahe«, erwiderte ich. »Solveig Maren Lauritzen stimmt, aber ihr erster Name lautet *Ellen*.«

Er lächelte verhalten.

»Kommt ganz darauf an, wie man die Akzente setzt«, erwiderte er. »Hier stehen keine, also heißt deine Mutter Helene und nicht *Ellen*.«

Ich schwieg, hatte das Gefühl, dass mir der Pfarrer ebenso wie der Rektor auswich.

»Aber deine Frage lautet also, wie du selber heißt?«, fuhr er fort und sah mich abwartend an.

Ich nickte, schwieg aber weiterhin, während sich mein Puls beschleunigte.

»Dein Name – entschuldige, falls ich ihn falsch ausspreche – lautet *Eric Henri Oscar Lauritz Lötang*, und du bist französischer Staatsbürger.«

Er schob mir die Karteikarte über den Schreibtisch.

Mein Blick fiel auf den Namen meines Vaters.

Frz. Staatsbürger Antoine Henri Letang, 1944 Wegzug aus Schweden.

Ich las die Zeilen mehrere Male, bis ich sie mir eingeprägt hatte.

»Eine Kopie ist für zwei Kronen erhältlich«, sagte der Pfarrer.

Ich schüttelte den Kopf. Das konnte ich mir nicht leisten. Mir blieb aber genügend Zeit, alles auswendig zu lernen, ehe er die Karteikarte wieder an sich nahm, energischen Schrittes zum Archivschrank zurückkehrte, die Karte an ihren Platz zurücksteckte und die Schublade mit einem leisen Knall schloss.

Ich ging auf den Friedhof, wischte etwas Schnee von einer Bank und nahm Platz. Die Temperatur lag unter null Grad. Ich hatte das Bedürfnis, mich zu setzen, meine Beine waren schwer wie nach dem Morgentraining.

Mein Vater hieß Antoine Henri Letang und war Franzose, und ich wusste nicht einmal, wie man seinen Namen korrekt aussprach. Das bedeutete, dass ich halber Franzose und je ein Viertel Norweger und Deutscher war und vor allen Dingen nicht mit Harry verwandt.

Genauso wenig wie mit irgendeinem der Männer, die auf der Hantverkargatan vorbeigingen. Inzwischen fielen winzige, eisige Schneeflocken.

Harry wohnte nicht mehr bei uns, und ich musste mich seiner nie mehr schämen. Mein kleiner Bruder Axel Edvin Hansson hingegen hatte weniger Glück. Harry war sein leiblicher Vater, das war schwarz auf weiß nachzulesen und der Grund, dass er nie Prügel bezogen hatte.

Ich konnte nicht länger sitzen bleiben, mein Hosenboden war nass, außerdem musste ich bald wieder in der Schule sein.

Vom Unterricht an diesem Nachmittag ist mir nur die Musikstunde in Erinnerung geblieben, weil wir eine Vertretung hatten. Der bösartige Professor, vor dem alle zitterten, war nicht da.

Der Vertretungslehrer wollte uns für die klassische Musik, wie sie meine Großeltern an Sonntagnachmittagen in der Villa Bellevue hörten, erwärmen. Er legte die Sinfonie in g-Moll auf, Bachs Konzert für zwei Violinen und ein paar andere ähnlich bekannte Stücke. Aber der Vertretungslehrer bekam kein Bein auf die Erde, meine Klassenkameraden lachten ihn aus, bewarfen ihn mit Papierfetzen und schrien, sie wollten Rock 'n' Roll hören. Er tat mir richtig leid, als er seine Platten zusammenpackte und ging.

Er war jung, ein erklärtermaßen moderner und demokratisch gesinnter Lehrer. Professor Södersten hingegen glaubte mehr an Julius, seinen Zeigestock. Wer in seinen Stunden aufmüpfig wurde, musste nach vorne kommen und sich vorbeugen. Das funktionierte immer.

Meine Gedanken schweiften ab. Was sollte ich heute Abend zu Mama sagen? Ich konnte unmöglich so tun, als sei nichts gewesen. Außerdem hatte ich jetzt einen Halbbruder mit dem idiotischen Namen Axel Edvin Hansson, der in die erste Klasse ging und meines Wissens in der Schule ebenfalls Lauritzen genannt wurde.

Bislang hatte ich immer nur das Gefühl gehabt, dass er zu Harry gehörte. Aber wir hatten dieselbe Mutter, und schließlich konnte er nichts dafür, dass Harry sein Vater war. Ich wollte ihn ab sofort Acke nennen, weil das nicht so idiotisch klang wie Axel.

Aber das war nur eine Nebensache.

Es gab kein Entrinnen, ich musste mit Mama sprechen, die ohnehin immer merkte, wenn ich ihr etwas verschwieg, selbst Kleinigkeiten. Aber Antoine Henri Letang war beileibe keine Bagatelle.

Normalerweise spielten Clark und ich im Winter nach der Schule auf der großen Schlittschuhbahn im Vasaparken Eishockey, sofern die eine Hälfte nicht von den großen Jungs blockiert wurde. Dann gab es immer noch die Möglichkeit, auf der anderen Seite Mädchenhaschen zu spielen, was ungefähr wie Fangen ablief, wobei man nicht abgeschlagen werden durfte, wenn man sich an einem Mädchen festhielt.

An diesem Tag musste Clark ohne mich auf die Eisbahn. An meine Ausrede erinnere ich mich nicht mehr.

Ich fuhr nicht mit der Straßenbahn nach Hause, damit ich nicht zu schnell daheim war.

Als ich den Sportpalast erreichte, lag etwa die halbe Strecke hinter mir. Ich erwog kurz, eine nachmittägliche Trainingsrunde einzulegen, um zu sehen, wie sich das anfühlte. Wir durften erst ab dem dreizehnten Lebensjahr zweimal täglich ins Schwimmtraining, um uns nicht zu überanstrengen. Aber eine zusätzliche Trainingseinheit konnte doch kaum schlimmer sein als zwei Stunden Hockey oder Mädchenhaschen auf dem Eis?

Aber was hätte mir der Selbstbetrug genützt? Auch nach zwei Stunden im Schwimmbad hätte mir das Gespräch mit Mama immer noch bevorgestanden. Mit roten Augen und noch müder als vorher.

In der Höhe der Oberschule Kungsholmen waren es noch fünf Minuten bis nach Hause. Warum besuchte ich eigentlich nicht diese Schule? Die Entfernung zum Sportpalast wäre die gleiche, aber bis zur Eisbahn waren es vom Vasa Real nur fünf Minuten.

Auf den letzten Metern bis zur Wohnung versuchte ich meine Gedanken mit derart unwichtigen Dingen abzulenken, da ich immer noch nicht wusste, was ich Mama sagen sollte.

Sie saß an der Nähmaschine, die sie im sogenannten Wohnzimmer aufgebaut hatte.

Sie hatte schon immer schöne Dinge genäht, auch auf der altmodischen Singer mit Fußantrieb, die in der Villa Bellevue die meiste Zeit auf dem Speicher gestanden hatte.

»Nur noch ein letzter Saum, dann bin ich fertig«, sagte sie.

Ich betrachtete sie eine Weile. Sie hatte die Zungenspitze konzentriert in den Mundwinkel geschoben. In Saltsjöbaden hatte sie »TORONTO« auf mein Hockeytrikot genäht, der erste und der letzte Buchstabe waren allerdings in die Achselhöhlen geraten, sodass man nur ORONT lesen konnte, sofern ich nach einem Tor nicht die Arme hochriss.

Zum Zuschauen fehlte mir die innere Ruhe, also ging ich in die Diele, hängte meine Jacke auf, räumte Schlittschuhe und Hockeyschläger weg, nahm meine Schulbücher und begab mich ins Kinderzimmer.

»Hallo, Acke!«, sagte ich so freundlich wie möglich und legte die Bücher auf den Schreibtisch.

Er schaute von seinem Mickymaus-Heft auf.

Dass ich ihn Acke nannte, weil jetzt sein und mein neues Leben begann, begriff er natürlich nicht.

Dann ging ich ins Wohnzimmer zurück. Mama versuchte gerade ungewohnt gut gelaunt, sich in einen engen blauen Rock zu zwängen.

»Warte«, sagte sie und verschwand im Schlafzimmer, von wo sie wenig später in einer Kostümjacke gleicher Farbe und Schuhen mit hohen Absätzen zurückkam.

»Ta-da!«, rief sie und drehte sich wie ein Mannequin. »Wie sehe ich aus?«

Sie sah aus wie eine Stewardess, und da am linken Revers drei kleine Fähnchen steckten, glaubte ich, sie habe womöglich vor, diesen Beruf zu ergreifen.

Ich wagte es nicht, diesen Gedanken laut auszusprechen, da er doch recht abwegig wirkte.

Als sie nachhakte, rückte ich damit heraus. Sie lachte und meinte, das stimme beinahe. Sie habe einen Job gefunden.

Sie sah mir an, dass ich das Wort »Job« befremdlich fand.

»Heutzutage spricht man von Job«, erklärte sie. »Auch eine seriöse Arbeit heißt Job. Setz dich zu mir, dann erkläre ich es dir!«

Wir nahmen auf dem großen Ledersofa Platz, ich mit angezogenen Beinen in der einen Ecke, sie mit übergeschlagenen in der anderen.

»Die große Neuigkeit ist, dass ich ab jetzt als Oberkellnerin im Blanche arbeite«, sagte sie glücklich und fast ein wenig stolz.

Das Restaurant Blanche lag schräg gegenüber von NK und war Großvaters Lieblingsrestaurant. Wir hatten dort häufig nach dem Theater und einmal sogar nach dem Kino zu Abend gegessen.

Der Oberkellner stand über den Serviererinnen, sogar noch über dem Kapellmeister. Er trug Frack und bediente nicht, sondern vergab die Tische, nahm die Bestellungen entgegen und empfahl passende Weine.

Meine Mutter als Oberkellnerin? Mir fehlten die Worte, und das bemerkte sie natürlich.

»Du musst dich für deine Mutter nicht schämen!«, sagte sie.

Ich versicherte ihr sofort, dass das wirklich nicht der Fall sei und ich nur überrumpelt von der Neuigkeit.

»Ich muss dir etwas anvertrauen«, fuhr sie fort. »Du bist jetzt groß genug. Ich besitze keinen roten Heller mehr und weiß nicht, wovon ich die Miete und unser Essen bezahlen soll.«

Plötzlich war ihre gute Laune wie weggeblasen. Sie zündete sich eine Zigarette an. Vielleicht um Zeit zu schinden oder die Spannung zu heben. Ich jedenfalls war sehr gespannt. Kein roter Heller! Das klang aus ihrem Mund ebenso fremd wie das Wort Job.

»Die Geldfrage wird sich mit der Zeit sicher lösen«, sagte sie. »Momentan sieht die Bilanz allerdings nicht so erfreulich aus.«

Sie konnte nicht einfach mit den Händen im Schoß dasitzen. Die Sozis hatten Sozibeihilfe, aber unsereiner war auf sich alleine gestellt. Zu einer guten Erziehung in unseren Kreisen gehörte auch, dass man anderen nicht auf der Tasche lag, kein Geld borgte und keine Erbstücke verkaufte. Außerdem durfte man sich auf keinen Fall bei der Verwandtschaft ausheulen.

Harry hatte sich mit dem größten Teil ihres Erbes nach Amerika abgesetzt, um dort eine Bigband zu gründen. Das sollte nicht publik werden, und ich durfte darüber um Himmels willen kein Wort verlieren. Nichts konnte sie jetzt weniger gebrauchen als einen Skandal.

Was konnte sie also machen? Eine Ausbildung, die zu einem richtigen »Job« führte, hatte sie nicht absolviert – jetzt verwendete sie das Wort eindeutig ironisch –, und da hatte sie sich etwas einfallen lassen.

Oberkellnerin in einem besseren Restaurant? Warum eigentlich nicht? Seit gestern waren die ersten Taxifahrerinnen auf Stockholms Straßen unterwegs, und in einem Jahr würde es die ersten Polizistinnen geben. Immerhin hatte sie ihr ganzes Leben lang gelernt, welche Gerichte in besseren Restaurants serviert wurden, und mit Weinen kannte sie sich dank des wohlgefüllten Weinkellers der Villa Bellevue auch aus. Sie hatte Manieren, sah repräsentativ aus und sprach fließend Deutsch, Englisch und Französisch.

Was Manieren waren, wusste ich, nicht ganz klar war mir allerdings, was »repräsentativ aussehen« bedeutete. Wahrscheinlich war das eine Umschreibung dafür, dass sie umwerfend aussah, obwohl ich Mühe hatte, meine Mutter mit den Augen eines Außenstehenden zu betrachten.

»Von nun an musst du einen Teil der Verantwortung für die Familie übernehmen«, fuhr sie ernst fort. Ihre Schicht begann abends um sieben und ging bis Mitternacht. Ich würde mich abends um Axel kümmern und zusehen müssen, dass er die Zähne putzte und pünktlich ins Bett ging.

Mama wollte uns wie gewohnt morgens Frühstück machen und dafür sorgen, dass wir rechtzeitig in die Schule kamen.

Ob ich dieser Verantwortung gewachsen sei?

Darauf gab es nur eine Antwort, und Mama hatte auch keine andere erwartet.

Ich freute mich für sie, aber irgendwie fühlte ich mich um meine wichtige Frage gebracht. Mama schien erleichtert, das Ganze hinter sich gebracht zu haben, während mir meine Felle davonzuschwimmen drohten.

»Sprichst du gut Französisch?«, fragte ich mit einer gewissen Verzweiflung und deutete auf die drei Fahnen am Revers. Mir fiel keine bessere Überleitung ein.

»Nicht so gut wie Deutsch, natürlich, aber ungefähr so gut wie Englisch«, erwiderte sie lachend.

»Weil du mit einem Franzosen verheiratet warst, der Antoine Henri Letang heißt und mein Vater ist?«, rutschte es mir heraus.

Sie sah aus wie geohrfeigt, und ich bereute meine Bemerkung augenblicklich.

Aber da sie eine Lauritzen war, hatte sie sich rasch wieder im Griff und wiederholte den Trick mit der Zigarette.

»Wie bereits gesagt«, begann sie, »bist du jetzt groß genug, um Dinge zu erfahren, die man laut Kinderpsychologen kleinen Kindern vorenthalten sollte. Du bist ein großer Junge. Dein Vater heißt, und ab jetzt musst du das auch richtig aussprechen, Ang-toann Ongri Lö-táa. Er ist der liebenswerteste und stärkste Mann der Welt. In seiner Jugend war er Schwimmer und hat genau wie du viele Wettkämpfe gewonnen.« Sie lächelte und rückte näher. Dann umarmte sie mich und hielt mich ganz fest. Als sie mich auf beide Wangen küsste, spürte ich ihre Tränen. Aber vielleicht bildete ich mir das auch nur ein, oder meine Erinnerung trügt.

Sie holte tief Luft, erhob sich und schaute auf die Uhr,

eine goldene Cartier, die sie von Großvater zu Weihnachten bekommen hatte, als wir noch alle Lauritzens waren.

»Und ich habe gedacht, mit einer bedeutenden Neuigkeit aufzuwarten«, sagte sie auf ihre gewohnte, scherzhafte Art.

Sie verschwand ins Schlafzimmer, kramte in ihrem Kleiderschrank herum und kehrte mit einigen Schwarz-Weiß-Fotos zurück.

»Das hier ist dein Vater«, sagte sie und legte die Fotos verkehrt herum auf den Couchtisch. »Ich habe die Fotos viele Jahre lang versteckt. Aber jetzt machen wir erst einmal etwas zu essen, und dann muss ich zur Arbeit. Schau dir die Bilder in aller Ruhe an, wenn ich gegangen bin. Morgen reden wir über Antoine und dich, und ich erzähle dir alles. Versprochen.«

Zum Abendessen gab es gebratene Blutwurst mit Preiselbeeren wie bereits mittags in der Schule und auch bei uns zu Hause schon zum zweiten Mal in dieser Woche. Vermutlich das denkbar billigste Gericht.

Zum Abschied umarmte und küsste Mama uns beide. Acke hatte Tränen in den Augen. Wahrscheinlich fürchtete er sich davor, mit mir allein zu sein. Mama band sich ein Kopftuch um, zog Galoschen und ihren Leopardenpelz an und verließ die Wohnung.

Nachdem ich Wasser auf dem Gasherd erwärmt und gespült hatte, musste Acke abtrocknen. Er schien immer noch verängstigt, obwohl ich mich redlich um sein Vertrauen bemühte. Falls in der Schule jemand gemein zu ihm sei, solle er mit seinem großen Bruder, fast hätte ich Halbbruder gesagt, drohen, der schon die Vasa Real Oberschule besuche. Schließlich seien wir eine Familie und müssten zusammenhalten und einander beschützen.

Acke musterte mich skeptisch und keineswegs dankbar.

Danach saß ich unerträglich lange an meinen Hausaufgaben, während Acke im Bett ein Phantom-Heft las, wo immer er das herhatte. Wahrscheinlich von einem Klassenkameraden geliehen. Mama hätte ihm so etwas niemals gekauft.

Schließlich war es für ihn Zeit zum Zähneputzen und fürs Bett. Nachdem ich seine Nachttischlampe gelöscht, mich ins Wohnzimmer begeben und die Tür hinter mir zugezogen hatte, beschleunigte sich mein Puls.

Auf dem Couchtisch lagen vier Fotos von meinem Vater *Antoine Henri Letang*. In Gedanken versuchte ich Mamas Aussprache nachzuahmen.

Das erste Bild war in Sandhamn aufgenommen. Meine Eltern – so musste ich sie ja wohl nennen – standen lächelnd in Badekleidung auf dem Steg. Mama trug einen zweiteiligen Badeanzug, er die damals typische Schwimmhose.

Er erinnerte mich an Tarzan. Dunkle Haare, wahrscheinlich braune Augen und vermutlich etwas kleiner als Johnny Weissmüller.

Auf dem zweiten Bild saßen sie mit meinen Großeltern in Sonntagskleidern am Gartentisch vor der Villa Bellevue. Alle lächelten in die Kamera. Mit Bleistift notiert stand *Juni 1943* auf der Rückseite des Fotos. Also war ich ebenfalls auf dem Bild, allerdings noch in Mamas Bauch.

Das dritte Foto war ein typisches Hochzeitsfoto vor der Offenbarungskirche in Saltsjöbaden, Mama in Weiß mit sehr viel Tüll, Brautkrone und offenem Haar. Mein Vater rannte geduckt und lachend durch ein Spalier gezogener Säbel auf den Fotografen zu. Juni 1943, wie das Foto am Gartentisch, also war ich auch bei der Hochzeit zugegen gewesen.

Auf dem vierten Foto, der Porträtaufnahme eines richtigen Fotografen, war mein Vater am deutlichsten zu erkennen. Er trug eine Baskenmütze und eine Uniformjacke mit einigen Orden. Die Uniform kannte ich nicht, und Soldaten in Baskenmütze waren mir auch noch nie untergekommen.

Im nächsten Augenblick wurde mir meine ganze Dummheit bewusst. Natürlich handelte es sich um eine französische Uniform. War mein Vater wie Großvater im Krieg gewesen?

Lange betrachtete ich sein Gesicht und glaubte kurz, etwas Bekanntes darin zu entdecken. Er sah intelligent und sympathisch aus, das genaue Gegenteil von Harry.

In dieser Nacht träumte ich von meinem leiblichen Vater. Ein merkwürdiger Traum jagte den anderen, in einem schwammen wir mit Tarzan um die Wette und hängten ihn mühelos ab.

Gaius Julius Cäsar oder Sixten Jernberg? Die Wahl zwischen diesen Größen fiel nicht leicht. Sixten Jernberg hatte bei den Olympischen Spielen in Cortina über 30 Kilometer die Silbermedaille errungen und über 15 Kilometer Bronze. Jetzt konnte er noch auf Gold über 50 Kilometer hoffen. In Geschichte hatten wir die langweiligen Etrusker sowie Romulus und Remus und die Wölfin hinter uns gebracht und waren nun im ersten Jahrhundert vor Christus angelangt, in dem es endlich spannender wurde.

Gegen Ende des 50-Kilometer-Laufes begann die Geschichtsstunde. Das Radio einzuschalten, das neuerdings in jedem Klassenzimmer stand, war ausgeschlossen. Erbse würde niemals zugunsten eines Skirennens auf Cäsar verzichten.

Er hatte ein römisches Schild an die Tafel gemalt, rechteckig und konkav. Die römischen Legionäre griffen in dichter Formation an, jeder musste sich auf seine Kameraden verlassen können. Es durften keine zu großen Lücken entstehen und dennoch genug Platz bleiben, um den *Gladius*, das kurze römische Armeeschwert, schwingen zu können.

Der Gladius war, von vielen Kämpfern gemeinsam eingesetzt, eine einzigartige Waffe, für den Zweikampf hingegen weniger geeignet. Ein mittelalterlicher Krieger mit einem langen zweischneidigen Schwert hätte einen römischen Soldaten vermutlich zu Hackfleisch verarbeitet.

Die römischen Soldaten rückten hinter einer Mauer aus Schilden vor, und sobald sie die Feinde vor sich zusammengedrängt hatten, stachen sie schräg nach oben zu, um Herz oder Leber des Gegners zu treffen.

Es war unglaublich spannend, wenn Erbse mit dem Tafellineal als Schild und dem Zeigestock als Gladius auf das Lehrerpult sprang, und urkomisch, als ihm auffiel, dass der Zeigestock für einen Gladius viel zu lang war. Er war so sehr in Schwung, dass er ihn einfach über dem Knie zerbrach, um ihn auf die richtige Länge zu bringen. Der Kampf auf dem Pult tobte weiter auf den Sieg der Römer über die gallischen Barbaren zu.

Wie immer war die Vorstellung fantastisch. Gleichzeitig nahte jedoch das Ende des 50-Kilometer-Laufs. In der

Pause vor der Geschichtsstunde hatten wir im Lehrerzimmer aufgeschnappt, dass Sixten Jernberg zwar in Führung lag, sich aber ein zäher Finne an seine Fersen geheftet hatte.

Auch an der Vasa Real unterrichteten einige junge, demokratische Lehrer, die ihre 36 Schüler zwar nie wirklich in den Griff bekamen, ihnen aber gestatteten, bei so wichtigen Ereignissen Radio zu hören.

Im Klassenzimmer über uns unterrichtete ganz offensichtlich gerade einer dieser Lehrer, denn wir hörten Jubel und Applaus, was nur bedeuten konnte, dass Sixten Jernberg immer noch in Führung lag.

Bei uns näherte sich der Endkampf gegen den Gallierkönig Vercingetorix bei Alesia. Die Konzentration fiel uns schwer.

Als eine Minute vor Ende der Unterrichtsstunde Cäsars Sieg nahte, ertönte von oben tosender Jubel.

Erbse bemühte sich um eine strenge Miene, konnte sich dann aber ein Lachen nicht verkneifen.

»Ich weiß, was ihr denkt, Jungs«, sagte er. »Offenbar hat Sixten Jernberg gewonnen, und es war wirklich höchste Zeit für eine Goldmedaille. Aber bedenkt eines: Jernberg ist bald vergessen, Rom ist ewig.«

Er schaute auf seine Taschenuhr, schüttelte den Kopf und ging zur Tür, als es klingelte.

Nachmittags, bei Schulschluss, wurde es bereits wieder heller, weshalb das Mädchenhaschen im Vasaparken zaghafter vonstattenging.

Im Dezember und Januar war das Spiel spannender, weil da niemand so genau sah, wenn man einem Mädchen an den Busen fasste.

Mit der richtigen Technik ließ sich das recht elegant bewerkstelligen. Man ließ sich vom Fänger jagen, bis er einen fast eingeholt hatte, und hielt sich dann an einem Mädchen fest, um nicht abgeschlagen zu werden, für mich kein Problem, da ich in Saltsjöbaden auf Schlittschuhen aufgewachsen und wieselflink war.

Während man gejagt wurde, galt es, nach »freien« Mädchen Ausschau zu halten. Mit ihren an der Spitze gezackten Kunstlaufschlittschuhen fuhren sie langsam und mit ruckartigen Bewegungen im Kreis. Manche Mädchen wollten nicht gehascht werden und versteckten sich, so gut es ging. Andere wagten sich auf die große freie Fläche, eben um gefangen zu werden, hatten aber keine Lust, selber Fänger zu sein.

Es war feige, Mädchen abzuschlagen, das taten nur die unsicheren Schlittschuhläufer. Damit war das Spiel dann theoretisch für die Jungs zu Ende, weil die Mädchen sich nur gegenseitig einholen konnten und keinen der schnellen Jungs kriegten.

Für den Fall musste man sich umdrehen und so tun, als würde man sich unterhalten und das Mädchen, das sich einem verstohlen von hinten näherte, nicht bemerken. Dann fiel man aus allen Wolken, wenn man abgeschlagen wurde, und jagte dem nächsten Jungen hinterher, der gerade kein Mädchen im Arm hielt, und die Ordnung war wiederhergestellt.

Wenn man ein Mädchen entdeckte, das signalisierte, dass es gefangen werden wollte, raste man mit hohem Tempo auf sie zu und täuschte einen Beinahezusammenstoß vor. Dabei konnte man ihr, gewissermaßen versehentlich, an den Busen grabschen. Man konnte auch eine Pirouette drehen, das Mädchen an sich ziehen, und lag sich einen Moment lang in den Armen. Wenn das Mädchen von jemand anderem gefangen werden wollte, machte sie sich rasch los und verschwand auf der Eisfläche. Einige ließen sich aber gerne umarmen und unterhielten sich mit einem. Auf diese Weise wurde schnell klar, bei wem man Chancen hatte und bei wem nicht.

Diejenige, die sich am liebsten von mir fangen ließ, hieß Lena Andersson und war meiner Meinung nach die Allerhübscheste.

Clark, der sich mit Mädchen auskannte, meinte, dass ich sie flachlegen könnte. Er selbst war im vergangenen Jahr eine Zeit lang mit ihr zusammen gewesen, hätte aber Schluss gemacht, da sie nicht wirklich sein Typ sei, und zwar nicht nur, weil er Blondinen vorzog. Sie sei ein wenig eng und schwer zu bumsen. Außerdem sei ihre Mutter eine richtige Hexe.

Clark, der sitzen geblieben und ein Jahr älter war, hatte sein ganzes Leben in Stockholm gewohnt. Vermutlich hatte er deswegen mehr Erfahrung mit Mädchen. Ich konnte ihn nicht um nähere Auskunft bitten, ohne meine Unkenntnis zuzugeben. Also nickte ich mit gelangweilt-erfahrener Humphrey-Bogart-Miene.

Nach dem Problem mit Lenas Mutter konnte ich mich schon eher erkundigen, obwohl Clarks Erklärungsversuche nicht sehr erhellend waren. Seinen Auskünften entnahm ich jedoch, dass mir Tee und Scones mit Lenas Mutter wahrscheinlich nicht die gleichen Schwierigkeiten machen würden. Bei Clark zu Hause in Abrahamsberg herrschten andere Sitten.

Dass Bumsen mit Lena schwierig sein sollte, sah ich

nicht als sonderlich großes Hindernis. Das Gegenteil hätte mir mehr Probleme bereitet, schließlich hatte ich es noch nie gemacht.

Diesen Punkt überging ich stillschweigend. Zwar war ich abgesehen von Clark der Erste in der Klasse mit Schambehaarung und sah erwachsener aus als die meisten anderen. Dadurch wirkten meine Bumsgeschichten immerhin glaubwürdiger als die vieler anderer, von denen einige Gummis in der Brieftasche aufbewahrten. Ob an der Prahlerei etwas dran war, stand in den Sternen.

Clark hatte jedenfalls ein paar gute Tipps in Bezug auf Lena Andersson. Der direkteste Weg war, sie ins Kino einzuladen, denn in der Dunkelheit konnte man gleich loslegen.

Das war mir im Augenblick zu teuer, was ich aber schlecht zugeben konnte.

Am ratsamsten sei jedoch, behutsam vorzugehen und sie erst einmal nach dem Schlittschuhlaufen nach Hause zu begleiten, meinte Clark sachkundig. Aber das sei natürlich die Weicheimethode, und für Weicheier hatten Mädchen nichts übrig. Deswegen sollte man ihnen auch bei der ersten Gelegenheit an die Titten greifen und zwar gewissermaßen von unten.

Angesichts Clarks weiterer Erläuterungen zu engen Mösen und geilen Mädchen schaltete ich ab, wobei ich in regelmäßigen Abständen wissend und nachdenklich nickte.

Als ich Lena dann fragte, ob ich sie nach Hause begleiten dürfe, willigte sie ohne zu zögern ein und schien sich sogar zu freuen.

Sie wohnte ganz oben in einem Eckhaus am Sankt Eriksplan und deutete auf ihr Fenster, das einzige, hinter dem kein Licht brannte.

Beim zweiten Mal hängte ich unsere beiden Taschen an meinen Eishockeyschläger, einen echten, wenn auch recht mitgenommenen CCM. Wir bemühten uns, möglichst langsam zu gehen, weil es vom Vasaparken zum Sankt Eriksplan nur wenige Meter waren, und unterhielten uns dabei über ihr Lieblingsfach Schwedisch. Sie besuchte die Mädchenschule am Sveaplan, und obwohl wir gleichaltrig waren, nahmen wir ganz verschiedene Dinge durch, sie Karin Boye und ich Tegnér und Geijer.

Vor der Tür fragte sie mich, ob ich auf eine Tasse Tee mit nach oben kommen wolle.

Nichts hätte ich in diesem Augenblick lieber gemacht, höchstens, sie zu küssen. Aber es war schon recht spät, und ich musste nach Hause, um Mama beim Kochen und Spülen zu helfen, ehe sie ins Blanche ging.

Ich antwortete, ich hätte leider keine Zeit, da meine Eltern eingeladen seien. Aber morgen würde es mir passen. Meinetwegen könnten wir uns auch direkt nach der Schule treffen und das Schlittschuhlaufen überspringen.

Sie stimmte sofort zu, ohne ihre Eltern zu fragen.

Beim dritten Mal gingen wir nach der Schule also direkt zu ihr nach Hause. Ich hatte Clark erklärt, es sei so weit.

Es war aufregend, an der Tür zu klingeln. Auf dem Messingschild stand nur Andersson. Das konnte alles Mögliche bedeuten, klüger war ich erst, wenn es schlimmstenfalls zu spät war.

Ein Dienstmädchen öffnete die Tür, was mich ungemein erleichterte. Dann war Lenas Mutter sicher keine Hexe.

Das Dienstmädchen reichte mir, nachdem ich meine

Schuhe ausgezogen hatte, Pantoffeln und führte mich in den Salon, nicht ins Wohnzimmer.

Lenas Mutter saß in einem Sessel an der Längsseite des Couchtisches. Sie trug einen Faltenrock und einen grünen Wollpullover, vermutlich Kaschmir, und eine Perlenkette. Lena nahm unter einem großen Bruno-Liljefors-Gemälde von einem Seeadler, der einen Schneehasen jagte, auf dem Sofa Platz.

Drei Teetassen standen auf dem Couchtisch, meine neben Lenas.

Das hatte Clark also gemeint. Jetzt nur keine Unsicherheit zeigen.

Ich umrundete den Couchtisch, ging auf Lenas Mutter zu, stellte mich vor und bedankte mich für die Einladung. Ich achtete darauf, ihr nicht als Erster die Hand zu reichen, da manche Erwachsene Kindern nicht die Hand schütteln wollten. Sie hatte damit aber kein Problem.

Ich verbeugte mich ein weiteres Mal, ging wieder um den Couchtisch herum, nickte Lena zu, stellte mich dann vor die dritte Teetasse und meinte, das sei ja offenbar mein Platz.

Lenas Mutter lachte, nickte und bat mich, Platz zu nehmen.

Der Tee wurde serviert, und ich dachte sogar daran, die Milch zuerst einzuschenken. Dann durfte ich mich als Erster von den Scones bedienen. Anschließend umrundete ich wieder den Tisch, um Lenas Mutter den Teller zu reichen.

Eine Weile herrschte Stille, als wir nach einem geeigneten Gesprächsthema suchten.

Ich konnte mir gut vorstellen, dass sich Clark hier nicht sonderlich wohlgefühlt hatte, und ich wusste, glaube ich, auch, warum.

Das hier war eine ganz normale Familie, wie ich sie aus Saltsjöbaden kannte, die sich aber massiv von Clarks und jenen seiner Freunde in Abrahamsberg unterschied. An Lenas Mutter war überhaupt nichts auszusetzen.

»Sind Sie aus Göteborg?«, fragte ich, um die Unterhaltung in Gang zu bringen. Das funktionierte perfekt.

»Hört man das wirklich noch immer?«, fragte Lenas Mutter eher erfreut als verwundert.

Ich schüttelte den Kopf und deutete auf einen Wimpel, der zwischen zwei Säbeln an der Wand hing.

»Nein«, erwiderte ich. »Ich höre keinen Dialekt, aber als Mitglied des KSSS erkenne ich den Wimpel des GKSS.«

Wir unterhielten uns eine Weile über das Segeln. Die Familie Andersson stammte also aus Göteborg und besaß ein Sommerhaus in Marstrand.

Ich hatte die Spielregeln verstanden. Lenas Mutter wollte mich begutachten, was mich nicht weiter verwunderte, Mama war genauso.

Viel mehr war nicht nötig, den Test zu bestehen. Ich plauderte noch ein wenig über Kunst und ließ als Entgegnung auf Marstrand ein paar Geschichten aus Sandhamn einfließen. Es war wie eine Geheimsprache.

Damit war das erste Hindernis überwunden. Ich hatte Lenas Mutter ruhiggestellt.

Nach der zweiten Tasse Tee schaute sie auf die Uhr und erhob sich. Ich folgte natürlich ihrem Beispiel. Sie teilte mir ihre Freude mit, dass Lena einen so netten Jungen kennengelernt habe.

Höflich, aber nachdrücklich setzte sie mich auf diese Weise vor die Tür. Ich verbeugte mich, gab ihr die Hand und bedankte mich für den Tee.

Sie schlug Lena vor, mich zur Tür zu begleiten, drehte sich um und verschwand im Inneren der großen Wohnung, was ein wenig unerwartet kam, aber so hatten Lena und ich die Gelegenheit, uns eine Minute lang flüsternd in der Diele zu unterhalten. Sie meinte, es sei sehr gut gelaufen. Ihre Mutter hätte mich sofort gemocht, und beim nächsten Mal könnten wir vermutlich alleine in ihrem Zimmer Tee trinken. Mit geröteten Wangen sah sie sich vorsichtig um und küsste mich dann rasch auf den Mund.

Auf dem Heimweg sang ich vor mich hin, was ich sonst nicht tat, aber ich sah Lena die ganze Zeit vor meinem inneren Auge und hatte ihren Duft in der Nase.

Als Nächstes musste ich sie ins Kino einladen. Aber das war nicht so einfach, weil ich kein Geld hatte.

Als ich nach Hause kam, hörte Mama Radio. Sie wunderte sich über mein frühes Erscheinen und erkundigte sich, ob etwas passiert sei und ich eine Tasse Tee wolle.

Ich erzählte ihr, dass ich in letzter Zeit kaum noch Eishockey, sondern Mädchenhaschen mit äußerst geringer Verletzungsgefahr gespielt hätte. Und gerade sei ich bei einem Mädchen zum Tee gewesen, in das ich wahrscheinlich verliebt sei.

Das freute Mama sehr, sie umarmte mich und nannte mich ihren kleinen Kavalier.

Ich löste mich aus ihrer Umarmung und erklärte, dass ich das Mädchen gerne ins Kino einladen würde, wenn ich nur Geld hätte. Fast alle anderen Jungs könnten sich das mindestens einmal pro Woche leisten, während ich auf den Filmklub der Schule angewiesen war.

Ich hatte schon seit drei Wochen kein Taschengeld mehr bekommen.

Natürlich ärgerte es sie, dass ich ihr mit Geldbelangen ankam.

»Setz dich!«, sagte sie mit einem tiefen Seufzer und deutete auf einen der beiden großen Ledersessel und sah mich ernst an.

»Alles wird wieder gut«, sagte sie. »Bald. In einer Woche bekomme ich meinen ersten Lohn. Eine Woche lang müssen wir also noch durchhalten.«

Das Wort Lohn klang aus ihrem Mund befremdlich, weil meine Mutter eigentlich nicht zu den Leuten gehörte, die einen Lohn erhielten.

Heute hatte sie für uns drei etwas zum Abendessen gekocht, das nicht mehr als fünf Kronen kostete. Kartoffelklöße mit weißer Sauce und Speckwürfeln. Nur noch eine Woche, dann sei es damit vorbei. Der Lohn, den ihr das Blanche zahlte, sei in Ordnung, aber sie konnte keinen Vorschuss verlangen, ausgeschlossen.

Danach wechselte sie rasch das Thema und erkundigte sich, wie das Mädchen hieß und wo wir uns kennengelernt hatten.

Der Name Lena Andersson sagte ihr genauso wenig wie der Umstand, dass wir uns auf der Schlittschuhbahn im Vasaparken begegnet waren.

Mama wollte wissen, wie es zu Hause bei Lena aussah, genau wie Lenas Mutter, nur aus der anderen Perspektive.

Ich erzählte ihr, dass Lena in einem Eckhaus am Sankt Eriksplan mit mindestens sieben oder acht Zimmern wohnte. Es gab ein Dienstmädchen, und Lenas Mutter trug einen Kaschmirpullover mit passender Strickjacke. An den Wänden hingen Kunstwerke, und die Familie sei Mitglied der GKSS und besitze ein Sommerhaus in Marstrand.

Mama war etwas verdutzt, weil ich sie durchschaut und kurzerhand abgefertigt hatte, aber dann musste sie lachen, und ich stimmte ein.

Dieses Mal nutzte ich die Gelegenheit, um das Thema zu wechseln.

»Du wolltest mir von meinem Vater erzählen«, sagte ich. »Das hast du mir vor über einer Woche versprochen.«

Sie legte den Zeigefinger an die Lippen und deutete vielsagend in Richtung Kinderzimmer, wo Acke auf seinem Bett lag und las.

»Am Sonntag schicken wir Axel in eine Matinee«, flüsterte sie. »Dann erzähle ich dir alles.«

Die Tage vergingen langsam in Erwartung des Sonntags.

In der Schule geschah nichts Besonderes, außer dass unsere Klasse im Handballturnier gewann. Einmal verschlief ich und verspätete mich zum Schwimmtraining. Tagsüber dachte ich hauptsächlich darüber nach, wie ich zu Geld kommen konnte, bis es wieder Zeit für eine Begegnung mit Lena auf dem Eis war. Wir mischten uns kaum noch unter die anderen und versuchten, uns gegenseitig einzufangen. Sie sagte, ihre Mutter fände mich sympathisch und ich dürfe zum Tee kommen, so oft ich wollte.

Wir küssten uns fast ständig, auch im Hellen, und erst recht, seit sie mir den Zungenkuss beigebracht hatte.

Nur einmal begleitete ich sie nach Hause. Wir durften uns alleine in ihrem Zimmer aufhalten, allerdings nur bei geöffneter Tür. Das hinderte uns nicht daran, uns mit gespitzten Ohren an den Schreibtisch gelehnt zu küssen. Als wir Schritte hörten, setzten wir uns schnell auf unsere Plätze, rührten in unserem kalten Tee und unterhielten uns über Karin Boye.

Meine Geldknappheit wurde von Tag zu Tag lästiger. Es war höchste Zeit, Lena einzuladen, vorzugsweise ins Kino, weil ich sonst bei ihr zu Hause noch zum Schnorrer verkam.

Irgendwann fiel mir ein, wie ich zu Geld kommen könnte, und ich fragte mich, wieso mir diese Lösung nicht schon viel früher eingefallen war.

Clark hatte immer Geld, was nicht daran lag, dass seine Familie reich war. Sein Vater war Briefträger und seine Mutter Hausfrau, und sie wohnten in einer Dreizimmerwohnung in einer Mietskaserne in Abrahamsberg. Er teilte sich das Zimmer mit einem älteren Bruder und einer jüngeren Schwester. Taschengeld bekam er nicht, aber er verdiente eigenes Geld, indem er Zwei-Tage-Kredite mit hundert Prozent Zinsen vergab oder in den Cafés im Vasaviertel Taxifahrern beim Flippern ihr Geld abluchste.

Beides kam für mich nicht infrage. Als Kredithai hätte ich alle, die nicht rechtzeitig zurückzahlen konnten, verprügeln müssen, weil ich mein Geld sonst nie wiedergesehen hätte. Und für Flipperwetten musste man an mindestens zwei verschiedenen Automaten trainieren, was Geld kostete.

Aber in einer Hinsicht war ich Clark überlegen. Ich war Klassenbester in Mathe, während er in diesem Fach der schlechteste von uns allen war, was ihn seine Versetzung gekostet hatte. Wenn er nochmals in Mathe versagte, flog er von der Schule, weil Sitzenbleiben nur einmal möglich war.

Also hing Clarks Zukunft von seiner Mathenote ab, und da halfen ihm auch seine Flipperfertigkeiten nicht weiter.

Nachhilfestunden bei einem Lehrer kosteten meines Wissens fünfzehn Kronen. Ich bot Clark den halben Preis an. Überglücklich nahm er mein Angebot an. Wenn er in Mathe noch einmal durchfiel, würde sein Vater ihn totschlagen, behauptete er. Bei ihm zu Hause glaubten alle, er habe die Mathematik inzwischen im Griff. Was hätte er auch sonst sagen sollen? Seine Eltern freuten sich schon voller Stolz auf das erste Abitur in der Familie, seine Lage war also prekär.

Wir gingen in den Tabakladen in der Dalagatan, und Clark kaufte zwei einzelne Boy, damit wir rauchen konnten, während wir den Deal besprachen. Ich hatte nicht die Absicht, mit dem Rauchen anzufangen, da ich ja Schwimmer war. Aber jetzt machte ich eine Ausnahme und fühlte mich wie ein echter Geschäftsmann, der einen erfolgreichen Handel mit einer Zigarre besiegelte.

Beim ersten Lungenzug musste ich heftig husten. Die Aktion hatte mehr etwas von einer Rauchlektion als einer Geschäftsverhandlung.

Jedenfalls waren wir uns bald handelseinig. Das Eis im Vasaparken wurde immer matschiger, und das Ende der Hockey- und der Mädchenhaschsaison nahte. Letzteres bekümmerte mich weniger, da ich meine Schäfchen im Trockenen hatte.

Die Vereinbarung war einfach. Mindestens drei Stunden pro Woche, entweder am Abend oder Samstagnachmittag, zur Not auch am Sonntag, allerdings nicht zur Matineezeit. Wir konnten bei mir zu Hause lernen. Clark würde nach jeder Stunde bar zahlen.

Clark handelte eine flexible Stundenauslegung aus, falls er etwas kapierte. Wir einigten uns auf 7,50 Kronen pro Nachhilfestunde, auch wenn diese länger als 60 Minuten dauerte.

Mit diesem Deal waren wir beide zufrieden. 7,50 Kronen kosteten eine normale Kinokarte oder zwei Matineekarten. Ich würde Lena also in Zukunft ins Kino einladen können.

Da für Clark noch mehr auf dem Spiel stand, war an unserer Motivation nichts auszusetzen.

Schlechter war es um unsere Konzentration bestellt. Als wir zum ersten Mal an Ackes und meinem gemeinsamen Schreibtisch saßen, lenkte Clark dauernd von den Gleichungen ab, um über seine neuesten Eroberungen zu reden. Irgendwann sagte ich genervt, ich könnte nicht jedes Mal das Taxameter abschalten, wenn er übers Bumsen reden wollte. Da nahm er sich endlich zusammen.

Es war rasch klar, dass es keinen Sinn hatte, mit dem aktuellen Stoff zu beginnen, weil er nicht den blassesten Schimmer hatte. Wir begannen also mit dem Stoff vom Schuljahresbeginn. Das war nicht so schwer, und er kam mit.

Vor dem nächsten Sonntag schafften wir ärgerlicherweise nur eine Nachhilfestunde, daher würde ich Lena erst in der folgenden Woche ins Kino einladen können.

Dieser Sonntag war ohnehin einem anderen wichtigen Thema geweiht. Im Manhattan liefen in der Matineevorstellung ein Dutzend Donald-Duck-, Goofy-, Tom-und-Jerry- und ähnliche Kurzfilme. Als ich Acke im Kino ablieferte, erklärte ich ihm, das alles schon tausendmal gesehen zu haben.

Dann rannte ich wieder nach Hause.

Mama saß in einem der Ledersessel und erwartete mich mit einer gewissen Anspannung, was wohl verständlich war. Sie hatte mir versprochen, offen mit mir zu reden, und Zeit hatten wir auch, während Acke sich auf der anderen

Straßenseite von Donald Duck unterhalten ließ. Etwas erstaunt betrachtete ich das Weinglas, das vor ihr stand.

Ein Estremadura, erklärte sie. Nicht einmal drei Kronen pro Flasche, aber trotzdem trinkbar. »Antoine, also dein Vater, war der wunderbarste Mann, der mir je begegnet ist. Wir waren beide jung, sehr jung sogar. Aber selbst nach so vielen Jahren empfinde ich das immer noch so.«

Obwohl sie sehr erwachsen mit mir sprach, wirkte sie verunsichert, und ihre Stimme hatte einen anderen Klang. Sie bediente sich wieder des Zigarettentricks, um nachdenken zu können. Es fiel mir schwer, still zu sitzen und meine Ungeduld zu verbergen.

Wie konntest du nur diesen verdammten Harry heiraten, wenn mein Vater so wunderbar war?

Am liebsten hätte ich sie angeschrien, aber das tat kein wohlerzogener Junge. Außerdem war es vermutlich klüger, den Mund zu halten, wenn ich endlich einmal ein lang gehütetes Geheimnis in Erfahrung bringen wollte.

Und sie erzählte, bis Acke an der Tür klingelte.

Mein Vater Antoine war Sohn eines französischen Diplomaten in Stockholm. Als Mama ihn kennenlernte, hatten sich einige der Diplomaten der Widerstandsbewegung La Résistance angeschlossen. Das war zu Zeiten, als Deutschland Frankreich besetzte. Die Diplomaten standen vor der Wahl, welches Frankreich sie vertreten wollten. Waren sie für den Widerstand und General de Gaulle oder für das von den deutschen Besatzern eingesetzte Vichy-Regime?

Eine Minderheit der französischen Diplomaten in Stockholm, unter ihnen mein Großvater Henri Letang, schlug sich auf die Seite des freien Frankreichs. Von ihm stammte mein Name.

Antoine arbeitete ebenfalls für das Büro des freien Frankreichs am Karlavägen. Henri hatte sein Gehalt von der französischen Legation eingebüßt, und die Widerstandsbewegung in Stockholm war knapp bei Kasse. Also musste Antoine, so gut es ging, mitverdienen, so wie ich, indem ich Clark Mathenachhilfe gab.

Antoine erteilte Privatunterricht in Französisch. Und Mama hatte es sich in den Kopf gesetzt, in allen Fremdsprachen, also nicht nur in Deutsch, die beste Note zu erzielen und suchte einen Privatlehrer.

So hatten sie sich kennengelernt. Mama erkannte in ihm sofort den Mann ihres Lebens und begleitete ihn zu Schwimm- und Boxwettkämpfen. Wenn sie zusammen ausgingen, zahlte sie, was unüblich war, aber sie hatte nun einmal Geld, und er war in etwa so klamm wie wir im Augenblick.

Es kam, wie es kommen musste. Genauer gesagt, es kam so, wie Mama und Antoine es wollten. Ich war ein Wunschkind. Mit diesem Kind verfolgten sie ein Ziel.

Als Mama ihren Eltern von der Schwangerschaft erzählte, reagierten diese wie erwartet: Sie schlugen ihr einen Schwangerschaftsabbruch vor. Das war zwar genau wie heute verboten, aber solche Verbote galten nicht für bessere Familien, nur für Sozis und Konsorten.

Mama weigerte sich planmäßig und musste Antoine daher rasch heiraten, ehe ihr etwas anzusehen war.

Sie waren glücklich und hätten vielleicht bis an ihr Lebensende glücklich bleiben können, wenn der Krieg nicht gewesen wäre. So hatten sie nur ein halbes gemeinsames Jahr in einer Wohnung des familieneigenen Hauses am Norr Mälarstrand, in dem auch Tante Johanne wohnte.

Dieses halbe Jahr war Mamas glücklichste Zeit. Sie verbrachten viele Stunden in dem großen französischen Doppelbett, in dem sie mit aufgelegter Hand jede meiner Bewegungen miterlebten. Antoine meinte, so kräftige Tritte ließen darauf schließen, dass ich einmal ein guter Schwimmer werden würde.

Ohne den Krieg hätte alles so schön sein können.

Antoine wartete bis zur Geburt seines Sohnes, bis er sich den freien Franzosen in London anschloss und an einem kalten Winterabend in Bromma in ein Kurierflugzeug nach Schottland stieg. Mama hatte mich beim Abschied warm eingepackt im Kinderwagen dabei. In Tränen aufgelöst sah sie das Flugzeug auf die Startbahn rollen, abheben und am dunklen Himmel verschwinden.

Bereits im darauffolgenden Sommer wurde Paris befreit, und mein Großvater Henri und die anderen französischen Diplomaten des freien Frankreichs kehrten in die Legation am Narvavägen zurück. De Gaulles erster Tagesbefehl, nachdem er im befreiten Paris die Macht übernommen hatte, lautete, alle französischen Diplomaten zu entlassen, die sich für die Verräter entschieden hatten. Die Unterstützer des freien Frankreichs hingegen wurden befördert. In der Legation wurde ein rauschendes Fest gefeiert, an dem Mama als Madame Hélène Letang und Schwiegertochter des neuen Handelsattachés Henri Letang teilnahm. So viel Champagner hatte sie noch nie in ihrem Leben getrunken und Großvater und seine Kollegen vermutlich ebenfalls nicht.

Aber der Krieg war noch lange nicht zu Ende. Die freien Franzosen kämpften sich Seite an Seite mit den Amerikanern und Engländern bis nach Berlin vor, was nach der Befreiung Frankreichs noch fast ein ganzes Jahr dauerte.

In diesem Jahr fühlte sich Mama sehr allein und beging in ihrer Einsamkeit ein paar Dummheiten. Aber schließlich war sie noch so jung, erst zwanzig …

Mama verstummte und zündete sich eine Zigarette an. Sie hatte ohne Unterbrechung erzählt, aber jetzt zögerte sie. Mir lagen tausend Fragen auf der Zunge, aber ich schwieg.

Es klingelte. Ackes »geheimes« Signal. Wir schauten beide auf die Uhr. Er war eine halbe Stunde früher dran als erwartet, und es fuchste mich, dass unsere Unterredung so abrupt an dieser Stelle endete.

»Machst du Axel bitte die Tür auf«, sagte Mama und wirkte erleichtert.

»Lebt mein Vater noch?«, fragte ich eilig, als ich mich erhob, um in die Diele zu gehen.

»Das tut er«, erwiderte sie. »Am anderen Ende der Welt. Er ist französischer Botschafter in Wellington in Neuseeland. Beeil dich und mach schon auf.«

Acke redete wie ein Wasserfall und verwechselte Donald Duck mit dem schlauen Kaninchen Bugs Bunny und Goofy mit Mickymaus. Trotzdem hatte er seinen Spaß gehabt.

Als ich etwas enttäuscht murmelte, dass ich mich auf meine nächste Privatstunde mit Clark vorbereiten müsse, fragte Mama, vermutlich um die Unterhaltung in eine ungefährliche Richtung zu lenken, ob es viele Clarks oder Ricks in meiner Klasse gäbe. Ich verstand nicht, worauf sie hinauswollte, worauf sie erklärte, dass sie *amerikanische* Namen meinte.

Ich musste nachdenken. Natürlich, Clark und Rick waren amerikanische Namen. Kenneth, Roy und Charlie auch. Worauf wollte Mama hinaus?

Und alle hatten schwedische Nachnamen wie Andersson, Pettersson und Karlsson und zählten zu den schlechtesten Schülern der Klasse, vermutete Mama.

Erneut dachte ich nach. Das stimmte, aber nur bedingt. Alle außer Charlie waren hervorragende Fußballspieler. Das hatte sie natürlich nicht gemeint.

Und Kenneth hatte keinen Nachnamen, der auf -son endete, er hieß Rudesjö.

Das sei ein erfundener Name, die Familie hätte sicher einmal Andersson oder so geheißen, meinte Mama.

Ich verstand nicht, worauf sie hinauswollte, und mir war unbegreiflich, wie sie wissen konnte, dass Clark, Rick, Kenneth, Roy und Charlie, Turnen einmal ausgenommen, zu den schlechtesten Schülern zählten. Machte einen ein amerikanischer Name automatisch dumm?

Das war rätselhaft, aber momentan beschäftigten mich dringlichere Fragen. Wer war dieser de Gaulle? Wie weit war es nach Wellington? Und wie schnell schwamm mein Vater Freistil über hundert Meter?

Mama war noch zu Hause, als Clark auftauchte. Durch die offene Tür hörten wir sie mit Acke im Wohnzimmer Leben und Tod spielen. Es fiel mir ohnehin schwer, mich zu konzentrieren, weil mir Flugzeuge des französischen Widerstands, deutsche Jagdflugzeuge, mein Wettkämpfe schwimmender Vater, das Fest in der französischen Legation, mein Großvater, der französische Diplomat, und viele andere Dinge im Kopf herumschwirrten. Ich hätte mir unmöglich noch Clarks Bumsgerede anhören können. Aber jetzt verlor er kein Wort darüber und war ungewöhnlich fokussiert.

Meinen Berechnungen nach hatten wir inzwischen den Klassenstand vom November erreicht, was recht beachtlich war. Jetzt war bereits März. Clark musste die Klassenarbeiten im April und Mai bestehen, sonst durfte er nicht auf der Schule bleiben.

Ende März war das Eis im Vasaparken endgültig geschmolzen, und große braune Grasflecken kamen zum Vorschein. Ich schmierte meine Schlittschuhe mit Nerzfett ein und legte sie in eine Blechkiste, damit die Mäuse in unserem kleinen Speicherabteil sie nicht anknabberten.

Die Wintersaison war kürzer als sonst gewesen, und es würde noch einen Monat dauern, bis wir wieder Fußball spielen konnten. Dadurch blieb Clark und mir mehr Zeit für Mathe. Ganz allmählich begriff er, wie der Hase lief und war beinahe so weit, bestehen zu können. Mit etwas Glück würden wir es gemeinsam schaffen.

In der ersten eisfreien Woche wurden lausige Morgenversammlungen abgehalten, wie diese Veranstaltungen mittlerweile hießen, in denen es nicht mehr nur ums Beten und um Gott ging, sondern primär um die Erziehung.

Das Thema dieser Woche waren die Risiken der Jugendkriminalität. Dr. Ring Lundqvist trat auf, der von seinem Posten als Chef der Jugendstrafanstalt Roxtuna zurückgetreten war, weil ihm die Regeln dort zu lasch waren. Er warnte uns vor allem vor Autodiebstählen. Schweden lag mit 25 000 gestohlenen Fahrzeugen offenbar mittlerweile an der Spitze. Der Herr Doktor forderte strengere Strafen, weil sich die Jugendlichen von den milden Strafen nicht einschüchtern ließen.

Am Tag darauf stand ein Polizeidirektor auf dem Podium und riet uns ebenfalls eindringlich von Autodiebstählen ab. Die beschönigende Bezeichnung Leihautos, die die

Kommunisten und manche dubiosen Zeitungen verwendeten, sei äußerst verwerflich. Autodiebstähle seien der Einstieg in die schwere Kriminalität, ganz gemäß der althergebrachten Redensart, was mit einer Stecknadel beginne, ende mit einer Silberschale.

Danach predigte ein Abstinenzler, dass sich die Zahl der Straftaten unter Alkoholeinfluss seit Aufhebung der Rationierung verdoppelt habe. Auffällig sei, dass in immer jüngeren Jahren mit der Trinkerei begonnen würde.

Und so ging es die ganze Woche weiter. Fast sehnten wir uns schon zu Gott und den Kirchenliedern zurück.

Sinn und Zweck der Vorträge war es offenbar, die Schüler der Oberschulen rechtzeitig auf die Risiken des Erwachsenwerdens aufmerksam zu machen.

Der Effekt war nicht unbedingt der erwünschte. In den Pausen redeten wir nur noch über Verbrechen und Saufen. Mitschüler, die tatsächlich wussten, wie man ein Auto knackte, ließen ein aufnahmefähiges Publikum an ihren Kenntnissen teilhaben. Ein Hammer und ein stabiler Schraubenzieher, mehr war nicht nötig. Man müsse den Schraubenzieher ins Zündschloss schlagen, ihn hin und her drehen und losfahren.

Fantastische Geschichten über das Jugendgefängnis Roxtuna machten die Runde. Dort lernte man binnen weniger Monate alles Wesentliche über Autodiebstähle und Einbrüche. Außerdem erhielten wir viele nützliche Tipps zum Kauf und zu Preisen von schwarzgebranntem Schnaps und Bier.

Im Lauf dieser Woche, in der die Schule Vasa Real so energisch die Moral ihrer Schüler zu stärken suchte, wurde mir dieses Thema sehr verleidet.

Eine meiner eindrücklichsten Erinnerungen stammt jedoch aus dieser Zeit.

Joar, einer der Klassenbesten, war dick und tollpatschig und eine Niete in Sport. Rick und Clark straften ihn mit Nichtachtung, das befahl ihnen ihr Selbstwertgefühl. Ich hatte keine Berührungsängste mit Strebern, schließlich waren sie nicht ansteckend, und ich war der Klassenbeste in Handball, der Zweitbeste im Geräteturnen und außerdem Zugführer.

Es war interessant, sich mit Joar zu unterhalten. Dank eines Fliegerhauptmanns in seiner Verwandtschaft wusste er viele Dinge, die nicht in der Zeitung standen, beispielsweise, dass Schweden über 800 Jagdflugzeuge des Typs J 29 besaß und damit über die viertstärkste Luftwaffe der Welt verfügte. Die sowjetische Tupolew 16 mit ihren Atombomben würde bei einem Angriff auf Schweden gegen diese nichts ausrichten können. Außerdem könnten unsere J 29 die amerikanischen Bomber beschützen, wenn diese vom norwegischen Gardermoen aus zu Zielen in der Sowjetunion abhoben.

Joar wartete mit vielen interessanten Neuigkeiten auf, aber Ende März, als alle nur noch vom Autoknacken redeten, präsentierte er mir seine bislang unglaublichste Enthüllung.

Alle wussten, dass das Modell J 35 Draken mit Deltaflügel die nächste Generation schwedischer Jagdflugzeuge stellen würde. Bislang gab es dieses Flugzeug nur als Prototyp und als Bausatz im Spielwarenladen Wentzels.

Joar erzählte mir flüsternd, dieses neue Flugzeug sei im Horizontalflug schneller als Mach 2 geflogen! Es hatte also nicht nur die Schallmauer durchbrochen, sondern doppelte Schallgeschwindigkeit, über 2 443 Kilometer pro Stunde, erreicht.

Das neue Jagdflugzeug der Russen, die MiG-19, das im Vorjahr ausgeliefert worden war, durchbrach zwar ebenfalls die Schallmauer, flog aber nur Mach 1. Mit dem Draken könnten wir die MiG-19 umkreisen und die Russen in die Tasche stecken.

Die Schlussfolgerung sei klar, meinte Joar abschließend. Schwedischer Stahl sei unerbittlich, und die verdammten Russen sollten es sich lieber zweimal überlegen, bevor sie uns angriffen.

Und wenn wir erst einmal unsere eigene Atombombe besaßen, was vermutlich recht bald der Fall war, konnten wir nachts richtig gut schlafen. Ein russischer Angriff würde binnen zwanzig Minuten mit der Auslöschung einer Stadt, vorzugsweise Leningrad, vergolten werden. Diese Stadt bot sich an, weil sie in nur zehn Metern Höhe unter ihrem Radar angeflogen werden konnte.

Nach Joars fundierten Berichten schlief ich allerdings nicht sonderlich gut, sie lieferten meiner Fantasie zu viel Treibstoff, die ohnehin schon zur Genüge von meinem Vater Antoine, dem Botschafter und Wettkampfschwimmer, angeregt war. Und von Lena.

Wären meine Tage nicht länger gewesen als die meiner Mitschüler, hätte ich abends vermutlich überhaupt nicht einschlafen können. Wenn meine Klassenkameraden aufstanden, hatte ich bereits eine Stunde im Becken des Sportpalastes verbracht.

Inzwischen gingen Lena und ich miteinander. Ein dämlicher Ausdruck, aber einen anderen gab es nicht. »Zusammensein« war zu wenig und »verlobt« definitiv zu viel.

Inzwischen konnte ich sie jede Woche ins Café und Kino einladen, und wir hatten endlich auch den permanent ausverkauften Film »Denn sie wissen nicht, was sie tun« mit James Dean gesehen.

Im Kino schmusten wir kaum, das hoben wir uns für den Heimweg auf. Seltsame Dinge geschahen mit meinem Körper, wenn wir uns hinter den Büschen anfassten und sie kein einziges Mal meine Hände wegschob. Mein Puls beschleunigte, und ich hatte das Gefühl, mich wie ein aufgepumpter Reifen zu blähen und jeden Moment zu platzen.

Ich wusste sehr wohl, wie Clark diese Dinge ausgedrückt hätte, aber seine Worte passten nicht auf Lena, die viel zu zart und schön war.

Nach einer Weile wurde uns kalt, und sie meinte, wir müssten uns noch gedulden.

Als wir den Park verließen und uns ihrer Haustür näherten, fragte ich aus Übermut, wie lange denn noch, und erwartete eine ausweichende Antwort.

»Bis Mittwoch«, entgegnete sie. »Unser Dienstmädchen hat mittwochs frei, und ich bin den ganzen Nachmittag allein zu Hause. Dann können wir …«

Sie beendete den Satz nicht, was auch nicht nötig war.

Als ich an diesem Abend nach Hause ging, weil meine Schülerkarte nur tagsüber gültig war und ich frische Luft bitter nötig hatte, war ich bis über beide Ohren verliebt.

Unglücklicherweise schaffte ich vor besagtem Mittwoch noch zwei Nachhilfestunden mit Clark.

Ein Ausreichend in Mathe schien im Rahmen des Machbaren zu liegen, was uns anspornte. Zu Anfang, als Clark sich voller Pessimismus mit der Aussicht auf die Berufsschule abgefunden hatte, um Dachdecker oder Automechaniker oder etwas Ähnliches zu werden, war mir die Hürde beinahe unüberwindbar erschienen.

Jetzt sah die Situation anders aus, wir hatten die Klasse beinahe eingeholt, die nächsten Mathearbeiten würde er bestehen. Das müsste reichen.

Sein Eifer und seine Freude darüber, dass Mathe kein Buch mit sieben Siegeln mehr war und manchmal sogar Spaß machte, hatten zur Folge, dass er sich auf die Zahlen konzentrierte und nicht nur vom Bumsen sprach, nicht einmal, wenn wir alleine zu Hause waren und niemand uns hören konnte. Als sich die Nachhilfestunde ihrem Ende näherte, platzte es dann aber doch aus ihm heraus.

»Wie läuft's denn bei euch?«, fragte er nach einer beinahe ohne meine Hilfe gelösten Gleichung. »Hast du Lena inzwischen flachgelegt?«

»Nein, noch nicht«, antwortete ich. »Aber bald ist es so weit.«

Ich hätte mir die Zunge abbeißen können, aber nun war es zu spät.

Er begann, mir Ratschläge zu erteilen. Unsere Rollen waren jetzt vertauscht.

Am wichtigsten sei, ihnen so fest an die Titten zu langen, dass sie winselten. Das sei dann ein sicheres Zeichen dafür, dass sie scharf wurden.

Dann schnell runter mit dem Schlüpfer. Manche Puppen leisteten in diesem Moment ein wenig Widerstand, was man einfach ignorieren müsse. Besonders bei bürgerlichen Bräuten wie Lena sei dieser Widerstand nur symbolisches, erziehungsbedingtes Geziere. War der Fleischspieß erst mal drin, sei alles okay, dann schrien sie zwar noch mehr, aber eher zustimmend.

Vorher sei es wichtig, sie ordentlich spitz zu machen: Zwei Finger in die Möse und ran an den Speck, das käme gut an.

Vor allem das mit den Fingern hätte besonders gut funktioniert bei Lena, daran konnte er sich erinnern, als wäre es gestern. Am wichtigsten sei jedoch, die Titten gleich zu Anfang fest zu quetschen. Viel Glück!

Nachdem er seine Bücher eingepackt hatte und in die Chico Bar aufgebrochen war, saß ich eine geraume Zeit mit Watte im Kopf da. Ich versuchte, seine Instruktionen umzuformulieren, weil seine Wortwahl so gar nicht zu Lena passte.

Aber ich konnte nicht einfach ignorieren, dass Clark ein Jahr älter war als ich und es schon mit einer stattlichen Anzahl Mädchen gemacht hatte. Er wusste, wovon er sprach, auch wenn ich seine Ausdrucksweise ziemlich abstoßend fand. Aber was wusste ich schon? Ehrlich gesagt überhaupt nichts, ich war noch Jungfrau. Oder wurde dieser Ausdruck nur bei Mädchen verwendet?

Es gab für mich nichts Süßeres und Schöneres als Lena. Ihren Busen hart anzufassen erschien mir ausgeschlossen. Allein schon, ihn streicheln zu dürfen, war wie ein Traum.

Wie sollte ich die ungewohnten Gefühle und meine fehlende Erfahrung zusammenbringen?

Bald würde ich Gewissheit haben.

Die Tage vor dem Mittwochnachmittag, an dem wir endlich in Lenas Zimmer allein sein würden, vergingen ereignislos. Im Vergleich dazu war alles andere vollkommen unwichtig. Alles davor wirkte unbedeutend. Alles danach ebenfalls.

In meinem Leben hatte es bereits einige entscheidende Veränderungen gegeben. Ich war Harry los und hatte mich in eine andere Person verwandelt. Eric Henri Letang war nicht mehr Eric Lauritzen, obwohl er im selben Körper steckte. Was das bedeutete, wusste ich nicht, nur dass es irgendwie entscheidend war.

Ob der Verlust meiner Unschuld ebenso entscheidend wäre, konnte ich natürlich nicht vorhersagen. Vermutlich würde unsere Liebe und unser Zusammengehörigkeitsgefühl stärker werden.

Als ich mich an besagtem Mittwochnachmittag auf den Weg zu ihr nach Hause machte, musste ich mich zusammennehmen, um nicht zu rennen. Nicht dass es eine Rolle gespielt hätte. Es kam mir nur einfach unpassend vor. Vielleicht lag es auch nur am Regen. Schließlich wollte ich nicht nass und verschwitzt bei ihr eintreffen.

Sie hatte sich hübsch gemacht, trug einen dünnen, ausgeschnittenen Pullover und einen kurzen roten Rock. Sie hatte sich ein wenig geschminkt und die Haare gelockt.

Als sie die Tür öffnete, sah sie aus wie ein Filmstar. Ohne vorherige Begrüßung umarmte und küsste sie mich.

Wortlos blieben wir lange in der Diele stehen und küssten uns, als fürchteten wir uns davor, in ihr Zimmer zu gehen.

Zu guter Letzt machte sie sich vorsichtig los, nahm meine Hand und führte mich durch den Salon, das Esszimmer und den langen Flur. Dann schloss sie ihre Tür hinter uns. Sie hatte die Tagesdecke vom Bett genommen und ordentlich zusammengelegt über eine Stuhllehne gehängt.

»Versprich mir, vorsichtig zu sein«, sagte sie, schlang

ihre Arme um meinen Hals und legte eine Wange auf meine Brust.

Ich verstand, was sie meinte, zog die Pariser, die ich von Clark bekommen hatte, aus der Tasche und legte sie auf den Nachttisch. Ich hatte einen zu Hause ausprobiert und wusste also in etwa, wie es funktionierte.

Sie hatte mich dazu aufgefordert, welche mitzubringen, was zwar peinlich, aber irgendwie auch verheißungsvoll gewesen war.

Vorsichtig zog sie mich aufs Bett. Es war ihr wirklich ernst.

Wir liebkosten uns, küssten uns, umarmten uns fest und nestelten uns langsam, aber sicher aus den Kleidern. Ich durfte sie überall anfassen.

Nach einer Weile fühlte ich mich wieder dem Bersten nahe und stellte fest, dass ich noch nichts von den Dingen getan hatte, die Clark mir geraten hatte, schließlich war ich ebenso unerfahren wie erregt. Nein, ich war völlig von Sinnen.

Jetzt oder nie, dachte ich und stieß mit aller Kraft zwei Finger in sie hinein und bewegte sie so heftig wie möglich hin und her.

Sie schrie laut.

Ich interpretierte es als gutes Zeichen, packte mit der anderen Hand ihre nackte Brust und drückte zu.

Sie schrie noch lauter, und ich langte sicherheitshalber noch etwas fester zu.

Da begann sie laut zu schluchzen, was nicht mehr mit Clarks Beschreibung übereinstimmte. Also ließ ich los.

Sie presste sich schluchzend an die Wand und zog die Decke schützend über sich.

Als ich mich ihr vorsichtig zu nähern versuchte, trat sie mich mit beiden Beinen aus dem Bett.

Da stand ich nun wie ein Idiot mit einem Ständer und nur mit einem Strumpf bekleidet vor ihr.

Ich wollte etwas sagen, war aber selbst den Tränen nahe. Ich hatte mich doch nur wie die erfahrenen Jungs verhalten wollen, dabei kannte sie sich eigentlich besser aus als ich, nicht zuletzt dank Clark.

»Verzeih mir«, stammelte ich.

Aber es half nichts, sie weinte weiter.

Was hätte ich denn auch sagen sollen? Ich stand da, schämte mich in Grund und Boden und hatte immer noch einen Steifen.

»Verzeih mir«, sagte ich erneut. »Ich dachte nur … weil du es doch so oft mit Clark gemacht hast …«

Weiter kam ich nicht.

Abrupt verstummte ihr Schluchzen, und sie starrte mich mit aufgerissenen Augen an, als sei ich nicht recht bei Trost. Dann packte sie die Wut.

»Ich und Clark?!«, schrie sie. »Meinst du etwa den Typen aus deiner Klasse mit der Pomade im Haar? Der war einmal und nie wieder mit einer meiner Freundinnen hier. Einmal! So ein Vollidiot. Den würde ich nicht mal mit der Zange anfassen. Lieber würde ich sterben!«

»Entschuldige«, sagte ich. Immerhin war mein Schwanz jetzt schlaff.

»Lass dir eins, nein, zwei Dinge gesagt sein«, fuhr sie wutentbrannt fort. »Erstens bin ich noch Jungfrau und zweitens habe ich gedacht, du wärst der Richtige. Scher dich zum Teufel!«

Das wunderschöne Mädchen, in das ich so verliebt war.

Nie hätte ich erwartet, sie so zu sehen. Ihre Augen sprühten vor Zorn, vielleicht sogar vor Hass. Nein, kein Hass, eher Verzweiflung.

»Verschwinde! Ich will dich nie mehr wiedersehen. Ich hätte nie geglaubt, dass du wie dieser Clark bist. Hau schon ab!«

Es gab nichts mehr zu sagen.

Während ich mich anzog und nach meinem zweiten Strumpf suchte, drehte sie sich zur Wand und begann wieder zu schluchzen.

Wem sollte ich glauben?

Dumme Frage.

Clark hatte also immer nur gelogen. Er hatte nicht nur übertrieben und angegeben, sondern seinen besten Freund nach Strich und Faden betrogen.

Vielleicht war ich ja gar nicht sein bester Freund. Er brauchte mich einfach für die Mathenachhilfe.

Lena hatte ich für immer verloren. Die Angst und Verzweiflung, die ich in ihren Augen gesehen hatte, sprachen Bände.

Eine Weile träumte ich davon, Clark zu verprügeln, was natürlich nichts gebracht und auch meine Scham nicht verringert hätte, weil ich mich wie ein Idiot benommen hatte.

Ich stellte Clark nicht zur Rede. Dass zwischen Lena und mir Schluss war, erklärte ich ungefähr so, wie er es getan hätte. Sie wäre nicht die Richtige gewesen, sagte ich. Allerdings vermied ich seine derbe Ausdrucksweise.

In diesem Frühjahr spielten wir öfter Flipper, da sich meine Kosten nach dem Aus mit Lena reduzierten. Gegen

Ende des Schuljahres flipperte ich mit solchem Geschick, dass mir Clark nichts mehr beibringen konnte.

Wir setzten unsere Nachhilfestunden fort, als sei nichts geschehen. Ich verbat mir jedoch jegliches Bumsgeschwafel. Seltsamerweise fand er sich damit ab, als ahnte er, was geschehen war.

Er bekam am Ende in Mathe sogar ein Befriedigend.

Als die Sommerferien begannen, weinte ich ihm keine Träne nach.

*

Stockholm, Mai 1968

Anachronistische Witze bereiten Dir keine Freude, um nun einmal mit dem Unwichtigsten oder Harmlosesten zu beginnen.

Aber jetzt, 1968, im Jahr der Gnade und der Revolution, dürfte doch wohl niemandem, nicht einmal Deinen bürgerlichen *Dagens Nyheter*-Lesern, entgangen sein, dass es sich bei der Aussage, »ein asphaltierter Schulhof mit 700 Jungs ist kein Teekränzchen«, um einen Scherz handelte. Das wird doch wohl jeder als eine Anspielung auf Maos Worte über die Revolution erkennen.

Den selbstverständlichen Einwand, dass eine solche Formulierung 1956 unmöglich gewesen wäre, finde ich zu streng.

Um beim Thema Schule zu bleiben: Du glaubst, dass ich mich über demokratisch gesinnte Lehrer mokiere, weil sie 36 Jungs nicht im Zaum halten konnten. Aber weit gefehlt, ich erzähle nur, wie es war. Der Musiklehrer mit Julius, dem Zeigestock, hatte keinerlei Probleme mit der

Disziplin. Für seinen jüngeren und demokratisch gesinnten Stellvertreter, den wir Ziege nannten, waren wir die Hölle. So war es nun einmal.

Deine umfassenden Erfahrungen als Lehrerin in den 50ern lassen sich vermutlich nicht so leicht auf die Welt einer Jungenoberschule mit den riesigen Klassen der geburtenstarken Jahrgänge der Vierzigerjahre übertragen.

Als Schwedisch- und Deutschlehrerin bist Du überqualifiziert. Du hast erst an der Stockholmer Universität, dann an einer Mädchenschule unterrichtet, und jetzt bist Du am Gymnasium Norra Latin für die letzte und vorletzte Klasse verantwortlich. Ich glaube, das ist eine ganz andere Welt, in der eine demokratische Gesinnung möglich ist, ohne dass alles gleich zusammenbricht.

Ich bin durchaus nicht gegen Demokratie, genauso wenig wie gegen bürgerliche Freiheiten, Privatbesitz von Immobilien möglicherweise ausgenommen. »Demokratie ist die schlechteste aller Regierungsformen, solang man sie nicht mit den Alternativen vergleicht.« (Churchill?) Aber an die Demokratie in einem Klassenzimmer mit 36 Jungs glaube ich nicht. Die beiden letzten Jahrgänge eines humanistischen Gymnasiums mit maximal zwanzig ehrgeizigen Schülern stellen ein ganz anderes Umfeld dar.

Denk nur an all die Ricks, Clarks und Charlies, denen meine Mutter eine ebenso offene wie unsympathische Verachtung entgegenbrachte. In der Vasa Real erhielten sie eine echte Chance, und selbst Clark legte schließlich das Abitur ab. Diese Chancen werden durch die vermeintliche Demokratisierung der heutigen Schulen zunichtegemacht. Es war demokratischer, allen Ricks und Clarks dieselbe Chance einzuräumen wie den Kindern der Ober- und Mittelschicht. Die neuen Ideen zur Demokratisierung lenken die Schule meiner Meinung nach in eine undemokratische Richtung.

In Bezug auf die rein politische Analyse lasse ich, wie Du siehst, Deine Einwände nicht gelten und beharre auf meinem Standpunkt. Anders verhält es sich natürlich beim Stil und dem Aufbau der Erzählung.

Das Porträt meiner Mutter und ihre Verachtung der Arbeiter erscheint Dir unwahrscheinlich, und Du weist darauf hin, dass sie schließlich einen Mann aus diesen Kreisen geheiratet hat.

Damit magst Du recht haben. Vielleicht könnte man ihre gescheiterte Ehe mit Harry Hansson, wie von Dir vorgeschlagen, als eine verspätete Revolte gegen ihre feine Familie deuten.

Aber ich kann natürlich nicht beurteilen, wie sie war und wie sie dachte, als ich noch zu klein war, um die Welt um mich herum zu verstehen.

Falls es sich tatsächlich um ein Aufbegehren handelte, dann jedenfalls nicht mit linken Vorzeichen. Meine Mutter blieb ihrem reaktionären Standpunkt und ihrer Verachtung der »Sozis«, also der Arbeiterklasse, immer treu. Aus diesem Grund zweifelte sie auch an dem allgemeinen Wahlrecht. Ich glaube, dass Carl Lauritz genauso dachte, die Bohemiens Hans Olaf und Alice jedoch nicht.

Damit wären wir bei dem Rätsel angelangt, wie zwei radikale Frauenrechtlerinnen wie Ingeborg und Christa so unterschiedliche Töchter kriegen konnten.

In diesem Zusammenhang würdest Du ausgezeichnet in diese Geschichte passen. Trotz ähnlichem Hintergrund unterscheiden sich die moralischen und politischen Ansichten meiner Mutter komplett von Deinen. Wie ist das nur möglich?

Du hast freundlich, aber nachdrücklich abgelehnt, auf diese Weise in dieser Geschichte mitzuwirken, was ich natürlich akzeptieren muss. Ich akzeptiere Dein Argument, dass Du mich nicht objektiv beraten kannst, wenn Du ständig mit Beschreibungen Deiner Person konfrontiert wirst.

Aber eines lass Dir gesagt sein: Wenn Du die Geschichte vom Blauen Stern nicht selbst aufschreibst, werde ich es eines Tages tun.

Und nun zu dem Thema, das ich mir, möglicherweise aus Feigheit, bis zuletzt aufgehoben habe, der Geschichte der Flügelmutter David Goldmann.

Du nimmst mir nicht ab, dass kein Schüler im Jahr 1956 von seinem jüdischen Ursprung wusste.

Ich muss betonen, dass sich unsere Erfahrungen auf diesem Gebiet sehr unterscheiden. Du hast gegen den Nationalsozialismus gekämpft, ich wusste als Kind nicht einmal, was das war. Juden kannte ich nur aus der Bibel. Und ich erinnere mich noch deutlich, wie sehr mich Chaim Goldmanns Kurzversion der jüdischen Geschichte bis Auschwitz und bis zu der Flucht der Überlebenden nach Schweden erschütterte. Ebenso gut erinnere ich mich an mein fruchtloses Gespräch mit unserem fantastischen Geschichtslehrer Arthur Nordén. Fakt ist, dass ich alles über den Punischen Krieg, Cäsars Gallischen Krieg, Gustav II. Adolf und die Wikinger wusste. An mangelndem Interesse für Geschichte lag es also nicht. Aber vom Zweiten Weltkrieg und der Judenvernichtung, wie wir es heute nennen, hatte ich keine Ahnung.

Und noch etwas. Nachdem ich David Goldmann im

Klassenzimmer unter meinen Schutz gestellt hatte, oder wie immer wir das nennen wollen, achtete ich sorgsam darauf, dass ihn niemand schikanierte. Irgendwelche Beleidigungen oder gar antisemitische Bemerkungen gab es damals nicht.

Das wäre heute sicher anders, aber so verhielt es sich damals.

Meine Unkenntnis lässt sich nicht meiner konservativen Mutter in die Schuhe schieben. Meine Mitschüler und ich wussten nichts über die Vernichtung der Juden, aber alles über die Invasion der Normandie. Ich vermute, dass Kinder und Jugendliche in den Fünfzigerjahren einer Konspiration verfehlter Rücksichtnahme ausgesetzt waren. Man beließ uns in Unkenntnis, um uns mit dem unbegreiflich Bösen zu verschonen.

Erst in den letzten Jahren, in einer ganz anderen Zeit und einem anderen Jahrzehnt, werden Dokumentarfilme über die Judenvernichtung sogar in den Schulen gezeigt, was in den finsteren Fünfzigern undenkbar war.

Dank Ritalin arbeite ich wie ein Verrückter und schreibe mindestens zehn Stunden am Tag. Gab es solche Hilfsmittel schon, als Du studiert hast? Ein langes Kapitel ist abgeschlossen. Nächste Woche ist mein Juraexamen. Das erinnert mich daran, dass selbst ein ganz und gar unerfahrener Anwalt wie ich einiges zu Euren Erbstreitigkeiten und betrügerischen Rechtsbeiständen sagen könnte, aber dazu ein andermal mehr!

Jetzt will ich diese Geschichte zu Ende bringen. Bald ist Juni, und ich muss vor Mittsommer fertig werden. Dann reise ich nach Palästina, alles ist bereits organisiert. Jetzt gilt es, fleißig zu sein.

PS:
Ich weiß Deine Bemerkung zu schätzen, ich habe meinen Stil gefunden. Offenbar entwickelst Du eine gewisse Toleranz in Bezug auf die Sprache junger Erzähler, aber diese werden ja auch älter und dieses Problem somit hoffentlich geringer.

I'M DREAMING OF A WHITE CHRISTMAS

An einem warmen, hellen Abend Anfang Juli saßen wir in unserem Garten. Das Meer lag weiß und spiegelblank da. Frau Gisela spülte und räumte die Küche auf, Acke schlief in der unteren Koje im Holzschuppen.

Ich hatte Großmutter Christa nach meinem Vater und dessen Vater gefragt, und sie erzählte in ihrem bedächtigen Märchenton.

Vor tausend Jahren betete ein Mann in der Provence, dem allerschönsten und duftigsten Teil Frankreichs, für die wundersame Errettung seiner schwer kranken Frau.

Der Mann, dessen Vorname sich im Dunkel der Geschichte verliert, saß auf einem hohen Felsen mit meilenweiter Aussicht über das blaugrün schimmernde Mittelmeer.

Da hörte er zu seinem Schrecken, aber auch zu seiner Freude die Stimme des Erzengels Gabriel wie einen Gesang aus dem Felsen. Sie ermahnte ihn, seinen Lehnsherrn einzuladen, der noch größeren Kummer leide als er.

Der Mann tat, wie die göttliche Stimme ihn geheißen hatte.

Als der Lehnsherr widerstrebend und zweifelnd eintraf, erklang der Gesang des Erzengels erneut und verkündete den baldigen Einmarsch der langobardischen Armee aus einem Land, das wir heute Norditalien nennen.

Diese Warnung rettete den Lehnsherrn, der sich jetzt gegen einen Angriff wappnen konnte, der ihn andernfalls wie ein Blitz aus heiterem Himmel getroffen hätte.

Der Mann, dessen Namen wir nicht kennen, wurde doppelt belohnt. Gott heilte seine Frau und schenkte ihnen ein langes Leben und acht Kinder, die alle gesund heranwuchsen.

Der Lehnsherr machte ihn zum Grafen des singenden Felsens mit dem altfranzösischen Namen Chanteroc. Im Laufe der Jahrhunderte wandelte sich der Name des tausendjährigen Geschlechtes, dessen letzter männlicher Nachfahre du bist, zu Chantery.

Dein Vater Antoine trägt den Titel Comte de Chantery, und da du sein ältester Sohn bist, bist du der Vicomte de Chantery, Eric Henri Letang. Dass er wieder geheiratet und zwei weitere Kinder hat, spielt keine Rolle.

Über das Leben der Familie in den letzten neunhundert Jahren wissen wir nicht viel. Wir können nur hoffen, dass diese Adeligen nicht an der Unterdrückung beteiligt waren, die notgedrungen und zu Recht die Französische Revolution herbeiführte.

Einem deiner Vorväter gelang es, der Guillotine zu entkommen. Er floh in die weit von der Provence entfernte Bretagne und wählte den bretonischen Namen Letang.

Nach der Restauration während des Kaiserreichs kämpften zwei deiner Vorväter in Napoleons Grande Armée.

Der eine ließ wie so viele deutsche und schwedische Soldaten sein Leben in der eisigen russischen Tundra. Napoleon belohnte den überlebenden Letang mit der Rückgabe seines alten Namens und Titels, nicht aber der Besitztümer, die während der Revolution vom Volk beschlagnahmt worden waren.

Dein Großvater Henri und dein Vater Antoine, moderne, fortschrittliche Menschen, verwenden den Adelsnamen de Chantery nur selten und den Adelstitel so gut wie gar nicht, und das finde ich sehr sympathisch.

Die Geschichte lässt sich nicht ändern. Du bist und bleibst der Vicomte de Chantery.

Ich hoffe allerdings, dass du dich wie dein Vater und Großvater in erster Linie als Citoyen, Bürger, Letang betrachtest, so wie ich mich als Citoyenne Moltke sehe. Die Revolution stellte uns damals alle auf eine Stufe, und das wird wieder geschehen.

In diesem ereignislosen Sommer begann ich mich als Franzose zu fühlen. Natürlich war es ein Problem, dass ich kein Wort Französisch sprach. Ärgerlicherweise wurde diese Sprache nur im Gymnasium unterrichtet, und bis dahin waren es noch drei Jahre. Vor dem Französischen kamen noch Deutsch, Physik und Chemie.

Großmutter schien meine innere Not zu ahnen. In ihrer wie immer randvollen Kiste mit Sommerlektüre hatte sie alles für mich mitgebracht, was ihre Bibliothek an ins Schwedische übersetzter französischer Lektüre zu bieten hatte. Und das war eine reiche Auswahl: Von Alexandre Dumas die komplette Serie über die drei Musketiere sowie »Der Mann mit der eisernen Maske«, dazu einige weniger lesenswerte Bücher wie »Der kleine Prinz«. Mein Lieblingsbuch war »Der Graf von Monte Christo«. Ich kannte diesen Roman bereits, las ihn aber nun als Franzose mit ganz neuen Augen. Abends vor dem Einschlafen stellte ich mir vor, ich sei der Citoyen Edmond Dantès. Großmutter hatte mir die Aussprache des Namens beigebracht.

Am eigenen Strand oder bei Regen auch in der oberen Koje des Holzschuppens konnte ich mich natürlich nach Herzenslust in die Bücher vertiefen. Aber manchmal wurde das auch langweilig.

Mama musste fast den ganzen Sommer arbeiten und kam nur jedes zweites Wochenende und hin und wieder über einen Tag zu uns raus.

Das bedeutete, dass ich Ackes Kindermädchen spielen musste. Tante Johanne hatte sich ein eigenes Sommerhaus auf Möja, ebenfalls in den äußeren Schären, gekauft, weshalb ich Eilert und Henning in diesem Sommer überhaupt nicht zu Gesicht bekam. Mein Vorschlag, sie doch einmal zu besuchen, wurde ohne Erklärung entschieden abgelehnt. Irgendwie schienen wir nicht mehr so wie früher zusammenzugehören.

Und doch war die Familie größer geworden. Onkel Hans Olaf und Tante Alice hatten ein Mädchen bekommen, das sie Ariadne Thalia tauften. Die beiden waren nicht verheiratet, was natürlich skandalös war. Alices Vater hatte sie *verstoßen*, was auch immer das heißen mochte. Gut war es jedenfalls nicht.

Onkel Carl Lauritz hatte überstürzt eine Frau namens Ingela geehelicht. Ihre Tochter hieß Solveig Marianne.

Mit Babys war leider wenig anzufangen, und ich hatte Acke am Hals. Er war mein Halbbruder und tat mir leid, weil er Harry zum Vater hatte, wofür er schließlich nichts konnte. Ich brachte ihm das Angeln bei, aber wir waren inzwischen so wenige Leute bei Tisch, dass wir kaum wussten, wohin mit dem Dorsch, der wie verrückt anbiss. Wenn wir zu meinem üblichen Angelplatz ruderten, war unser Eimer oft schon zehn Minuten nach Auswerfen der ersten Leinen voll. Mehr durfte aus Rücksicht auf die Natur nicht gefangen werden. War der Eimer voll, blieb uns nichts anderes übrig, als nach Hause zu rudern.

Natürlich konnten wir anschließend immer noch vom Steg aus Barsch angeln. Aber die Barsche waren klein und sahen in filetiertem Zustand wie Heringe aus. Für eine Mahlzeit benötigten wir mindestens fünfzehn bis zwanzig Fische, obwohl wir mit Großmutter und Frau Gisela allein waren. Das war heikel, wenn nach dem zehnten Barsch kein weiterer anbiss.

Wir schummelten einfach ein wenig und fütterten die Möwen mit unserem Fang oder vergruben ihn als Dünger in den Rosenbeeten. Auf diese Weise gaben wir der Natur die Barsche immerhin zurück.

Auch der Flundernfang mit meiner Harpune verlief nicht so geschmiert wie erhofft. Die Zahl der Plattfische war rückläufig, und es reichte selten für eine Mahlzeit.

Häufig musste ich geschlagene zehn Minuten schnorcheln, um überhaupt zum Schuss zu kommen, und das Wasser war in diesem Sommer ziemlich kalt.

Jeden Tag absolvierte ich selbst bei Regen mein Schwimmtraining, wie ich es Tage Lindström versprochen hatte. Von unserem Steg bis zu dem der von Rosens vor dem gelben Haus in Skärkarlshamn waren es genau 200 Meter, was vier Bahnen im Becken des Sportpalastes entsprach. Ich schwamm täglich zweimal 45 Minuten auf Tempo, weil das Wasser zu kalt war, um das ganze Pensum an einem Stück durchzuziehen. Bei Regen genehmigte ich mir Flossen und kam im Freistil so schnell voran, dass eventuelle Beobachter vermutlich kaum ihren Augen trauten.

Viel mehr war in diesem Sommer nicht geboten. Manchmal packte Frau Gisela Acke und mir einen Picknickkorb, und wir begaben uns an den Strand nach Trovill, wo alle anderen waren. Aber es war nicht einfach, neue Freunde zu finden. Die Bewohner der Sommerhäuser in Trovill nutzten die eine Hälfte des Strandes, die Dorfbewohner blieben auf der anderen Seite für sich. Skärkarlshamn lag zwischen Dorf und Siedlung, also gehörten Acke und ich zu keiner der beiden Fraktionen. Es hätte uns nicht schlecht gefallen, zur Sommersiedlung in Trovill zu gehören. Als ich mich darüber bei Mama beklagte, reagierte sie verdutzt und fast ein bisschen empört. Wir sollten froh sein, dass wir in unserem eigenen Paradies wohnten und nicht in den baufälligen, dicht an dicht stehenden Buden ohne fließend Wasser.

Richtig wütend wurde Mama in diesem Sommer aber nur einmal und zwar, als sie von einem ach so typischen Soziskandal erzählte. Zu Beginn des Sommers hatte die englische Königin Stockholm einen Besuch abgestattet, und eine der sozialdemokratischen Ministerinnen hatte ihr den Hofknicks verweigert und sich stattdessen auf eine ziemlich lächerliche Art verbeugt. Mama ahmte sie nach, was tatsächlich recht komisch aussah. Darüber regte Mama sich fürchterlich auf.

Der Tanzplatz beim Klub lockte mich und schreckte mich ab.

Dort versammelten sich die Mädchen aus Sandhamn, und ich hätte hingehen können, nachdem Acke eingeschlafen war.

Ehrlich gesagt wagte ich es nicht, denn man konnte nicht einfach wie beim Mädchenhaschen auf der Eisbahn hinter den Mädchen herjagen und sie einfach in die Arme nehmen. Außerdem brach mir beim Gedanken an mein idiotisches Verhalten Lena Andersson gegenüber der kalte Schweiß aus. Selbst wenn ich davonschlich, um zu wichsen, schämte ich mich.

Nichts war mehr wie früher.

Die *Beduin* war verkauft, und nur die Jolle und ein unter einer Plane vertrocknender schwerer Kahn waren uns geblieben. Selbst die Motorjacht *Emir* war verscherbelt worden.

Die norwegischen Dienstmädchen gehörten der Vergangenheit an, und ohne ihre fröhlichen Stimmen herrschte eine gedämpfte Stimmung. Frau Gisela war kein richtiges Dienstmädchen, eher eine Gesellschaftsdame, obwohl sie Großmutter bei allem half. Wie Großmutter stammte sie aus Ostdeutschland. Die Kommunisten hatten ihr und ihrer Familie den gesamten Besitz weggenommen. Großmutter und sie unterhielten sich stundenlang am Gartentisch oben vor dem Haus auf Deutsch, vermutlich darüber, dass früher alles besser war.

Zum ersten Mal sehnte ich mich bereits im Juli nach dem Schulbeginn und der Rückkehr in die Stadt.

Auch diese verlief neuerdings anders. Am Ende der Saison erschien ein Helfer mit einem Karren aus dem Dorf und holte Großmutters Gepäck und ihre große Bücherkiste ab. Anschließend fuhren wir mit dem Dampfer vier Stunden nach Stockholm, wo uns kein Chauffeur am Kai erwartete.

Den ganzen Sommer habe sie sich abgerackert, sagte Mama, als das Taxi vor unserem Haus hielt. Wir würden gleich sehen, wofür. Sie war sehr gut gelaunt und fluchte leise, als sie auf der Treppe eine Laufmasche entdeckte.

Nachdem wir das Gepäck nach oben geschleppt hatten, blieben wir einen Augenblick vor der Wohnungstür stehen, während Mama den richtigen Schlüssel suchte. Nachdem sie aufgeschlossen hatte, drehte sie sich zu uns um und wirkte noch fröhlicher.

»Jetzt, meine geliebten Jungen, erwartet euch eine groooße Überraschung! Geht suchen!«

Acke stürmte vor uns in die Wohnung ins Kinderzimmer. Ich vermutete, dass sich die Überraschung im Wohnzimmer befand, und begab mich stattdessen dorthin. Und dort stand die Überraschung.

Ein Fernseher. Das war nicht unbedingt, was ich erwartet hatte. In meiner Klasse hatten nur Joar und Johan Gabriel angekündigt, dass ihre Familien im Herbst einen Fernseher kaufen würden.

Die alte Mahagonimusiktruhe, die im Erker der Villa Bellevue gestanden hatte, war durch eine neue aus einem anderen Holz ersetzt worden.

Enttäuscht, weil er im Kinderzimmer nichts entdeckt hatte, kam Acke zu uns gelaufen. Er machte große Augen, als er den Fernseher sah.

»Jetzt feiern wir!«, sagte Mama, ging in die Küche und holte drei Champagnergläser und zwei Flaschen Pommac.

Wir stießen feierlich an.

»Können wir fernsehen?«, fragte Acke.

»Ja, momentan gibt es nur ein Testbild, aber das können wir uns gerne anschauen!«, sagte Mama und schaltete den

Apparat ein. Erst rauschte es, dann tauchte das Bild eines Indianers auf.

»Später gibt es auch ein Testbild mit Ton«, erklärte Mama.

Wir stießen erneut an.

Ich öffnete den Deckel der Musiktruhe und betrachtete den Plattenspieler. Auf dem Gerät der Großeltern hatte man nur Schellackplatten abspielen können, reine Steinzeit.

Mit diesem Plattenspieler konnte man Platten in drei Geschwindigkeiten abspielen, Singles und Langspielplatten, aber auch die alten Schellackplatten.

»Jetzt wisst ihr, warum ich im Sommer so fleißig gearbeitet habe«, sagte Mama freudestrahlend. »Beide Apparate sind bar bezahlt, weil man keine Schulden machen soll. Ratenzahlung kommt für uns nicht infrage. Eine Schallplatte habe ich auch gekauft. Wollt ihr sie hören?«

Natürlich wollten wir. Mama hantierte eine Weile an dem Gerät herum und erklärte, das sei ihre absolute Lieblingsmusik.

Ich erwartete etwas von Chopin oder ein Klavierkonzert von Mozart. Aber zu hören war eine amerikanische Bigband und ein Sänger namens Frank Sinatra.

Wir hörten jede Seite zweimal an, was jeweils zwanzig Minuten lang dauerte. Der Ton war fantastisch, fast so als säßen Orchester und Sänger bei uns im Wohnzimmer.

Mama hatte Zwiebelfleisch gemacht, und zum Nachtisch gab es Eis. Erst jetzt fiel mir auf, dass auch der Kühlschrank neu und viel größer war. Aus Amerika, erklärte Mama.

Erst gab es noch mehr Pommac, dann genau wie früher

gespritzten Wein. Dieses Mal einen Bordeaux und keinen Estremadura.

»À votre santé, meine geliebten Jungs, so stößt man auf Französisch an«, sagte Mama und blinzelte mir zu.

Das neue Schuljahr hätte nicht besser beginnen können. Jetzt waren wir nicht mehr die Erstklässler der Oberschule und hatten bei unserem Mathelehrer, der große Stücke auf mich hielt, auch Physik. Das Wetter war so gut, dass wir die Doppelstunde Turnen auf dem immer noch grünen Rasen des Vasaparkes mit Fußball verbrachten. Bei meinem ersten Training im Sportpalast stoppte Tage Lindström meine Zeit über 25 und 50 Meter Freistil. Auf beiden Distanzen hatte ich mich stark verbessert. Nicht nur wegen meines Sommertrainings zwischen unserem Steg und dem der von Rosens, auch weil ich gewachsen und kräftiger geworden war. Damals schwammen wir vor allem auf Kraft und steigerten damit mit zunehmender Größe automatisch unsere Leistung.

Ich führte von nun an ganz selbstverständlich den Nachnamen Letang. In der ersten Stunde nach den Ferien teilte Oberlehrer Lagergren ihn der Klasse mit, und damit war die Sache geritzt.

Der Herbst begann also sehr vielversprechend und sorglos. Nicht einmal über Geld musste ich mir den Kopf zerbrechen. Mama hatte mir zu Beginn des Sommers von ihrem ersten Lohn nicht nur zurückgezahlt, was sie von mir geliehen hatte, sondern wieder mit Taschengeld begonnen. Deswegen konnte ich sowohl flippern als auch zweimal wöchentlich ins Kino.

Aber eines Nachts wurde alles anders.

Acke und ich bekamen für gewöhnlich nicht mit, wenn

Mama von der Arbeit nach Hause kam. Aber in jener Nacht kam sie in Begleitung eines Mannes nach Hause. Als ich erwachte, wusste ich zuerst nicht, was los war. Mama schien zu weinen und wurde von jemandem getröstet.

Als ich ins Wohnzimmer kam, sah ich, wie Mama vornübergebeugt und in zerrissenen Kleidern von einem Mann, den ich noch nie gesehen hatte, ins Schlafzimmer geführt wurde. Als sie mich entdeckte, forderte sie mich auf, wieder in mein Zimmer zu gehen. Der Mann sagte, er wolle meiner Mama nur rasch ins Bett helfen.

Kurz drauf hörte ich die Wohnungstür ins Schloss fallen. Ich lag hellwach im Bett. Acke ebenfalls. Hin und wieder hörten wir so etwas wie Schluchzer.

Wir starrten ratlos in die Dunkelheit und lauschten so lange, bis wir beide davon überzeugt waren, dass Mama tatsächlich weinte. Es war unerträglich, nichts zu unternehmen, und schließlich gingen wir zu ihr. Im Nachthemd, aber nicht zugedeckt, lag sie, das Gesicht in ein Kissen vergraben, auf ihrem Bett. Ihre zerrissenen Kleider lagen über einer Stuhllehne.

Acke wagte sich als Erster vor, strich ihr unbeholfen übers Haar und sagte ihr, sie solle nicht weinen. Sie erschrak beinahe bei der Berührung, dann streckte sie die Arme aus und bat uns, zu ihr ins Bett zu kommen.

Wir legten uns zu ihr, und sie drückte uns an sich. Inzwischen weinte sie nicht mehr. Sie bat uns, nicht wegzugehen. Dann schlief sie ein.

Hellwach lagen wir neben ihr, atmeten ihren Geruch ein und lauschten auf ihre ruhigen und gleichmäßigen Atemzüge. Wir lagen zwar unbequem, wollten aber Mama keinesfalls alleine lassen.

Zu guter Letzt schliefen wir ebenfalls ein und wurden vom Wecker aus dem Schlaf gerissen, den sie offenbar trotz allem gestellt hatte.

Mama umarmte und küsste uns. Sie bedankte sich für unsere Gesellschaft und meinte, jetzt sei Zeit fürs Frühstück.

Für Acke war es ungewöhnlich früh. Normalerweise stand ich zwei Stunden vor ihm auf.

Mama brachte ihn wieder ins Bett und setzte das Teewasser auf.

Mein Frühstück bestand aus Eternamüsli, einer Menge Kohlenhydrate, weil ich nach Lindströms Berechnungen pro Tag 3 500 Kalorien verbrauchte.

Ich versuchte, aus Mama herauszubekommen, was geschehen war, aber Mama schüttelte nur den Kopf und sagte, sie wolle einen Skandal vermeiden. Die Schwellungen in ihrem Gesicht legten die Vermutung nahe, dass jemand sie geschlagen hatte.

Als ich nicht lockerließ, starrte sie in ihre Teetasse und sagte, wir würden uns nach dem Abendessen über unsere neue Situation unterhalten.

Auf dem Weg zum Training fiel mir auf, dass sie offenbar nicht ins Blanche gehen würde, wenn wir verabredet waren.

Und so war es. Sie kehrte nie mehr dorthin zurück. Sie erzählte aber auch nie, was vorgefallen war.

Ich weiß nicht, was schlimmer war. Es nicht zu erfahren ließ nur den Schluss zu, dass die Wahrheit wie alle guten Filme nicht jugendfrei war.

Die Leute, die das Sagen hatten, waren der Meinung, dass gute Filme Kindern schadeten. Das stimmte nicht, so viel war mir klar. Im Maxim sahen wir schließlich alle Filme ohne Folgeschäden. Ebenso verhielt es sich mit den Kriegsfilmen im Filmklub der Schule. Die nicht jugendfreien Filme galten dort als besonders lehrreich.

Aber Mamas Erlebnis war aus unerfindlichen Gründen nicht jugendfrei, und es vergingen etliche Jahre, bis ich meine Albtraumfantasien abgeschüttelt hatte. Zumeist sah ich vor meinem inneren Auge zwei Männer wie Harry auf Mama einschlagen, während sie weinte und sich wehrte.

An jenem Abend wollte sie nur die rein faktische Lage besprechen.

Und rein faktisch waren wir wieder pleite. Der Fernseher, ein AGA mit 17-Zoll-Bildschirm, hatte 1 275 Kronen gekostet und die neue Musiktruhe 800 Kronen, obwohl sie die Grundig-Mahagoni-Musiktruhe der Großeltern in Zahlung gegeben hatte.

Sie hatte bar bezahlt, da eine anständige Familie keine Schulden machte und Ratenkauf nur eine Umschreibung für Schulden war.

Mit dem Monatslohn vom Blanche hatte sie Acke und mir ein unbeschwertes Dasein ermöglichen wollen.

Jetzt war alles zerstört, und wir mussten wieder bei null anfangen. Selbst mein Erspartes, knapp vierzig Kronen, müsse sie borgen.

Natürlich wollte sie sich eine neue Arbeit suchen, hatte aber noch keine Idee, welche, weil sie keine Ausbildung besaß. Da sie nicht einmal Schreibmaschine schreiben konnte, blieb ihr auch die Arbeit als Tippse verwehrt. Die Gastronomie war ein Glückstreffer gewesen, da sie sich von Kindesbeinen an mit Speisen und Weinen auskannte und neben Norwegisch und Schwedisch drei weitere Sprachen beherrschte.

So wie die Dinge lagen, konnte sie weder ins Blanche noch in die gehobene Gastronomie zurückkehren.

Ich versuchte ihr zu widersprechen, aber sie fiel mir ins Wort. Nie mehr Gastronomie. Da gäbe es nichts zu diskutieren. Sie müsse an ihren Ruf denken.

Letzteres verstand ich nicht, traute mich aber nicht, nachzufragen.

Nach wenigen Tagen hatte sie eine neue Arbeit gefunden.

In der Zwischenzeit versuchte ich mir die Möglichkeiten einer Arbeitssuchenden, die zu führen wusste, repräsentativ aussah und die drei wichtigsten Sprachen perfekt beherrschte, auszumalen.

Auf den Gedanken, dass sie sich als Verkäuferin im Sanitätshaus Nils Adamsson bewerben würde, wäre ich nie gekommen. Es wurden Sprachkenntnisse verlangt, und Mama hatte die Kriterien am besten erfüllt.

Ihr Lohn betrug mit 4,50 Kronen in der Stunde nicht einmal ein Viertel dessen, was sie im Blanche verdient hatte.

Mein schnelles Wachstum stellte ein gewisses Problem dar. Kleider waren in meinen Augen bislang nur verdrießliche Weihnachts- und Geburtstagsgeschenke gewesen, die wir bei NK oder einem Herrenausstatter kauften und über das Lauritzen-Konto bezahlten. Mama und die anderen Familienmitglieder hatten immer Wert auf guten Geschmack und Qualität gelegt. Ein Gentleman musste auf seine Kleidung achten und seine Schuhe putzen. An meinen Kleidern war bislang nichts auszusetzen gewesen.

Meine abgelegten Kleider nähte Mama für Acke um, sie war eine geschickte Näherin. Aber ich brauchte neue Hosen und Schuhe. Ich entdeckte eine Anzeige, die sie ausgeschnitten hatte: Schulhosen in robustem Tweed für 29,90 Kronen.

Die Rechnung war einfach. Als Verkäuferin verdiente Mama 36 Kronen am Tag. Um dieses Schnäppchen zu erstehen, da meine alten Hosen inzwischen Hochwasser hatten, musste Mama also von neun Uhr morgens bis 16.34 Uhr nachmittags arbeiten. Ein Paar neue Schuhe kostete zwei komplette Arbeitstage.

Ich konnte nichts dafür, mein Wachstum ließ sich schließlich nicht bremsen.

Trotzdem war der, wie ich annahm, geringe Lohn noch das kleinste Problem an Mamas neuem Job.

Unerfreulicher war, dass es sich bei Nils Adamsson um das größte Geschäft für Sanitätswaren in Schweden handelte.

Das Wort Sanitätswaren stellte einen Euphemismus dar, letzteres ein Wort, das ich als Einziger in der Klasse kannte, als es in einer Prüfung auftauchte.

Mit Sanitätswaren waren nicht Verbände und Pflaster gemeint, obwohl diese bei Nils Adamsson ebenfalls vertrieben wurden, sondern Präservative, die nicht überall verkauft werden durften. Nils Adamsson hatte offenbar so etwas wie ein Monopol erworben. Wer ein Gummi brauchte, musste einen seiner Läden aufsuchen. Ein anderes Wort für Gummi war daher auch bald ein »Nils Adamsson«.

Auch ausländische Touristen in Stockholm gingen zu Nils Adamsson, wenn ihre Vorräte zur Neige gingen. Im

Sommer waren ungewöhnlich viele Touristen in Stockholm gewesen und damit auch in seinen Läden. Es war zu einigen peinlichen sprachlichen Missverständnissen gekommen, da die Verkäuferinnen Gummis nur auf Schwedisch verkaufen konnten. Und dann erschien Mama zum Bewerbungsgespräch und bestand die Eignungsprüfung, so stelle ich mir das jedenfalls vor, galant auf Deutsch, Englisch und Französisch. Sie bekam eine Stelle im Stammgeschäft.

Dieses lag etwas abseits am Thorildsplan in Kungsholmen. Mama konnte es von der Hantverkargatan zu Fuß erreichen und das Geld für die Straßenbahn sparen.

Es war nur eine Frage der Zeit, bis es sich in der Klasse herumsprechen würde, dass meine Mutter Präservative verkaufte. Ich musste mich also wappnen.

Als wir noch reich waren, hätte meine Mutter niemals hinter einer Ladentheke stehen müssen. Dieser mir neue Gedanke machte mich stutzig, und mir war bewusst, dass es sich nicht ziemte, ihn auszusprechen.

Aber Harry war dummerweise mit Mamas Erbe durchgebrannt, um in Amerika eine Bigband zu gründen.

Obwohl er sich nicht alles unter den Nagel gerissen hatte. An unseren Wänden hingen immer noch teure Gemälde. Mein Lieblingsbild war der Hase vor einem verschneiten Zaun von Bruno Liljefors. Die anderen Bilder stammten überwiegend von norwegischen Künstlern wie Gude und Munch.

Mamas französische Armbanduhr kostete mehr, als sie als Verkäuferin in einem Jahr bei Nils Adamsson verdiente.

Aber Erbstücke verkaufte man nicht, ebenso wenig wie

man Geld borgte oder bei der reichen Verwandtschaft klagte und bettelte, wie Mama immer wieder betonte.

Etwas rätselhaft fand ich das schon. Obwohl wir also feine Leute waren, würden sich meine Klassenkameraden bald über mich lustig machen, weil meine Mutter Pariser verkaufte. Außerdem war sie geschieden und alleinerziehende Mutter.

Ich musste nicht lange nachdenken, um meinen eigenen Standpunkt in dieser Sache zu finden. Meine Mutter war die tapferste der Welt, und ich war wahnsinnig stolz auf sie. Jedem, der etwas anderes behauptete, würde ich eine Abreibung verpassen.

Der neue Fernseher wartete anfänglich nicht mit viel Spannung auf, sondern vor allem mit Testbildern, stumm oder mit Musik unterlegt. Und als dann etwas Schwung in die Sache kam, waren vor allem faselnde Politiker zu sehen, weil die Reichstagswahlen vor der Tür standen.

Das erste richtige Fernsehprogramm wurde von Lennart Hyland moderiert, dessen Stimme wir aus den Radioprogrammen Karussell und Sittinitti kannten. Er entpuppte sich als unerwartet klein und glatzköpfig. In dieser Sendung fiel ihm die Aufgabe zu, einer Durchschnittswählerin namens Frau Dickman, die nicht nur jung, sondern noch dazu Sozi war, zu helfen. Dass sie Sozi war, merke man, wie Mama fand, an ihrer ordinären Ausdrucksweise. Soweit ich es beurteilen konnte, klang sie wie eine ganz normale Mutter aus dem Vasaviertel mit dem entsprechenden Dialekt.

Über diese Dinge konnte ich mit Mama nicht diskutieren, die überall nur Sozis wähnte, die das Fernsehen als

Propagandainstrument missbrauchten. Das sei auch der Grund dafür, dass es nur einen staatlichen Monopolsender gäbe, wobei doch jeder Mensch mit ein bisschen Verstand kapieren müsse, dass privates, werbefinanziertes Fernsehen vorzuziehen war. Und jetzt sollte auch noch eine jährliche Fernsehgebühr eingeführt werden. Da würden sich die meisten Leute, sie eingeschlossen, bestimmt weigern.

Nach der ersten Woche mit Lennart Hyland und Frau Dickman gab es etwas mehr Auswahl. Die verschiedenen Parteivorsitzenden traten auf und lasen ihre Programme vor. Mama fand, dass alle außer Jarl Hjalmarson Idioten waren. Der sehe am besten aus und sei charmant. Ich konnte ihr da nicht zustimmen, weil seine Ohren mich an Flügelmutter erinnerten und er eine Piepsstimme hatte. Der Vorsitzende der Volkspartei wirkte hingegen wie ein Gentleman und der von der Bauernpartei witzig und bauernschlau.

Das Beste an dem Fernsehen waren unsere gemeinsamen Abendstunden.

Aus dem Laden brachte sie Fußsalz und Fußcreme mit und gönnte sich nach dem Abendessen erst einmal ein Fußbad. Dann cremte ich ihre Füße vor dem Fernseher ein und massierte sie, was sie nach dem langen Arbeitstag auf hartem Zementboden sehr genoss.

Nach der Reichstagswahl wurden die Fernsehsendungen spannender, da sie nicht mehr nur von Politikern handelten. Wir fuhren mit der Fußmassage fort. Mama klagte über den Ausgang der Wahl. Obwohl die Rechtspartei haushoch gewonnen hatte, saßen wir jetzt mit einer Soziregierung da. Daran seien diese verdammten Bauernkarnickel schuld, die lieber mit den Sozis als mit den Rechten paktierten.

In der Klasse herrschte Uneinigkeit. Clark und Rick fanden, wir hätten noch einmal Glück gehabt. Johan Gabriel und Joar ärgerten sich über das knappe Resultat, aber immerhin stimme die Richtung.

Welche Richtung? Neugierig begab ich mich in die Schulbibliothek, um mich im *Svenska Dagbladet* schlauzumachen. Mama hatte die Zeitung zwischenzeitlich abbestellt, weil wir sparen mussten.

Die Rechtspartei, also der Mann mit der Fliege, der Piepsstimme und den abstehenden Ohren, hatte den größten Stimmenzuwachs zu verzeichnen. Sie hatte elf neue Mandate errungen, und die Sozis und die Bauernpartei hatten elf verloren. Das also hatte Mama mit dem Sieg der Rechten gemeint. Aber selbst dieser Erfolg brachte ihnen nur 42 Mandate im Reichstag ein. Die Sozis hatten 106 und die Bauern 19. Also behielt die Fraktion die Macht, allerdings mit einer geschmälerten Mehrheit. Darüber konnte man mit Mama nicht reden. Nach einer Weile beruhigte sie sich wieder, und wir setzten den Abend mit Fußmassage und Fernsehen fort.

Einige Programme waren ausgesprochen langweilig, und Beethovens »Egmont« zog sich ebenfalls ein wenig in die Länge, obwohl an der Musik wirklich nichts auszusetzen war. Ein holländischer Film über Rembrandt gefiel mir gut. Besonders gern sah ich mir die Kinochronik neuer Filme an.

Das Programm war klasse (ein Wort, das in Schulaufsätzen nicht verwendet werden durfte). Wir sahen Ausschnitte aus »Die 39 Stufen« von Hitchcock, »Jenseits von Eden« mit James Dean, »Der Schwarze Falke« mit John Wayne und »Der freche Kavalier« mit Errol Flynn, die alle nicht jugendfrei waren. Ich fragte mich, wie es wäre, wenn irgendwann in der Zukunft ganze Filme im Fernsehen zu sehen waren. Würde es dann auch nicht jugendfreie geben? Vermutlich nicht. Da schien eine Gesetzeslücke vorzuliegen.

Ich ärgerte mich maßlos über diese Altersgrenzen. In Stockholm gab es etwa siebzig Kinos, und fast alles, was interessant war, blieb mir verwehrt. Momentan lief »Die 39 Stufen« im Manhattan auf der gegenüberliegenden Straßenseite. Unter fünfzehn Jahren musste man mit Donald Duck und albernem Kinderprogramm vorliebnehmen. Pfui Teufel!

Natürlich gab es schon auch noch den einen oder anderen sehenswerten jugendfreien Film. Nächste Woche lief im Manhattan »Ratataa«, eine Komödie mit Povel Ramel und Martin Ljung, den wir alle drei hätten anschauen können, wenn wir uns mehr als das Notwendigste, also Hosen und Schuhe, hätten leisten können.

In Bezug auf die Verfügbarkeit interessanter Filme gab das Fernsehen also Anlass zur Hoffnung. Andererseits konnten nur alte Filme in Schwarz-Weiß gezeigt werden.

Zweimal wöchentlich wurde mein absolutes Lieblingsprogramm, ein französischer Sprachkurs, ausgestrahlt, der mich so sehr in den Bann zog, dass ich sogar Mamas Füße vergaß. Ab jetzt übten wir nicht nur Englisch zusammen. Wenn Mama dem Lehrer im Fernsehen nachsprach, klang es ganz echt.

In der Schule gab es zwei große Neuigkeiten. Wir hatten einen jüngeren und bösartigeren Rektor bekommen, der

Bertil Reineclaude hieß. So wurden laut Mama in Frankreich grüne Pflaumen genannt. Ich versuchte ihm den Spitznamen Pflaume anzuhängen, womit ich mich aber nicht so recht durchsetzen konnte.

Rektor Reineclaude leitete jede zweite Morgenversammlung, wie das Morgengebet neuerdings hieß, dozierte über die Weltlage und ließ von Anfang an durchblicken, dass er sich auskannte, weil er Kriegskorrespondent gewesen war. Das hörte sich erst einmal beeindruckend an, obwohl offenblieb, was es bedeutete. Auf alle Fälle hatte es mit Krieg zu tun.

Die Weltlage sei so ernst, dass ein Weltkrieg drohe, weil ägyptische Araber den Suezkanal gestohlen hätten, erklärte er mit lauter Stimme und sah uns dabei durchdringend an.

Ich merkte auf. Vor einem guten Jahr waren Großvater, Onkel Hans Olaf und ich auf dem Suezkanal durch Ägypten vom Mittelmeer zum Roten Meer gefahren, und ich hatte angenommen, dass er zu Ägypten gehörte. Wie konnten ihn ägyptische Araber dann von den Franzosen und Engländern gestohlen haben?

Wenn sie ihn nicht freiwillig wieder rausrückten, musste er von Frankreich und England zurückerobert werden, was nicht weiter schwierig sein konnte, da arabische Soldaten nichts taugten. Aber die Sowjetrussen standen aufseiten der Araber, weil die Kommunisten der Meinung waren, es sei in Ordnung, den Suezkanal zu stehlen. Und die Russen hatten bereits mit Atombomben gedroht. So ernst war die Lage also.

Über Atombomben zerbrach ich mir nicht den Kopf. Alle Erwachsenen fürchteten sie, und ab und zu fanden

Übungen statt. Im Falle eines Atomangriffs sollten wir unter den Schulbänken Schutz suchen.

Ich überlegte mir, was Großvater wohl dazu zu sagen gehabt hätte, dass den Ägyptern ein Kanal, der durch ihr eigenes Land führte, nicht gehörte. Großvater hatte den Aufstand der Kenianer gegen die Engländer gutgeheißen, die Befreiung Indochinas von Frankreich befürwortet und die Algerier unterstützt. Vermutlich hätte er gesagt, dass man keinen Kanal stehlen konnte, den man bereits besaß.

Ich grübelte über den Krieg der Algerier gegen uns Franzosen nach, eine ziemlich unübersichtliche Angelegenheit. Aber dem neuen Rektor traute ich nicht, obwohl er Kriegskorrespondent gewesen war.

Die andere große Neuigkeit dieses Herbstes war, dass der Rock 'n' Roll einen neuen Star hervorbrachte, den alle vergötterten. Er hieß Elvis Presley und war natürlich Amerikaner.

Während ich in Sandhamn geangelt und gebadet hatte, war seine neue Platte Heartbreak Hotel mit vier Songs herausgekommen. Clark erzählte voller Begeisterung, der Rock 'n' Roll habe seit Bill Haley and his Comets vollkommen abgehoben. In der Vormittagspause rannten wir zur Chico Bar, um uns einige Songs anzuhören. Wir mussten nie eine 25-Öre-Münze in die große grün und rosa funkelnde Wurlitzer einwerfen, da ohnehin alle immer dasselbe spielten, vor allen Dingen »You ain't nothing but a hound dog« und »Rip it up«.

Elvis Presley rettete sogar Ziege, als er wieder einmal den Musikprofessor vertrat. Sobald er das Klassenzimmer betrat, jubelten wir, weil wir eine ganze Stunde lang Unsinn machen konnten.

Da geschah etwas Unerwartetes. Ziege hielt eine Schallplatte in die Höhe.

»Das hier«, sagte er, »ist Elvis Presleys neue. Die gibt es in Schweden noch nicht. Ich habe sie von einem Cousin aus den USA.«

Wir verstummten andächtig.

»Wir machen es folgendermaßen«, fuhr er fort, »erst konzentrieren wir uns auf die Gesangsübungen, und in der letzten Viertelstunde …«

Triumphierend schwenkte er die Schallplatte. Lammfromm nahmen wir am Unterricht teil. Ich gönnte Ziege diesen Sieg wirklich, obwohl ich ihm seinen Spitznamen gegeben hatte.

Elvis blieb die unübertroffene Sensation dieses Herbstes oder gar dieses Jahres. Nicht einmal Ingemar Johansson, der Franco Cavicchi in der dreizehnten Runde k. o. schlug und Europameister im Schwergewicht wurde, konnte ihm das Wasser reichen. In dieser Frage waren sich fast alle Schüler einig.

Die einzige mögliche Konkurrenz war Bengt Nilsson, falls der bei den Olympischen Spielen im Herbst eine Goldmedaille im Hochsprung errang. Mit seinem persönlichen Rekord von 2,11 Metern war er bereits Europameister geworden und zählte damit in Melbourne zu den Favoriten.

Die Frage lautete, ob selbst olympisches Gold mit der Leistung Ingos mithalten konnte, der nun alle europäischen Größen wie den Engländer Bygraves und den Westdeutschen Hein ten Hoff besiegt hatte. Plötzlich schien der Weltmeistertitel in greifbare Nähe gerückt. Wer hätte einem schwedischen Schwergewichtler so etwas zugetraut?

In etwas bescheidenerem Rahmen nahte auch ein anderer Wettkampf: die jährliche Schwimmmeisterschaft unserer Schule. Altersmäßig zählte ich immer noch zu den C-Junioren. In dieser Klasse hatte ich bereits im Vorjahr gesiegt. Inzwischen hatte ich ein Jahr lang in einem richtigen Verein trainiert und mich auf allen Distanzen wesentlich verbessert. Irgendwie schien mir das unfair. Gewinnen machte Spaß, aber himmelhoch gewinnen war peinlich.

Ich befragte Tage Lindström, was zu tun sei. Er lachte und meinte, bei Wettkämpfen gehe es nun einmal um den Sieg. Als ich nicht lockerließ, überlegte er ein Weilchen und schlug vor, gegen die A-Junioren anzutreten. Auch in dieser Klasse würde ich siegen, müsste mich dafür aber wenigstens anstrengen.

Der Pirat, der die Wettkämpfe organisierte, hielt nichts von der Idee. Von einem mehrere Jahre jüngeren Gegner abgehängt zu werden sei demütigend. Damit würde ich mir nur unnötigen Ärger einhandeln und meinen Erfolg im Becken auf dem Schulhof büßen müssen. Entweder schwamm ich in meiner eigenen Altersklasse oder verzichtete ganz. Er habe nur mein Bestes im Sinn.

Nach reiflicher Überlegung beschloss ich also, nicht teilzunehmen. Am fraglichen Morgen begab ich mich wie gewöhnlich zum Training und sah mir am Nachmittag leidend den Wettkampf an. An Sporttagen herrschte Anwesenheitspflicht. Sowohl der Pirat als auch Tage Lindström, die als Zeitnehmer und Zielrichter aushalfen, warfen mir zwischendurch nachdenkliche Blicke zu.

Die Erfindung des Spitznamens Stöpsel kam mich teuer zu stehen, aber er drängte sich geradezu auf. Unsere neue Schwedischlehrerin war knappe 1,40 Meter groß, fast eine Zwergin also.

Als ich den ersten Aufsatz des Schuljahrs zurückbekam, traute ich meinen Augen nicht. Im Vorjahr hatte ich immer Einser oder Zweier geschrieben und nur einmal eine Drei. Jetzt prangte in der rechten oberen Ecke der ersten Seite eine rote Vier. Ausreichend, mehr nicht. Letztes Jahr noch einer der Besten und auf einmal einer der Schlechtesten?

Ich hatte mich ausführlich über die Isländersagas ausgelassen. Zum Inhaltlichen gab es ihrerseits nur einen Kommentar bezüglich meiner Fragestellung, ob die Isländer in der Realität ebenso heldenhaft wortkarg wären wie in ihren isländischen Erzählungen oder ob es sich dabei um ein stilistisches Mittel wie etwa in den modernen Comics wie Batman handelte.

Zähe Herleitung!, hatte sie an den Rand geschrieben. *Gunnar von Lidarände kann keinesfalls mit so etwas Trivialem wie Batman verglichen werden!*

Der Grund für die schlechte Note waren angeblich 27 Kommafehler. Die wütenden roten Korrekturstriche nahmen sich im Text äußerst kurios aus.

Irgendwer musste mich bei ihr angeschwärzt haben, warum auch immer. Ich hatte Johan Gabriel in Verdacht, da seine Aufsätze plötzlich sehr gut benotet wurden.

Aber den Spitznamen wurde sie nicht mehr los, was ihr nur recht geschah.

Ansonsten gab es in der Penne keine großen Veränderungen. Physik, das neue Fach, machte mir Spaß, ich kam, zumindest jetzt noch, gut mit.

Im Englischunterricht gab es Streit zwischen Oberlehrer Lagergren und der Lederjackenclique. Rick und seine Kumpel wollten wie Amerikaner klingen, was Schnecke in jedem einzelnen Fall gnadenlos korrigierte. Amerikanische Aussprache wurde nicht anerkannt, von Anfängern schon gar nicht. Amerikanisches Englisch sei hässlich und vulgär. Unser Ziel war es, wie muttersprachliche Engländer zu sprechen. Wir sollten mehr englische Filme schauen. Besonders die mit Leslie Howard und seiner vorbildlichen Aussprache. Für »Pimpernel Smith« waren wir noch zu jung, aber nicht für »Das scharlachrote Siegel«.

Clark schlug sich weiterhin tapfer in Mathe, obwohl es ihm zunehmend schwerer fiel. Sein neues Selbstvertrauen half ihm, beim Anblick einer Gleichung nicht mehr sofort die Geduld zu verlieren. Vermutlich war ihm das wichtiger als rein mechanische Rechenkünste.

Für mich bedeutete das jedoch Ebbe in der Kasse. Zu Hause aßen wir weiterhin nur Roggenbrot, gebratene Blutwurst und Fleischwurst mit Makkaroni. Außerdem kauften wir neuerdings bei Konsum ein.

Was zu Hause auf den Tisch kam, war mir recht gleichgültig, da ich in der Schule mittags immer zwei große Portionen aß. Aber Acke maulte, und Mama schämte sich.

Das Geld musste schon sehr knapp sein, sonst hätte Mama niemals bei Konsum eingekauft. Die Erklärung, das sei nun mal der nächste Laden, nahm ich ihr nicht ab. Früher hatte Mama stets verächtlich behauptet, nur Sozis kauften bei Konsum ein. In Saltsjöbaden durfte niemand außer Alf, dem Sohn des Polizisten, auch nur ein Eis für 25 Öre bei Konsum kaufen.

Kurz und gut, ich musste Geld verdienen und hatte insgeheim gehofft, Clark würde mit zunehmendem Schwierigkeitsgrad weiterhin meine Hilfe brauchen. Da hatte ich mich leider verrechnet.

Es war nicht einfach, einen Schüler zu finden, der Clark ersetzen konnte. Wer schlecht in Mathe war, konnte sich meine Nachhilfe nicht leisten. Oder seine Eltern hatten genug Geld, um einen richtigen Lehrer anzuheuern.

Flippern beherrschte ich nicht gut genug, um wie Clark Geld damit zu verdienen. Und intensives Training konnte ich mir nicht leisten.

Die Lage war schwierig, aber nicht nur für mich. In der Welt drohte ein Krieg, und bei der Morgenversammlung sprach fast nur noch Rektor Reineclaude und nicht mehr der Religionslehrer.

Pflaume, der von mir vorgeschlagene Spitzname, hatte sich leider nicht durchgesetzt, dozierte über die Demokratie im Nahen Osten. Frankreich hatte Großartiges geleistet, indem es Israel sechzig Jagdbomber vom Typ Mystère IV lieferte. Er als ehemaliger Kriegskorrespondent könne das beurteilen. Jetzt konnte Israel die Araber also in Schach halten. Momentan sei die Entwicklung in Ungarn jedoch weitaus wichtiger. Die Ungarn hatten sich gegen die sowjetische Unterdrückung aufgelehnt, und wir mussten alles daransetzen, sie zu unterstützen.

So weit, so gut. Dass Frankreich die Mystère IV-Bomber geliefert hatte, war vermutlich in Ordnung, und dass sich die Ungarn von den Kommunisten befreien wollten, natürlich auch. Aber wenn deswegen ein Atomkrieg ausbrach?

Ich musste Joar fragen. Für französische Flugzeuge hatte er wenig übrig. Unterschallflieger, verkündete er sachkundig, konnten nicht einmal der MiG-19 das Wasser reichen. Unsere J 35 steckten die französischen Jagdbomber mühelos in die Tasche. Aber die Ägypter besaßen nur alte MiG-15 und einige MiG-17. Also alles kein Problem.

Das mit Ungarn war viel bedrohlicher, vermutlich würden die Russen dort einmarschieren, den Aufstand niederschlagen und alle hinrichten, die gegen den Kommunismus waren.

Das klang schlimm, aber realistisch. In Sachen Krieg und Bomber kannte sich Joar aus. Ich fragte ihn, ob Rektor Pflaume wirklich Kriegskorrespondent gewesen sei und was das eigentlich bedeute. Joar lachte und erklärte, das sei vollkommener Unsinn. Jeder Korrespondent einer Zeitung könne sich Kriegskorrespondent nennen, wenn ein Krieg ausbrach. Aber keine größere Zeitung habe, weder im Krieg noch in Friedenszeiten, je einen Reineclaude beschäftigt. Die Information hatte Joar von seinem Onkel, dem Hauptmann der Luftwaffe.

Ein paar Tage lang war es ruhig, und die Morgenversammlungen handelten wieder von Gott und Jesus. Dann knallte es. Erst griff Israel die Ägypter mit Bombern und Fallschirmjägern an, dann schlossen sich England und Frankreich an.

Unser Rektor auf der Kanzel war strahlender Laune. Als Übersetzer englischer Literatur wisse er sehr gut, was in den Köpfen der Engländer vorgehe. Sie hätten eingegriffen, um Europas Ölversorgung zu sichern, was besonders für uns Nordeuropäer wichtig sei.

Obwohl ich nicht ganz folgen konnte, hielt ich natürlich zu Frankreich. Aber ich hielt auch zu Ägypten, schließlich hatte ich mit eigenen Augen den durch Ägypten verlaufenden

Suezkanal gesehen, was die Ölversorgung bislang nicht bedroht hatte. Mir war nicht ganz klar, wie die Ölversorgung sich sichern ließe, indem Israel, England und Frankreich Bomben abwarfen, und was Israel mit dem Kanal zu tun hatte, verstand ich noch viel weniger.

Rektor Pflaume sprach in Bezug auf Israel stets vom jüdischen Staat, was er durchaus positiv meinte. Also war er nicht gegen Juden, was gut war, und trotzdem war alles ein großes Durcheinander.

In den Freistunden las ich in der Schulbücherei Zeitung, um die Zusammenhänge besser zu verstehen. Flippern konnte ich mir ohnehin nicht leisten. Aber ich blickte trotzdem nicht durch. Immerhin wusste ich inzwischen, dass die überlebenden Juden nach dem Zweiten Weltkrieg ein eigenes Land erhalten hatten. Aber was hatte das mit dem Suezkanal zu tun? Noch seltsamer war, dass Sowjetrussland und die USA gemeinsam die drei Staaten, die Ägypten angegriffen hatten, aufforderten, wieder abzuziehen. Was diese tatsächlich taten. Anschließend war der Suezkanal zwar befreit, aber voller ausgebombter Schiffswracks, sodass kein Öl nach Europa gelangen konnte.

Bald lenkten mich jedoch schlimmere Ereignisse von diesem Krieg ab. Joar behielt recht. Die Russen griffen Ungarn mit einer riesigen Panzerarmee an, um die Freiheit und die Demokratie im Keim zu ersticken.

Rektor Pflaume regte sich maßlos auf, und die Zeitungen schilderten die Kämpfe in Budapest ausführlich. Ich las so viel wie möglich und kam zu dem Schluss, dass dieser Krieg einfacher zu verstehen war. Das kleine, tapfere Ungarn kämpfte für seine Freiheit, und das große, mächtige Sowjetrussland wollte dieses kleine Land besetzen, damit der Freiheitsgedanke nicht auf die anderen Länder hinter dem Eisernen Vorhang übergriff.

Am 6. November, dem Todestag Gustavs II. Adolf, fand wie jedes Jahr eine Parade auf dem Schulhof statt. Dieses Mal war sie besonders groß, und es wurden nicht nur schwedische, sondern auch ungarische Fahnen geschwenkt. Wie in Lützen im Jahr 1632 war es neblig, und wir marschierten klassenweise, wie wir es im Turnunterricht geübt hatten. Ein Blasorchester spielte erst die schwedische und dann die ungarische Nationalhymne. Der Rektor hielt eine Rede über Freiheit, Demokratie und die Opfer, die wir, notfalls mit der Waffe in der Hand, bringen mussten, um den tapferen Ungarn beizustehen. Ein Geistlicher bat um Gottes Segen für uns und unsere ungarischen Brüder. Dann marschierten wir mit dem Blasorchester und den Fahnen den ganzen Vormittag im Vasapark im Kreis herum.

Einige Tage später war der Krieg in Budapest vorbei. David war von Goliath besiegt worden, wie es die Presse vorausgesehen hatte. Flüchtlingsströme ergossen sich über die ungarische Grenze, und bereits am nächsten Tag trafen die ersten Ungarn auf dem Malmöer Hauptbahnhof ein. Zwei Tage später wurde das Öl rationiert.

Zu Hause bekamen wir davon nicht viel mit, weil wir mit Kachelöfen heizten und kein Auto besaßen.

Die beiden Kriege interessierten uns Schüler in unterschiedlichem Maße. Die Ereignisse am Suezkanal brachten uns nicht von den üblichen Themen Rockmusik, Mädchen, die bevorstehende Olympiade und den Aussichten Bengt Nilssons auf eine Goldmedaille ab.

Der Krieg in Ungarn hingegen wurde in jeder Pause

diskutiert. Ausnahmsweise hatte Joar einmal ein großes Publikum, als er erklärte, was bei einem Angriff der Russen auf Schweden geschehen würde.

Die Krux waren die Atombomben.

Wenn uns die Russen mit konventionellen Waffen angriffen, würden sie Prügel beziehen. Unsere Jagdflugzeuge hätten ein leichtes Spiel und unsere Bodenkampfflugzeuge würden jeden Invasionsversuch vereiteln. Gegen russische Kernwaffen waren wir jedoch machtlos. Eine einzige mit Atombomben bestückte Tupolew 16 genügte. Also mussten wir uns schnellstmöglich eigene Kernwaffen zulegen.

Zwei Wochen lang hörten wir in den Musikstunden klassische ungarische Musik und Volksmusik.

Im Kunstunterricht zeichneten wir von Zeitungsfotos Szenen der Budapester Straßenkämpfe nach.

Im Fach Geschichte nahmen wir die moderne ungarische Geschichte durch.

Bei Stöpsel lasen wir Übersetzungen moderner ungarischer Lyrik.

In Gesellschaftskunde wurde die Entstehung des Kommunismus behandelt, sogar in Religion ging es um Jesu Einstellung zum sowjetrussischen Einmarsch in Budapest.

Dann begann endlich die Olympiade in Melbourne.

Eine riesige Enttäuschung war, dass Bengt Nilsson aufgrund einer Verletzung bereits bei der Qualifikation ausschied. Das nahm uns den Wind aus den Segeln. Das Kanu-Gold Gert Fredrikssons über 1 000 und 10 000 Meter sowie die Goldmedaillen der Segler waren nur ein schwacher Trost.

Die Goldmedaille der Drachen-Segler war grandios,

aber sie gehörten zum GKSS in Göteborg. Für mich war das Gold in der 5,5-Meter-Klasse bedeutend wichtiger. Lasse Thörn und seine Crew waren KSSSler aus Sandhamn. Außerdem stammte Sture Stork aus Saltsjöbaden und war ein Freund von Onkel Carl Lauritz. Der Storch, wie er genannt wurde, war recht oft bei uns zu Gast gewesen, als die beiden noch Starboot gesegelt waren. Damals hatte Onkel Carl Lauritz fast immer gesiegt. Der Storch war auch einmal an dem Sieg der *Glimt I* in der Juniorklasse der Sandhamn-Regatta beteiligt. Jetzt hatte er also eine olympische Goldmedaille errungen. Ich überlegte mir, was wohl Onkel Carl Lauritz davon hielt. Er war inzwischen auf Folkbåt umgestiegen, eine Klasse mit harter Konkurrenz aufgrund hoher Teilnehmerzahlen. Aber Folkbåt war keine olympische Klasse und eine 5,5-Meter-Jacht viel teurer.

Wasserball hatte uns bislang nicht interessiert. Aber im Halbfinale zwischen der Sowjetunion und Ungarn floss beinahe Blut, wie es die Zeitungen ausdrückten. Ungarn siegte mit 4:0, und die ganze Welt jubelte.

Australien errang Gold, Silber und Bronze über 100 Meter Freistil. Der Sieger brauchte 55,4 Sekunden, bis dahin fehlten mir noch 17 Sekunden.

Sowjetrussland schnitt bei den Olympischen Spielen vor den USA als beste Nation ab. Daran war nicht zu rütteln, obwohl die Sowjetsportler vom Staat entlohnte Profis waren, die Sportler der freien Welt hingegen den Regeln entsprechend Amateure.

Schweden belegte den sechsten Platz und lag damit vor Deutschland und England. Immerhin.

Frankreich zählte mit nur zwei oder drei Goldmedaillen

leider nicht zu den zehn besten Nationen. Aber mir gefiel, dass einer der französischen Goldmedaillengewinner der Fechter Christian d'Oriola war, ein moderner d'Artagnan.

In der Vorweihnachtszeit konnten sich Schüler durch den Verkauf von Weihnachtsbroschüren etwas dazuverdienen. Der Verlag Åhlén & Åkerlund versprach in seiner Werbung schwindelerregende Einkünfte.

Nachdem ich die Hefte mit Mama abgeholt und diese die Haftung mittels Unterschrift übernommen hatte, legte ich voller Begeisterung los.

In unserem Haus bestellte nur eine alleinlebende ältere Frau im obersten Stockwerk die Zeitschrift *Sämann* und ein Kreuzworträtselheft. Alle anderen Bewohner winkten ab, knallten mir aber, da sie mich kannten, freundlicherweise nicht die Tür vor der Nase zu.

So rücksichtsvoll war man in den anderen Häusern in unserem Viertel nicht. Als ich mich einige Stunden später wieder zu Hause einfand, war ich fast taub vom Türenschlagen. Ein einziger Verkauf des Åhlén & Åkerlunds Weihnachtsknobelheftes und »Donald Ducks Weihnachtsparade« war mir gelungen.

Als ich mit schmerzenden Füßen und ernüchtert ins Wohnzimmer trat, hörte Mama Radio. Freitag war fernsehfreier Tag. Acke war bereits zu Bett gegangen. Natürlich merkte sie mir sofort meine Niedergeschlagenheit an, schaltete das Radio aus und kochte uns einen Tee, während ich ausrechnete, dass ich an diesem Abend 3,25 Kronen verdient hatte. Da hätte ich genauso gut um Geld flippern können.

Mama erkundigte sich nach meinen Verkaufsmethoden

und den Reaktionen der angesprochenen Leute. Danach dachte sie eine Weile mit gerunzelter Stirn über meine Antwort nach.

»Man hört dir an, dass du nicht von hier bist«, meinte sie nachdenklich. »Daran lässt sich nun einmal nichts ändern. Aber ich habe eine Idee, die, denke ich, zum Erfolg führen könnte.«

Mama sagte immer die Wahrheit. Sie verschwieg mir zwar vieles, aber belogen hatte sie mich nie. Trotzdem konnte ich nicht so recht glauben, dass ihr eine Wundermethode eingefallen sein sollte, die die mehr oder minder selbstverständlichen Åhlén & Åkerlund-Verkaufstipps übertrafen: Saubere Kleidung und Höflichkeit.

»Kungsholmen ist nicht das richtige Pflaster für dich«, meinte sie. »Geh an den Strandvägen, du weißt schon, dort, wo die Schärendampfer anlegen. Fang direkt hinterm Theater an und klingel dich bis zum Narvavägen durch.«

Zuerst dachte ich, dass sie sich über mich lustig machte. Aber nein, es war ihr voller Ernst. Dann erteilte sie mir noch weitere Anweisungen.

»Kümmere dich nicht um die ›Betteln und Hausieren verboten‹-Schilder.

Verwende niemals die Lieferanteneingänge, sondern immer die Haupttreppe.

Sieh dir das Namensschild genau an, bevor du klingelst. Wenn das Dienstmädchen öffnet, was meistens der Fall sein wird, stellst du dich vor und bittest, mit der gnädigen Frau sprechen zu dürfen, wobei du den Namen verwendest, der auf dem Klingelschild steht.

Sollte die gnädige Frau persönlich öffnen, sagst du: Ich vermute, Sie sind …, und stellst dich anschließend vor.

Übrigens solltest du, auch wenn es dir widerstrebt, deinen alten Namen verwenden. Betrachte ihn einfach als Künstlernamen. Letang kennt niemand, Lauritzen funktioniert in diesen Gefilden besser.

Wenn du dich im Übrigen wie immer verhältst, garantiere ich dir, dass du zehnmal so viele Zeitschriften verkaufst.«

Das war ihre Lektion, die ich mir mühelos merken konnte. Obwohl ich an Mamas Taktik zweifelte, beschloss ich, sie auszuprobieren.

Es war der volle Erfolg.

Mein Puls beschleunigte sich spürbar, als ich an der ersten Strandvägen-Wohnung klingelte. Ein Dienstmädchen öffnete die Tür. Ich machte einen Diener und sagte, mein Name sei Eric Lauritzen und ich hätte gerne mit Frau Davén gesprochen. »Treten Sie doch bitte ein«, erwiderte das Dienstmädchen, als ich fragte, ob die gnädige Frau empfängt.

Ich reichte ihr meinen Mantel und zog meine Schuhe aus, da auf den Straßen Schneematsch war und ich keine Galoschen besaß.

Das Dienstmädchen war schnell zurück: Die gnädige Frau lasse bitten.

Durch ein Esszimmer gelangten wir in einen gemütlichen Salon, in dem eine ältere Dame mit einer Handarbeit saß.

»Guten Abend, Frau Davén«, sagte ich. »Ich hoffe sehr, ich komme nicht ungelegen. Ich heiße Eric Lauritzen und würde Ihnen gerne rechtzeitig zum Fest die traditionellen Weihnachtszeitschriften von Åhlén & Åkerlund vorstellen.«

»Wie nett, junger Mann«, erwiderte sie. »Nehmen Sie doch bitte Platz.«

Sie kaufte Zeitschriften für 150 Kronen.

Und auf diese Weise ging es weiter. Erstaunlicherweise verkaufte sich »Das Jahr mit der Königsfamilie«, teuerstes Heft aus dem Sortiment, am besten. Am ersten Abend schaffte ich nur einen Straßenabschnitt, obwohl ich recht früh angefangen hatte.

Wo die Bewohner zu Hause waren, verkaufte ich in neun von zehn Fällen etwas, und selbst wenn kein Interesse bestand, knallte man mir wenigstens nicht die Tür vor der Nase zu.

Es war ein Wunder.

Ganz und gar nicht, fand Mama und lachte, als ich freudestrahlend nach Hause kam.

Wie hatte sie das wissen können? Warum kauften die Leute im Strandvägen so viel und sogar Zeitschriften, die sie vermutlich gar nicht interessierten? Und das nicht nur dort, wo ich von den Dienstmädchen vorgelassen wurde. Es funktionierte auch, wenn die gnädige Frau oder, was seltener vorkam, ihr Mann die Wohnungstür öffnete. Warum interessierten sich ausgerechnet die Bewohner Östermalms ganz besonders für diese Art von Weihnachtspublikationen? Und warum waren nicht schon andere, erfahrenere Verkäufer auf diese Idee gekommen?

Mama amüsierte sich sehr über meine wilden Mutmaßungen.

»Das ist ganz einfach«, sagte sie zu guter Letzt. »Die meisten Leute am Strandvägen kennen den Namen Lauritzen. Fast ebenso viele Familien dort wie in Saltsjöbaden oder Djursholm sind Mitglieder der KSSS. Man sieht dir sofort an, dass du ein echter Lauritzen bist. Darauf kommt es an.«

Vermutlich war an dieser Erklärung etwas dran, trotzdem wollte es mir nicht so recht in den Kopf. Was also war das Geheimnis?

»Zusammenhalt«, erwiderte Mama knapp. »Wahrscheinlich gefällt es ihnen, dass ein junger Lauritzen sein eigenes Geld verdient, obwohl er das eigentlich nicht nötig hat. Oder sie betrachten dich als *pauvres honteux*, was ungefähr *fein, aber zahlungsunfähig* bedeutet. In diesem Fall unterstützt man einander, man hält zusammen. Vermutlich würde ich mit deinem Job mehr verdienen als mit den Sanitätsartikeln. Aber das wäre dann doch zu peinlich. So ein süßer kleiner Lauritzen wie du hingegen ist einfach unwiderstehlich. Haben sich eigentlich viele nach Sandhamn und dem Segeln erkundigt?«

Es hatten sich in der Tat viele erkundigt, ob ich der Seglerfamilie Lauritzen angehöre.

Bis Weihnachten verdiente ich 463 Kronen, ohne ein einziges Mal das von Mama vorgeschlagene Viertel zu verlassen. Ich borgte ihr 200 Kronen und konnte trotzdem noch Weihnachtsgeschenke und den Weihnachtsbaum kaufen, an den Mama selbst gebastelte kleine Wichtel aus roten Wollfäden mit Wattebärten hängte.

Als ich nach der Weihnachtsfeier mit dem Zeugnis nach Hause kam, schimpfte Mama zum ersten Mal mit mir, soweit ich mich erinnere.

Das lag an den Noten, aber nicht so, wie man hätte erwarten können, obgleich meine schlechte Schwedischnote sie natürlich erstaunte.

Als ich ihr die Zusammenhänge von Stöpsels Spitznamen, dem petzenden Mitschüler und meiner Note schilderte, ging sie hoch wie eine Rakete. So hatte ich sie noch nie erlebt. Mehrere Minuten lang schimpfte sie mich aus und erklärte, dass sie sich für mich schäme. Nie, nie, niemals dürfe man Menschen ihrer Gebrechen wegen verspotten. Die Lehrerin sei ein Mensch wie alle anderen und leide sicher unter ihrem Defekt. Von morgens bis abends von seinen Schülern verhöhnt zu werden, sei bestimmt eine große Bürde.

Nach der Standpauke begann sie zu weinen, umarmte mich und bat mich um Verzeihung. Überrascht murmelte ich, sie habe natürlich vollkommen recht.

Es folgte eine seltsame Weihnacht, da die Familie erstmals nicht zusammen in der Villa Bellevue feierte. Am Vorabend des Heiligabends wollten Mama, Acke und ich Großmutter in ihrer neuen Wohnung in Näsbypark besuchen. Am zweiten Weihnachtstag hatte Onkel Sverre am Norr Mälarstrand zu Stockfisch auf norwegische Art eingeladen.

Mama sagte nichts weiter, aber ich vermutete, dass sie sich mit ihren Brüdern, Tante Johanne und Tante Rosa überworfen hatte.

Endlich einmal hatte ich Geld, um Weihnachtsgeschenke zu kaufen, und ich wusste auch genau, was Mama und Acke bekommen sollten. Aber was konnte ich Großmutter und Onkel Sverre schenken? Den alten, reichen Verwandten, die alles besaßen?

Mama half mir mit zwei umwerfenden Vorschlägen aus meiner Verlegenheit. Für Großmutter schlug sie den letzten Band der Trilogie Vilhelm Mobergs über die Auswanderung nach Amerika mit dem Titel »Die Siedler« vor, ein Klassiker. Großmutter, die inzwischen Schweden als ihre Heimat bezeichnete, würde weder die Ironie noch die Herzlichkeit dieses Geschenks entgehen.

Für Onkel Sverre hatte Mama nicht nur eine kostengünstigere, sondern auch witzigere Idee.

Sie ging in die Küche und stellte Wasser auf den Herd. Nach einer Weile kehrte sie mit einer geschälten Mandel zurück.

Die sollte ich in rosa Watte legen und hübsch verpacken, sagte sie. Mit roter Seidenschleife und Siegellack wie eines der kleinen, kostbaren Weihnachtsgeschenke von früher. Er wird das leichte Paket in der Hand wiegen und heftig grübeln, ehe er es neugierig aufreißt. Und schallend lachen, wenn er seine Mandel diesmal nicht im Reisbrei, sondern in einem Paket bekommt.

Manchmal war Mama wirklich genial.

Großmutter lachte, als sie Mobergs Siedler in der Hand hielt. Sie hatte den feinen Wink verstanden. Und auch Onkel Sverres Reaktion entsprach Mamas Vorhersage. Aber er lachte lauter und länger als erwartet.

Am Morgen des 24. Dezember aßen Mama, Acke und ich Milchreis zum Frühstück. Danach spazierte ich im Schneeregen zum Kungsholmstorg und erstand einen Weihnachtsbaum, weil die Bäume jetzt billiger waren. Es sollte eine weiße Weihnacht werden.

Wir dekorierten den Baum mit Mamas roten Wollwichteln und acht Kerzen, die aber erst mit dem Kachelofen angezündet werden sollten. Das Brennholz lag bereit.

Mama hatte bei Konsum einen kleinen Weihnachtsschinken gekauft und ihn am Abend zuvor gekocht. Während ich den Weihnachtsbaum holte, bestrich sie ihn mit einer Senf-Semmelbröselkruste und grillte ihn im Ofen.

Dann verzog sich jeder in eine Ecke, um die Geschenke einzupacken, während wir uns im Radio das Weihnachtskonzert anhörten.

Zu dem Weihnachtsschinken mit Rotkohl gab es Rheinwein, der für Acke mit sehr viel Wasser verdünnt wurde. Wir saßen an dem winzigen Küchentisch, den wir mit dem feinen Goldrandgeschirr aus der Villa Bellevue gedeckt hatten. Der Kälte wegen machten wir den Gasherd an, der ein heimeliges Licht verbreitete.

Ich hatte Mama eine Langspielplatte von Frank Sinatra mit amerikanischen Weihnachtsliedern gekauft und ein kleines Gerät, das am Küchenhahn befestigt werden konnte und das Wasser mit Kohlensäure anreicherte. Es schmeckte anschließend doppelt so gut. Für Acke, der sich immer nur Bausätze wünschte, hatte ich den Flugzeugträger Franklin D. Roosevelt besorgt, das größte Kriegsschiff der Welt mit über 5 000 Mann Besatzung. Von Mama bekam Acke einen Bausatz für den J 35 Draken in neuer und größerer Ausführung.

Ich bekam einen Stapel Schallplatten, auf den ersten Blick Rock 'n' Roll, wie ich glaubte. Nach wenigen Sekunden erkannte ich jedoch, dass dies Geschenk sogar Elvis Presley übertraf: Ein Linguaphone-Französischkurs mit muttersprachlich französischen Sprechern, der insgesamt zehn Langspielplatten umfasste. Vermutlich waren wir jetzt wieder ziemlich pleite.

Von Acke erwartete ich zwar nichts, war dann aber doch etwas enttäuscht, als ich eine simple Schwimmbrille auspackte. Immerhin besaß ich schon eine Taucherbrille mit

Schnorchel. Ich verkniff mir die gängige Reaktion der Erwachsenen in so einer Situation: *Genau, was ich mir gewünscht habe.*

Natürlich steckte Mama auch hinter dieser Idee, die sich recht bald als ziemlich clever erweisen sollte.

Wir hörten in Endlosschleife Frank Sinatras Weihnachtslieder, während die Kerzen und das Feuer im Kachelofen langsam herunterbrannten. Mama schien mit geschlossenen Augen von einem Strand im Süden zu träumen. In gewisser Weise war es die schönste Weihnacht, an die ich mich erinnern kann.

1957

SYLVIA UND SPUTNIK

Die Schwimmbrille war in der Tat eine ausgezeichnete Idee, denn seit meinem dreizehnten Geburtstag trainierte ich doppelt so viel wie zuvor.

Tage Lindström war nicht allzu erfreut über diese Neuerung, weil die Brille mein Tempo beeinträchtigte. Außerdem verwöhnte ich meine Augen, statt sie gegen Chlor abzuhärten. Brillen waren etwas für Waschlappen, etwa so wie Helme für Eishockeyspieler. Gordie Howe von den Detroit Red Wings, der beste Spieler der Welt, hätte sich niemals einen Helm aufgesetzt.

Das mochte so sein, aber unsere Mütter wollten nicht, dass wir abends nach dem Training wie Albinokaninchen aussahen. Mehrere Jungs vom Kappis folgten meinem Beispiel und legten sich ebenfalls Schwimmbrillen zu. Tage Lindström und den anderen Trainern blieb nichts anderes übrig, als klein beizugeben.

Mit oder ohne Brille, im zweiten Jahr begann, wie ich erfuhr, das ernsthafte Training. Das erste Jahr war offenbar nur eine Art psychischer Test gewesen, der die Spreu vom Weizen trennen und zeigen sollte, wer von uns gefördert und wer aussortiert werden musste. Dabei ging es weniger um die Zeiten, die in regelmäßigen Abständen kontrolliert wurden.

Tage Lindström erläuterte uns, die wir aus unserer Altersgruppe übrig geblieben waren, die Voraussetzungen. Selbstverständlich ging es beim Schwimmen in erster Linie um Kondition und Kraft. Psychische Stärke war aber mindestens genauso wichtig. Die sah man den Leuten nicht an, und sie war auch nicht messbar. Deswegen mussten alle, die im Kappis eintraten, erst einmal ein Jahr lang Bahnen schwimmen und Arm- und Beinbewegungen und Freistil üben, jeden Tag, monatelang, was ätzend langweilig war, aber genau das war Sinn und Zweck der Übung.

Das hielten nicht alle durch. Einige begannen zu schwänzen oder hörten ganz auf. Nur wer die für das Training auf höherem Niveau erforderliche psychische Widerstandskraft mitbrachte, blieb übrig.

Nett, dass wir das endlich erfuhren. Ich hatte es geschafft, und jetzt kam die Belohnung.

Das Morgentraining war weiterhin Streckenschwimmen auf Tempo, weil wir uns anschließend in der Schule ausruhen konnten. Das Abendtraining war abwechslungsreicher, trainiert wurde Technik, damit wir uns vor den Hausaufgaben nicht vollkommen verausgabten, weil die Schule ebenso wichtig wie das Training war.

Anfangs übten wir hauptsächlich Startsprung und Wende. Beim Start ging es darum, flach auf der Brust zu landen, um die Zeit unter Wasser so kurz wie möglich zu halten und schnellstmöglich mit den Armbewegungen zu beginnen. Die Angst vor dem Aufprall mussten wir uns abgewöhnen. Je härter, desto besser.

Die neue australische Wende war gewöhnungsbedürftig. Die Trainer erklärten, dass es ein ganzes Jahr dauern könnte, bis wir sie beherrschten. Manche lernten sie nie. Begann man die Rolle zu früh, konnte man sich nicht vom Beckenrand abstoßen. Wurde sie zu spät begonnen, bestand Verletzungsgefahr.

Neben Startsprung und Wende verfeinerten wir unsere Eintauchtechnik und Atmung bei minimaler Drehung. Außerdem trainierten wir die anderen Disziplinen, Brust, Rücken und Schmetterling, denn alle berühmten Schwimmer waren vielseitig. Es stand noch nicht fest, wer sich endgültig auf Freistil spezialisieren würde. Für Tage Lindström war das Lagenschwimmen, bei dem der Schwimmer in allen vier Disziplinen antrat, die Königsdisziplin. Die Lagenschwimmer seien ganz einfach die Besten, vergleichbar mit den Zehnkämpfern in der Leichtathletik.

Durch diese Veränderungen wurde das Training viel abwechslungsreicher. Wir vier, die wir die Schinderei des ersten Jahres überstanden hatten, verbesserten unsere Zeiten mit erstaunlichem Tempo. Allein der optimierte Startsprung und die optimierte Wende sparten vier Sekunden auf hundert Meter.

Manchmal sehnte ich mich während des Morgentrainings bereits nach dem Abendtraining, weil da so viel mehr geboten war. Unsere ehemaligen Vereinskameraden wussten nicht, was sie verpassten.

Auch das Fernsehen wartete mit neuem Schwung auf. Am besten gefiel uns »Aufgeben oder verdoppeln«, ein unglaublich spannendes Samstagabendquiz, das dem Sieger einen halben Jahreslohn von 10 000 Kronen bescheren konnte. Der erste Champion war ein Junge in meinem Alter, der sich unheimlich gut mit Aquarienfischen auskannte. Schwer enttäuscht sahen wir mit an, wie er an der Frage scheiterte, ob ein idiotisch kleiner Fisch namens Schlammspringer Augenlider besaß. Zehntausend Kronen zerrannen wie Wasser zwischen seinen Fingern.

Dann stellte sich heraus, dass seine Antwort richtig war: diese verdammten Schlammviecher hatten tatsächlich Augenlider. Vielleicht war es auch umgekehrt. Jedenfalls durfte er weitermachen und gewann.

In der Schule war Fernsehen kein Thema, weil nur drei Mitschüler ein Gerät zu Hause hatten. Wir unterhielten uns meistens über Eishockey. Im Vasapark lockte die große Eisbahn, und in Moskau standen die Weltmeisterschaften bevor. Vermutlich würden die Russen gewinnen, da Kanada und die USA den Wettkampf wegen Ungarn boykottierten.

Seitenlang ließen sich die Sportreporter darüber aus, dass Schweden nun die Chance habe, ein zweites Mal und echter Weltmeister zu werden. Bisher hatten wir nur einmal gewonnen, vor vier Jahren in der Schweiz. Aber das zählte nicht, weil nur zwei weitere Mannschaften angetreten waren, Westdeutschland und das Gastgeberland, denen die Schweden haushoch überlegen waren. In Moskau würde Schweden mit harten Bandagen gegen die Tschechoslowakei und Russland kämpfen müssen.

Das Eishockeyfieber hatte also um sich gegriffen, und fast die halbe Klasse schleppte nach der Schule ihre Hockeytaschen in den Vasapark.

Ich schloss mich nicht an, schob das Schwimmtraining vor. Von Tage Lindström wegen Schwänzen ausgeschimpft zu werden, war ebenso schändlich, wie sich zur Morgenversammlung zu verspäten.

Aber es gab noch zwei weitere Gründe.

Zum einen waren mir meine Schlittschuhe zu klein geworden, zum anderen wollte ich Lena Andersson nicht begegnen oder sie in den Armen eines anderen sehen. Noch immer verfolgte mich das albtraumhafte Erlebnis bei ihr zu Hause.

Die Sache mit den Schlittschuhen war auch peinlich, allerdings auf eine andere Art. Als mir Clark am Samstagnachmittag mit Eishockey in den Ohren lag, hatte ich keine Ausrede mehr, weil am Wochenende kein Schwimmtraining stattfand. Schließlich gestand ich ihm, dass kein Geld für neue Schlittschuhe da sei.

Clark reagierte mit Erstaunen. Schließlich besaß ich echte kanadische CCM »Tacks«, die Schlittschuhe der schwedischen Nationalmannschaft, die, wie er behauptete, nur in den allerteuersten Sportgeschäften zu haben waren.

Und bei NK, dachte ich. Vor zwei Jahren hatte ich sie von meiner Großmutter zu Weihnachten bekommen, die, weil sie sich nicht auskannte, vermutlich einfach das Teuerste gekauft hatte, zum Hineinwachsen eine Größe zu groß. Im ersten Jahr musste ich sie mit zwei Paar Wollsocken tragen.

Clark behauptete, mein Problem auf einfache Weise lösen zu können, wenn ich am nächsten Samstag mit meinen alten Schlittschuhen nach Abrahamsberg kam.

Im Keller einer Mietskaserne in Clarks Viertel gab es ein kleines Fahrradgeschäft. Da im Winter mit Fahrrädern keine großen Geschäfte zu machen waren, schliff der Ladenbesitzer Schlittschuhe für eine Krone das Paar und kaufte und verkaufte gebrauchte Schlittschuhe und Eishockeyschläger.

Clark befahl mir, den Mund zu halten und ihm die Abwicklung des Deals zu überlassen.

Der Mann staunte nicht schlecht, obwohl er versuchte, sich nichts anmerken zu lassen, als Clark meine CCM auf den Ladentisch legte, da diese Marke in Abrahamsberg vermutlich selten war. Ich hatte nie einen Gedanken an ihren Wert verschwendet, da alle Jungs in Saltsjöbaden die gleichen hatten und über Preise kein Wort verloren wurde.

Clark forderte mich auf, aus dem Berg gebrauchter Hockeyschlittschuhe das beste Paar herauszusuchen. Als der Ladeninhaber zusätzlich fünf Kronen verlangte, winkte Clark lachend ab und meinte, CCM-»Tacks« seien mindestens so viel wert wie drei Paar schwedische Schlittschuhe, aber wir wollten mal nicht kleinlich sein und uns mit einem Paar frisch geschliffener Schlittschuhe und einem Paar Eishockeyhandschuhe begnügen. Das sei ein gutes Geschäft für beide Seiten, andernfalls würde nichts aus dem Deal.

Darauf ließ sich der Inhaber nicht ein, er bestand auf Schlittschuhe gegen Schlittschuhe. Also packte Clark meine CCM wieder in die Hockeytasche und sagte, dass wir dann eben woanders hingingen.

Wir hatten die Schwelle noch nicht erreicht, als der Händler sich eines Besseren besann. Die Handschuhe waren in Pakistan hergestellt, aber trotzdem einwandfrei. Meine alten Handschuhe waren verschlissen. Darüber hatte ich zwar kein Wort verloren, aber Clark war offenbar aufgefallen, dass sie in meiner Tasche fehlten. Cleverer Clark.

Die Predigten bei der Morgenversammlung handelten kaum noch von Ungarn und dem Suezkanal, und die Benzinrationierung sowie das Sonntagsfahrverbot waren aufgehoben. Offenbar hatte sich die Lage beruhigt.

Wir fanden in den alten Trott zurück. Rektor Reineclaude und die Religionslehrer wetterten wieder über den Sittenverfall und die zunehmende Kriminalität der Jugend.

Außerdem lagen sie uns immer noch mit den Silvesterkrawallen in der Stockholmer Innenstadt in den Ohren. Tausende krimineller Jugendlicher hatten die Polizisten und die armen Polizeipferde mit Knallkörpern angegriffen. Allein auf der Wache im Klaraviertel waren schließlich über hundert betrunkene und randalierende Jugendliche im Alter von zwölf bis zwanzig Jahren in Haft genommen worden.

Der Rektor und die Religionslehrer waren sich rührend einig, dass durchgegriffen werden müsse. Uns müsse klar sein, dass es in dieser Hinsicht auch in der Schule kein Pardon gab. Wer in einer Ausnüchterungszelle landete, einen Aufruhr gegen die Ordnungshüter anzettelte oder sonst wie kriminell tätig wurde, werde mit unmittelbarer Wirkung relegiert. Subversive Elemente hatten auf der Vasa Real nichts zu suchen.

Unsere Klasse fand diese Drohungen übertrieben. In unserem Alter war man in der Silvesternacht eher seltener unterwegs. Wir durften nicht einmal ins Kino. Und soweit ich wusste, hatte keiner der Lederjackenjungs je an einem Aufstand teilgenommen, und subversivere Elemente, die den Fantasien des Rektors entsprachen, hatte unsere Klasse nicht zu bieten. Manche tranken am Wochenende Bier und gaben am Montag mit ihrem Kater an. Aber trotz allem waren wir gerade dreizehn Jahre alt, und getrunken wurde höchstens, wenn einer sturmfreie Bude hatte.

An diesem Silvesterabend öffnete Mama um zwölf eine halbe Flasche Champagner, und wir schalteten das Radio ein, um Anders de Wahl zuzuhören, wenn er »Die Neujahrsglocke« vortrug. Aber in diesem Jahr fiel diese Tradition aus, was uns ein wenig enttäuschte. Wir stießen an und wünschten einander ein gutes neues Jahr. Da man Champagner nicht wie Rotwein mit Wasser verdünnen konnte, bekam Acke nur ein halbes Glas. Anschließend schliefen wir wie die Murmeltiere.

Dank der Eiseskälte konnte ich mir mit Wasser eine Elvis-Tolle kämmen. Sie gefror im Freien und hielt, solange ich draußen blieb. Wenn ich mich beim Eishockeyspielen oder Mädchenhaschen zu sehr verausgabte, konnte es passieren, dass die Tolle in sich zusammenfiel. Aber wenn ich sie wieder hochkämmte, gefror sie in Minutenschnelle.

Das Mädchenhaschen auf Clarks Schlittschuhbahn in Abrahamsberg war anders als im Vasapark. Solange der Frost anhielt, ließ ich mir dort keinen einzigen Samstagnachmittag entgehen. Clark behauptete, ich hätte Schlag bei den Mädchen, weil ich schnell auf den Kufen unterwegs war und mit meiner Tolle irgendwie ausländisch aussah, wie ein Amerikaner oder so. Dass ich nicht nur aussah wie ein Ausländer, sondern tatsächlich einer war, durfte Clark gerne allen erzählen, damit ich weitere Punkte sammeln konnte. Obwohl Ausländer lange nicht mehr so ungewöhnlich und exotisch waren wie früher. Allein im Vorjahr waren 10 000 Ausländer nach Schweden eingewandert, wir zählten inzwischen eine Viertelmillion. Auf dem Eis in

Abrahamsberg wies ich allerdings als Einziger diese vorteilhafte Eigenschaft auf.

Trotzdem landete ich bei keinem der Mädchen. Warum, weiß ich nicht. Ich verliebte mich einfach nicht. Vielleicht war die Auswahl zu groß, in dem Vorort lebten sehr viele Menschen. Vielleicht fiel ich auch wieder durch meine andere Aussprache negativ auf. Die meisten Leute hier sprachen ähnlich wie in Södermalm oder auf dem Land und waren erst kürzlich nach Abrahamsberg gezogen.

Aber vielleicht bildete ich mir das alles auch nur ein. Lena Andersson ging mir nicht aus dem Sinn, vermutlich war ich immer noch in sie verliebt. Und vielleicht war ich ja in Sachen Mädchen feige geworden.

Gewisse Dinge hatte man im Gefühl, beispielsweise, dass es unklug war, in Abrahamsberg über die Sozis herzuziehen. Oder seine Begeisterung für das Djurgården-Team an die große Glocke zu hängen. Das musste ich erst lernen.

Ich war immer Djurgården-Fan gewesen. Saltsjöbaden gehörte zu Nacka, und Nacka war ein Djurgården-Farmteam. Außerdem kamen die besten Spieler der Nationalmannschaft aus der Djurgården IF, etwa Sven Tumba Johansson und die Verteidiger Lasse Björn und Roland Stoltz.

In Bromma und Umgebung lagen die Loyalitäten bei allen möglichen Mannschaften wie Hammarby, AIK oder den Provinzvereinen Leksand oder Surahammar.

Aus der Geschichte mit Sylvia wäre nichts geworden, wenn sie nicht von sich aus die Initiative ergriffen hätte.

Sie schickte eine Freundin vor und ließ fragen, ob ich vergeben sei. Eigentlich fand ich die Freundin interessanter und hielt mich deswegen beim Haschen an ihr fest, als sie sich unvermittelt und direkt erkundigte, ob Sylvia vielleicht Chancen bei mir hätte. Durchaus, antwortete ich, ohne nachzudenken, und ließ sofort ihren Busen los.

Wahrscheinlich hätte jedes der zwei Dutzend Mädchen auf Anfrage Chancen bei mir gehabt. Aber Sylvia hatte als Erste die Initiative ergriffen und war sogleich zehnmal toller und hübscher als alle anderen. Ihre Aufforderung war unmissverständlich: Willst du mich, dann komm.

Ein nicht ganz unriskantes Manöver. Eine abschlägige Antwort war schmählich und sprach sich schnell herum. Darum hatte ich mich wohl nie getraut, trotz Clarks ermutigender Prognose, mein Glück bei einem der Mädchen zu versuchen.

Aber jetzt hatte Sylvia mich gefragt und meine Zusage erhalten. Der erste Schritt war getan. Ich ließ ihre Freundin los und fuhr wieder aufs Eis hinaus, gefährlich nah an den Fänger heran. Ich behielt Sylvia im Auge und machte mich bereit, sie einzufangen, sobald sich die Gelegenheit ergab. Ein verdammt gutes Gefühl.

Sie war eine passable Schlittschuhläuferin, nicht übertrieben hübsch oder mädchenhaft. Sie trug einen langen Islandpulli und Skihosen. Die blonden Haare waren in einem Pferdeschwanz zusammengefasst, sie war Brillenträgerin und hatte einen recht großen Busen. Ich hatte nichts gegen Brillen, weil ich das ganze Gerede über Streber, Brillenschlangen und Leseratten für puren Schwachsinn hielt. Entscheidend war, dass sie mit mir zusammen sein wollte und es riskiert hatte, mich zu fragen. Das machte sie doppelt so attraktiv wie alle anderen zusammen.

Den restlichen Samstagnachmittag wickelten wir das Spiel rasch und regelkonform ab. Im richtigen Augenblick machte sie sich von einem anderen Jungen los, damit ich mit Tempo auf sie zukommen und sie einfangen konnte.

Wir schmusten ein wenig, und dann fragte ich sie, ob ich sie nach Hause begleiten dürfe. Wir holten unsere Taschen und setzten uns auf eine Bank, um unsere Schlittschuhe aufzuschnüren. Ich winkte Clark zu und deutete auf Sylvia. Dieser nickte zustimmend, machte aber glücklicherweise keine obszönen Gesten. Ich hängte unsere Taschen an meinen Hockeyschläger, und wir brachen auf.

Sylvia wohnte in keiner der Mietskasernen neben der Eisbahn und sagte, es sei ein Stück zu gehen, wogegen ich nichts einzuwenden hatte. Ich hätte es als Reinfall empfunden, mich nach nur fünf Minuten vor einer Haustür von ihr verabschieden zu müssen.

Sylvia war eine Klasse über mir und würde ab Herbst auf ein Latein-Gymnasium wechseln. Ihr bestes Fach war Schwedisch, und zu ihren Lieblingsautoren zählten Karin Boye, Hjalmar Söderberg und Edith Södergran. Ihr zweitbestes Fach war Turnen.

Sportinteressierte Mädchen, die sich nicht unter dem Vorwand, ihre Tage zu haben, vom Turnunterricht drückten, um stattdessen rauchen zu gehen, fand ich spannend.

Ihre Vorliebe für Karin Boye und Hjalmar Söderberg hingegen war mehr ein Mädchending. Den Namen Edith Södergran hatte ich noch nie gehört, was ich mir jedoch nicht anmerken ließ. Da bestand also Nachholbedarf.

In Sachen Rockmusik vertrat sie die gängige Meinung, obwohl sie Elvis nicht unbedingt für den Besten hielt. Ihr Lieblingskomponist war Chopin. Eigentlich stammte sie aus Uppsala, und ihre Familie war erst vor zwei Jahren nach Stockholm gezogen, wo ihr Vater eine Stelle an der Stockholmer Hochschule bekommen hatte.

Bis zu ihr nach Hause war es tatsächlich ein Ende, vielleicht hätten wir doch U-Bahn fahren sollen. Immerhin hatten wir so Gelegenheit, uns ausführlich zu unterhalten, vor allen Dingen über sie, da ich die ganze Zeit Fragen stellte und von mir nur erzählte, dass ich Schwimmer war und in meinem besten Fach Schwedisch eine lausige Note hatte.

Es gab eine Reihe Fragen, denen ich lieber auswich. Was hätte ich auch antworten sollen, wenn sie sich nach dem Beruf meiner Eltern erkundigt hätte?

Ich ahnte, alleine schon wegen ihrer Ausdrucksweise, dass sie in einem Einfamilienhaus und nicht in einem Mietshaus wohnte. Somit gehörte sie in dieselbe Kategorie wie Lena Andersson.

Wir blieben vor einem großen, schneebedeckten Ahorn vor ihrer Gartenpforte stehen, und ich richtete mich auf eine Einladung zum Tee ein. Sie könne mich leider nicht hereinbitten, erklärte sie jedoch entschuldigend, weil sie Gäste zum Abendessen erwarteten. Aber vielleicht morgen? Wir könnten uns wieder zur selben Zeit auf der Schlittschuhbahn in Abrahamsberg treffen.

Natürlich war ich einverstanden.

Wir küssten uns vorsichtig, kein Zungenkuss. Dann fiel die Pforte hinter ihr zu.

Ich blieb stehen. Auf dem Treppenabsatz vor der Haustür drehte sie sich noch einmal um, als hätte sie meinen Blick gespürt, winkte mir mit beiden Händen zu und schickte mir eine Kusshand. Sie trug Lovikka-Fäustlinge.

Ich hatte vergessen, sie nach dem nächsten U-Bahnhof zu fragen.

Ich kam später als sonst nach Hause, aber gerade noch rechtzeitig für »Aufgeben oder Verdoppeln«.

Mama schimpfte mit mir, weil ich die Verspätung nicht mitgeteilt hatte, schließlich gab es überall und besonders in U-Bahnhöfen Telefonzellen.

Mein Einwand, ich hätte keine Zehn-Öre-Münze dabeigehabt, brachte sie aus dem Konzept. Straßen- und U-Bahn benutzte ich mit meiner Schülerkarte, und Schlittschuhlaufen war gratis.

»Entschuldige«, sagte sie und hob beschwichtigend die Hände. »Wir fangen noch einmal von vorne an. Ich war nur ein bisschen enttäuscht, weil ich zwei Überraschungen habe, eine große und eine kleine.«

Die große wollte sie sich für später aufheben. Die kleine war, dass sie ein ganz neues Gericht zubereiten wollte, das Spaghetti bolognese hieß und in den gehobeneren Stockholmer Restaurants der letzte Schrei war. Ich könne schon einmal die Zwiebeln schneiden, um ihr die Tränen zu ersparen.

Ich hatte keine Ahnung, was kulinarisch auf mich zukam, aber Mama schien sehr optimistisch. Während ich Zwiebeln schnitt, briet sie das Hackfleisch an, kippte eine Dose Tomaten darüber, sah ein, dass etwas nicht stimmte, kippte alles in einen Topf, gab Butter in die Pfanne, briet erst einmal meine Zwiebeln an und mischte anschließend alles von Neuem. Bolognese bedeute *aus Bologna*, erklärte sie, sei also ein typisch italienisches Gericht.

Nicht sehr verlockend, dachte ich. Die Italiener waren zwar gute Fußballer, aber wertlose Eishockeyspieler und lausige Soldaten.

Außerdem waren die langen Nudeln nicht ganz leicht zu

essen, schon gar nicht an dem niedrigen Couchtisch vor dem Fernseher. Aber letztendlich doch recht lecker, wenn man die Spaghetti zerkleinerte, damit sie auf der Gabel blieben. Dazu gab es für mich ein Glas Wein mit Wasser, weil Rotwein zu einem solchen Gericht einfach dazugehörte.

Das Fernsehprogramm war schlechter als sonst. Etliche Teilnehmer schieden bereits in der ersten Runde aus, und Mama regte sich über den Moderator auf, ein typischer Vertreter der Mittelschicht, der sich für etwas anderes ausgab. Acke schlief vor dem Fernseher ein, und wir weckten ihn nicht zum Zähneputzen. Ich trug ihn in unser Zimmer und packte ihn ins Bett. Mama schaltete den Fernseher aus.

Ich nahm an, dass wir uns jetzt wie jeden Samstag dem Französischkurs zuwenden würden, aber als ich ins Wohnzimmer zurückkehrte, war Mama anzumerken, dass etwas ganz anderes bevorstand.

»Jetzt kommt die große Überraschung«, sagte sie, zündete sich eine Zigarette an und schenkte sich ein weiteres Glas Wein ein.

»Ich habe eine neue Arbeit«, sagte sie und machte eine lange Pause, um die Spannung zu erhöhen. »Du wirst es kaum glauben«, fuhr sie fort und legte eine neue Pause ein. »Nils Adamsson hat mich als Chauffeuse und Dolmetscherin eingestellt. Schluss mit Blutwurst und Roggenbrot.«

Wir stießen an, ich mit meinem leeren Glas.

Nils Adamssons Sohn Sören, der Chef, hatte dem Hauptgeschäft einen Besuch abgestattet und sich leutselig mit allen Angestellten unterhalten. Als er im Gespräch mit Mama erfuhr, dass sie einen Führerschein besaß und perfekt Deutsch sprach, ging alles Schlag auf Schlag. Seine wichtigsten Geschäftspartner waren Deutsche, unter anderem eine Firma, die das Monopol auf den Vertrieb bestimmter amerikanischer Sanitätswaren, insbesondere Durex, besaß. Das Problem war, dass die Deutschen größtenteils nur Deutsch sprachen und Sören Adamsson aus Verhältnissen stammte, in denen das Erlernen dieser Fremdsprache keine Selbstverständlichkeit war. Die deutschen Direktoren am Flugplatz in Bromma abzuholen war für ihn schon eine Qual. Noch schlimmer wurde es, wenn dann über Geschäfte verhandelt werden sollte.

Da sei es doch eine blendende Idee, wenn Mama die deutschen Gäste am Flugplatz Bromma abholen, sich mit ihnen unterhalten und sie zum Grand Hôtel fahren würde. Darüber hinaus sollte sie als Dolmetscherin an den Besprechungen teilnehmen und sich um die Telefonate und Korrespondenz mit Deutschland kümmern.

Und wenn gerade keine deutschen Geschäftspartner in der Stadt waren, was offen gestanden meistens der Fall sei, stand sie der Direktion mit dem Mercedes-Benz 220 S als Privatchauffeuse zur Verfügung. Nils Adamsson war ein modernes, fortschrittliches Unternehmen, da passte es perfekt, als Vorreiter in Schweden eine Frau als Fahrerin zu beschäftigen.

Die neue Arbeit brachte das fünffache Gehalt mit sich, der Vertrag war bereits unterschrieben. Da Sören Adamsson an Mittsommer seinen fünfwöchigen Urlaub auf Resarö antrat, war von Ende Juni bis Anfang August weder eine Dolmetscherin noch eine Fahrerin vonnöten. Dieser unfreiwillige Sommerurlaub wurde jedoch mit 75 Prozent des Gehaltes entlohnt.

Mir traten Tränen in die Augen, so märchenhaft schön war das. Meine tapfere Mutter, die mit schmerzenden Füßen für 4,50 Kronen in der Stunde Präservative verkauft hatte, war wie durch ein Wunder für ihr Durchhaltevermögen belohnt worden.

Der Sonntag in Abrahamsberg verlief ungefähr wie erhofft. Sylvia und ihre Freundin Lollo waren bereits auf dem Eis, als ich eintraf. Clark, der ebenfalls dort war, wollte lieber Hockey spielen, als sich mit den Mädchen abzugeben. Zumindest so lange, bis uns die großen Jungs vertrieben. Wenn Clark und ich zusammen auf der Eisbahn erschienen, ließen sie uns eher mitspielen, da wir ungefähr gleich gut waren. Dann konnten wir beide in je einer Mannschaft mitspielen, ohne dass sich die Leistungsfähigkeit nennenswert verschob.

Ich zog meine Schlittschuhe an und fuhr erst einmal zu den Mädchen und erklärte ihnen unumwunden, ich müsse ein wenig Hockey spielen, bis die großen Jungs auftauchten. Sylvia schien nichts dagegen einzuwenden zu haben.

Glücklicherweise wurden wir bereits nach einer halben Stunde von den Toren vertrieben, als die älteren Spieler ihre Mannschaften aufstellten. Ich machte mich aus dem Staub, obwohl ich mit ziemlicher Sicherheit gewählt worden wäre. Vielleicht nicht als einer der Ersten, aber ganz sicher auch nicht als Letzter.

In ein paar Jahren wäre ich einer der Jungs, die ihre Spieler auswählen durften, so wie jetzt schon auf der Schule bei Hand- und Fußball. Bis dahin musste ich mich aber noch gedulden, und so fiel es kaum auf, dass ich mich zu den Mädchen begab. Clark zeigte mir einen Vogel. Er blieb, wurde gewählt und durfte mitspielen.

Alle Verschmähten mussten ihre Schläger weglegen und begaben sich zum Fangenspielen auf die Mädchenseite.

Sylvia und ich blieben nicht lange, wir hatten anderes vor. Auch dieses Mal nahmen wir nicht die U-Bahn, sondern legten den weiten Weg zu ihrem Haus zu Fuß zurück.

Anfänglich redete ich ziemlich viel über die Weltmeisterschaft in Moskau, wo es für Schweden sehr gut aussah. Wir hatten bislang alle Spiele gewonnen und sogar die Tschechoslowakei geschlagen. Die Entscheidung würde im Endspiel Schweden–Russland fallen. Die Russen mussten gewinnen, für uns genügte ein Unentschieden.

Ich plauderte unbekümmert, bis mir auffiel, dass Sylvia in Gedanken ganz woanders zu sein schien.

Rascher Themawechsel war also angezeigt. Ich wollte das Gespräch nicht auf ihre Lieblingsautoren lenken, bevor ich mich nicht besser vorbereitet hatte. Stattdessen erkundigte ich mich nach ihren Sommerplänen.

Ihre Familie verbrachte die Ferien immer in einem weit entfernten Ort namens Torekov an der Westküste, wo sie ein Sommerhaus besaßen.

Das war eine unerwartete Enttäuschung. Sandhamn lag an der Ostküste, und wir würden uns den ganzen Sommer über nicht sehen.

Sofern ich sie nicht nach Sandhamn einladen konnte und ihre Eltern einwilligten. Die Erwachsenen empfingen ja auch ständig Gäste in Sandhamn. Aber da musste ich erst einmal Großmutter fragen, ehe ich zu viel versprach. Ich bat Sylvia, mir von Torekov zu erzählen.

Der Ort sei eher langweilig, obwohl sie offenbar trotzdem sehr gerne dort war. Ich erzählte ihr von Sandhamn, ohne zu sehr mit der Segelei und den super Stränden anzugeben.

Der Märzhimmel hatte sich blutrot verfärbt, und es war nicht mehr so schneidend kalt. Zwischendurch blieben wir in einem Buswartehäuschen, unter ein paar üppigen Weiden oder hinter einem geparkten Bus stehen und küssten uns. Ernsthafter als am Abend zuvor. Unerbittlich näherten wir uns ihrem Haus, wo wir uns nicht berühren durften.

Ich wollte einen guten Eindruck auf ihre Mutter machen und war zuversichtlich, dass mir das gelingen würde. Was wichtig war, wenn wir uns im Sommer besuchen wollten.

Wie erwartet erwies sie sich als der Typ Mutter mit Tee, Keksen, Konversation und Eignungsprüfung.

Ich glaube, es verlief recht passabel. Bereits nach dem dritten Nippen am Tee erkundigte sich ihre Mutter nach dem Beruf meiner Eltern, worauf ich forschfrisch antwortete, mein Vater sei französischer Botschafter in Neuseeland und meine Mutter arbeite in der Direktion von Nils Adamsson.

Sylvias Mutter verzog keine Miene, betrachtete mich nachdenklich und stellte dann die Fangfrage.

»Ça veut dire que vous êtes français vous-même, Monsieur Letang?«, sagte sie völlig unvermittelt aus heiterem Himmel.

»Oui, Madame«, antwortete ich. *»En effet je suis citoyen français.«*

Sie zog die Augenbrauen hoch, war aber noch nicht fertig mit mir.

»Et vous parlez français aussi bien comme un citoyen?«

»Non, malheureusement«, stotterte ich, *»parce que j'ai toujours vécu ici en Suède.«*

Damit gab sie sich endlich zufrieden, was ein Glück war, da ich diese Sätze mit Mama eingeübt hatte, um mich als Franzose auszugeben, ohne die Sprache zu beherrschen.

Sylvias Mutter schien einen gewissen Hang zur Heimtücke zu haben, aber bis auf Weiteres hatte ich sie wohl außer Gefecht gesetzt. Auf Sylvia hatte ich dafür großen Eindruck gemacht. Später gestand sie mir, dass ich der erste Junge war, den sie ihrer Mutter vorstellte.

Am darauffolgenden Montag unterhielten wir uns in den Pausen natürlich nur über Eishockey und diskutierten, ob Schweden am nächsten Tag den Weltmeistertitel erringen würde und was dieser überhaupt wert sei, da Kanada und die USA den Wettkampf wegen Ungarn boykottierten.

Kanada war die unbestritten beste Eishockeynation aller Zeiten und hatte seit 1920 achtzehnmal den Weltmeistertitel geholt.

Aber das war Geschichte und Kanadas Dominanz vielleicht am Ende. Die Russen hatten zwei der letzten drei Weltmeisterschaften gewonnen, also galt Russland im Augenblick als die führende Eishockeynation. Wenn wir also die Russen besiegten, hatten wir den Weltmeistertitel ehrlich verdient, zumindest zählte er um Längen mehr als die Witzmeisterschaft vor vier Jahren, an der nur wir und zwei weitere Loserteams teilnahmen.

Dann war da noch die Sache mit den kanadischen und amerikanischen Profispielern, die nicht an Amateurwettkämpfen teilnehmen durften. Mannschaften wie die Toronto Maple Leafs, die Chicago Black Hawks oder die regierenden Meister Detroit Red Wings würden die Russen vermutlich 18:0 schlagen und uns ebenfalls.

Jetzt ging es aber um die Meisterschaft der Amateure, zu denen auch unsere schwedischen Spieler zählten.

In der Vormittagspause verzichtete ich aufs Flippern, obwohl ich es mir inzwischen wieder leisten konnte. Mama hatte ihre Schulden zurückgezahlt und obendrein ein großzügiges Taschengeld eingeführt.

Stattdessen verzog ich mich in die Schulbücherei, die ich seit dem Suezkanal und den Unruhen in Ungarn nicht mehr besucht hatte.

Die Bücherei wurde von einer unfreundlichen älteren Frau beaufsichtigt, die bei allen nur *der Drachen* hieß. Lesende Jungs machten sie misstrauisch. Meine Frage nach Edith Södergran kam ihr äußerst suspekt vor. Seufzend erhob sie sich, marschierte an den Regalen entlang, kam mit einem Buch über moderne Schriftsteller zurück und knallte es vor mir auf den Tisch, ehe sie sich wieder in ihre Lektüre vertiefte.

Ich nahm das Buch, verkrümelte mich in eine Ecke, schaute ins Inhaltsverzeichnis und schlug die entsprechende Seite auf. Verdammt noch mal, dachte ich, bald kann ich mich fachmännisch mit Sylvia über Edith Södergran unterhalten.

Aber bereits der erste Satz machte mich ganz fertig. Ich las ihn zweimal, ohne auch nur ein Wort zu verstehen. Ich schrieb ihn ab, um Mama am Abend zu fragen.

Edith Södergran gehörte zu den ersten Modernisten der schwedischen Literatur. Sie wurde vom französischen Symbolismus, deutschen Expressionismus und russischen Futurismus beeinflusst.

In diesem Stil ging es weiter.

Verdammt. Ich stellte mir vor, wie ich beiläufig mit solchen Begriffen um mich warf. Das weiß schließlich jeder, dass Edith Södergran stark vom französischen Symbolismus beeinflusst wurde. Interessant finde ich ihr Verhältnis zum deutschen Expressionismus. Bleibt die Frage, wie die Einflüsse des russischen Futurismus zu bewerten sind?

Ich verwarf diese Idee. So etwas funktionierte nie. Statt Sylvia zu beeindrucken, würde ich mich nur blamieren, und das wollte ich tunlichst vermeiden, weil ich ernsthaft in sie verliebt war. Damit kannte ich mich aus, und für die Einsicht hatte ich einen hohen Preis bezahlt.

Ich könnte mir natürlich auch die ganzen Begriffe schenken und direkt zu Södergran übergehen. Zu einem konkreten Text, über den wir uns unterhalten konnten.

Von dieser guten Idee durchdrungen, kehrte ich zum Drachen zurück, bedankte mich und sagte, ich hätte nur kurz etwas nachgeschlagen. Dann fragte ich, ob es in der Bücherei auch Werke von Edith Södergran gebe.

Der Drachen musterte mich verblüfft, dann fasste sie sich jedoch rasch wieder und rückte ihre Lesebrille zurecht.

»Natürlich nicht!«, sagte sie abschätzig. »Das hier ist eine Knabenschule, und Edith Södergran ist gymnasiale Mädchenliteratur der schlimmsten Sorte.«

»Aha«, erwiderte ich. »Schade. Wissen Sie, ob Södergran in der Stadtbücherei zu bekommen ist?«

Jetzt meinte ich, Neugier statt Feindseligkeit in den Augen des Drachens zu erkennen.

»Natürlich ist die unbedeutende Produktion der Södergran in der Stadtbücherei zu finden«, sagte sie. »Aber darf ich fragen, warum sich ein gesunder junger Mann wie du für Edith Södergran interessiert?«

Eigentlich interessiere nicht ich mich dafür, gab ich verlegen zu, sondern eine Freundin, vielleicht mehr als eine Freundin, und sie …

»Aha!«, rief der Drachen. »Hab ich's mir doch gedacht! Das deichseln wir. Hat deine Freundin noch andere Lieblingsautoren?«

»Ja. Karin Boye und Hjalmar Söderberg«, antwortete ich.

Der Drachen dachte nach. Sie war wie verwandelt und schlagartig gar nicht mehr so grau und gereizt. Ihre Wangen hatten sich gerötet, und sie strahlte förmlich.

»Mit Karin Boye verhält es sich ähnlich«, meinte sie nachdenklich. »Sie schreibt zwar besser, aber irgendwie ist es dasselbe. Nichts, worüber sich ein Mann unterhalten könnte. Konzentrier dich auf Hjalmar Söderberg, damit wirst du Erfolg haben!«

Sie verschwand zwischen den Regalen, fand das gesuchte Buch, zog es heraus und brachte es mir.

»Das ernste Spiel«, erklärte sie. »Das spricht Männer ebenso sehr wie Frauen an, darüber könnt ihr euch ausgiebig unterhalten. Du kannst es eine Woche lang ausleihen. In welche Klasse gehst du noch gleich?«

Dass Schweden in Moskau Weltmeister wurde, war ein Eishockeytriumph und der vermutlich glücklichste Sportmoment meines Lebens. Dicht gedrängt saßen wir in Clarks Küche um ein kleines Radio herum, hin- und hergerissen zwischen Hoffnung und Verzweiflung. Clarks Vater hatte nicht geknausert und eine Menge Coca-Cola besorgt, die inzwischen in Schweden erlaubt war. Aus purer Nervosität kippten wir ein Glas nach dem anderen.

Als Schweden gleich zu Beginn mit 2:0 in Führung ging, konnten wir es kaum fassen. Dann zogen die Russen nach und übernahmen ihrerseits mit 4:2 die Führung. So war der Stand im Schlussdrittel. Wir glaubten natürlich, dass uns die Russen mit einem Tor nach dem anderen bombardieren würden, aber da schoss Schweden das 3:4, und unsere Spieler legten sich wahnsinnig ins Zeug. Zwölf Minuten vor Spielende schoss Garvis Määttä das 4:4.

Langsam kroch der Minutenzeiger auf die Schlusssirene zu. Beinahe hätte ich zu Gott gebetet, sah aber ein, dass es wohl kaum nützte. Ich glaubte nicht an Gott, was er natürlich wusste, falls es ihn doch gab, und dann fand er bestimmt, dass es etwas zu spät war, in den letzten Spielminuten zum Glauben zu finden. Außerdem gingen ihm die Sportfanatiker, die am Rande eines Atomkrieges um ein Tor oder einen Strafstoß baten, sicher ganz schön auf die Nerven.

Als die Schlusssirene endlich schrillte, schrien wir wie verrückt, und Clarks Vater war so außer sich vor Freude, dass er einen Kanister Schwarzgebrannten hervorholte und uns allen in unsere Cola einschenkte.

Das war der erste Schnaps meines Lebens, aber ich kann nicht sagen, ob ich betrunken war, der eventuelle Rausch ging in dem Freudentanz unter, den wir aufführten. Jedenfalls war es das einzige Mal in diesem Schuljahr, dass ich das Abendtraining schwänzte. Als ich mich am nächsten Morgen bei Tage Lindström entschuldigte, teilte er mir lachend mit, nicht einmal die Trainer seien in der Schwimmhalle erschienen.

Die 25A wurde ebenfalls Meister, wenn auch im kleineren Rahmen, indem sie nicht ganz unerwartet das Handballturnier der C-Junioren gewann. Zwar war uns dies bereits im vergangenen Jahr gelungen, aber dieser Sieg war natürlich bedeutender.

Da ich die meisten Tore geworfen hatte, erschienen ein paar Idioten von der Schulmannschaft, um mich zu begutachten. Kopfschüttelnd betrachteten sie meinen Einsatz und kamen zu dem Schluss, ich sei zu langsam. Sie kapierten einfach gar nichts. Ich griff von der Mitte aus an, sprang in die Luft, täuschte einen Wurf vor, und drei Verteidiger rannten mit erhobenen Armen auf mich zu. Wenn ich eine Lücke sah, warf ich. Andernfalls standen Laban oder Piff in Wurflinie bereit, ich spielte ihnen den Ball zu, den sie direkt ins Tor hauten. Ganz einfach. Von wegen langsam! Schließlich siegten wir ja.

Das war ungefähr so wie mit dem Stöpsel. Ich schrieb, wie alle wussten, die besten Aufsätze, erhielt aber lausige Noten. An sich konnte mir das egal sein, da wir im nächsten Schuljahr einen neuen Schwedischlehrer bekamen und ich in der Schulmannschaft spielen würde. Die gute Miene zu bösem Spiel hätte mir eigentlich nicht schwerfallen dürfen, aber verdammt ungerecht war es schon.

Aber mein Verhältnis zu Sylvia war natürlich viel wichtiger, obwohl Clark die Meinung vertrat, Sport sei immer wichtiger als Mädchen, außer in Momenten äußerster Geilheit. Er behauptete, in den festen Händen eines Nachbarmädchens zu sein. Infolgedessen blieben mir seine neuesten Eroberungsberichte erspart. Man konnte sich mit ihm sogar ansatzweise über Liebe unterhalten.

In Bezug auf Mütter gingen unsere Meinungen jedoch

auseinander. Er fand es gut, zu den Männern zu zählen, vor denen Mütter ihre Töchter warnten. Das erhöhe die Anziehungskraft. In dieser Hinsicht bemühte er sich sehr. Ich hingegen war der Meinung, dass man die Mütter um den Finger wickeln und ihre Sympathie erringen musste, weil man sonst zum Scheitern verurteilt war. Da lachte er nur und erkundigte sich, wie oft ich denn Sylvia schon gebumst hätte. Ich blieb bei der Wahrheit und erklärte, dass sich das ergeben würde, wenn die Zeit reif dafür war. Da lachte er noch mehr, aber eher gutmütig, und wir wechselten das Thema.

Ich muss zugeben, dass ich ziemlich viel darüber nachdachte, wann die Zeit wohl reif sein würde. Ich lud Sylvia ins Kino ein, auch wenn nur jugendfreie Filme infrage kamen. Wir trafen uns jeden Samstag und Sonntag und gingen also miteinander. Aber wann war die Zeit reif?

Mama hatte etwas begriffen, was mir erst Jahre später klar wurde. Sylvia durfte nicht in der Stadt ins Kino gehen, weil der nächtliche Heimweg nach Bromma zu weit war. So lautete jedenfalls die Erklärung ihrer Mutter. In den Vorstadtkinos in Bromma wurden aber nur alte, langweilige Filme gezeigt.

Mama rief also Sylvias Mutter an und erbot sich, Sylvia nach einer Vorstellung in unserem Kino gegenüber und einer Tasse Tee bei uns nach Hause zu fahren.

So ein Angebot konnte niemand ausschlagen, erklärte Mama. Und der logische Gegenvorschlag lautete: Kommen Sie doch auf einen Drink oder eine Tasse Tee herein, wenn Sie Sylvia zurückbringen.

Und so machten wir es.

Sylvia und ich sahen uns im Manhattan »Bruchrechnung« mit Carl-Gustaf Lindstedt und Arne Källerud an, einen ausgesprochen jugendfreien und den Lachern nach zu urteilen komischen Film. Wir bekamen nicht viel mit, da wir in dem halb vollen Kino ganz hinten saßen und uns intensiver als sonst miteinander beschäftigten.

Als wir aus dem Kino kamen, erwartete uns am Bordstein ein funkelnder Mercedes-Benz 220 S. Allerdings trug Mama keine Uniform.

Sobald wir vor dem Haus in Bromma parkten, erschien Sylvias Mutter an der Gartenpforte und bat uns ins Haus.

Ich erlebte Mama von einer ganz neuen Seite. Sie saß mit einem roten Drink in der Hand und elegant übergeschlagenen Beinen als selbstverständlicher Mittelpunkt auf dem Sofa im Wohnzimmer. Sie plauderte übers Segeln, Autos, verrückte Männer am Steuer und deutsche Direktoren. Sylvias Mutter lachte herzlich. Dann wechselte sie das Thema und forderte Sylvias Vater, der bislang schweigend und Pfeife rauchend zugehört hatte, dazu auf, von ihrem Umzug nach Stockholm zu erzählen. Danach erkundigte sie sich bei Sylvias Mutter, was ihr in Bromma besonders gefalle. Sie war wie eine Dirigentin, die ein Orchester leitet. Zu guter Letzt schlug sie im passenden Augenblick einen dritten Drink aus, da die Promillegrenze am Steuer gerade von 0,8 auf 0,5 gesenkt worden war, drückte elegant ihre Zigarette in dem Drehaschenbecher aus und bedankte sich für die nette Unterhaltung. Sie freue sich schon auf das nächste Mal, aber jetzt müssten wir leider aufbrechen.

»Nette Leute, aber typisch Mittelschicht«, meinte Mama, als wir wieder im Auto saßen. »Aber das Mädchen ist hübsch und begabt. Streng dich an.«

Ich war mir nicht ganz sicher, was Mama mit Mittelschicht meinte, wollte aber meine Unwissenheit nicht zugeben, indem ich sie fragte.

Mittel, das musste zwischen dritter und erster Klasse liegen. Feine Leute waren natürlich erste Klasse. Aber wer gehörte zur dritten? Wahrscheinlich Clark, der in Abrahamsberg wohnte und dessen Vater Briefträger war. Obwohl ein Briefträger vermutlich mehr verdiente als eine Verkäuferin bei Nils Adamsson. Hatten wir einen Abstecher in die dritte Klasse gemacht und kehrten jetzt mit dem Fahrstuhl zurück?

Egal. Von mir aus sollte Sylvia ruhig der Mittelschicht angehören, und anstrengen würde ich mich auch, aber zuerst einmal wollte ich ganz dringlich meine Unschuld loswerden, und das wollte Sylvia vermutlich auch, da war ich mir fast sicher.

In Sandhamn erlebten wir den lausigsten Sommer aller Zeiten. Seit 80 Jahren hatte es nicht mehr so viel geregnet. Von Anfang Juli bis zum Schulbeginn im September goss es unablässig. Die Bauern jammerten über die verdorbene Ernte, und zum Trainieren war das Wasser zu kalt.

Sylvias und mein Vorschlag, den Sommer gemeinsam zu verbringen, war auf taube Ohren gestoßen. Beide Mütter fanden das noch zu früh. Zu früh wofür, konnte man sich fragen.

Nächsten Sommer stünde dem nichts im Wege. Wieder stellte sich die Frage, was sie damit meinten.

Ich hatte mir Sylvias gerahmtes Schulfoto im Holzschuppen über mein Bett gehängt, um ihr so jeden Abend Gute Nacht sagen und mich vor dem Einschlafen meinen Fantasien über sie hingeben zu können. Wenn ich mich zu sehr nach ihr sehnte, wurde es anstrengend, besonders in den Nächten, in denen der Regen auf die Dachpappe trommelte. Wenn die Latte nicht von selbst verschwand, musste ich irgendwann rausgehen und Druck ablassen. Dabei durfte ich Acke nicht wecken und musste mich beeilen, damit der Schlafanzug nicht nass wurde. Als ich endlich auf die Idee kam, mir den Schlafanzug auszuziehen, ging es besser.

Ich schrieb ihr täglich einen Brief, warf die Briefe aber nur jeden zweiten oder dritten Tag ein, um das arme Mädchen nicht in Post zu ertränken, wie Großmutter befürchtete.

Zu Beginn des Sommers waren meine Briefe noch eher schüchtern und vorsichtig. Ich brachte meine Gedanken zu Hjalmar Söderberg zu Papier, die Unentschlossenheit seines Helden Arvid Stjärnblom und Söderbergs eigentümlicher Vorstellung, man wähle nicht selbst, weil die Liebe Zufall sei. Irgendwann stellte ich auch Betrachtungen zu Lydias Äußerung im Roman an: »Mich darfst du auf heidnische Art lieben.«

Das war mein Versuch auszudrücken, wonach ich mich eigentlich sehnte, versteckt hinter Arvid und Lydia. Gegen Ende des Sommers hatte ich »Martin Bircks Jugend« gelesen und verwendete Abschnitte seiner Geschichte, besonders über seine erste Liebe, um offener auszudrücken, was ich empfand.

Sylvia antwortete nicht in derselben Häufigkeit, sie schrieb vielleicht einmal pro Woche, war aber ganz auf meiner Linie. Bald würden wir uns richtig lieben, schrieb sie, ließ es aber bei den vagen Andeutungen bewenden.

In diesem elenden Sommer tat mir Mama, die immer so schnell fror, richtig leid. Sie hatte sich auf fünf Wochen Kindheitssommer gefreut, wie sie es ausdrückte. Damals hatte immer die Sonne geschienen. Jetzt bibberten wir in unseren blauen Norwegerpullovern, während der Regen auf den Sonnenschirm trommelte, und schauten auf das Wasser, auf dem kein einziges weißes Segel zu sehen war. Selbst die Möwen hatten sich verzogen.

Einmal, als wir zu zweit unter dem Sonnenschirm saßen, führten wir eine jener Unterhaltungen, die man nie vergisst. Mama erkundigte sich ohne Umschweife, ob Sylvia und ich in unserer Zweisamkeit auch vorsichtig seien. Ich errötete und tat so, als würde ich die Anspielung nicht verstehen. Behutsam fuhr Mama fort, es sei besser, sie um Kondome zu bitten, als welche von meinen Freunden zu borgen oder zu kaufen. Keine andere Mutter habe so große Vorräte wie sie, witzelte sie.

Das Ganze war mir so peinlich, dass es mir die Sprache verschlug. Solche Dinge diskutierte man nicht mit der eigenen Mutter.

Als hätte sie meine Gedanken erraten, meinte sie, wir hätten doch Sexualkundeunterricht in der Schule, was sie sehr sinnvoll fände.

Doch, räumte ich ein, das sei Teil des Biologieunterrichts, ein paar Stunden pro Schuljahr, die aber nicht sehr hilfreich seien. Wir bekamen Bilder eines schlaffen Pimmels und einer Vagina im Querschnitt gezeigt. Anschließend wurde eine Hausaufgabe über Samenleiter, Eierstöcke und Gebärmutter aufgegeben. Damit war der Lehrplan in Sachen Blumen und Bienen erfüllt, aber Dinge, die man wirklich wissen wolle, erfahre man dort nicht.

»Dann musst du eben mich fragen«, sagte Mama. »Was willst du wissen?«

Ich glaubte, mich verhört zu haben. Aber Mamas Blick ließ keinen Zweifel daran, dass sie bereit war, mir auf jede Frage eine Antwort zu geben. Ich zögerte aus nachvollziehbaren Gründen. Aber hier im strömenden Regen konnte uns niemand hören.

»Also, eine Sache wäre da schon«, rückte ich schließlich mit der Sprache heraus und wagte kaum, sie anzuschauen. »Woher weiß man, ob das Mädchen überhaupt will? Selbst will man ja immer, aber wie ist das bei Mädchen?«

Sie lachte und schüttelte den Kopf. Ich schämte mich, weil ich glaubte, eine schrecklich dumme Frage gestellt zu haben.

»Na, du kommst ja direkt zur Sache«, erwiderte sie. »Das ist eine schwierige Frage. Denn es ist wirklich nicht einfach zu wissen, was das Mädchen will. Häufig weiß sie es nämlich selbst nicht. Wenn sie unten feucht wird, dann will ihr Körper und macht sich sozusagen bereit, aber das heißt nicht automatisch, dass ihr Kopf auch bereit ist. Vielleicht hat sie Angst, weil sie schlechte Erfahrungen gemacht hat. Oder sie hat ihrer Mutter oder Gott versprochen, noch zu warten. Vielleicht hat sie sich auch in den Kopf gesetzt, ein tugendhaftes Mädchen zu sein. Oder sie will einfach noch nicht oder nicht mit diesem Jungen. Das kann recht unübersichtlich sein.«

Mamas ruhige, selbstverständliche Art dämpfte meine Verlegenheit, und ich fasste mir nochmals ein Herz.

»Wenn ihr Körper signalisiert, dass sie will, wie findet man dann heraus, ob ihr Kopf bereit ist?«

»Da gibt es einige erwiesen schlechte Methoden«, erwiderte Mama mit derselben Gelassenheit. »Aber auch einige geeignetere. Eine gängige, aber schlechte Methode ist, sie mit Körperkraft und Worten überzeugen zu wollen. Es gibt sicher Mädchen und sogar Frauen, die nur Widerstand leisten, um die Schuld anschließend von sich abwälzen zu können. Glaub mir, ich weiß, wovon ich spreche. Leider lässt sich halbherziger Widerstand nicht von ernst gemeintem unterscheiden. Es können also äußerst heikle Situationen entstehen. Die viel bessere Methode, wenn man schon länger zusammen ist und sich gernhat, ist die, sich zu einigen, darüber zu reden. Versuch es lieber mit dieser Methode.«

Jetzt hatte meine Neugier meine Scham vollständig überwunden. Endlich bot sich eine Gelegenheit, auf die Frage, die mich am meisten umtrieb, eine Antwort zu erhalten.

»Gefällt es Mädchen, wenn man sie hart anfasst? Ihren Busen drückt, zwei Finger in sie hineinschiebt und so?«, fragte ich.

Die Frage war mir unendlich peinlich, aber ich wollte wirklich wissen, was auf das Schulhofgerede zu geben war.

Mama blickte nachdenklich drein und antwortete nach einer langen Pause.

»Du darfst ein Mädchen niemals hart anfassen, erst recht nicht an ihren empfindlichen Stellen. Damit machst du ihr Angst und das Vertrauen zwischen euch kaputt. Berühre Sylvia mit zarten Händen. Ihr müsst euch einig sein und es beide wollen. Im nächsten Sommer, zum Beispiel, wenn ihr dann immer noch zusammen seid.«

Letzteres sagte sie mit einem leicht provokanten Lächeln.

In meinem Kopf drehte sich alles im Kreis. Hatten die Mütter darauf angespielt, als sie fanden, diesen Sommer sei es noch zu früh? Ich konnte mir die Frage nicht verkneifen.

Mama lachte.

»Was Sylvias Mutter gemeint hat, weiß ich nicht«, erwiderte sie. »Karola ist nicht nur spießig, sie ist außerdem noch fromm. Vermutlich verdrängt sie, wie sie zu ihren Kindern gekommen ist, und schiebt es auf den Storch. Ich habe es jedenfalls so gemeint. Du bist erst dreizehn, entschuldige, dreizehneinhalb, und das ist wirklich sehr früh. Aber wenn es so weit ist, denk an das Wichtigste, nämlich vorsichtig zu sein.«

So viel war klar: Meine Mutter war nicht wie andere Mütter. Keiner meiner Mitschüler hätte eine solche Unterhaltung mit seiner Mutter führen können, am allerwenigsten Clark. Das würde unser Geheimnis bleiben, in Ewigkeit, Amen.

Zehn Tage bevor sie ihre Arbeit antreten würde, fuhr Mama zurück in die Stadt, und ich durfte wieder Ackes Kindermädchen spielen.

Mamas frühe Rückkehr lag nicht nur am schlechten Wetter, sondern daran, dass wir umziehen würden und sie alles regeln wollte, bevor wir wieder in die Stadt kamen.

Aber es gab auch einen anderen Grund für ihren Aufbruch, über den nicht gesprochen wurde. Sie mied Onkel Carl Lauritz, was vermutlich auf Erbstreitigkeiten zurückzuführen war. Wir Kinder wussten allerdings nichts Genaueres.

Im August begann die Sandhamn-Regatta. Carl Lauritz

würde daran teilnehmen, obwohl es Bindfäden regnete. Oder gerade deshalb, weil er bei schlechtem Wetter immer am besten abschnitt. Mir begegnete er mit Freundlichkeit, und er behandelte Acke und mich wie unschuldige Kinder, aber vor allem wie Verwandte.

In diesem Jahr belegte er nur den zweiten Platz.

Mit Onkel Hans Olaf und Alice hatten wir weitaus mehr Spaß, weil sie ganz anders waren als der Rest der Familie. Sie unterschieden sich schon allein darin, dass sie Sozialdemokraten und nicht Sozis sagten.

Bei Tisch provozierte Alice mit Vergnügen Frau Gisela, aber seltsamerweise nie Großmutter, indem sie Ariadne ungeniert stillte oder behauptete, Kunst sei wichtiger als Geld, Erbschaften gehörten abgeschafft und die Reichen seien Parasiten. Hans Olaf und Alice waren frech in ihren Äußerungen, und es gab immer etwas zu lachen, weil man ihnen jede beliebige Frage stellen und sich sicher sein konnte, eine geistreiche Antwort zu bekommen.

Wie zum Beispiel, als ich mich erkundigte, was das Wort Mittelschicht eigentlich bedeute.

»Ganz einfach!«, erwiderte Alice. »Das sind Leute, die Teppichboden haben, in einem Reihenhaus wohnen und Katzen halten.«

»Woran erkennt man denn die erste Klasse?«, fragte ich weiter.

»Oberschicht«, korrigierte mich Alice. »Das ist fast genauso einfach. Wenn überhaupt, halten sie einen Hund, keinesfalls eine Katze, Teppichböden sind tabu, und sie sind die Einzigen, die das Wort Oberschicht verwenden.«

»Dann sind wir Oberschicht?«, erdreistete ich mich zu fragen.

»Ich«, erwiderte Alice, »würde dieses Wort nie in den Mund nehmen. Und du solltest das auch unterlassen, Citoyen Eric Letang, Vicomte de Chantery.«

Mama holte uns mit dem Mercedes vom Waxholm-Anleger vorm Nationalmuseum ab. Es war wieder einmal Zeit für eine Überraschung, verkündete Mama gut gelaunt, als sie uns am Kai umarmte. Während der kurzen Fahrt zur Odengatan, Ecke Birger Jarlsgatan, beschimpfte sie mindestens drei Fahrer als Idioten.

Ich kannte unser neues Wohnviertel ein wenig, weil in der Odengatan zwei Kinos nebeneinanderlagen, das Broadway und das Orion. Perfekt.

Die neue Wohnung gefiel mir sehr, vier Zimmer, große Küche und Bad. Acke und ich hatten ab jetzt eigene Zimmer. Alles war aufgeräumt und frisch geputzt. Mama gab zu, dass sie ein Umzugsunternehmen und einige Putzfrauen beauftragt hatte.

Wir tranken ein Glas Champagner aus Großvaters Sektgläsern, dann musste Mama ihre Uniform anziehen, da Sören Adamsson eine Party auf Lidingö veranstaltete und zahlreiche Gäste abgeholt werden mussten. Wir könnten uns ja schon mal in unseren Zimmern häuslich einrichten.

Als die Tür hinter ihr ins Schloss gefallen war, kontrollierte ich, ob das Telefon angeschlossen war. Ich hörte das Freizeichen. Mit klopfendem Herzen wählte ich Sylvias Nummer, aber niemand hob ab. Offenbar war sie noch nicht aus Torekov zurück. Es war Donnerstag, und die Schule fing erst am Montag wieder an.

Acke und ich drehten eine Erkundungsrunde durch die Wohnung. Im Badezimmerschrank standen Zahnputzbecher mit unseren Namen. Es gab fließend warmes Wasser und statt eines Gasherds einen Elektroherd. Der Kühlschrank war schwedisch und nicht amerikanisch. Der Fernseher war angeschlossen und die Gemälde durchdacht arrangiert.

Unsere eigenen Zimmer sahen unbewohnt aus. Wir hatten jeder ein Bücherregal aus Teakholz bekommen, in meinem standen Bücher, in Ackes die Franklin D. Roosevelt, der J 35 Draken und der neueste amerikanische Düsenjäger.

Nachdem ich meine Sommerlektüre eingeräumt hatte, war nur noch eine kleine Ecke frei, in die ich Sylvias Foto stellte.

Am Fenster stand ein neuer Schreibtisch mit einer Schreibtischlampe, und darauf lag der arabische Dolch, den mir Großvater in Aden geschenkt hatte.

Am Freitagmorgen fand ich mich in größter Sorge zu Tage Lindströms Testrunde ein, die messen sollte, was das selbstständige Training im Sommer gebracht hatte. Aufgrund der niedrigen Ostseetemperatur war damit ja nicht viel gewesen.

Bald konnte ich in zweifacher Hinsicht aufatmen. Ich übertraf meinen persönlichen Rekord um ganze zwei Sekunden über 50 und um drei Sekunden über 100 Meter. Tage Lindström gratulierte mir zur klaren Qualifikation fürs Damenfinale der schwedischen Meisterschaften, eine Äußerung, die ich nicht recht zu deuten wusste.

Dass ich immer noch wuchs und mich allein schon mein Appetit kräftigte, hatte mich also gerettet, was mich sehr amüsierte. Wenn es so weiterging, hatte ich mich bald an Tarzan Weissmüller herangefuttert.

Mit Sylvia war alles in Ordnung. Wir waren einander den Sommer über treu geblieben. Die vielen Verbote ihrer Mutter machten uns jedoch immer mehr zu schaffen. Ganz schlimm war es, als Tommy Steele nach Schweden kam.

Clark hatte vier Karten für das Konzert im Anglais besorgt. Oder eigentlich noch viel mehr. Er hatte Geld geliehen und acht Stunden angestanden, um insgesamt 25 Karten zu kaufen. Einundzwanzig davon verscherbelte er anschließend für das Doppelte, gab das geliehene Geld mit Zinsen zurück, lud seine Freundin Kattis, Sylvia und mich ein und hatte trotzdem noch 275 Kronen übrig. Ich fand das phänomenal, Clark war eben clever.

Phänomenal war außerdem, dass wir das größte und aufregendste Rockkonzert besuchen würden, das je in Schweden stattgefunden hatte.

Da stellte sich Mama Karola quer. Sie fand die Stockholmer Innenstadt abends zu gefährlich, und Tommy Steele war ihr nicht geheuer, was ich überhaupt nicht nachvollziehen konnte. Tommy Steele war ein riesiger Star in England, und er war ein softer Rockmusiker, den auch Mütter mochten, also keinesfalls ein Elvis. Aber das war Mama Karola egal, sie misstraute allem, was mit Rockmusik zu tun hatte.

Wieder einmal griff Mama rettend ein. Was sie in ihrem Gespräch mit Sylvias Mutter über Tommy Steele erzählte, weiß ich nicht. Jedenfalls bot sie an, Sylvia direkt nach dem Konzert nach Hause zu fahren, und dieses Angebot konnte Mama Karola nicht ausschlagen.

Das Konzert war dann eher gemischt. Das Gekreische der Mädchen, das die Musik von der ersten Minute übertönte, nervte mich unglaublich. Es war unfassbar, was ihre

Lungen hergaben. Einige Mädchen schrien, bis sie ohnmächtig wurden. Anschließend herrschte am Stureplan Chaos, woran auch die kreischenden Mädchen schuld waren.

Clark und ich fanden Tommy Steele ganz okay, aber mit Elvis konnte er sich natürlich nicht messen. Kattis und Sylvia waren gegenteiliger Meinung. Alle Mädchen fuhren total auf Tommy ab. Bald gab es Anstecknadeln, mit denen man sich entweder zu Tommy oder zu Elvis bekennen konnte, was ich vollkommen hirnrissig fand.

In diesem Herbst erlebte die schwedische Rockmusik ihren Durchbruch. Wer hätte gedacht, dass die Schweden, allen voran Rock-Ragge und Little Gerhard, die Amerikaner so gut imitieren konnten. Die Konzerte, die meist im Nalen in der Regeringsgatan stattfanden, lösten sich in rascher Folge ab. Clark und ich waren fast bei jedem Konzert dabei, aber Sylvia konnte eigentlich nur noch Sonntagnachmittag dabei sein, wenn im Nalen eine Matinee stattfand und wir ihrer Mutter gegenüber einen Kinobesuch im Höglandsbio vorschützen konnten.

Die Plattenläden wurden von amerikanischer Musik überrollt. Paul Anka mit Diana und Pat Boone mit Love Letters in the Sand. Erstaunlicherweise übertraf Little Gerhard im Plattenverkauf alle amerikanischen Musiker, sogar Elvis. Mit seinem ebenfalls sehr kitschigen Buona Sera schlug er alle Rekorde.

Die Lederjackenclique verkaufte in den Pausen alle Rockplatten zum halben Preis. Anfänglich begriff ich nicht, wie das möglich war, bis ich spitzkriegte, dass die Platten geklaut waren. In allen Läden lagen die Bestseller auf der Theke oder in besonderen Gestellen. Während unserer

Vormittagspause arbeiteten weniger Verkäuferinnen in den Plattenläden, weil ein Teil in der Mittagspause war. Ich kam gar nicht auf die Idee, dass es verboten sein könnte, gestohlene Platten zu kaufen, solange ich sie nicht selbst klaute.

Die Schulschwimmmeisterschaften in diesem Herbst blieben mir erspart, weil ich mit 39 Grad Fieber das Bett hüten musste. Die asiatische Grippe war von englischen Pfadfindern nach Schweden eingeschleppt worden. Ein Drittel der Klasse war eine Woche lang außer Gefecht gesetzt. Grippeimpfungen gab es noch nicht. Immerhin waren alle Schüler im Frühjahr gegen die viel gefährlichere Kinderlähmung geimpft worden.

In der 3^5 hatten wir Deutsch als neue Fremdsprache, was mir Spaß machte, obwohl mir Französisch besser gefiel. Jetzt übten Mama und ich mehrere Sprachen, wenn wir nach meinem Training das Abendessen zubereiteten. Wir sprachen abwechselnd Englisch, Französisch und Deutsch.

Das Winterhalbjahr nahm einen gemächlichen Anfang, und nichts ließ erahnen, dass sich die Welt bald drastisch verändern würde.

Wenn ich an diesen Herbst zurückdenke, verblassen alle Tage neben dem 4. Oktober, als es den Russen gelang, den Satelliten Sputnik in eine Umlaufbahn um die Erde zu schießen. Das war reinste Science-Fiction! Der erste Schritt des Menschen in den Weltraum. Die Zeitungen veröffentlichten den Fahrplan der Sputnik, und ich erinnere mich an den Abend, als ich zwischen den Sternen einen erblickte, der sich mit großer Geschwindigkeit bewegte. Welch ein erhabenes Gefühl!

Aber auch bedrohlich. Die Russen und nicht etwa die Amerikaner hatten den Wettlauf gewonnen. Die Amis behaupteten zwar, auch gerade einen Satelliten zu entwickeln, aber der war nicht größer als eine Pampelmuse. Und wenn die Russen in der Lage waren, weltraumtaugliche Raketen zu bauen, konnten sie auch Raketen entwickeln, die Atombomben transportierten.

Das Gleichgewicht der Welt war gestört, und die Zeitungen erinnerten daran, dass die Russen bereits im August eine Interkontinentalrakete mit einer Reichweite von 5 000 Kilometern und einer Treffsicherheit zwischen 10 und 20 Kilometern getestet hatten. Sie schienen nicht so dumm und tollpatschig zu sein, wie sie mit ihren übergroßen Uniformmützen von der Leinwand rüberkamen. Beim Wettrüsten lagen sie inzwischen unbestreitbar in Führung. Nicht einmal unser Luftwaffenexperte Joar wusste, wie sich Schweden oder Amerika mit Jagdflugzeugen gegen Raketen verteidigen sollte, die mit 22 000 Stundenkilometern aus der Stratosphäre heransausten.

Einen Monat nach der Sputnik steigerte sich der Albtraum, als die Russen einen Hund namens Laika in den Weltraum schickten. Der Satellit mit dem Hund wog über 500 kg, während sich die Amerikaner immer noch mit ihrer Pampelmuse abmühten. Als sie sie endlich abschossen, schaffte es die Vanguard-Rakete drei Meter in die Höhe, kippte dann zur Seite und explodierte.

Was Rektor Reineclaude über die neue Bedrohung der freien Welt zu sagen hatte, liegt auf der Hand. Die Angst griff um sich und bereitete Mama, wie sie sagte, regelrecht Übelkeit.

Und doch ging das Leben und insbesondere die Liebe

weiter. Und falls wir wirklich alle in einem großen Rauchpilz zugrunde gehen mussten, dann war es damit noch eiliger.

Zu guter Letzt ergab sich für Sylvia und mich endlich eine Gelegenheit. Mama und Acke wollten Großmutter in Näsbypark besuchen, während ich zu Hause blieb, um an einem Schwimmwettkampf zwischen Neptun und Kappis teilzunehmen.

Was nicht ganz der Wahrheit entsprach, weil das Turnier, bei dem unsere Damen geschlagen worden waren und unsere Herren gesiegt hatten, bereits stattgefunden hatte.

Sylvias Mutter erzählten wir wie immer, wir würden eine Matinee besuchen.

Jetzt war es endlich so weit. Wir hatten uns eingehend unterhalten und waren uns einig, und nun standen uns ungestörte Stunden in meinem Zimmer zur Verfügung. Wir waren glücklich und küssten uns bereits im Fahrstuhl nach oben wie wild.

Zehn Minuten später lagen wir nackt in meinem Bett und waren beide erregter denn je. Es war großartig, aufregend und wunderschön.

Als ich es für angezeigt hielt, das Kondom überzurollen, sprang Sylvia plötzlich aus dem Bett und verschwand aus dem Zimmer. Ich lag mit eingepacktem Pimmel da und begriff rein gar nichts, als ich das Wasser vom Bidet plätschern hörte.

Sylvia war ihre Feuchtigkeit peinlich gewesen, und nun kehrte sie frisch gewaschen und trocken zu mir zurück.

Das war's dann. Sylvia jammerte, weil ihr meine Versuche, in sie reinzukommen, wehtaten.

Wir gerieten aus dem Konzept. Nochmals anfangen war zwecklos, also hielten wir uns lange in den Armen, was auch sehr schön war.

*

Stockholm, Juni 1968

Die NFB ist in Saigon eingedrungen, in der Stadt tobten Kämpfe, und ich schreibe über die Fünfzigerjahre.

Letzte Woche wurde Robert Kennedy ermordet. Martin Luther Kings Mörder James Earl Ray wurde einige Tage zuvor festgenommen. Vor der Renaultfabrik prügeln sich Polizisten mit Studenten und Arbeitern, General de Gaulle hat seinen Truppen in Westdeutschland einen Besuch abgestattet, um sich ihrer Loyalität zu versichern, falls er sie gegen die eigenen Leute einsetzen muss, und meine Stockholmer Kommilitonen besetzen offenbar das Haus unseres Studentenverbands.

Und ich sitze hier Stunde um Stunde und schreibe über meine Kindheit in den Fünfzigerjahren.

Der Justizombudsmann hat die Polizei soeben von allen Übergriffen während der letztjährigen Vietnamdemonstration auf dem Norra Bantorget freigesprochen – ich war dabei und habe alles gesehen! Und wo er schon einmal dabei war, nutzte er die Gelegenheit, die Polizisten, die 1965 die ersten Vietnamdemonstranten angegriffen, misshandelt und festgenommen haben, ebenfalls jeden Verdachtes zu entheben. »Die Demonstration hat eine unmittelbare Gefahr für die öffentliche Ordnung dargestellt.«

Es handelte sich um sieben oder acht Personen, von

denen ich zwei persönlich kenne, die auf dem Hötorget das Transparent »USA raus aus Vietnam« in die Höhe hielten.

Stellt das eine unmittelbare Gefahr für die öffentliche Ordnung dar?

Trotzdem sitze ich hier wie unter einer Käseglocke und beschreibe die politisch und literarisch erstarrten Fünfziger, was surrealistisch anmutet, weil ich mich dadurch selbst in einen Fünfziger-Jahre-Autor schlimmster Sorte verwandele.

Ich will vor meiner Abreise fertig werden, und jetzt geht es ums Ganze, bis dahin bleiben mir nur noch knapp zwei Wochen.

Nun zu Deinem ausführlichsten Einwand.

Das Bild meiner Mutter sei stark idealisiert, sagst Du. Das stimmt natürlich. Aber ich habe Dich gewarnt. *This was her finest hour.* In diesen Jahren war sie bewundernswert.

Was Du und andere über ihr Verhalten nach meiner Geburt erzählen (sie war damals 20!), als sie allein am Norr Mälarstrand wohnte und mein Vater verduftet war, um Frankreich zu befreien, ist eine banale, traurige Geschichte. Sie ging tanzen, während ich mit voller Windel im Gitterbett lag und stundenlang schrie, bis die Nachbarn zu guter Letzt eingriffen. Du hast sie dazu überredet, wieder nach Saltsjöbaden zu ziehen. Allerdings etwas zu spät, als sie bereits wieder schwanger war und den widerwärtigen Harry mitbrachte.

Es stimmt auch, dass sie danach noch einige Dummheiten beging und ihre peinlichen, reaktionären Ansichten nie ablegte.

Aber es geht um die Fünfzigerjahre, darin besteht die Aufgabe. Das von Dir eingeforderte differenzierte Bild Hélène Letangs, später wieder Lauritzen, kann ein pubertierender Ich-Erzähler nicht liefern, weil er das alles schließlich weder wissen noch allumfänglich ahnen konnte. Die einzige Möglichkeit, diese Leichen aus dem Keller zu holen, wäre, klatschsüchtige Verwandte, beispielsweise eine Tante Johanne, in die Erzählung einzubauen. Aber das hast Du Dir ja vehement verbeten. Diese Woche hast Du einen mir unbekannten dänischen Autor namens Frank Jæger verrissen und beendest Deine Kritik mit folgender Bemerkung: »Man sieht die frischen Farben, die schöne Landschaft, die heroischen Gesten, die eigentliche Komposition des Bildes. Man denkt nicht: Der arme Didrik, sondern: Hübsch gezeichnet. Dieser Gedanke ist ein vernichtendes Urteil.«

Touché! Wenn die Kunstfertigkeit überhandnimmt, ist die Raison d'Être der Geschichte in Gefahr. Genau diese Art französischen Stils sollte ich doch meiden. Daher auch Deine Anweisung, in der ersten Person, der anspruchsvolleren Ich-Form, zu schreiben, in der es keinen allwissenden Erzähler gibt, der alles erschöpfend erklären kann.

Vor einigen Jahren, in meiner allerfranzösischsten Phase, in der ich Claude Simon und Le Clézio imitierte, haben wir im Kino »Letztes Jahr in Marienbad« gesehen. Erinnerst Du Dich? Ich wollte diesen Film mit Dir anschauen, weil Du als die intellektuelle Eminenz unserer Familie wie ich in der Lage warst, einen solchen Film zu begreifen.

Er lief im Röda Kvarn, und wir saßen auf dem Balkon. Ich staunte über die vielen Toulouse-Lautrec-inspirierten langen Schals und dunklen Sonnenbrillen im Parkett, über die wir uns lustig gemacht haben.

Dieser von der intellektuellen Kritik gefeierte Film wurde unter anderem bei den Filmfestspielen in Venedig mit einem Goldenen Löwen ausgezeichnet. Voller Ehrfurcht vor den großen Namen Alain Resnais und Alain Robbe-Grillet war ich auf große Kunst eingestellt. Ich erinnere mich noch an Deine Zurückhaltung. Vermutlich hast Du aus Rücksicht auf mich auf Ironie verzichtet.

Sicherlich erinnerst Du Dich auch an Robbe-Grillets »epochemachendes« Werk »Pour un nouveau roman«, in dem er erläuterte, wie der neue Roman auszusehen hatte: Keine Intrige, keine Strömungen, keine Personenbeschreibung, einzig »faktische« Ereignisse in der Ereignislosigkeit.

Das läuft dann natürlich auf »Letztes Jahr in Marienbad« hinaus, völlig unbegreifliche und damit sinnlose Literatur. Ich weiß das, denn ich habe es erlebt.

Weshalb nun dieser Exkurs?

Um Dich daran zu erinnern, dass sich der Zeitgeist radikal verändert hat. Wer im Schatten des Vietnamkrieges, der Apartheid in Südafrika, der Unterdrückung der drei faschistischen Diktaturen in Europa, der Verwandlung Israels von einer sozialdemokratischen Utopie in eine Besatzungsmacht mit Robbe-Grillets genialischen Ideen von Literatur hausieren ginge, würde zu Recht ausgelacht. Mal ganz abgesehen davon, was Göran Palm und Jan Myrdal zu dieser Art von Literatur zu sagen gehabt hätten. Und doch stand ich vor wenigen Jahren ebenfalls im Begriff, ähnlich geniale Unbegreiflichkeiten zu verfassen.

Eine mögliche Gefährdung, wie wir Juristen sagen, besteht darin, dass wir uns in der Auseinandersetzung zwischen sprachlicher Kunst und inhaltlicher Gewichtung nicht einigen können. Deine Bewunderung des Modernismus der Zwanziger- und Dreißigerjahre ging deutlich aus Deiner Debatte mit Göran Printz-Påhlson über modernistische Strömungen englischer Lyrik der Fünfzigerjahre hervor. Aus reiner Loyalität ging ich davon aus, dass Du im Recht warst. Ich muss jedoch zugeben, dass ich mich viel zu wenig auskannte, um eine Meinung äußern zu können. Es erging mir ungefähr so wie damals in der Schulbücherei, als ich über die für mich unbegreifliche Charakterisierung Edith Södergrans stolperte (es freut mich, dass Dich die kategorische Einschätzung der Schulbibliothekarin hinsichtlich der Eignung Södergrans für heranwachsende Knaben so amüsiert hat).

Was übrigens Göran P.-P. betrifft, so bin ich vor einigen Tagen beim Aufräumen meines Regals in einem alten *Bonniers Litterära Magasin* auf seine Analyse der Literatur der Fünfzigerjahre gestoßen. »Ein Fiasko«, schreibt er. »Das Jahrzehnt des Individualismus, dessen Lieblingsmotiv, das mit jedem Buch eines jeden Autors vertieft und variiert wurde, die Rolle der Privatperson in einer beliebigen Gesellschaft war, während die tendenziöse Beschreibung der Gesellschaft in alten Formen erstarrte oder verschwand.«

Vielleicht war es damals in Schweden wirklich so. In Frankreich dominierte die »albtraumhafte Leere« und der Existenzialismus. Die Geschichte ist tot, es gibt keine Werte, an denen sich der orientierungslose Mensch festhalten kann, und so weiter. Und das alles im Schatten der Atombomben und des Kalten Krieges! Pfeif auf alles und zünde dir voller Tiefsinn eine Gauloise an. Als Schwimmer hatte ich eine gewisse Abneigung gegen das Rauchen, aber französische Zigaretten waren natürlich etwas ganz anderes.

War die Literatur wirklich so esoterisch hoffnungslos? Manchmal stimmt mich die gängige Vorstellung misstrauisch. Schließlich veröffentlichten im Jahre 1957, von dem ja auch mein jüngster Text handelte, Per Olof Sundman, Sven Fagerberg und Lars Gustafsson ihre ersten Bücher, und auch Jan Myrdal gehört in diese Zeit. Um die Behauptung über die katastrophalen Fünfziger aufrechterhalten zu können, hat das literaturgeschichtliche Establishment diese Gruppe diskret für unsere Sechzigerjahre vereinnahmt.

Für diese Art der Fünfzigerjahre-Analysen, die sich kaum mithilfe normaler Erörterungen erstellen lassen, verstecke ich mich gerne hinter meinem Ich-Erzähler. Ein Kind konnte Elvis und die Bedrohung durch die Atombombe wahrnehmen, aber kaum die verdammten, aber vielleicht auch zu Unrecht geschmähten Fünfzigerjahre als literarisches Fiasko erkennen.

Die folgenden Jahre über Mama Hélène werden mir leichter fallen. Du weißt natürlich, wie es mit ihr weiterging, und ich verstehe, dass Dir möglicherweise einiges von dem, was kommt, missfällt. Trotzdem ist es wahr, solange diese Geschichte andauert.

Ab jetzt bleiben mir noch zwei Wochen. Die Welt muss so lange warten.

1958

LOHN DER TUGEND

Wir waren etwas ganz Neues, Teenager. Dieses Wort ließ sich mit -dasein, -mode, -geschmack, -musik, -ideal, -sex, -beschwerden, -trotz, -kultur und -markt kombinieren. Es war von vorlauten und lästigen Teenagern die Rede. Dem Ideenreichtum waren keine Grenzen gesetzt.

Von nun an gab es also uns, eine besondere Kategorie Mensch. Dass es uns früher nicht gegeben hatte, war unbegreiflich. Schon immer hatte es doch zwischen dreizehn und neunzehn Jahre alte Menschen gegeben, aber offenbar nie Teenager.

Ausnahmsweise und wirklich nur dieses eine Mal ging mir während der Morgenpredigt des Rektors ein Licht auf, als er die Teenagerfrage aufgriff und tatsächlich die Zusammenhänge erklärte. Gegen Ende brachte er noch ein paar moralische Ermahnungen und Drohungen unter, aber das war ja schließlich der Sinn der Morgenpredigt.

Laut ihm verhielt es sich folgendermaßen: Früher war die Kindheit nahtlos ins Erwachsenendasein übergegangen. Wer alt genug war, um als Magd oder Knecht auf dem Hof mitzuhelfen oder in einer Fabrik oder als Laufbursche zu arbeiten, für den begann das Leben eines Erwachsenen.

Nun aber war die Entwicklung der Menschheit in eine neue Phase eingetreten. Die Schulzeit währte viel länger, und es gab eine Lebensphase, in der wir arbeitsfähig waren, aber nicht arbeiteten. Stattdessen wurden wir von unseren Eltern oder vom Staat finanziert und vertrieben unsere Zeit mit unnützen Dingen wie Schallplatten, geschmacklosen Kleidern und lausigen Zeitschriften (vermutlich spielte Reineclaude damit auf das Jugendmagazin *Bildjournal* an), die auf dem sogenannten Teenagermarkt feilgeboten werden.

Was uns aber keinesfalls unserer Verantwortung enthob! In der Vasa Real sollten wir wie erwachsene Menschen auftreten und unsere Studien mit dem gleichen Ernst betreiben, mit dem wir in einem anderen Zeitalter unserer Arbeit nachgegangen wären. Wer sich nicht am Riemen riss und das Privileg, das uns die Gesellschaft geschenkt hatte, nicht respektiere, würde ohne Pardon von der Schule fliegen! Und so weiter.

Teenager seien träge, hieß es. Ihre Markenzeichen Faulheit, Renitenz und Kaugummi im Unterricht! Letzteres wurde bei uns mit einem roten Eintrag ins Klassenbuch geahndet.

Wer nicht schnell genug neben der Bank strammstand, dem wurde von nun an die klassische Teenagerträgheit diagnostiziert.

Woher die Vorstellung vom trägen Teenager kam, war unklar. Wahrscheinlich aus Amerika wie auch die Bezeichnung Teenager, obwohl bei uns im Englischunterricht alles Amerikanische verpönt war.

Unsere Kleidung war jedenfalls von amerikanischen Filmen inspiriert. Die Mädchen hatten es leichter, sich amerikanisch zurechtzumachen, als die Jungs, und das hatte einen einfachen Grund.

Die Mädchen toupierten und rollten das blondierte Haar wie zu Heunestern auf dem Kopf auf, sie nähten und stärkten Unterröcke, die sie mehrlagig unter die Kleider zogen. Dazu trugen sie breite elastische Gürtel, damit ihre Taillen schmaler wirkten, und staksten am Wochenende auf hohen Absätzen herum wie Püppchen, richtige Amerikanerinnen eben. All das einschließlich des weiß schimmernden Lippenstiftes aus Zinksalbe konnten sie selber herstellen.

Wir Jungs hatten es da schwerer. Wer wie Marlon Brando in »Die Faust im Nacken« aussehen wollte, konnte sich ohne größere Probleme Lederjacke und Unterhemd besorgen. Aber alles hing von einem wesentlichen Detail ab: Um wie ein echter Ami auszusehen, musste man echte amerikanische Jeans tragen, die es praktisch nicht gab. Nur einige wenige Rocker wussten, wo welche aufzutreiben waren.

Uns blieb nichts anderes übrig, als die von Libo in Borås hergestellten Imitationen zu tragen. Diese Hosen hießen zwar auch Jeans, aber man sah den Unterschied sofort an der Farbe. Die Jeans von James Dean in »Denn sie wissen nicht, was sie tun« und Elvis in »Gold aus heißer Kehle« waren ungleichmäßig gefärbt, die Libo-Imitationen jedoch vollkommen gleichmäßig blau.

Mama behauptete, die Sozis seien schuld, dass wir keine echten amerikanischen Jeans kaufen könnten, worüber ich anfangs noch lachte. Den Sozis konnte vieles angelastet werden, beispielsweise das geplante heimtückische Rentensystem, die Landesverteidigung ohne Atomwaffen und die abartig hohen Steuern. Aber der Mangel an echten amerikanischen Jeans? Das konnte ich dann doch nicht glauben.

Aber Mama meinte das ernst. Die schwedische Textilindustrie stecke in der Krise. Wenn die Sozis echte amerikanische Jeans ins Land ließen, würden alle Teenager sie kaufen. Oder etwa nicht?

Doch, durchaus.

Das wäre dann das Ende von Libo, und alle Angestellten in Borås würden ihre Arbeit verlieren. Da die Sozis jedoch rabiate Gegner der Arbeitslosigkeit waren, verhängten sie lieber hohe Zölle auf Jeans.

Im zweiten Halbjahr war ich lange genug gut bei Kasse, um meine Flipperfähigkeiten zu verbessern. Selbst Clark räumte ein, dass ich Talent hatte. Das bescherte mir von nun an ein rasches und einfaches Einkommen.

In allen Cafés mit Flipperautomaten galten dieselben Regeln. Man reihte seine 25-Öre-Münze in die Schlange der Münzen der anderen auf dem Automatenrand ein. Wenn ein Spieler fertig war, konnte er einfach aufhören oder gegen den Besitzer der nächsten Münze in der Warteschlange mit verdoppeltem Einsatz antreten. Wer um Geld spielte, besaß Vortrittsrecht zum Automaten, und das taten fast alle. Die Stockholmer Taxifahrer liebten es zu flippern, und vor den Cafés mit guten Automaten parkten immer viele Taxis.

Viele Taxifahrer stiegen aus, sobald sie sahen, dass der nächste Gegner ein Schüler war, vor allem, wenn sie bekannt waren wie Clark. Andere Taxifahrer waren weniger clever.

Die Höhe der Einsätze war theoretisch unbegrenzt, aber unser Limit lag bei vier Kronen. Dann war es ratsam, den Gewinn einzustreichen, auch wenn der Taxifahrer um acht Kronen weiterspielen wollte. Aus Erfahrung wussten wir, dass die Taxifahrer bei solchen Summen nicht mehr zahlten, wenn sie weiter verloren. Dagegen konnten wir nichts unternehmen, da sie ja erwachsen und teilweise ziemlich derbe Typen waren.

In einer Vormittagspause strich ich im Schnitt sechs oder sieben Kronen ein. Aber ich musste auch etwas essen, weil ich durch das Schwimmen doppelt so viele Kalorien verbrauchte wie alle anderen. Außerdem durfte ich natürlich nicht zu spät zur nächsten Stunde kommen.

Als der Imbiss in der Nähe der Schule einen Automaten aufstellte, konnte ich während des Flipperns zwei Grillwürste und eine Portion Pommes verdrücken.

Es folgte ein eisig kalter Winter. Zwei Wochen hintereinander fiel Eishockey im Vasapark aus. Stattdessen standen Geräteturnen und Handball auf dem Programm, was mir ganz recht war. Geräteturnen machte Spaß, und Handball war nach Schwimmen mein bester Sport.

Im März, als wir schon glaubten, der Winter sei vorüber, sanken die Temperaturen noch einmal. Als die Rockgala, das größte Ereignis seit Tommy Steele, vom Stapel lief, zeigte das Thermometer 19 Grad minus, was in der Erikdalshalle aber keine Rolle spielte. Allerdings hatten wir lange in der Kälte anstehen müssen, weil über 2 000 Personen in die Halle drängten. Es hieß, dass die neumodischen Nylonstrümpfe an den Beinen der Mädchen festfrieren konnten und ihnen vom Leib geschnitten werden mussten.

Aber vielleicht war das wie vieles andere auch nur Gerede. So hieß es auch, dass manche Mädchen ihre Hochfrisuren mit Brötchen polsterten und dass es passieren konnte, dass sich Lebensmittelmaden aus den Brötchen in ihre Kopfhaut bohrten. Sylvias Freundin Anna-Karin hatte eine Freundin, die das bei einer Klassenkameradin schon gesehen haben wollte, die ins Krankenhaus musste, um die Maden zu entfernen.

Die Rockgala in der Erikdalshalle am 11. März war das bislang größte Konzertereignis Schwedens. Nicht nur Little Gerhard und seine Band traten auf, sondern auch Rock-Ragge and his Four Comets und eine Musikerin namens Rock-Olga.

An Rock-Ragge und Little Gerhard schieden sich die Geister wie an Elvis und Tommy. Clark und ich hielten zu Rock-Ragge, weil uns die Hits von Little Gerhard für richtigen Rock zu sentimental waren. Bei richtigem Rock wurde nicht mitgesungen, aber wenn Little Gerhard »What You've Done to Me« und »Buona Sera« anstimmte, dann sangen alle. Die Mädchen kreischten und warfen Kleider, einige sogar ihre Slips, auf die Bühne. So hieß es zumindest.

Und wieder einmal untersagte Sylvias Mutter ihr den Besuch der Rockgala.

Wer Rockkönig werden wollte, musste die kreischenden kleinen Mädchen auf seine Seite ziehen, und da hatte Little Gerhard ganz klar einen Vorsprung. So wurde er dann auch einige Zeit später bei einer Gala im Jordal Amfi in Oslo zum Rockkönig des Nordens ernannt und durfte den seinen Wehrdienst ableistenden Elvis in Westdeutschland besuchen. *Bildjournal* brachte einen großen Artikel darüber, aber wenn man den Text genauer las, wurde deutlich, dass Elvis den Namen Little Gerhard noch nie gehört hatte und dass die Begegnung nur fünf Minuten dauerte. Ich stellte es mir wie eine Begegnung von Alexander dem Großen und Huckleberry Finn vor.

Für die Rockgala schwänzte ich das erste Mal in zwei Jahren das Abendtraining im Sportpalast. Das Mal, als Schweden Eishockeyweltmeister wurde, zählte nicht. Natürlich entschuldigte ich mich am nächsten Morgen. Tage Lindström hatte kein Verständnis für meine Entscheidung. Wer schwänzte, sei bald verloren, behauptete er. Beim Schwimmen komme es auf physische und psychische Ausdauer an. Wer wegen einer solchen Bagatelle schwänzte, fand bald auch andere Ausreden. Und das war's dann.

Zur Strafe musste ich 100 Meter auf Tempo schwimmen. Wenn ich meinen persönlichen Rekord schlug, durfte ich das anschließende Langstreckentraining ruhiger angehen. Scherzhaft, aber auch schmerzhaft, zog er mich am Ohr zum Startblock.

Der Start war ungewöhnlich gut, und ich begann rasch mit den Armbewegungen.

Die Wende nach 50 Metern gelang ebenfalls perfekt. Auf der zweiten Bahn gab ich mein Bestes und atmete nur drei- oder viermal.

Anschließend hing ich mit einem Arm über der Korkleine, weil ich nicht einmal mehr die Kraft hatte, zur Leiter zu schwimmen.

Tage Lindström wartete mit ausdrucksloser Miene am Beckenrand.

»1,04«, sagte er. »Gratuliere zum schwedischen Damenrekord.«

Ich hatte meinen persönlichen Rekord um sieben Zehntel verbessert, was sollte das Gerede vom Damenrekord?

Offenbar sah er mir an, dass ich ungern mit Mädchen verglichen wurde. Er lachte, was nicht oft vorkam.

»Lass es dir gesagt sein«, meinte er. »Kate Jobsons schwedischer Rekord kann sich sehen lassen, das ist Europarekord. Sie ist sieben Jahre älter als du. Wenn du dich richtig ernährst, weiter wächst und das Training nicht schwänzt, verbesserst du dich in den nächsten Jahren um zehn Sekunden. Schwimm jetzt ein paar ruhige Bahnen, damit du keinen Muskelkater bekommst, danach gilt halbes Tempo. Das Beinschlagtraining darfst du heute auslassen.«

Er schob die Stoppuhr in die Tasche, drehte sich um und ging.

Als ich wieder ins Becken sprang, um meine Bahnen zu schwimmen, dämmerte mir, was Tage Lindström gesagt hatte. 1.04 minus zehn Sekunden waren 54 Sekunden. Der Goldmedaillengewinner in Melbourne vor zwei Jahren war 55,4 Sekunden geschwommen.

»Jailhouse Rock« mit Elvis, der drei Tage nach der Rockgala in den Kinos anlief, war die ersten zwei Wochen ausverkauft, was an sich kein Problem darstellte, da es immer Karten auf dem schwarzen Markt gab. Geld war dank meiner Flippergewinne ebenfalls kein Problem. Vermutlich war ich der kaufkräftigste Kunde der Lederjackenclique.

Aber »Jailhouse Rock« war nicht jugendfrei, was nicht an Mord, Gewalt oder Sex lag, sondern an Elvis' schädlichem Einfluss auf die Jugend, insbesondere Teenager unter fünfzehn.

Diese Hürde ließ sich nehmen. Sylvia war fünfzehn und

konnte einen Ausweis vorlegen, und ich sah älter aus. Kein Platzanweiser würde darauf kommen, dass sie mit einem jüngeren Verehrer unterwegs war.

Das größte Problem war Mama Karola, die uns den Film ohne eine plausible Erklärung verbot.

Den Film alleine anzuschauen kam nicht infrage, schließlich waren Sylvia und ich ein Paar.

Wir beschlossen also, einen wasserdichten Plan auszuhecken. Erstens mussten wir den Film zum Zeitpunkt einer Sonntagsmatinee anschauen und zweitens einen passenden Alibifilm finden, den Mama Karola genehmigte. Wir entschieden uns für die Komödie »Der Meister der Marine« mit Nils Poppe, in dem in Seemannskostümen getanzt und herumgestolpert wurde.

Zu meinem Leidwesen musste ich mir das elende Machwerk ansehen, damit ich Sylvia den Inhalt referieren konnte.

Schließlich saßen wir an einem Sonntagnachmittag im China am Norrmalmstorg, während gleichzeitig in einem Vorortkino in Bromma die lächerliche Filmkomödie mit Nils Poppe im Donald-Duck-Kostüm lief. Man hatte uns anstandslos reingelassen, und ich war unter Garantie nicht der Einzige im Saal, der noch keine fünfzehn war. Offenbar sorgte sich der Platzanweiser nicht so sehr um die Moral der Teenager wie die Sozis oder wer auch immer veranlasst hatte, dass Elvis erst ab fünfzehn gesehen werden durfte.

Der Film war über Erwarten gut, insbesondere im Vergleich mit »Pulverdampf und heiße Lieder«, dem ersten Elvis-Film mit dem langsamen Song »Love Me Tender«.

»Jailhouse Rock« war etwas ganz anderes. Selbst Sylvia fand, dass Elvis mit einigen Songs Tommy Steele übertraf.

Die Handlung gab nicht viel her. Vince Everett, also Elvis, war wegen fahrlässiger Tötung zu einem Jahr Gefängnis verurteilt worden. In der Zelle lernte er einen alten Countrysänger kennen, der berühmt gewesen, aber in Vergessenheit geraten war. Den Rest konnte man sich mühelos zusammenreimen. Elvis wurde berühmt und verdiente nach seiner Entlassung ein Vermögen, vergaß aber darüber nicht seine Freunde aus dem Knast.

Zwischen den Songs gab es lange Sequenzen, in denen Sylvia und ich und viele weitere Zuschauer die Dunkelheit zu anderem nutzten.

Wie immer hatten wir es in der Finsternis sehr behaglich. Aber Sylvia bremste mich etwas, weil gewisse Dinge zu sehr erregten und sie lieber warten wollte, bis wir aufs Ganze gehen konnten.

Ich wollte ihr nicht widersprechen, fand aber den Gedanken, bis zum Sommer in Torekov oder Sandhamn warten zu müssen, ziemlich unerträglich.

Wir hatten dummerweise keine Freunde, deren sturmfreie Bude wir nutzen konnten.

Ich hatte eigentlich nur einen Freund, Clark, bei dem nie sturmfrei war, weil entweder seine Eltern oder seine Geschwister zu Hause waren. Bei Sylvias Bekannten in Abrahamsberg sah es ähnlich aus. Und bei uns hing Acke an den Wochenenden zu Hause rum, weil er nicht einmal Fußball spielte.

Mein Freundesmangel lag an meinem Schwimmtraining. Wenn meine Klassenkameraden nach der Schule etwas zusammen unternahmen, trainierte ich im Sportpalast. Tagein und tagaus. Meine Grippe einmal ausgenommen, hatte ich in drei Jahren nur ein einziges Morgentraining versäumt und ein Abendtraining geschwänzt. Das war das Los aller Schwimmer. Aber war es das wirklich wert? Ja, solange ich meine Zeiten verbesserte. Ich wollte weitermachen, bis ich meine Bestzeit erreichte. Und bis dahin würde laut Tage Lindström noch viel Zeit verstreichen. Er musste es wissen, schließlich war er einer der besten Trainer des Landes.

Wie dem auch sei, bei Lichte besehen ging es einzig und allein darum, wann Sylvia und ich endlich Zeit für uns alleine hatten.

Die bislang einzige Gelegenheit war leider verstrichen, weil wir zu erregt gewesen waren und sie sich trocken gewaschen hatte. Das würde sich nicht wiederholen, obwohl wir nur wenige Worte darüber gewechselt hatten, weil es Sylvia unangenehm war. Im Sommer würde es sicher klappen.

Wie ätzend, dass es bis dahin noch eine Ewigkeit war.

Eine Woche nach Ferienbeginn saß ich endlich frühmorgens im Zug nach Göteborg, von wo aus ich über Halmstad nach Båstad weiterreisen würde.

Eisenbahn bedeutete Freiheit und erinnerte mich an Großvater. Er hatte Eisenbahnlinien durch die Savanne gebaut, durch Sümpfe und Wälder, auf der Strecke von Dar zum Tanganjikasee, Hunderte Elefanten und menschenfressende Löwen erlegt. Fantasiebilder, die der Wirklichkeit entsprangen.

Wie anders das Leben damals dort gewesen sein muss. Kein leeres Erste-Klasse-Abteil mit einem einsamen Schüler darin. Kein grauer Himmel und Nieselregen. Ich war seit Jahren nicht mehr Zug gefahren, nicht einmal mit der

Saltsjöbahn. Es war ein schönes und aufregendes Gefühl. Bereits zu Anfang boten sich mir malerische Blicke auf den Riddarfjärden im Regen.

Ich hatte Großvater versprochen, mir in Mathematik Mühe zu geben, und dieses Versprechen hatte ich gehalten. Trotzdem hatte Mama mich wegen des Zeugnisses gerügt oder zumindest ihr Missfallen kundgetan. Am meisten störte sie das Ausreichend in Betragen. Drei Einträge ins Klassenbuch hatten genügt, um die Note zu drücken. Zwei bezogen sich auf Verspätungen nach der Vormittagspause, der dritte auf die sogenannte Teenagerträgheit. Ich hatte in einer ersten Stunde nach dem Morgentraining nicht schnell genug strammgestanden, noch dazu in Religion, dem wohl lächerlichsten aller Fächer. Aber der Geistliche, der ab und zu in der Schule aushalf, ließ sich während der Morgenpredigt am lautesten über die Verlotterung der Teenager aus.

Ich weiß nicht mehr, wie ich Mama die beiden Verspätungen nach der Vormittagspause erklärte, aber die Wahrheit erzählte ich ihr natürlich nicht. Glücksspiel ist zeitaufwendig und kann nicht ohne Weiteres abgebrochen werden.

Meine schlechte Schwedischnote nahm ich nicht weiter tragisch. Wir hatten uns mit Autoren des 19. Jahrhunderts beschäftigt, die Gedichte über Wikinger, die Ewigkeit und anderes, lächerlich überzogenes, sogenannt *sublimes* Zeug, schrieben. Im nächsten Schuljahr, wenn wir uns wieder der richtigen Literatur zuwandten, würde ich meine alte Note zurückerobern. Hauptsache war, dass ich mit meinen Aufsätzen als Klassenbester abschnitt. In dem Punkt war Mama nicht meiner Meinung. Allgemeinbildung sei wichtig, und sich mit den Werken Tegnérs und Geijers auszukennen sei in unseren Kreisen ebenso selbstverständlich wie das Reisen erster Klasse.

Dass sie meine Eins minus in Englisch, Deutsch und Mathematik als gegeben hinnahm, fand ich ungerecht, weil sie gleichzeitig über die schlechteren Noten in Religion, Biologie und Erdkunde klagte.

Ich sei abends zu viel unterwegs, um Rockmusik zu hören. Zugegeben, für die Hausaufgaben blieb manchmal wenig Zeit, aber das Training und die Hauptfächer waren mir wichtiger gewesen. Und wenn ich die Hürde ins Gymnasium nehmen musste, ließen sich die Noten in den unsinnigen Fächern sicher noch rasch verbessern.

Man könnte sagen, dass wir uns in dieser Hinsicht nicht ganz einig waren.

Aber das war in diesem Moment Nebensache, als ich die Landschaft betrachtete und der Himmel langsam aufklarte. Ich sah wieder die Savanne vor mir, und der Rhythmus der Schienenstöße beschwor eine Fantasie nach der anderen herauf, von riesigen Gnu- und Zebraherden, denen Löwen auf Abstand folgten, um sie nicht aufzuscheuchen, ehe die Dunkelheit hereinbrach, von übellaunigen Nashörnern und Flusspferden, die in Wasserlöchern suhlten, sich sonnenden Krokodilen, die ihre Rachen aufrissen, und farbig schimmernden Gazellen, die von Raubtieren aufgeschreckt wurden.

In Katrineholm betrat ein ungewöhnlich hübsches Mädchen in meinem Alter, nun ja, einige Jahre älter, das Abteil. Natürlich erhob ich mich sofort und half ihr, die Reisetasche in das Gepäcknetz zu wuchten, was ihr seltsamerweise überhaupt nicht zu gefallen schien.

Sie hatte etwas von einer Theaterfigur, denn sie übertraf

gewissermaßen die Wirklichkeit. Ihr langes dunkelrotes Samtkleid hatte die Farbe der Abteilpolster, sie hatte dunkles Haar und hellblaue Augen, was ich mindestens so apart fand wie Blondinen mit braunen Augen. Dazu trug sie schwarze Schuhe mit hohen Absätzen, die nicht unbedingt reisetauglich waren, sondern sich eher für eine Party eigneten.

Natürlich war ich neugierig, aber ich unterdrückte meinen Impuls, sie dauernd anzustarren. Sie nahm einen Stapel Papiere hervor und begann zu lesen, und ich wandte mich wieder dem Fenster zu und kehrte in die Savanne und nach Tanganjika zurück.

Nach einer Weile streckte sie die Hand nach den Pappbechern aus, und ich schenkte ihr aus der Wasserkaraffe ein. Aus unerklärlichem Grund amüsierte sie das. Sie lachte und schüttelte den Kopf.

Ich begab mich wieder in die Savanne.

Ein Nashorn, das Großvaters Witterung aufgenommen hatte, griff in unbeholfenem Galopp an. Großvater in kurzen Hosen und breitkrempigem Hut verzog keine Miene, legte das Gewehr an und ließ die Bestie auf fünfzehn Meter an sich herankommen. Dann schoss er dem Nashorn ins Knie, worauf es zur Seite kippte. Großvater trat bedächtigen Schrittes an das große Tier heran und schoss ihm in den Hinterkopf.

»Magst du eine halbe Banane?«, fragte sie und hielt mir das braunfleckige Obst hin.

»Nein, danke«, erwiderte ich. »Ich will später in den Speisewagen. Darf ich dich dann vielleicht zum Essen einladen?«

»Nein, danke«, erwiderte sie und lachte herzlich. »Ich

glaube nicht, dass wir zwei die passende Gesellschaft im Restaurant wären.«

Einerseits war ich erleichtert, weil das ganz schön ins Geld gegangen wäre und meine Reisekasse bescheiden war. Andererseits verstand ich nicht, warum wir keine passende Gesellschaft wären. Ich war immerhin angemessener für eine Reise gekleidet als sie. Aber darum ging es ihr vermutlich gar nicht. Zu guter Letzt siegte meine Neugier.

»Warum wären wir keine passende Gesellschaft für den Speisewagen?«, fragte ich.

Sie antwortete mit einer Gegenfrage.

»Was sagst du zum Ausgang der letzten Wahl?«

Wegen einer hitzigen Rentendebatte hatten vor weniger als einer Woche Neuwahlen stattgefunden. Die Sozis hatten gesiegt, und Mama hatte erzürnt behauptet, die Diktatur stehe bevor. Die Sozis würden die Rentenfonds dazu verwenden, alles zu verstaatlichen.

»Ich darf noch nicht wählen«, meinte ich ausweichend.

»Das hab ich mir gedacht«, erwiderte sie. »Aber was hältst du davon? Freust du dich, oder ärgert es dich?«

»Weder noch«, antwortete ich wahrheitsgemäß. »Die Reichstagswahlen betreffen mich nicht.«

»Natürlich gehen sie dich was an, wie alle anderen Mitbürger auch«, meinte sie selbstsicher.

Ich versuchte, mich mit einem anderen Argument aus der Affäre zu ziehen.

»Ich bin französischer Staatsbürger und daher in Schweden nicht stimmberechtigt.«

Das brachte sie zum Schweigen, zumindest zehn Sekunden lang.

»Aber du lebst doch in Schweden, irgendeine Meinung musst du doch haben?«, beharrte sie.

»Die Sozis haben gewonnen, was meine Mutter für eine Katastrophe hält, aber ich habe dazu keine eindeutige Meinung.«

»Siehst du«, sagte sie. »Deswegen passen wir nicht an einen Tisch. Du hast Sozis gesagt, und damit ist die Sache klar. Du stammst wohl kaum aus Arbeiterkreisen.«

Verächtlich widmete sie sich wieder ihren Papieren.

Ich kam mir ziemlich dumm vor. Das hätte ich mir ja denken können. Onkel Hans Olaf und Alice sagten nie Sozis und immer nur Sozialdemokraten, weil sie das vermutlich selbst waren. Oder etwas noch Schlimmeres.

Das ungewöhnlich hübsche Sozimädchen, wie ich sie insgeheim taufte, trug eine große Brosche aus Goldimitat mit drei großen roten Buchstaben: SSU. Das hätte mir eigentlich auffallen müssen! Die Jungsozialisten. Verdammt!

Ich war kein guter Verlierer, und diese Schmach forderte eine Revanche.

»Du stammst also aus Arbeiterkreisen?«, sagte ich, denn jetzt würde ich es ihr heimzahlen.

Streitlustig blickte sie auf.

»Ja!«, antwortete sie. »Und ich bin stolz darauf.«

»Wunderbar«, erwiderte ich siegesgewiss. »Aber das ist wohl kaum dein Verdienst, sondern das deiner Eltern. Und es ist nicht meine Schuld, dass ich nicht aus denselben Kreisen stamme wie du. Trotzdem sitzen wir beide in der ersten Klasse.«

Das saß. Ich fand, dass ich haushoch gewonnen hatte. Sie sah nachdenklich und verdammt hübsch aus.

Es dauerte eine Weile, bis sie etwas erwiderte.

»Hjalmar Branting war aus der Oberschicht, genau wie du«, sagte sie schließlich.

»Dieses Wort würde ich niemals in den Mund nehmen«, erwiderte ich. »Na und?«

»Bist du für schwedische Atomwaffen?«, fragte sie.

Mich durchströmte ein Gefühl der Sicherheit oder zumindest Erleichterung. Auf eine Rentendebatte hätte ich mich nicht mit ihr eingelassen, dazu war sie zu versiert.

»Natürlich«, sagte ich. »Aber da du fragst, bist du vermutlich dagegen?«

»Ja, natürlich«, entgegnete sie. »Ich bin Mitglied der AMSA, der Aktion gegen schwedische Atombomben. Da sind auch Per Anders Fogelström, Sara Lidman, Barbro Alving und andere Intellektuelle dabei. Die Bombe ist militärisch sinnlos, politisch unverantwortlich und moralisch verwerflich!«

Ich wünschte mir Joar herbei, der sicher die richtigen Worte gefunden hätte. Aber jetzt saß ich hier ganz alleine mit diesem irritierend hübschen Sozimädchen und musste mich ordentlich ins Zeug legen.

»Es macht militärisch Sinn, weil die Russen damit rechnen müssen, Leningrad zu verlieren, wenn sie Schweden angreifen«, begann ich, noch während ich nachdachte.

»Und daher ist es auch politisch vertretbar«, fuhr ich fort, während ich meine Überlegungen fortsetzte.

»Unter diesen Voraussetzungen ist es folglich auch moralisch zulässig, weil es den Frieden sichert«, meinte ich abschließend zufrieden. Ich hatte nicht vor, diese Diskussionen zu verlieren. Ihr Schweigen deutete ich als Eingeständnis ihrer Niederlage.

»Nehmen wir einmal an, Schweden besäße Atomwaffen«, meinte sie schließlich.

»Okay«, sagte ich. »Nehmen wir an, die Russen sind sich bewusst, dass ihnen ein Angriff auf uns den Verlust Leningrads einbringt.«

»Keinesfalls«, erwiderte sie. »Sie würden nie angreifen, solange sie nicht wissen, wo wir unsere Atomwaffen aufbewahren. Die würden sie als Allererstes vernichten. Rein militärisch sind sie inzwischen sogar stärker als die Amerikaner. Wenn wir Atomwaffen besitzen, bedeutet das doch nur, dass unser Krieg ein Atomkrieg wird, oder etwa nicht?«

Mir fiel keine Antwort ein.

»Und noch etwas«, fuhr sie fort. »Je mehr Länder sich Atomwaffen beschaffen, desto größer wird die Gefahr des Total-GAUs. Das Gleichgewicht des Schreckens zwischen den Großmächten ist schon schlimm genug. Aber wenn Schweden auch noch auf diesen Zug aufspringt? Der Generalsekretär der UNO ist Schwede, und unser Verhalten hat Vorbildcharakter. Indien, Pakistan, Israel, Ägypten, China, Formosa, Südafrika, Brasilien, Argentinien und überhaupt alle werden unserem Beispiel folgen, und dann sind wir nur noch einen Knopfdruck vom Weltuntergang entfernt.«

Sie schien eine sofortige Antwort zu erwarten, aber mir fiel keine ein. Ich sah die Atompilze vor mir, die über dem Erdball aufstiegen, weil irgendein Irrer ganz einfach als Erster den Knopf gedrückt hatte.

Ich versuchte, ein Gegenargument zu finden. Offenbar sah sie mir an, wie sehr ich mir den Kopf zerbrach.

»Du hast recht«, sagte ich schließlich.

Sie hatte verdammt noch mal recht und war außerdem wahnsinnig hübsch.

In Skövde stieg sie aus, um auf einer SSU-Tagung zu sprechen. Wie sie hieß, erfuhr ich nie.

In Båstad regnete es. Papa Arne holte mich alleine vom Bahnhof ab und erzählte, Schweden habe Mexiko gerade 3:0 geschlagen. Glücklicherweise konnten wir uns auf dem Weg nach Torekov im Auto über die Fußballweltmeisterschaft unterhalten, für gewöhnlich war er eher schweigsam.

Schweden hatte sich eigentlich gar nicht qualifiziert, um gegen die fünfzehn besten Mannschaften der Welt anzutreten. Wir nahmen als Gastgeberland teil. Der Sieg gegen Mexiko war überzeugend gewesen, und wir hatten uns nicht blamiert. Das nächste Spiel gegen Ungarn würde vermutlich viel härter werden, und Sylvias Vater hoffte, dass die Schweden wenigstens mit Würde verloren.

Ich fand seinen Pessimismus übertrieben, da ja mittlerweile auch Profis wie Kurre Hamrin, Nacka Skoglund, Nils Liedholm und Gunnar Gren in der Nationalmannschaft spielten, die schon lange Stars der italienischen Profiliga waren. Ich hielt es durchaus für möglich, dass Schweden es bis ins Viertelfinale schaffte.

Nun, man könne nie wissen. Nacka Skoglund hatte die beiden ersten Tore geschossen, vielleicht bestehe ja Anlass zu Optimismus, erwiderte Sylvias Vater und kaute nachdenklich auf seinem Pfeifenstiel. Alle drei Tore im Spiel gegen Mexiko waren von unseren Profis geschossen worden.

Da es regnete, waren die Scheiben geschlossen. Bald war

der Pfeifenrauch so dicht, dass ich mich fragte, wie Sylvias Vater die Straße überhaupt noch sehen konnte. Mama hätte seine Fahrweise vermutlich nicht gutgeheißen, nicht nur wegen des Pfeifenrauchs, sondern auch, weil er den Hut aufbehielt. Sie behauptete, Hutträger seien miserable Autofahrer.

Die Familie wohnte gemütlich, aber beengt in einem kleinen Häuschen in der Häuserzeile an der Strandpromenade. Sylvia und ihre Mutter empfingen uns in Schürze, da sie mit den letzten Vorbereitungen für das Abendessen beschäftigt waren. Darum hatte mich Sylvia auch nicht von der Bahn abgeholt.

Ich war ein wenig befangen. Natürlich musste ich ihre Mutter als Erste begrüßen, ihr die Hand geben, einen Diener machen und sagen, wie überaus freundlich es sei, dass ich sie besuchen durfte. Dann umarmte ich zurückhaltend Sylvia, ohne einen Kuss auf ihre Wange zu wagen.

Papa Arne führte mich in den Garten. Ich würde in dem kleinen Gästehäuschen wohnen. Das war gar nicht so dumm, dachte ich optimistisch, vorausgesetzt, Sylvia konnte nachts das Haus verlassen.

Wir aßen in der Glasveranda mit Aussicht aufs Meer zu Abend. Tischgebet, geräucherte Makrele, Kassler mit Blumenkohlgemüse, Erdbeerkuchen als Dessert und Malzbier für alle. Sylvias großer Bruder Jesper erschien zum Essen, half aber anschließend nicht beim Abräumen.

Mein einziger Versuch, bei dem schweigsamen Mahl eine Unterhaltung in Gang zu bringen, missglückte. Ich wandte mich an Papa Arne, der sich ja offenbar für die Weltmeisterschaft interessierte, und fragte, ob er sich nicht einen Fernseher zulegen wollte, falls Schweden ins

Viertelfinale käme. Er schüttelte nur den Kopf, ohne mich anzusehen.

Mama Karola nagelte mich mit ihrem Blick fest und verkündete, so etwas Neumodisches wie ein Fernsehapparat käme ihr nicht über die Schwelle, das sei nur ein einfältiger Zeitvertreib. Bei Regen könne man schließlich Radio hören oder ein gutes Buch lesen.

Niemand, nicht mal der große Bruder Jesper, brachte Einwände vor, und wir aßen schweigend weiter.

Anschließend erbot ich mich, beim Spülen zu helfen, weil ich hoffte, dass Sylvia und ich auf diese Weise ein paar Minuten für uns hätten. Aber dazu kam es nicht. Wie ein Wellenbrecher stand Mama Karola zwischen uns an der Spüle. Sylvia und ich trockneten ab und räumten alles weg.

Später gab es im Wohnzimmer Kaffee und Plätzchen. Bereits an diesem ersten Abend beim Radiohören sah ich ein, dass es mit Sylvias und meiner Zweisamkeit schwierig werden würde.

Aber so leicht gab ich mich nicht geschlagen. Es regnete zwar, aber wenn es am nächsten Tag aufklarte, konnten wir schwimmen gehen.

Irrtum. Am nächsten Tag strahlte zwar die Sonne, aber wir unternahmen eine Autofahrt in die schöne Natur von Hovs Hallar. Jesper hatte andere Pläne.

Tags darauf ging es nach Hallands Väderö, wohin alle zwei Stunden eine Fähre von Torekov verkehrte. Auf der Insel gab es zumindest einen schönen Strand, auf dem wir unsere Liegestühle und unseren Picknickkorb aufbauten.

Das Wasser war wunderbar und viel salziger als Ostseewasser. Beinahe hatte ich das Gefühl, darin schneller voranzukommen, als gäbe es mir mehr Halt.

Zum Schwimmen kamen wir also, allerdings unter ständiger Bewachung. Natürlich hatte ich Sylvia bei erster Gelegenheit gefragt, ob sie sich nicht nachts ins Gästehaus schleichen konnte. Aber das ging nicht.

Ihr Schlafzimmer lag im Obergeschoss ganz hinten. Sie würde auf knarrenden Dielen am Schlafzimmer ihrer Eltern vorbei zur Treppe schleichen müssen, was sich nicht einmal barfuß lautlos bewerkstelligen ließ. Noch dazu hatte Mama Karola einen sehr leichten Schlaf.

An der Rückseite des Geräteschuppens lag eine Leiter. Ich schlug vor, diese an ihr Schlafzimmerfenster zu lehnen, damit sie auf diesem Weg entkommen könne. Das scheiterte daran, dass im Nachbarzimmer Jesper schlief: Wenn er die Leiter entdeckte, würde er bestimmt petzen.

Schweden schlug Ungarn 2:1, Kurre Hamrin schoss die beiden schwedischen Tore. Papa Arne, Sylvia und ich hörten Lennart Hyland gebannt im Radio zu. Jesper war bei einem Freund, der einen Fernseher hatte. Mama Karola ging einkaufen, da sie während des Spiels in den Läden nicht anstehen brauchte. Anschließend wollte sie Teppiche klopfen. Wir drehten, als sie in der 56. Minute mit dem zweiten Tor Kurre Hamrins damit begann, einfach das Radio lauter.

So vergingen die Tage. Wenn Badewetter war, war Mama Karola dabei.

Schweden erzielte gegen Wales nur ein 0:0, was aber für das Viertelfinale gegen die Sowjetunion ausreichte. Jetzt verdrückte sich nicht nur Jesper zu einem Freund mit Fernseher, sondern auch Papa Arne gab vor, etwas Wichtiges in Båstad erledigen zu müssen. Immerhin könne er sich einen Teil des Spiels im Autoradio anhören.

Es wurde unglaublich spannend. Zwei Minuten vor Abpfiff war das Spiel entschieden. Die Russen bemühten sich intensiv, unser 1:0 auszugleichen. Das stachelte uns zum Gegenangriff an. Agne Simonsson schoss das 2:0 und entschied damit das Spiel.

Papa Arne verplapperte sich, als er wieder zu Hause war. Er beschrieb den Gegenangriff, der mit einem misslungenen Pass begonnen hatte, aber dann einen sehr glücklichen Verlauf genommen hatte, etwas zu detailliert. Er wusste mehr als wir, was nur möglich war, wenn er das Tor im Fernsehen gesehen hatte. Wir taten so, als hätten wir nichts gemerkt.

Das einzig Schöne am Mittsommerfest war das Wetter. Gegen den Tanz um den Maibaum mitten im Dorf hatte Mama Karola nichts einzuwenden. Alle kleinen Kinder aus der Umgebung tanzten den Froschtanz oder nahmen am Sackhüpfen teil. Anschließend gab es ein traditionelles Mittsommeressen, allerdings ohne Alkohol.

Sylvia schlug vor, am Abend zum Tanzplatz zu gehen. Mama Karola hielt dies für eine nette Idee, sofern sie mit von der Partie sei. Es war nicht zum Aushalten!

Auch der Fußball brachte mich schier um den Verstand. Rechtzeitig zum Halbfinale gegen Westdeutschland verschwand Jesper wieder zu einem Freund, und Papa Arne musste nochmals an einer wichtigen Besprechung in Båstad teilnehmen. Letzteres war äußerst fadenscheinig. Wer beraumte eine Besprechung an, wenn Schweden im Halbfinale spielte?

Sylvia erkundigte sich dreist, ob wir ihn nicht zu dieser

Besprechung begleiten dürften. Mit einem schiefen Lächeln erwiderte er, das sei leider unmöglich.

Sylvia und ich saßen also allein neben dem Radio im Wohnzimmer, während Karola sich in der Küche zu schaffen machte, um uns im Auge zu haben. Immerhin waren wir außer Hörweite und konnten uns unterhalten. Als Mama Karola kurz nach dem 1:0 für Westdeutschland den Müll nach draußen brachte, nutzten wir die Gelegenheit, uns heißhungrig zu küssen.

Sylvia entschuldigte sich für ihre Mutter, die ihr unsäglich peinlich war. Ich versuchte sie zu trösten, als Nacka das erste wohlverdiente Tor schoss und den 1:1-Ausgleich erzielte. Danach geschah in der ersten Halbzeit nichts mehr.

Ich versicherte Sylvia, dass wir in Sandhamn nach Herzenslust allein sein dürften. Wir könnten zu einer der kleinen Inseln rudern, aber auch auf der großen Insel gebe es genügend Orte, an denen man ungestört war. Sylvia befürchtete, dass sich unsere Mütter auch bezüglich unserer Sandhamn-Woche abgesprochen hatten. Ich verzichtete darauf, ihr die Unterschiede zwischen unseren Müttern aufzuzählen. Da schoss Gunnar Gren das 2:0 für Schweden, und wir sprangen auf und umarmten und küssten uns. Ausgerechnet in diesem Augenblick betrat Mama Karola das Wohnzimmer und räusperte sich laut. Wir nahmen wieder mit geziemendem Abstand voneinander auf dem Sofa Platz.

Als Kurre Hamrin in der 87. Minute das 3:0 schoss und Schweden ins Finale einzog, konnten wir einfach nicht anders, als unser unpassendes Verhalten zu wiederholen.

Das Finale gegen Brasilien sah ich im Sandhamner Gasthaus im Fernsehen. Diesen grandiosen Einfall hatten auf der Insel noch viele andere. Als Nisse Liedholm bereits ganz zu Anfang des Spiels das 1:0 für Schweden erzielte, tobte der Saal. Der weitere Verlauf war allerdings weniger erfreulich. Die Brasilianer schossen vier Tore hintereinander. Daran, dass die Schweden haushoch unterliegen würden, konnte nun kein Zweifel mehr bestehen.

Ein zweiter Platz in der Weltmeisterschaft war jedoch viel mehr, als wir erwartet hatten. Außerdem hatte Schweden Glück gehabt, nicht in derselben Gruppe wie Frankreich gelandet zu sein. Im Spiel um den dritten Platz hatten die Franzosen Westdeutschland geschlagen, gegen Brasilien waren sie allerdings wie die Schweden unterlegen. In der französischen Mannschaft spielten die besten Spieler dieser Weltmeisterschaft. Just Fontaine schoss dreizehn Tore, der zweitbeste Torschütze, ein erst siebzehnjähriger Brasilianer, brachte es nur auf sechs. Warum die Sportreporter Just Fontaine nicht für das Team World nominierten, war mir schleierhaft. Dreizehn Tore während einer Weltmeisterschaft! Das würde ihm so bald niemand nachmachen. Da konnte man schon stolz sein, besonders als Franzose.

Das Wetter schlug um. In Torekov war das Wasser nie wärmer als 15 Grad gewesen, jetzt überrollte uns eine Hitzewelle.

Ich machte mir ein wenig Sorgen, dass Sylvias Mutter es sich anders überlegen und Sylvia nicht erlauben würde, nach Sandhamn zu kommen. Sylvia war während des Weltmeisterschaftsfinales in Torekov geblieben, um dort den 80. Geburtstag ihrer Großmutter zu feiern.

Wenn ich in dieser Woche im Dorf die Post holte, fürchtete ich mich vor einem Brief aus Torekov. Als er tatsächlich eintraf, wagte ich nicht, ihn zu öffnen, obwohl ich Sylvias Handschrift erkannte. Mit dem ungeöffneten Brief ruderte ich nach Hause, damit Mama mich trösten konnte, falls es sich um eine Absage handelte, weil von Sylvias hochmoralischer Mutter im Grunde genommen nichts anderes zu erwarten war.

»Und? Neuigkeiten?«, fragte Mama, als wir am Gartentisch saßen und ich den Umschlag aufgerissen hatte. »Sylvia kommt doch wie vereinbart übermorgen?«

Ich atmete erleichtert auf. In dem Brief war keine Rede von Absage. Sie würde mit dem Nachtzug aus Halmstad um 7.45 Uhr auf dem Stockholmer Hauptbahnhof eintreffen.

Ich war glücklich und verwirrt. Warum hatte Sylvias Mutter uns in Torekov so streng bewacht wie ein Eunuch den Harem seines Kalifen und warum ließ sie nun ihre Tochter einfach eine Woche lang auf eine einsame Schäreninsel fahren?

»Diese frommen Christen sind eben seltsam«, meinte Mama. »Solange die Verantwortung für eure Tugend bei ihr lag, kam sie dieser Pflicht natürlich gewissenhaft nach. Jetzt ist diese Verantwortung auf mich übergegangen, und sie kann ihre Hände in Unschuld waschen. Oder viel schlimmer noch: Sie kann euer Schicksal in Gottes Hände legen.«

Am nächsten Tag fuhren Mama und ich mit dem Waxholm-Dampfer in die Stadt. Es war immer noch sehr heiß, und der Wetterbericht versprach noch mindestens eine Woche lang strahlendes Wetter. Wir aßen im Dampferrestaurant und tranken eine halbe Flasche Saint Emilion. Mama ignorierte die missbilligenden Blicke der Tischnachbarn aus der Sommerhaussiedlung Trovill, als sie mir einschenkte.

Es gab wieder einen Grund zum Feiern. Sie wollte nochmals die Arbeit wechseln und auf Maklerin umsatteln.

Ich hatte keine Ahnung, worin die Arbeit einer Maklerin bestand. Mama erklärte mir, dass Makler die Häuser anderer Leute verkauften. So ein Verkauf wurde über komplizierte Papiere und Verträge abgewickelt, was für jemanden, der noch nie ein Haus verkauft hatte, unübersichtlich und unbegreiflich war. Das übernahm der Makler.

Für diese Arbeit erhalte er eine Provision und bemühe sich daher, einen möglichst hohen Preis für das Objekt zu erzielen. Da sich der Makler mit den Preisen auskannte, falle es den meisten Kaufinteressenten schwer, die Preise zu drücken. Eine einfache Psychologie.

Diese neue Arbeit hatte also etwas mit Psychologie oder eher Soziologie zu tun. Die teuersten Villen lagen in Saltsjöbaden, in Djursholm und auf Lidingö. Wer dort aufgewachsen war, hatte anderen Maklern gegenüber einen Vorteil, weil sein Auftreten dem der Verkäufer und oft auch der Käufer entspräche, obwohl inzwischen auch Leute aus der Mittelschicht und die Neureichen nach oben strebten und in eine bessere Gegend zogen. Die Hauptsache sei jedoch, das Vertrauen der Verkäufer zu gewinnen. Nur so gelänge es einem Makler, an Objekte, also Häuser, heranzukommen.

Ich war mir nicht sicher, ob ich diesen Wechsel so wunderbar fand wie Mama. Als ich sie fragte, ob sie jetzt auf den Mercedes-Benz verzichten müsste, lachte sie für ein

Restaurant etwas zu laut, beugte sich vor und flüsterte, sie könne den Wagen der Maklerfirma benutzen. Außerdem verspreche sie, nächstes Jahr mit uns in den Ferien nach Frankreich zu fahren, nur wir drei, Acke, sie und ich. Bis dahin wollte sie sich einen amerikanischen Wagen zulegen, weiß mit roten Ledersitzen, ein Cabrio.

Das klang zu gut, um wahr zu sein. Ich wusste nicht recht, was ich denken sollte. Ein weißer amerikanischer Wagen mit Klappverdeck? So etwas kostete doch ein Vermögen?

Am nächsten Morgen stand ich pünktlich auf dem Bahnsteig. Mama hatte den ganzen Tag in dem Maklerbüro zu tun. Abends würden wir ein Taxi nach Stavsnäs nehmen und von dort mit einem der Schnellboote, der *Ejdern* oder *Skraken*, nach Sandhamn übersetzen, um rechtzeitig zum Abendessen dort einzutreffen.

Was bedeutete, dass Sylvia und ich einen ganzen Tag in Stockholm für uns hatten.

Das klang zu gut, um wahr zu sein.

Sylvia stieg als eine der Letzten aus, und ich war bereits ein wenig in Panik, als sie endlich mit einer viel zu schweren Reisetasche auf mich zukam.

Ich rannte auf sie zu, sie ließ ihre Tasche fallen, und wir begannen uns wie ein Liebespaar im Film zu küssen, ohne uns im Geringsten darum zu scheren, dass wir allen im Weg standen. Alle Gefühle, die sich in der folterähnlichen Woche in Torekov aufgestaut hatten, entluden sich in unserer Umarmung.

»Wir … wir haben … den ganzen Tag hier in Stockholm … auch zu Hause ganz für uns«, keuchte ich, als ich schließlich einen halben Schritt zurücktrat und wir uns in die Augen schauten. Sylvia strahlte, und meine Sehnsucht war grenzenlos. Die Torekov-Woche hatte uns nichts anhaben können. Im Gegenteil.

»Also, was machen wir?« Sie lachte.

»Wie gesagt, zu Hause ist niemand«, erwiderte ich.

»Komm!«, sagte sie. »Komm schnell, bringen wir es hinter uns!«

Wir hatten alle Zeit der Welt, Mama wollte uns gegen vier Uhr nachmittags abholen, und jetzt war es erst acht.

Im Rückblick habe ich oft gedacht, wie schön es war, dass wir es so langsam und verspielt angehen konnten. Wir zogen uns aus, lagen nebeneinander und ließen die Erregung und Spannung wachsen. Wir tasteten und probierten uns vor in unserer eigenen Welt aus Zeit und Einsamkeit. Falls dies etwas war, das wir, wie Sylvia es ausdrückte, hinter uns bringen mussten, so galt das nur für das erste Mal. Danach war jegliche Angst und Scham wie weggeblasen, und wir lernten uns mit jedem Mal ein bisschen besser kennen.

An diesem endlosen Tag nahmen wir die Straßenbahn nach Djurgården und spazierten fast eine Stunde lang durch das Sommergrün, ehe wir wieder nach Hause eilten und dort weitermachten, wo wir aufgehört hatten.

Dieser Tag kam mir, als wir abends auf der Veranda in Sandhamn aßen, als der glücklichste meines Lebens vor. In solchen Bahnen hatte ich noch nie gedacht, weil Glück bis dahin ein Wort für Erwachsene gewesen war und in meinem Dasein nicht existierte.

Onkel Hans Olaf und Alice waren in Hochform, wir lachten fast ununterbrochen. Großmutter hatte strahlende Laune und erzählte komische Geschichten über berühmte Autoren, die sie in Berlin gekannt hatte. Sylvia ließ sich mitreißen, und alle schlossen sie in ihr Herz, weil sie so witzig war. Wir tranken mehr Wein als beabsichtigt und aßen den Lammbraten, den Mama aus der Stadt mitgebracht hatte, bis zur letzten Scheibe auf. Mama zwinkerte mir zu, als wisse sie Bescheid, was vermutlich auch der Fall war. Wie sehr sich dieser Tag doch von jenen in Torekov unterschied.

TARZAN IS DOWN!

In nur wenigen Stunden verwandelte ich mich von einem harmlosen Teenager in einen Kriminellen. Wenn ich nur einige Jahre älter gewesen wäre, sagten sie, hätten mir zwei Jahre Gefängnis geblüht.

Die Verwandlung war ebenso endgültig wie unbegreiflich. Genauso gut hätte ich eines Morgens als hilflos zappelnder Käfer auf dem Rücken erwachen können. In meiner Familie gab es keine Kriminellen. Ich schämte mich nicht einmal, weil mir alles so unwirklich erschien.

Dass ich aus der Biologiestunde heraus zum Rektor zitiert wurde, beunruhigte mich nicht weiter. Ich hatte nichts ausgefressen und mich in diesem Schuljahr kein einziges Mal verspätet. Inzwischen musste ich in den Vormittagspausen nicht mehr flippern, weil ich genügend Geld mit Werbefilmen verdiente.

Die gelbe Schicht, die jeder kennt,
Entfernt man leicht mit Pepsodent.

Natürlich war das Mamas Idee gewesen. Sie hatte eine Anzeige gesehen, dass Jungen mit ansprechendem Äußeren gesucht würden, und einige Tage später saß ich mit fast hundert anderen Jungen im großen Foyer des Palladium-Kinos. Wir mussten auf und ab gehen und wie auf dem Pferdemarkt die Zähne zeigen. Ich und vier andere Jungs wurden ausgewählt, und so ergab eins das nächste: Reklame für Süßigkeiten, Zahnpasta und Monarped, das Moped des Fahrradherstellers Monark. Letzteres bescherte mir allerlei Hänseleien, weil die österreichische Puch viel besser als die Pappdeckel-Monark war.

Die Dreharbeiten in den Solnaer Filmstudios machten mir Spaß. Darstellerische Fähigkeiten vom Range eines Hofschauspielers wurden nicht erwartet, und ich durfte die für meine Rolle nötigen Kleider behalten. Vor allen Dingen aber wurde ich sehr gut bezahlt.

Sylvia machte sich über die Werbespots lustig, weil sie die Versilberung des eigenen Äußeren für eine weibliche und eher unrühmliche Domäne hielt.

Jetzt saß ich im Wartezimmer des Rektors, starrte auf das rote Lämpchen und wartete, dass es auf Grün umsprang. Sylvias Worte gingen mir durch den Kopf. Die Versilberung des eigenen Aussehens? Unrühmliche weibliche Domäne? Das klang so gar nicht nach ihr. Immerhin konnten wir dank meines Verdienstes alle beliebten Eisdielen und Cafés besuchen, und am letzten Tivoli-Abend der Saison hatten wir ohne mit der Wimper zu zucken hundert Kronen ausgegeben. Was sollte also dieses Gerede von der unrühmlichen weiblichen Domäne?

Dahinter konnte nur ihre scheinheilige Mutter stecken.

Das grüne Lämpchen riss mich aus meinen Gedanken. Nichts Böses ahnend öffnete ich die Tür und trat zu Rektor Reineclaude und seinen beiden Besuchern ins Zimmer.

Selbst wenn ich hundert Versuche gut gehabt hätte, wäre ich nie auf den Grund meiner Vorladung zum Rektor gekommen.

»Das sind Kommissar Larsén und Kriminalinspektor Hyllander vom Jugenddezernat der Kriminalpolizei«, stellte der Rektor seine beiden Besucher vor.

Ich machte einen Diener und wartete mit auf dem Rücken verschränkten Händen ab.

Angst verspürte ich keine, im Gegenteil fand ich die Situation ein wenig spannend. Zwei richtige Kriminaler wie der Kinoleinwand entstiegen, graue, abgetragene Anzüge, die Hüte auf dem Couchtisch, den der frühere Rektor zurückgelassen hatte.

»Dann überlasse ich Kommissar Larsén das Wort«, sagte der Rektor mit derselben tiefernsten Stimme.

»Vielen Dank«, sagte der ältere der beiden Kriminalpolizisten, nahm ein Notizbuch mit schwarzem Wachstucheinband, blätterte, überflog ein paar Zeilen und stellte dann die erste Frage.

»Du hast hier auf dem Schulhof einen Haufen Schallplatten gekauft, nicht wahr?«

Eine einfache Frage.

»Alle kaufen und verkaufen hin und wieder Sachen auf dem Schulhof. Aber ein Haufen Schallplatten ist etwas übertrieben«, erwiderte ich vorsichtig.

Der Kommissar seufzte, als wäre er sehr müde, und deutete mit dem Daumen über die Schulter.

»Rick und Kenneth, die dieses Büro gerade durch die andere Tür verlassen haben, behaupten, dass du ihr bester Kunde bist und dass sie ihr Geschäft eigentlich deinetwegen betrieben haben. Was sagst du dazu?«

Hatten die Mistkerle mich wirklich verpfiffen und die ganze Schuld auch noch auf mich abgewälzt?

»Ja, ich habe Platten von ihnen gekauft, wie viele andere auch«, versuchte ich es wieder.

»Mag sein, aber du hast offenbar die meisten gekauft. Wo hattest du das Geld dafür her?«

»Ich trete in Werbefilmen auf«, sagte ich. »Für Pepsodent, Toy und Brylcreem.«

Diese Antwort musste ausreichen. Das war genug ehrlich verdientes Geld, um jede beliebige Platte kaufen zu können.

»Seit wann verfügst du über diese Einkünfte?«, wollte der Kommissar mit müder Stimme wissen.

»Seit August«, erwiderte ich.

»Der Plattenhandel wird aber schon seit mindestens zwei Jahren betrieben. Wie bist du denn vorher an das nötige Geld gekommen?«

Verdammt! Der Typ war wirklich clever!

»Flipperwetten«, gab ich zu.

»Interessant«, erwiderte er. »Erklär uns mal, wie das so abläuft.«

Ich erklärte es ihnen. Man musste mindestens zwei Jahre trainieren und sich auf zwei, höchstens drei Automaten spezialisieren. An denen spielte man dann mit Taxifahrern *Aufgeben oder Verdoppeln*. Ich spielte nicht mehr, weil ein einziges Werbelächeln mehr einbrachte als drei Monate Flippern.

Der Kommissar kratzte sich am Kopf und schien scharf nachzudenken. Der Rektor saß mit zusammengepressten Fingerspitzen und Gewittermiene über seinen Schreibtisch gebeugt.

»Ich habe einen Vorschlag«, sagte der Kommissar. »Erst spielen wir eine Runde Flipper, dann fahren wir zu dir nach Hause und werfen einen Blick auf deine Plattensammlung. Natürlich nur, wenn Sie erlauben, Herr Rektor?«

»Selbstverständlich«, erwiderte dieser.

Wir stiegen in einen großen schwarzen Volvo. Mit Ausnahme des Funkgeräts deutete nichts darauf hin, dass es sich um einen Polizeiwagen handelte. Ich durfte vorne neben dem Kriminalinspektor sitzen, der Kommissar nahm hinten Platz und blätterte in seinen Notizen.

Wir fuhren zum Kafé Vega, das zehn Gehminuten von der Schule entfernt lag. Im Vega hatten sie einen Gottlieb 300, den ich im Schlaf beherrschte. Der frühen Stunde wegen war das Lokal recht leer und die Dreihundert frei.

»All right, Eric«, sagte der Kommissar. »Jetzt zeig uns mal, wie du dem Kollegen Hyllander das Geld aus der Tasche ziehst. Bist du bereit, Hyllander?«

»Allerdings!«, erwiderte der Kriminalinspektor. »Der Junge wird sein blaues Wunder erleben.«

Ich erklärte die Regeln. Der Kriminalinspektor müsse am Automaten stehen, wenn meine 25 Öre an die Reihe kamen, und mir anbieten, »Aufgeben oder Verdoppeln« zu spielen, statt mir das Gerät zu überlassen.

Für einen Erwachsenen spielte er ziemlich gut, und als ich mich erkundigte, ob er mal Taxifahrer gewesen sei, gab er zu, früher nebenher als solcher gearbeitet zu haben.

Ich machte es wie immer, hielt mich punktemäßig knapp im Rückstand und zog erst mit der letzten Kugel an ihm vorbei. Gewinn: 50 Öre.

Ebenso in der zweiten Runde. Gewinn: eine Krone. Beim dritten Durchlauf: Zwei Kronen. Als wir um vier

Kronen spielten, legte ich mich ins Zeug und erzielte doppelt so viele Punkte wie er. Ich erklärte den beiden, dass diese Taktik darauf abziele, dem Gegner deutlich zu machen, dass ein Spiel um acht Kronen sinnlos war.

Der Kommissar spendierte mir ein Marzipangebäck, stellte weitere Fragen und machte sich Notizen.

»Du behauptest also, jede Runde gegen den Kollegen Hyllander zu gewinnen?«

»Ja, natürlich. Sie haben es ja mit eigenen Augen gesehen.«

»Das hat also nichts mit Zufall oder Glück zu tun?«

»Nein, bei fünf Kugeln nicht. Mit nur einer Kugel kann man Pech haben, aber nicht mit fünf. Und als Herausforderer kann man sich im Laufe des Spiels an das Ergebnis des Gegners anpassen.«

Man müsse also anfangs zurückhaltend spielen und dürfe sich nicht gleich voll ins Zeug legen?

Exakt, weil man sonst über den Fünfzig-Öre-Gewinn nicht rauskommen würde. Bis zum Vier-Kronen-Einsatz müsste der Gegner das Gefühl haben, gewinnen zu können. Aber dann machte man kurzen Prozess mit ihm.

»Warum? Warum nicht erst bei acht, sechzehn oder zweiunddreißig Kronen?«

»Weil die Gefahr, dass sie nicht zahlen, bereits bei vier Kronen groß ist.«

Ich war ganz entspannt und dachte nicht mehr daran, dass sie Kripobeamte vom Jugenddezernat waren. Vor allen Dingen begriff ich nicht, dass es sich um eine Vernehmung hinsichtlich des § 14, Absatz 16, des Strafgesetzbuches handelte.

Ebenso wenig begriff ich, dass der anschließende Besuch

bei mir zu Hause, bei dem meine Plattensammlung in Augenschein genommen wurde, eine Haussuchung war.

Es war niemand zu Hause, als ich die Wohnung mit den Polizisten betrat. Hyllander, der passable Flipperspieler, interessierte sich offenbar mehr für Kunst als für die Platten, er betrachtete Mamas Gemälde eingehend. Der Kommissar ging direkt auf die Musiktruhe zu und öffnete die Türen. Als er die Plattensammlung sah, stöhnte er und schüttelte den Kopf.

Hyllander ging zum Auto und holte einen Jutesack. Darin wurden alle Rockplatten verstaut und beschlagnahmt. Bei Gelegenheit würde ich die Kopie eines Protokolls mit der Post erhalten. Als die Polizisten sich verabschiedeten, wirkten sie geradezu ein wenig betrübt.

Ich rief Clark an, der noch nicht aus der Schule zurück war. Mir blieb nichts anderes übrig, als zum Training aufzubrechen, weil ich spät dran war.

Als ich zwei Stunden später vom Sportpalast nach Hause kam, hatte Mama verweinte Augen.

»Rektor Reineclaude hat angerufen«, sagte sie. »Du bist ab sofort vom Unterricht ausgeschlossen, eure ganze Liga fliegt von der Schule. Wie konntest du das nur tun? Wir haben doch so hart gekämpft, um unser Leben in Ordnung zu bringen.«

»Ich gehöre keiner Liga an und geklaut habe ich auch nichts«, sagte ich. Eine bessere Verteidigung fiel mir nicht ein.

Wir gingen ins Wohnzimmer und nahmen auf den beiden Sesseln Platz.

»Die Kriminalpolizei hat eine Ermittlung eingeleitet.

Der Rektor behauptet, du hättest dich des Glücksspiels und der Hehlerei schuldig gemacht.« Ihre Stimme versagte, und sie begann zu weinen.

Obwohl die Polizisten im Büro des Rektors und im Kafé Vega sehr real gewesen waren, erschien mir die ganze Situation völlig unwirklich. Noch gestern war das Leben wunderbar gewesen, Mamas Bemühungen trugen Früchte, wir befanden uns wieder auf einem grünen Zweig, wie sie sich ausdrückte. Acke und ich hatten gute Schulnoten, und ich hätte es problemlos aufs Gymnasium geschafft. Gestern Abend beim Zubettgehen war die Welt noch in Ordnung.

Und jetzt lag sie in Trümmern. Angesichts Mamas Verzweiflung brach ich beinahe selbst in Tränen aus. Und das war alles meine Schuld. Aber ich hatte die Katastrophe nicht kommen sehen. Nicht einmal geahnt hatte ich sie. Glücksspiel und Hehlerei? Es war mir unbegreiflich, wie man kriminell werden konnte, ohne es selbst zu merken.

»Nein, so geht das nicht!«, sagte Mama plötzlich, schlug mit ihrer kleinen Faust auf die Sessellehne, erhob sich, trocknete ihre Tränen und ging zum Telefon in der Diele. Ihre Absätze klapperten über das Parkett. Das Gespräch dauerte nur wenige Minuten, und ich hörte die Worte Glücksspiel und Hehlerei, wusste aber nicht, mit wem sie sprach.

»Wir haben nicht viel Zeit zum Essen«, sagte sie, als sie zurückkam. »Wir sollen um acht Uhr bei Rechtsanwalt Peteri sein.«

Sie hatte mein Leibgericht, französische Fischsuppe, gekocht.

Ehe wir ins Taxi stiegen, rief ich noch Clark an und

warnte ihn, dass die Lederjackenclique uns verpfiffen hatte. Alle seine Platten mussten verschwinden, ehe die Polizei bei ihm auftauchte.

Die Anwaltskanzlei in Östermalm war riesig und mit schweren Möbeln eingerichtet. An den Wänden hingen Seestücke. Perserteppiche dämpften alle Geräusche. Wir nahmen auf ein paar Winchester-Ledersesseln Platz. Rechtsanwalt Peteri war ein älterer Herr, trug eine Halbbrille und hatte dieselbe ironische Miene wie der alte Rektor Lundeqvist.

»Zuerst sprechen wir über den Verdacht des Glücksspiels«, sagte er. »Erzähl mir, wie das war, als du heute mit den Polizeibeamten unterwegs warst. Versuche dich in aller Ruhe an alles zu erinnern.«

So detailliert wie möglich erzählte ich, wie wir am Dreihundert im Kafé Vega geflippert hatten, was der Kommissar gefragt und was ich geantwortet hatte. Gelegentlich lachte der Anwalt und wirkte seltsam zufrieden.

»Das hier dürfte kein Problem sein«, meinte er, nachdem ich meinen Bericht beendet hatte. Er schlug einen Paragrafen in dem dicken schwarzen Gesetzbuch nach, das vor ihm auf dem englischen Mahagonitisch lag. Er überflog eine Seite und nickte lächelnd. Anschließend erläuterte er die Sachlage in so einfachen Worten, dass selbst ich sie verstand.

Der Kommissar war nicht auf den Kopf gefallen, er hatte gewissermaßen ermittelt, dass ich mich *nicht* des Glücksspiels schuldig gemacht hatte. In diesem entscheidenden Punkt war das Gesetz nämlich vollkommen klar. Der Anwalt zitierte aus dem Gesetzbuch, dass Glücksspiel als »ein

Spiel oder eine ähnliche Tätigkeit, deren Ausgang ganz oder zu einem wesentlichen Teil vom Zufall abhängt« definiert sei.

Der Kommissar hatte im Kafé Vega de facto ermittelt, dass es beim Flippern einzig auf Training und Geschicklichkeit ankam und nicht auf Zufall. Damit war der Verdacht auf diese Straftat vom Tisch.

Schlechter sah es mit der Hehlerei aus.

Unter Hehlerei verstand man nicht nur den Verkauf, sondern auch den Kauf von Diebesgut. Dessen hatte ich mich schuldig gemacht, und daran war nicht zu rütteln. Hatten die Polizisten mich gefragt, ob mir bewusst gewesen sei, dass es sich um gestohlene Platten handelte?

»Nein«, sagte ich. »Danach haben sie mich nicht gefragt.«

»Gut, ausgezeichnet!«, erwiderte der Anwalt. »Denn dann hättest du das natürlich zugegeben. Das Gesetz besagt, dass man sich einer Straftat schuldig macht, wenn man einsieht oder *hätte einsehen müssen*, dass die Waren gestohlen sind. Man kann sich also nicht unbedingt mit der eigenen Naivität rausreden.«

»Aber das war allen Schülern klar«, sagte ich.

»Oje!« Der Anwalt lachte und breitete die Hände aus. »Das will ich jetzt aber nicht gehört haben! Spaß beiseite, sicherlich kann man sich trotzdem auf eine gewisse Unerfahrenheit in rechtlichen Dingen berufen. Alle haben diese Platten gekauft, und keiner wusste, dass das strafbar war. Wunderbar. Wir haben ziemlich gute Karten, unter anderem das seltsame Verhör durch die Polizei. Sie haben dir also an keiner Stelle mitgeteilt, dass ein Verdacht gegen dich vorliegt?«

Als ich dies verneinte, wirkte der Anwalt noch zufriedener.

Er wollte am nächsten Morgen mit dem Jugenddezernat und der Staatsanwaltschaft telefonieren. Seine Prognose war, dass sich der Verdacht auf Glücksspiel nicht erhärten ließ. Mit der Hehlerei hingegen würde es schwieriger sein.

Die Heimfahrt mit dem Taxi verlief schweigend. Ohne richtig zu verstehen, wie, war ich zum Kriminellen geworden. Und wenn Anwalt Peteri recht behielt, würde ich auf ebenso unerklärliche Weise bald wieder jedes Verdachts enthoben sein. Mama schien zuversichtlich. Sie drückte meine Hand und meinte, das würden wir schon regeln. Ich wagte jedoch nicht, mich von ihrem Optimismus anstecken zu lassen. Natürlich wusste ich wie alle anderen, dass es sich um geklaute Platten handelte, aber uns war nicht klar gewesen, dass ihr Erwerb gesetzlich verboten war. Aber das Gesetz war schließlich nicht unbedingt für Teenager gemacht.

Es folgte ein langer und seltsamer Tag. Beim Morgentraining fühlte ich mich fit. Meinen persönlichen Rekord des Frühjahrs hatte ich inzwischen um mehrere Sekunden verbessert.

Als ich nach dem Training in den ersten kühlen Herbstmorgen des Jahres hinaustrat, überkam mich ein merkwürdiges Gefühl. Ich würde nicht zur Schule gehen. Ich hatte noch nie geschwänzt, aber jetzt hatte ich Hausverbot. Womit vertrieb man sich in so einem Fall die Zeit?

Ich ging nach Hause und nahm mir »Die Pest« des letztjährigen französischen Nobelpreisträgers vor, es fiel mir aber schwer, mich zu konzentrieren, obwohl die Handlung nicht sonderlich kompliziert war.

Dann ging ich in die Stadt und ließ mich einige Stunden einfach treiben, allerdings nicht vollkommen planlos. Rechtzeitig zur Vormittagspause stand ich vor der Vasa Real. Ich schnappte mir einen Schüler der ersten Klasse und drückte ihm eine Krone in die Hand, damit er Clark in der 4^{5}A einen Zettel übergab. Dann begab ich mich in die Grillbar an der Sankt Eriksgatan, bestellte zwei Würste und wartete.

Clark erschien nach einer Viertelstunde. Er hatte die Mitteilung erhalten, besuchte also immer noch die Schule und war folglich nicht suspendiert worden.

Wir umarmten uns wie erwachsene Männer, was bislang noch nie vorgekommen war. Er sagte, es sei ein verdammtes Glück gewesen, dass ich ihn gewarnt hätte. Das Gerücht, die Lederjackenclique säße bei den Bullen und würde alle Käufer ihrer Platten verpfeifen, hatte ihm schon einen ordentlichen Schrecken eingejagt. Fünf Minuten nach meinem Anruf hatte er alle Platten in eine Tasche gepackt und zu einem Freund gebracht, der sie auf seinem Speicher versteckte. Zehn Minuten nach seiner Rückkehr waren die Bullen erschienen und hatten sich seine Plattensammlung angeschaut, ohne etwas Verfängliches zu finden. Er war mir also sehr dankbar.

Der Rest sei glatt gelaufen. Als angeblicher Stammkunde war er in Anwesenheit des Rektors von zwei älteren Bullen vernommen worden und hätte alles abgestritten. Die Bullen wollten wissen, warum die Klassenkameraden ausgerechnet seinen Namen genannt hatten.

Tja, wenn er das wüsste. Vielleicht wollten sie möglichst viele mit in den Abgrund ziehen, um die eigene Schuld zu mindern?

Er durfte ins Klassenzimmer zurückkehren und hatte

nach wie vor die Möglichkeit, der erste Abiturient der Familie zu werden.

Ich freute mich natürlich für Clark. Für mich waren die Prognosen düsterer. Bei mir hatten die Bullen über dreißig Platten beschlagnahmt. Ich durfte nicht mehr am Unterricht teilnehmen, und diese verdammte Pflaume von Rektor drohte mir wie der Lederjackenclique mit Schulverweis.

Clark wurde ernst.

»Entschuldige«, sagte er. »Entschuldige, aber ich war nur so verdammt erleichtert, meinen eigenen Arsch gerettet zu haben. Wer von der Oberschule fliegt, ist geliefert und wird von keiner anderen Schule aufgenommen. Dann muss man arbeiten und kann das Abitur vergessen. Was willst du jetzt tun?«

»Weiß nicht«, antwortete ich. »Ich werde der verdammten Pflaume heute Nachmittag mit meinem Anwalt einen Besuch abstatten. Mein Anwalt meint, dass sich die Sache hinbiegen lässt.«

Es war einer der Augenblicke, in denen Blicke mehr sagten als Worte.

»Wahnsinn«, sagte Clark. »Du hast einen Anwalt?«

»Ja«, erwiderte ich. »Er arbeitet schon seit vielen Jahren für unsere Familie.«

»Na dann«, meinte er. »Ja, ja, manche Leute haben's gut. Ich muss jetzt los. Viel Erfolg mit dem Anwalt und so.«

Er zwinkerte mir zu, schnalzte auf amerikanische Art, klopfte mir auf die Schulter und ging.

Das war unsere letzte Begegnung. Ich war danach nie wieder in Abrahamsberg, habe aber später gehört, dass er tatsächlich vier Jahre später das Abitur bestand.

Rechtzeitig fand ich mich in der Anwaltskanzlei ein,

damit wir alles noch einmal besprechen konnten, bevor wir Rektor Reineclaude aufsuchten. Anwalt Peteri wirkte überaus optimistisch. Er kannte den Staatsanwalt, der mit der Ermittlung über die Vasa-Real-Liga betraut war, sie hatten eben sehr nett zu Mittag gegessen. Die gute Nachricht lautete, dass gegen mich kein Verdacht auf eine Straftat vorlag, die weniger gute allerdings, dass die Platten weiterhin beschlagnahmt waren. Im Sinne des Gesetzes war ich unschuldig, was die Hauptsache war. Aber auch wenn ich das Recht auf meiner Seite hatte, hieß das noch lange nicht, dass ich am Ende recht bekam. Das Strafgesetzbuch war eine Sache und die Schulordnung eine ganz andere. Darauf mussten wir uns bei unserem Gespräch mit Rektor Reineclaude gefasst machen.

Anwalt Peteri hatte einen Bentley mit dem Lenkrad auf der rechten Seite. Er fuhr ihn selbst und behielt dabei seinen Hut auf. Auf dem Rücksitz saß eine Sekretärin, die sich um die Papiere kümmern und unser Gespräch mit dem Rektor stenografieren würde.

Rektor Reineclaude empfing uns, wie nicht anders zu erwarten, verärgert und missgelaunt. Die Anwesenheit der Sekretärin gefiel ihm gar nicht, aber er konnte sie ja schlecht vor die Tür setzen.

Er bat Anwalt Peteri und die Sekretärin, auf den beiden Besucherstühlen Platz zu nehmen, ich musste vor seinem Schreibtisch stehen bleiben.

»Ich habe erfreuliche Nachrichten von Herrn Oberstaatsanwalt Hamrell, der mit dieser Sache betraut ist«, sagte Anwalt Peteri.

Er nickte der Sekretärin zu, die ein schreibmaschinebeschriebenes Blatt Papier in die Höhe hielt.

»Das hier ist der formelle Beschluss«, fuhr der Anwalt fort. »Eric, wärest du wohl so freundlich, Rektor Reineclaude das Dokument zu reichen?«

Ich legte das Papier vor dem Rektor auf den Schreibtisch. Er überflog es und lehnte sich dann mit aneinandergepressten Fingerspitzen zurück.

»Wie aus diesem Beschluss hervorgeht«, fuhr der Anwalt fort, »hat sich der Verdacht auf Glücksspiel und Hehlerei gegen Eric Letang nicht erhärtet.«

»Sieh mal an. Immerhin«, meinte der Rektor, als kümmere ihn dieser Bescheid nicht im Geringsten.

Der Anwalt fuhr unbeirrt fort.

»Also stellt sich die Frage, welche praktischen Konsequenzen dieser erfreuliche Beschluss für Eric Letang haben könnte, Herr Rektor«, fuhr er gelassen fort.

»Ich verstehe nicht, was Sie meinen, Herr Anwalt?«

»Ich denke schon, Herr Rektor. Als Sie Erics Mutter, Frau Lauritzen, mitteilten, dass Eric bis auf Weiteres vom Unterricht suspendiert sei, haben Sie ausdrücklich auf diesen Verdacht, der sich inzwischen als gegenstandslos erwiesen hat, hingewiesen. Wäre es nicht angezeigt, Ihren Beschluss nun rückgängig zu machen?«

»Nein, keinesfalls.«

»Das verstehe ich nicht, Herr Rektor. Ihr Beschluss, der aufgrund fälschlicher Annahmen gefasst wurde, müsste doch logischerweise aufgehoben werden?«

»Dieser Beschluss war korrekt, und morgen ergeht infolgedessen der weitere Beschluss, die gesamte Liga einschließlich Ihres *Mandanten* der Schule zu verweisen!«

Der Rektor hatte seine Stimme erhoben, sein Gesicht war gerötet, und sein schwarzes Haar hing ihm in die

Stirn. Wie bei den Morgenversammlungen redete er sich in Rage.

»Ich muss auf einer Erläuterung bestehen, Herr Rektor«, erwiderte der Anwalt gelassen.

»Die sollen Sie bekommen«, begann der Rektor und holte tief Luft. »Und Sie dürfen nach Herzenslust mitstenografieren. In der Schule sind strafrechtliche Fragen ohne Belang. Gegen diese Rowdys wird ohnehin kein Verfahren eingeleitet, weil sie noch nicht strafmündig sind. Die Liga in der Klasse 4⁵A, der Eric angehört, zur Rechenschaft zu ziehen fällt der Schule und dem Jugendamt zu. Wir unterrichten an der Vasa Real über 700 Schüler in großen Klassen. Dies setzt bedingungslose Ordnung und Disziplin voraus. Sittenlose Schüler können wir nicht tolerieren. Unsere Politik ist gnadenlos, was wir unseren Schülern stets unzweideutig vermittelt haben …«

»Entschuldigen Sie, dass ich Sie unterbreche«, sagte der Anwalt. »Aber Sie scheinen zu übersehen, dass Eric von jedem Verdacht freigesprochen wurde. Ihn einer Bestrafung zu unterziehen, die seine gesamte Zukunft zerstört, ist daher nicht nur drakonisch, sondern auch sachlich falsch.«

Rektor Reineclaude starrte auf seinen Schreibtisch, als müsse er sich wieder beruhigen, strich sich das Haar aus der Stirn und fuhr langsamer und mit leiserer Stimme fort.

»Möglicherweise ist Eric im Sinne des Strafgesetzes unschuldig, da aus diesem Dokument hervorgeht, dass ihm keine Straftat nachzuweisen ist. Aber die Schulordnung folgt einer anderen Logik. Sie betrachtet Eric und die anderen Ligisten als missratene Elemente, von denen ein schädlicher Einfluss ausgeht. Eric hat wiederholte Male um Geld gespielt, was schlimm genug ist. Außerdem hat er nachweislich Diebesgut erworben, dafür ist selbst das Wort missraten noch zu schwach. Eine Schule ist ein Blumenbeet. Unkraut muss mit der Wurzel ausgerissen werden! Das Kollegium wird morgen um zehn Uhr seinen Beschluss fassen, unser neuer Studienrektor wird den entsprechenden Antrag stellen, und er ist derselben Meinung wie ich.«

»Verstehe«, sagte Anwalt Peteri. »Kann man gegen diesen Beschluss Berufung einlegen?«

»Durchaus. Beim Schulamt. Aber ich weise Sie darauf hin, dass der Kampf gegen die Jugendkriminalität an unseren Schulen einer Direktive des Reichstages folgt.«

»Dann danke ich Ihnen für Ihre Zeit«, sagte der Anwalt und erhob sich.

Auf dem Weg zum Ausgang, als ich zum letzten Mal durch die Korridore meiner Schule ging, überschlugen sich meine Gedanken. Dass ich von der Schule fliegen würde und als missratenes Element keine Stockholmer Oberschule mehr besuchen durfte, war mir inzwischen klar, aber nicht, wie ich nach einem Gesetz unschuldig und nach einem anderen schuldig sein konnte.

Advokat Peteri fuhr mich schweigend nach Hause. Er hatte versprochen, Mama Bericht zu erstatten, wie es gelaufen war, sie hatte sich deswegen den Spätnachmittag freigenommen.

»Die Rechtswissenschaft ist eine seltsame Welt«, sagte der Anwalt schließlich. »Gegen den morgigen Beschluss beim Schulamt Widerspruch einzulegen führt zu nichts. Das stilisiert die Angelegenheit zur politischen Angelegenheit und würde als Kampfansage des schwedischen Staates gegen die angeblich zunehmende Jugendkriminalität ausgelegt werden. Juristische Argumente fruchten nichts. Die Politik ist der Jurisprudenz überlegen.«

»Darf ich wirklich nicht mehr in die Schule?«, fragte ich. Die verwegene Vision einer Karriere als Filmstar schoss mir durch den Kopf.

»Doch, natürlich, wo kämen wir da hin!« Der Anwalt lachte. Er lachte tatsächlich.

»Nach Beenden dieses Schuljahres kannst du dich für das Gymnasium bewerben, nicht wahr?«, fragte er mich.

»Theoretisch ja. Aber nicht, wenn ich keine Oberschule in Stockholm mehr besuchen darf.«

»Da bleibt nur ein kostspieliger, aber notwendiger Ausweg. Auf dem Land gibt es Privatschulen für missratene Söhne aus gutem Haus, wie man zu sagen pflegt. Diese Schulen sind nicht unbedingt die besten, aber ein knappes Schuljahr wirst du schon durchhalten.«

Danach schwieg er wieder, bis wir fast die Birger Jarlsgatan erreicht hatten. Mir graute bereits vor der Begegnung mit Mama.

»Noch etwas«, sagte er, als er den Wagen parkte. »Für die stenografierte Unterhaltung mit dem Rektor haben wir juristisch keine Verwendung. Aber ich werde dir trotzdem eine Abschrift zukommen lassen. Es handelt sich um ein entscheidendes Kapitel deines Lebens, das du vielleicht in Zukunft irgendwann mit Gewinn verwerten kannst.«

Ich saß in einem Zug Richtung Süden und fuhr durch eine schöne Landschaft in den ersten Tag von einer grellen Sonne beleuchteten Herbstfarben. Man hatte mich deportiert, anders konnte man es nicht nennen.

Mein Leben lag in Trümmern, dachte ich in der einen

Sekunde, um es in der nächsten von der positiven Seite zu betrachten. Für die suspendierte Lederjackenclique gab es keinen Notausgang, kein Zurück an die Schule. Sie mussten sich einen Job suchen und wie in früheren Zeiten, als es noch keine Teenager gab, direkt ins Leben treten. Ich war auf ein Internat verbannt worden, aber nur für den Rest des Schuljahres bis zum nächsten Sommer. Acht Monate. Dann war ich wieder frei und konnte in Stockholm die vier letzten Jahre hinter mich bringen, die vier letzten Bahnen bis zum Abitur, sozusagen. Es gab also keinen Grund zum Jammern. Acht Monate waren nichts. Der zu Unrecht verurteilte Edmond Dantès hatte sehr viel länger im Chateau d'If gesessen, bis er der Graf von Monte Christo geworden war.

Aber da war noch die Schmach, über die ich nicht hinwegkam. Wie eine Löwin hatte Mama für Acke und mich gekämpft, und als die Dinge endlich wieder etwas rosiger aussahen, verursachte ich Kosten, die ungefähr dem Preis des amerikanischen Cadillac entsprachen, mit dem sie so gerne mit uns nach Frankreich gefahren wäre.

Am schwersten war die Schande zu ertragen, die ich ihr bescherte. Die Relegierten standen unter Aufsicht des Jugendamtes. Zwei Frauen dieser Behörde hatten uns aufgesucht und allen Ernstes vorgeschlagen, mich in einer Pflegefamilie unterzubringen. Das blieb den Müttern der anderen Jungen erspart, weil diese nicht geschieden waren. Bei Kindern aus intakten Familien waren keine besonderen Maßnahmen erforderlich. Acke und ich, die Scheidungskinder, galten als besonders gefährdet. Darum zog das Jugendamt in Erwägung, uns unsere Mama wegzunehmen oder genauer gesagt uns unserer Mama. Meine

Verderbtheit führten die Damen vom Jugendamt darauf zurück, dass Mama sich nicht ausreichend um ihre Kinder kümmerte.

Und wieder musste Anwalt Peteri tätig werden. Dieses Mal mit mehr Erfolg. Für mich sei schließlich im Internat gesorgt, argumentierte er. Der Beschluss, für mich eine Pflegefamilie zu suchen, wurde also aufgeschoben. Jetzt saß ich in der Bahn, und die Damen vom Jugendamt hatten wir ausgetrickst.

Das Schlimmste war nicht die abwegige Annahme, meine Mutter würde sich nicht ausreichend um ihre Kinder kümmern, das war lachhaft. Das Schlimmste war der Gedanke daran, dass die zwei Damen vom Jugendamt meine Mutter mit Vorwürfen überhäuften. In ihren Augen eignete sie sich nicht als Mutter, weil sie sich von einem Mann hatte scheiden lassen, der ihren Sohn misshandelte. Ricks, Kenneths und Labans Mütter waren Hausfrauen, das war offenbar gut, jedenfalls besser als Verkäuferin bei Nils Adamsson oder Maklerin.

Ich war nicht zu Hause, als sie mit Mama berieten, ob man mich zu einer Pflegefamilie nach Norrland oder in eine Erziehungsanstalt schicken sollte. Ich weiß nicht, was ich getan hätte, wenn ich diese Demütigung meiner Mutter miterlebt hätte. Schlimmstenfalls hätte ich das Jugendamt in dem Beschluss bestätigt, mich so schnell wie möglich in Verwahrung zu nehmen.

Wie es ihr gelang, bei diesen Verhandlungen die Fassung zu wahren, ist mir schleierhaft. Das Jugendamt repräsentierte alles, was sie am Schweden der Sozis verabscheute, nämlich die totale Bevormundung durch den Staat. Sie muss innerlich gekocht haben.

Vermutlich auch, als sie eines ihrer norwegischen Gemälde verkaufte. Die Alternative wäre gewesen, für das eine Jahr auf dem Internat Stjärnsberg die Summe zu leihen, die dem Kaufpreis eines amerikanischen Autos entsprach. Anwalt Peteri erbot sich, einen Kredit zu vermitteln, was bei Mamas gegenwärtigem Einkommen kein Problem gewesen wäre. Aber das lehnte sie selbstredend ab, da sich eine Lauritzen kein Geld lieh. Aber eine Lauritzen verkaufte eigentlich auch keine Erbstücke.

Und all das war meine Schuld. Zwar hatte ich keine Straftat begangen, aber schuldig war ich trotzdem. Das war nicht schönzureden. Ihre Ermahnungen auf dem Stockholmer Hauptbahnhof, dass dies meine letzte Chance sei und ich sie nicht enttäuschen dürfe, jetzt müsse ich mich bis Schuljahresende vorbildlich verhalten, waren gelinde gesagt überflüssig. Aber das konnte sie natürlich nicht wissen. Fest stand jedenfalls, dass ich sie nie wieder enttäuschen würde, egal wie schlimm es auf diesem Internat war.

In Stjärnsberg gab es kein Schwimmbad. Danach hatte ich mich nach beschlossener Verbannung als Allererstes telefonisch erkundigt. Mein Schwimmtraining schien ebenso ruiniert zu sein wie meine Karriere in der Werbebranche.

Keinesfalls, sagte Tage Lindström, als ich ihm mit Tränen in den Augen im Sportpalast mitteilte, dass ich bis zum nächsten Sommer mit dem Training aussetzen müsse.

Er war bekümmert, aber nicht erbost, und meinte nur, dass wir uns den Gegebenheiten anpassen müssten. Mein Konditionstraining würde ich in der sörmländischen Verbannung weiterhin betreiben können. Kraft und Ausdauer seien notwendige Eigenschaften für jeden Wettkampfschwimmer. Mit anderen Worten müsse ich jeden Tag laufen, was bereits erheblich zur Lösung meines Problems beitrage. Des Weiteren müsse ich essen, wachsen und meine Muskeln aufbauen. Die Verbesserung meiner Technik würden wir auf das nächste Jahr verschieben. Solange ich mein Training durchzog, würde alles gut werden. Ich versprach es hoch und heilig.

Der Abschied von Sylvia fiel mir entsetzlich schwer. Aber ich würde an den Wochenenden nach Hause kommen, und eigentlich trafen wir uns ohnehin nur dann. Sie sah darin kein Problem, und wir versprachen einander, wie bislang zusammenzuhalten.

So gesehen war die Lage eigentlich gar nicht so übel. Einmal davon abgesehen, dass ich Mama verletzt hatte, was sie wirklich nicht verdiente, hätte alles viel schlimmer sein können.

Als ich in Stjärnhov ausstieg, erwartete mich wie vereinbart ein Taxi, ein großer Volvo. Die Fahrt wurde in Rechnung gestellt.

Der mürrische Fahrer öffnete den Kofferraum, half mir jedoch nicht mit meiner Reisetasche. Vielleicht war das auf dem Land nicht üblich? Ich bat ihn, vorne sitzen zu dürfen.

Schweigend fuhren wir durch die sonnige Herbstlandschaft.

»Du bist neu, oder?«, fragte der Fahrer unvermittelt.

»Ja«, erwiderte ich. »Sieht man mir das an?«

»Du trägst kein Stjärnbergswappen an deinem Jackett. Vermutlich muss ich dich bald nach Björnlunda fahren. Das ist bei den Neuen immer so.«

»Was ist in Björnlunda?«, fragte ich.

»Die Praxis des Bezirksarztes. Was Schwester Fjaset

nicht zusammenflicken kann, muss er übernehmen. Ein Oberschichtlümmel nach dem anderen. Und ich habe das einzige Taxi weit und breit.«

»Verstehe«, erwiderte ich, obwohl ich überhaupt nichts verstand.

Ich hatte keine Lust, die Unterhaltung fortzusetzen, was vermutlich an dem Wort Oberschichtlümmel lag.

Er mochte mich nicht, obwohl er mir noch nie zuvor begegnet war. Seltsam.

Schweigend setzten wir die Fahrt fort, bis wir eine Ansammlung von Häusern erreichten. Das musste Stjärnsberg sein. Wir passierten einen fantastischen, üppig grünen Fußballplatz von stadiontauglichen Ausmaßen, bogen ab und hielten auf einem großen Platz vor dem mutmaßlichen Hauptgebäude.

Der Taxifahrer öffnete den Kofferraum und bedeutete mir, meine Reisetasche herauszuheben.

»Sie holen dich hier ab«, sagte er, knallte die Fahrertür zu, legte den Rückwärtsgang ein, wendete und fuhr davon.

Ich stand zwischen vier großen Holzhäusern auf einem Kiesplatz in Sörmland, und kein Mensch war zu sehen, vielleicht weil Sonntag war. Mit einem Gefühl großer Leere, als hätte sich mein Selbstmitleid im Zug voll und ganz erschöpft, wartete ich ab. Ich musste das Beste aus der Situation machen. Da näherte sich ein älterer Junge mit Tweedjacke, passender Schirmmütze und einem grünen Halstuch. Er schaute auf die Uhr und streifte einen dünnen schwarzen Lederhandschuh von der rechten Hand, um mich zu begrüßen.

»Entschuldige die Verspätung«, sagte er, nachdem wir uns die Hand geschüttelt hatten. »Das Taxi war schneller als sonst. Ich heiße Silverstedt und bin stellvertretender Sprecher des Schülerrats. Und du bist Eric Letang, nehme ich an?«

Den Namen Letang sprach er korrekt aus, was nicht oft geschah.

In einiger Entfernung entdeckte er zwei Jungs mit Tennisschlägern. Er pfiff auf zwei Fingern, und die beiden kamen sofort angerannt. Mit militärischer Stimme, die keinen Widerspruch duldete, befahl er ihnen, mein Gepäck in Wirséns Zimmer im Allén zu bringen. Die beiden gehorchten sofort und ohne eine Miene zu verziehen.

Dann nahm er mich mit auf eine Besichtigungsrunde, die er allen Neuen zuteilwerden ließ. Das gehöre zu den Pflichten des stellvertretenden Schülerratssprechers, erklärte er. Wir begannen mit dem einige Hundert Meter vom Hauptgebäude entfernten Sportplatz, der sich als noch großartiger erwies, als vom Taxi aus zu erkennen war, und vermutlich den Stolz der Schule darstellte. Der tadellos gepflegte Rasen wies saubere weiße Linien auf und wurde von acht Aschebahnen flankiert. Einen Platz zum Kugelstoßen und Diskuswerfen, eine Weitsprunggrube und Anlagen zum Hoch- und Stabhochsprung gab es ebenfalls. Alles, was es auf dem Sportplatz in Saltsjöbaden gegeben hatte, war hier nur für eine einzige Schule. Der Schulhof der Vasa Real hatte nur eine 60-Meter-Aschebahn und eine Sprunggrube.

Über der gesamten Sportanlage thronte eine herrenhausähnliche Villa, in der Rektor Froske wohnte. Sein Balkon glich einer Ehrentribüne.

Die Turnhalle war hingegen enttäuschend klein und für Handball gänzlich ungeeignet. Ersatzweise gab es zwei

Basketballkörbe. Diese in Schweden noch neue und in den USA wahnsinnig beliebte Sportart werde den Handball hierzulande bald ausstechen, behauptete Silverstedt. Was nur bewies, dass er von Sport keine Ahnung hatte. Schließlich hatte Schweden gerade seinen Handballweltmeistertitel aus dem Jahr 1954 erfolgreich verteidigt. Wir hatten das Finale gegen die Tschechoslowakei mit vernichtenden 22:12 gewonnen. Handball war ein Weltsport und dieses amerikanische Korbballspiel nur etwas für Mädchen, für die Handball schlicht und ergreifend zu brutal war.

Ich strengte mich an, mir meine Enttäuschung nicht anmerken zu lassen. In meiner Zeit in Stjärnsberg würde ich also nicht nur nicht schwimmen, sondern auch meine zweitliebste Sportart nicht ausüben können.

Wir setzten unsere Wanderung fort, und Silverstedt zeigte mir die Wohnheime. Die Schüler der letzten Gymnasialklasse wohnten im sogenannten Olymp. Österbo hieß das Haus der Jüngsten, in dem sich auch der Speisesaal mit etwa fünfzehn langen Tischen und hässlichen Wandgemälden befand. Vor dem Speisesaal gab es die Raucherecke Kaxis auf zwei Ebenen, deren obere den ältesten Gymnasiasten und den Mitgliedern des Schülerrats vorbehalten war. Rauchen durfte nur, wer über siebzehn war und eine schriftliche Genehmigung der Eltern vorweisen konnte.

Schließlich gelangten wir zu den Tennisplätzen und zum Wohnheim Allén, in dem ich untergebracht war. Im Korridor trennten sich unsere Wege. Silverstedt klopfte an eine Tür, und ein misstrauischer Typ öffnete und musterte mich demonstrativ von oben bis unten, während uns Silverstedt einander vorstellte.

»David af Wirsén, erste Gymnasialklasse. Eric Letang, 4^{5}B.«

Wir reichten uns die Hand. Silverstedt erklärte, die weitere Einführung würde er nun meinem Zimmergenossen überlassen, und erkundigte sich, ob ich noch Fragen hätte.

Allerdings. Es sei doch hoffentlich nicht verboten, an diesem Abend den Boxkampf in Göteborg im Radio zu hören.

Über diese Frage amüsierten sich beide. Silverstedt versicherte, dass die ganze Schule heute Abend gebannt vor dem Radio sitzen würde. Dann fiel ihm etwas ein. Er zog das Schulwappen, einen Aufnäher, aus der Jackentasche und überreichte es mir. Ich müsse es selber annähen, wegen Nadel und Faden solle ich mich an die Wirtschafterin wenden.

»Dann machen wir uns also miteinander bekannt«, meinte af Wirsén, nachdem Silverstedt gegangen war, »wo wir schon zusammen wohnen müssen. Pech für mich und Glück für dich.«

Ich fragte ihn nicht, warum es Pech für ihn sei, sondern begann, meine Reisetasche auszupacken. Jedem von uns standen zwei Schubladen, ein halber Kleiderschrank sowie ein halber Badezimmerschrank zur Verfügung, den af Wirsén freundlicherweise bereits freigeräumt hatte. Als ich meine normalen Kleider anziehen wollte, meinte er, ich könne meine Schuluniform gleich anbehalten, da Sonntag sei und man mir sonst beim Abendessen den Zutritt zum Speisesaal verwehren würde.

Während ich meine Sachen einräumte, saß er auf seinem Bett und betrachtete mich mit einem ironischen Lächeln, das mir ziemlich auf die Nerven ging. Als ich fertig war, nahm ich ebenfalls auf meinem Bett Platz und breitete die Arme aus.

»Fertig«, sagte ich.

»Gut«, sagte er. »Dann können wir reden. Warum bist du von der Schule geflogen?«

»Woher weißt du das?«

»Das Schuljahr hat bereits angefangen, und dein Vater muss trotzdem für ein ganzes Jahr bezahlen. Also bist du unfreiwillig hier und folglich von der Schule geflogen.«

»Ich habe um Geld geflippert und geklaute Rockplatten gekauft«, sagte ich.

»Scheiße, wegen solcher Bagatellen fliegt man von der Schule? Das brauchst du hier nicht zu befürchten.«

»Wie schön«, erwiderte ich. »Aber warum hast du Pech und ich Glück, weil wir eine Zelle teilen?«

Er lachte und ließ sich mit der Antwort Zeit. Sein Pech sei, dass er ein Privileg verloren habe. Normalerweise verfügten nur die Schüler der letzten Gymnasialklasse über Einzelzimmer, aber als Mitglied im Schülerrat hatte auch er eines bekommen, als eins frei wurde.

So gesehen hatte er Pech, dass doch noch ein Schüler auftauchte. Ich hingegen konnte mich glücklich schätzen, mein Zimmer mit einem Schülerratsmitglied zu teilen.

Ich bat ihn, mir das näher zu erläutern.

»Der Schülerrat stellt das Polizeiwesen und die Gerichtsbarkeit der Schule dar. Schüler wie du müssen den Ratsmitgliedern bedingungslos gehorchen. Falls ich zum Beispiel ein Mars möchte, musst du schleunigst loswetzen und mir eins besorgen.«

»Dein Laufbursche zu sein kann ja wohl kaum als Glück bezeichnet werden«, sagte ich.

»Doch.« Er lachte. »Dir bleiben alle nächtlichen Razzien erspart, weil Ratsmitgliederzimmer davon verschont werden. Spielst du Tennis?«

»Nein. Ich habe nur zweimal in meinem Leben einen Schläger in der Hand gehalten.«

»Segelst du?«

Beinahe hätte ich verneint, weil ich dieses ständige Segelgelaber leid war, aber af Wirsén sprach Göteborger Dialekt, und ich witterte eine Chance, mich bei ihm beliebt zu machen.

»Klar. Wie alle Mitglieder meiner Familie bin ich im KSSS. Du bist doch sicher Mitglied unserer Göteborger Filiale.«

Mein Scherz über die Rivalität unserer Vereine brachte ihn zum Lachen, und damit war das Eis gebrochen. Wir ergründeten, was wir über die Familie des anderen wussten. Onkel Carl Lauritz war ihm ein Begriff, und er wusste, dass wir die Regatta Gotland Rund gewonnen hatten. Er erinnerte sich sogar an den Namen unseres Bootes *Beduin*. Die af Wirséns segelten Drachen.

Manchmal hat man Glück.

Ich bat ihn, mir zu erklären, was ich als Grünschnabel in Stjärnsberg zu beachten hätte, und er als alter Hase, der die Schule bereits seit vier Jahren besuchte, konnte mir einiges erzählen.

Da ich um jeden Preis vermeiden musste, erneut relegiert zu werden, zählte er erst einmal die vier Todsünden auf:

Rauchen im Haus.

Ficken des Putz- oder Küchenpersonals.

Zum fünften Mal beim Rauchen erwischt werden.

Ein Ratsmitglied oder einen Abiturienten tätlich angreifen.

Gegen zwei dieser Todsünden war ich gefeit. Ich rauchte nicht und hatte nicht die Absicht, damit anzufangen. Die beiden anderen Todsünden klangen abwegig. Ficken des Küchenpersonals?

Von Ficken stand natürlich nichts in der Schulordnung. Das Wort der Wahl hieß: Fraternisieren. Bei näherem Nachdenken sei die Regel gar nicht so abwegig, erklärte er. Das Personal stamme aus Finnland, vermutlich weil sich die Finnen nicht gewerkschaftlich organisierten und mit geringeren Löhnen begnügten. Darunter seien auch einige junge, recht hübsche Mädchen. Ob ich jetzt verstehe?

Nicht direkt, obwohl die Versuchung natürlich nachvollziehbar sei.

Allerdings. Die Vorstellung, wir könnten einige von ihnen schwängern, sei der Schulleitung und unseren Eltern natürlich äußerst unangenehm. Daher sei das sogenannte Fraternisieren auch strengstens verboten.

Das leuchtete mir ein. Aber dass es ein ebenso verbotenes schweres Vergehen darstellte, einem Ratsmitglied eins reinzuhauen, verstand ich nicht.

Af Wirsén erläuterte mir das an der Schule praktizierte System der Kameradschaftserziehung, also der Erziehung der Schüler durch ihre Mitschüler. Die Lehrer mischten sich nicht in Dinge ein, die sich außerhalb des Klassenzimmers ereigneten. Den gewählten Ratsmitgliedern fiel die Aufgabe zu, ihre Mitschüler wegen unerlaubten Rauchens abzustrafen, Schlägereien zu beenden, die Neuen einzuweisen, Arreststrafen zu verhängen und Strafarbeiten zu verteilen. Ohne die absolute Immunität der Ratsmitglieder würde das System zusammenbrechen.

Ich war neu, galt damit automatisch als aufmüpfig und musste in etwa wie ein paar englische Schuhe eingelaufen werden. Also würde ich in den ersten Wochen Besorgungen erledigen, Schuhe putzen und Betten für Schülerratsmitglieder machen müssen. Af Wirsén hatte einen einfachen Rat: Zähne zusammenbeißen und gehorchen, dann war es bald ausgestanden. Bei Widerspruch gab es Wochenendarrest und Strafarbeiten, was einen Teufelskreis endloser Ärgernisse in Gang treten konnte. Man musste praktisch denken. Wer wollte schon im Arrest versauern, statt eine Freundin zu besuchen oder kennenzulernen?

Als Letztes riet David mir, die japanische Weisheit von dem Baum im Sturm zu beherzigen. Im Gegensatz zum Gras, das sich beugte und am nächsten Tag wieder aufrichtete, brach er ab.

Gemeinsam begaben wir uns in den Speisesaal. Mir wurde ein Platz an af Wirséns Tisch zugewiesen, allerdings am anderen Ende in Fensternähe, weil ich ja neu und aufmüpfig war.

Sonntags trug man Schuluniform. Ein Ratsmitglied wies mich wegen angeblich nachlässig gebundener Krawatte zurecht. Er befahl mir, den Kopf zu senken, und schlug mir mit zwei Knöcheln auf den Schädel, was ungeheuer schmerzhaft war.

Der hellen Stimme wegen sprach immer ein Erstklässler das Tischgebet. Warum, begriff niemand so recht, aber Tradition war nun mal Tradition.

Das Essen schmeckte okay, Rinderbraten mit Kartoffeln und Kaltschale mit Klößchen zum Nachtisch.

Das wichtigste Ereignis dieses Abends war natürlich der Boxkampf. Etwa die Hälfte der Allén-Bewohner waren am Wochenende nicht nach Hause gefahren und versammelten sich nun vor dem Radio im Aufenthaltsraum. Die Wirtschafterin hatte mir Nadel und Faden gegeben, und ich nähte das Stjärnberg-Wappen auf mein Jackett. Glücklicherweise war niemandem beim Abendessen aufgefallen, dass es fehlte.

Die Spannung stieg ins Unerträgliche. Eddie Machen, der zweitplatzierte Schwergewichtler, war ebenso schwarz wie der Weltmeister Floyd Patterson. Ingo würde durch einen Sieg Machen von seinem Platz verdrängen und konnte anschließend den Weltmeister herausfordern. Darauf hofften wir natürlich, aber niemand glaubte so recht daran, dass ein Schwede gegen einen amerikanischen Negerboxer eine Chance hatte.

Als die erste Runde begann, saßen wir alle mit Herzklopfen im Aufenthaltsraum, aber es war nicht ganz einfach, den Ereignissen im Ring anhand des mündlichen Berichts zu folgen. Und plötzlich, noch in der ersten Runde, war auch schon alles wieder vorbei. Erstaunte Stille machte sich breit, gefolgt von einem wilden Freudentanz. Ingemar Johansson aus Göteborg würde um den Weltmeistertitel im Schwergewicht kämpfen. Eddie Machen hatte keine Chance gehabt: Ingo hatte ihn in der ersten Runde k. o. geschlagen!

Dieser von kameradschaftlichem Freudentaumel erfüllte Abend versöhnte mich mit meiner Verbannung nach Stjärnsberg, obwohl es hier weder eine Handballhalle noch ein Schwimmbecken gab. Wie groß mein Glück war, mein Zimmer mit einem Ratsmitglied zu teilen, mit dem ich mich auf Anhieb gut verstand, konnte ich zu dem Zeitpunkt noch nicht abschätzen.

Meine Freundschaft mit af Wirsén, die ich nach besten Kräften pflegte, indem ich sogar ein gewisses Interesse für Tennis aufbrachte, ließ sich in etwa mit der Ehrfurcht vor einem verwandten Mafiaboss vergleichen. Ich stand gewissermaßen unter dem Schutz eines Lucky Luciano. Aber von diesen Dingen ahnte ich an diesem ersten, siegesseligen Abend noch nichts. Hätten wir Alkohol gehabt, hätten wir uns sicher bis zur Besinnungslosigkeit betrunken.

Vor dem Frühstück zehn Kilometer auf der Aschenbahn zu laufen war kein Problem. Schließlich war ich jahrelang vor allen anderen aufgestanden, um im Sportpalast zu trainieren. Vor dem Schwimmtraining hatte ich jedoch immer 800 Kalorien Kohlenhydrate vertilgt, hier lief ich mit leerem Magen, was dem Körper zusetzte. Und im Sportpalast herrschten gleichmäßige Luft- und konstante Wassertemperaturen. Der September war in diesem Jahr ungewöhnlich warm, dann verschlechterte sich das Wetter, und die Temperaturen sanken. Aber ich biss die Zähne zusammen und aß vor dem Morgenlauf Schokokekse, um nicht schon vor dem richtigen Frühstück, das aus Hafergrütze, gekochten Eiern, Toast und Ersatzkaffee bestand, vollkommen erledigt zu sein. Bei Regen lief ich meine Morgenrunden im Regenmantel und Südwester. Beides hatte ich mir von meinem Beschützer, meinem Zimmergenossen, geliehen. Als der erste Schnee fiel, lief ich in Trainingsanzug, Handschuhen und Wanderstiefeln.

Das Idiotentraining, wie es etliche Mitschüler nannten, brachte mir einen unerwarteten Vorteil. Es trug mir den Respekt der Älteren und somit einen vergleichsweise gelinden Auftakt meiner Internatszeit ein. Natürlich musste auch ich Schuhe putzen und Besorgungen erledigen, aber diese Phase war relativ kurz, da ich klaglos allen Befehlen gehorchte, ohne eine Miene zu verziehen, wie es mir af Wirsén geraten hatte.

Meine Klasse war nur halb so groß wie die in der Vasa Real. Die Hälfte besuchte das Internat, weil sie zu dumm für eine normale Schule waren. Einige wenige waren aus ähnlichen Gründen wie ich von einer großen staatlichen Schule relegiert und deportiert worden.

Keiner meiner nicht übermäßig intelligenten Mitschüler war annähernd so sportlich wie ich, obwohl natürlich alle Fußball spielten. Trotzdem fand ich mühelos Anschluss, weil wir uns alle sehr ähnlich waren. Wir sprachen, von dialektalen Variationen einmal abgesehen, in etwa dieselbe Sprache und hatten ungefähr dieselben Ansichten über die Sozis und Elvis. Meine Mitschüler erinnerten mich an meine Seglerkameraden auf Lökholmen. Hier gab es keine Kenneths, Ricks oder Clarks. Ich wusste, woran ich war, auch wenn es ein wenig langweilig war.

Wer über das Wochenende nach Hause fahren wollte, musste Urlaub beantragen. Genehmigt wurden maximal fünf Wochenenden pro Halbjahr, wichtige Familienangelegenheiten wie runde Geburtstage Familienangehöriger, Beerdigungen und Ähnliches ausgenommen.

Sylvia und ich trafen uns seltener als erwartet, und Schmusen war nur im Kino möglich. Immerhin konnten wir inzwischen auch die interessanteren Filme sehen, weil wir nun alt genug waren. Mittlerweile liefen auch passable Filme in den Vorortkinos, deren Besuch ihre Mutter genehmigte. In diesem Herbst sahen wir »Die Faust im Nacken« mit Marlon Brando und »Die Brücke am Kwai« mit Alec Guinness. Die Filme waren so gut, dass wir der Leinwand mehr Aufmerksamkeit schenkten als einander.

Darum überraschte mich das Ende auch nicht sonderlich. Mir schwante bereits etwas, als sich abzeichnete, dass wir die wunderbaren Dinge der himmlisch warmen Juliwoche in Sandhamn nicht wiederholen konnten. Novemberdunkel, Schneematsch und die immer gleichen Kinobesuche waren etwas anderes als Rudertouren auf eine einsame Insel, wo wir uns unter freiem Himmel stundenlang vergnügen konnten.

Sie machte in einem Brief mit mir Schluss. Unsere Beziehung habe etwas Gewohnheitsmäßiges angenommen, und man solle sich in so jungen Jahren vielleicht noch nicht fest binden.

Die Zeilen lasen sich wie von Mama Karola diktiert. Das Wort gewohnheitsmäßig gehörte nicht zu Sylvias Wortschatz, und wir hatten nie daran gedacht, uns fest zu binden, sondern waren einfach nur sehr verliebt gewesen.

Für mich stand fest, dass Sylvias Mutter mich loswerden wollte, was nicht daran liegen konnte, dass ich nicht fein genug war, schließlich stammte sie aus der Mittelschicht und nicht wir.

Lag es an meiner geschiedenen Mutter oder daran, dass man mich relegiert und als missratenes Subjekt bezeichnet hatte? Oder hatte Sylvia auf Nachfrage ihrer Mutter unvorsichtigerweise zugegeben, dass wir es gemacht hatten? Gott allein wusste, was geschehen war, kann man wohl in diesem Fall sagen.

Vielleicht klingt diese ironische Zusammenfassung ein wenig herzlos. Ich nahm das Ganze aber durchaus nicht auf die leichte Schulter. Nur Großvaters Tod hatte mich bis dahin mit größerer Trauer erfüllt. Als Sylvia mit mir Schluss machte, tat sich in mir ein großes schwarzes Loch auf. In der Dunkelheit des Spätherbstes unternahm ich ewig lange Spaziergänge im sörmländischen Nichts.

Ich war untröstlich. Sylvias Schulfoto stand weiterhin im Regal meines Internatszimmers, obwohl sie es sich zurückerbeten hatte.

Dann kam der Todesstoß.

Clark war kein großer Briefeschreiber. Aber Mitte Dezember schrieb er mir, was Sylvia in Talludden zugestoßen war.

In Talludden am Stadtrand trafen sich die Amischlittenrocker. Sie stellten ihre tragbaren Plattenspieler auf die Kühlerhaube ihrer Autos und drehten die Lautstärke auf, weil es dort keine Nachbarn gab, die sich hätten beschweren können. Sie tranken Bier und Drinks aus den Kingsize-Kofferräumen ihrer amerikanischen Limousinen, weil es im Café Talludden nur Cola, Kaffee, Kopenhagener und Käsebrötchen gab.

So viele Rocker an einem Ort waren natürlich aufregend. Die Zeitungsberichte von Sex- und Sauforgien lockten noch mehr Mädchen an. Polizei und Jugendamt veranstalteten regelmäßig Razzien mit unklarem Ziel. Schließlich handelte es sich bei den Rockern nicht um Straftäter, nach denen gefahndet wurde. Ihre Autos befanden sich in tadellosem Zustand, und die Fahrer waren immer nüchtern. Während der Kontrollen saßen die meisten im Café, gaben sich sittsam und warteten darauf, dass die Luft wieder rein war.

Clark und ich waren wie schaulustige Touristen dort herumgestrichen, mit vielen anderen Neugierigen, die das Sodom und Gomorrha mit eigenen Augen sehen wollten.

Davon war kaum etwas zu sehen gewesen, dafür umso mehr kichernde Mädchen auf den Rückbänken der Autos. Voller Interesse begutachteten wir die gepflegten und polierten Autos. Clark kannte fast alle Marken, und ich übertrumpfte ihn in dieser Hinsicht nur einmal, als ich einem schwarzen Cadillac das Baujahr 1953 zuordnen konnte, den Clark für das 54er-Modell gehalten hatte. In diesem Fall war ich meiner Sache sicher, weil ich Großvaters alten Wagen mit dem Kennzeichen B 414 wiedererkannte. Ich wusste nicht, ob ich stolz oder peinlich berührt sein sollte, eines unserer früheren Autos in Talludden zu sehen. Der neue Besitzer war jedenfalls wahnsinnig stolz, und ich verlor Clark gegenüber kein Wort über die Herkunft des Wagens.

Jetzt wollte Clark mich also über den Verlust von Sylvia hinwegtrösten, nachdem ich mich brieflich bei ihm ausgeweint hatte.

Seine Maßnahme bestand darin, mir einen detailliert pornografischen Bericht über das Mädchen zu liefern, in das ich einmal verliebt gewesen war. Damit wollte er beweisen, dass eine solche Hure meiner Trauer nicht wert sei.

Sylvia war nach Talludden gefahren und hatte bereits bei ihrem ersten Besuch sämtliche Rekorde geschlagen, indem sie ohne Gummi zehn Typen hintereinander fickte. Nach dem fünften Kerl war sie so vollgespritzt, dass sie mit Putzwolle aus der Werkzeugkiste abgewischt werden musste, bevor es weitergehen konnte.

Wie sie den Rest der Nacht verbrachte, konnte Clark

nicht sagen, vermutlich aber mit dem coolsten aller Rocker in dem 53er-Cadillac.

Am folgenden Abend brach sie in Talludden einen weiteren Rekord, indem sie es mit zwei Typen gleichzeitig trieb, einer von hinten, während sie dem anderen einen blies. Die Angaben, wie viele Paare sie geschafft hatte, variierten, aber da wieder ein Haufen Putzwolle verbraucht wurde, müssen literweise Sperma geflossen sein.

Am dritten Abend kamen die Bullen und das Jugendamt und zogen sie im wahrsten Sinne des Wortes aus dem Verkehr. Sie beschimpfte die Bullenschweine und biss und trat um sich, als sie weggezerrt wurde.

Ihre hypermoralische Mutter, diese Schreckschraube, hatte sie bei der Polizei als vermisst gemeldet. Vielleicht hatte Sylvia sich einfach nur rächen wollen? Inzwischen war sie jedenfalls in der Klapse.

Ich könne also ausatmen, schrieb Clark. Dabei habe sie so normal und nett gewirkt. Aber, tja, stille Wasser und so weiter. Schmiere, wie sie seither in Talludden genannt wurde, habe seitdem den Ruf einer unübertroffenen Nutte weg, einer Schlampe, die man nicht einmal mit der Zange anfassen wollte. Für mich bestünde also kein Grund zur Trauer, ich könnte mich glücklich schätzen, dieses Luder los zu sein, dessen einziger Ehrgeiz darin bestanden hätte, in Talludden einen unschlagbaren Fickrekord aufzustellen.

Tja, das sei es auch schon, was er mir erzählen wollte, damit ich mich nicht weiter quäle. Und noch etwas: Der Rektor hatte nach meinem Rauswurf drei Morgenpredigten darauf verwendet, über reinigendes Feuer und Unkraut zu faseln. Also, bis die Tage!

Ich las den Brief mehrmals und ätzte ihn auf diese Weise

in meine Gehirnwindungen ein. Dann saß ich eine Weile mit vernebeltem Kopf wie gelähmt auf meinem Bett. Af Wirsén blickte von seinem Matheheft auf und erkundigte sich, ob es ein erfreulicher Brief sei. Durchaus, antwortete ich, faltete das Blatt zusammen, erhob mich, zog meine Jacke an und verließ das Zimmer.

Es war Dezember, schon seit Langem dunkel und schneite. Ich marschierte Richtung Malmköping drauflos und versuchte, die gestochen scharfen Bilder vor meinem inneren Auge von Sylvia in Talludden zu verdrängen. Dabei war klar, dass ich sie nie wieder aus meinem Kopf verbannen konnte und sie mich für den Rest meines Lebens in meinen Wachträumen verfolgen würden.

Ich weinte nicht, weil sich das in meiner Familie nicht schickte. Aber nachdem ich eine Stunde lang gelaufen war, blieb ich in der Dunkelheit stehen und brüllte, bis ich keine Luft mehr bekam. Dann atmete ich tief durch und brüllte nochmals.

Wenige Tage später fand die Klosternacht statt, in der alle Neuen, die nach dem Sommer angefangen hatten, initiiert werden sollten. Meine Klassenkameraden, die das Initiationsritual überstanden hatten, weil sie schon länger dabei waren, erzählten nur zu gerne, was mich dort erwartete. Die Aufmüpfigen erwischte es schlimmer als die Anstelligen, aber keiner wurde verschont, schon allein des Prinzips wegen. Eiskalte Duschen gehörten zu den harmloseren Abreibungen, Auspeitschen war schon heftiger, ein mit Bleimennige eingeschmierter Pimmel, ins Gesicht uriniert oder in gefesseltem Zustand an der Fahnenstange gehisst zu werden hingegen … Die Geschichten waren unerschöpflich, immerhin wurde diese Tradition bereits seit fünfzig Jahren gepflegt. Am härtesten war es während des Zweiten Weltkriegs gewesen. Froske, der Rektor, hegte braune Sympathien und unterstützte die nazistische Zeitung *Dagsposten*. Inzwischen war von der germanischen Rasse und ähnlichen Dingen nicht mehr unbedingt die Rede, aber ein dunkelhaariger Ausländer würde natürlich trotzdem härter rangenommen werden.

Ich war Ausländer und dunkelhaarig.

Ich rechnete trotzdem mit einer gemäßigteren Prozedur und richtete mich auf eine kalte Dusche ein. Selbst ein unfreiwilliges Bad im See würde ich mit Fassung tragen. Ich würde einfach eine Bahn schwimmen und wieder an Land klettern.

Obwohl das vermutlich die falsche Taktik wäre, überlegte ich. Wenn der Gezüchtigte keinen gequälten Eindruck erweckte, war die Aktion sinnlos. Ich fragte af Wirsén, wie ich mich unter der kalten Dusche oder im See zu verhalten hätte.

Dieser lachte nur.

»Das kann dir vollkommen egal sein, Letang. An unserer Tür klebt ein Zeichen, dass hier ein Ratsmitglied wohnt, du kannst also unbesorgt schlafen gehen.«

Bestimmte Ratsmitglieder und Abiturienten nahmen an dem Ritual nicht teil. So auch af Wirsén.

Am ersten Ferientag fand ich mich rechtzeitig zum Abendtraining im Sportpalast ein. Tage Lindström saß mit einem Ordner unten auf der Tribüne und ging die Liste der persönlichen Rekorde durch. Er war erfreut, mich zu sehen.

Dann befühlte er meine Oberarmmuskeln, forderte mich auf, die Oberschenkelmuskeln zu entspannen und die

Beine auszuschütteln, und ich gehorchte natürlich. Er erkundigte sich nach meinem Gewicht, das ich wahrheitsgemäß mit 69 Kilo angab. Ich hatte in nur vier Monaten drei Kilo zugenommen.

Dann musste ich ihm von meinem Lauftraining Bericht erstatten. Ich erzählte wahrheitsgemäß, dass ich nur zweimal bei Sturm und Schneeregen ausgesetzt hatte.

Nach einer kurzen Denkpause erkundigte er sich nach meinen Weihnachtsplänen. Ich musste mit Mama und Acke in einem Berghotel in Sälen feiern.

»Da kann man nichts machen«, meinte er. »Hast du noch Badehosen im Schrank?«

Ich schwamm mich zwei Bahnen lang ein, während er mich vom Beckenrand aus beobachtete. Er schärfte mir ein, den Oberkörper durchzustrecken und auf den Winkel der Arme beim Eintauchen und den richtigen Zeitpunkt für die Wende zu achten.

»Mach dich bereit«, sagte er, als sich die Schwimmhalle zum Abendtraining füllte. »Jetzt ist der Zeitpunkt gekommen, Tarzan zu schlagen! Du schaffst das, ich verspreche es dir.«

Wir hatten im Laufe der letzten Jahre immer wieder darüber gewitzelt, dass meine Schwimmbegeisterung nicht nur auf meine Kindheit in Saltsjöbaden und Sandhamn zurückzuführen war, sondern auf mein hehres Ziel, schneller als Tarzan zu schwimmen.

Andachtsvoll stellte ich mich auf den Startblock, nachdem mir Tage Lindström sein Vertrauen ausgesprochen hatte. Niemals hätte ich erwartet, dass es so früh so weit sein könnte. Aber wenn Tage Lindström es für möglich hielt, gab es eine echte Chance.

Ich schwamm in einer Art entspanntem Freudenrausch, angespornt von Tage Lindströms Vertrauen und weil ich mich nach dem ganzen Lauftraining, manchmal sogar in Wanderstiefeln, endlich wieder dort befand, wo ich hingehörte.

Bereits nach zehn Metern hatte ich das Gefühl, ungewöhnlich schnell voranzukommen. Nach der Wende schmerzten meine Muskeln immer noch nicht, sodass ich bei Bedarf noch mehr beschleunigen konnte.

Nie zuvor und auch nicht danach war ich je so glücklich im Becken gewesen.

Als ich ins Ziel ging, war ich weniger erschöpft als sonst und sah ein, dass ich mein Tempo sogar hätte erhöhen können. Ich schwamm an den Beckenrand, stemmte mich aus dem Wasser und ging auf Tage Lindström zu. Seine Augen strahlten auf ungewohnte Weise.

»Tarzan is down!«, sagte er mit so starkem Akzent, dass ich ihn fast nicht verstand. Er hielt mir die Stoppuhr hin.

»Johnny Weissmüllers Goldmedaillenzeit in Amsterdam lag bei 58,6 Sekunden, nicht wahr?«, sagte er und verzog sein Gesicht zu einem für ihn ungewöhnlich breiten Lächeln.

Die Stoppuhr zeigte 58,3 Sekunden.

Vor nicht allzu langer Zeit hatte ich einen der beiden fürchterlichsten Augenblicke meines Lebens durchlebt, als ich Clarks Bericht über Sylvia las.

Und jetzt dies. *Tarzan is down!*

1959

LA BELLE AMÉRICAINE

Die Schlittschuhbahn um den Fußballplatz herum lag blank und frisch präpariert da, als ich nach den Ferien nach Stjärnsberg zurückkehrte. Ausgezeichnet, denn ich hatte ein Paar CCM zu Weihnachten bekommen. Obgleich meine Schneematschläufe in Wanderschuhen meiner Kondition sicher zuträglicher waren, als auf Schlittschuhen dahinzusausen.

Trotzdem absolvierte ich mein Morgentraining guten Gewissens auf Schlittschuhen. Auf die Disziplin kam es an. Bei jedem Wetter drehte ich jeden Morgen eine Stunde lang meine Runden. Erst zwei langsame, dann eine auf Tempo, dann wieder zwei langsame, und so weiter, bis es Zeit fürs Frühstück war.

Diese Form der Disziplin unterschied sich von der an meiner alten Schule. Fragen mussten dort in Habachtstellung beantwortet werden, und jede spontane Äußerung führte zu einem Eintrag im Klassenbuch, drei Einträge gaben Notenabzug. In Stjärnsberg waren solche Dinge nicht so wichtig. Wir saßen wie Erwachsene im Klassenzimmer und mussten zur Begrüßung der Lehrer nicht strammstehen. Einträge ins Klassenbuch gab es nicht.

In Stjärnsberg hatte das Wort Disziplin eine andere, fast geheime Bedeutung, die sich mir anfänglich nicht recht erschloss. Aber eine Gemeinsamkeit mit der Vasa Real gab es doch: Rektor Froske hielt bei den Morgenversammlungen genauso gerne Moralpredigten wie Rektor Reineclaude.

Seine Botschaften waren jedoch andere. Rektor Froske sprach nie von Jugendkriminalität, solche Probleme existierten seiner Meinung nach nur in den niederen Gesellschaftsschichten und betrafen uns nicht. Wir waren von edlerer Art und verdankten unsere Disziplin unserem germanischen Blut. Wir übertrafen gewöhnliche Schüler an Härte und wussten Befehle zu erteilen und zu befolgen. Ebenso konnten wir Schläge austeilen und einstecken. Deswegen waren wir den anderen Privatschulen auch im Sport überlegen. Wir wiesen die beste Leichtathletikmannschaft und die beste Fußballmannschaft auf, da auf körperliche Ertüchtigung genauso viel Wert gelegt wurde wie auf die geistige. Samstagnachmittag durfte niemand nach Hause fahren, ohne vorher die zwei obligatorischen Stunden Sport absolviert zu haben, was Bestandteil dieser Erziehung war, der wir uns ohne Murren fügten.

Froskes Morgenpredigten unterschieden sich so sehr von jenen, die ich von der Vasa Real gewohnt war, dass ich anfänglich an meiner Auffassungsgabe zweifelte. Als ich mich bei af Wirsén erkundigte, der sich diese Reden bereits vier Jahre lang anhörte, zuckte dieser nur mit den Schultern und meinte, es wäre allgemein bekannt, dass Froske im Krieg Nazi gewesen, nach dem Krieg aber wie alle anderen wieder ein normaler Rechter geworden sei. Deswegen bemäntelte er alles, was er über unsere germanische Überlegenheit und über unsere Stellung als zukünftige Elite der Gesellschaft sagte. Aber das könne uns egal sein. Immerhin hätten wir seinem Eifer sehr viel bessere Sportanlagen als alle anderen Schulen zu verdanken.

Rektor Froskes germanischer Schwachsinn musste stillschweigend hingenommen werden. Wir würden das bestehende System nicht verändern, es galt also, die Zähne zusammenzubeißen, sich zu fügen und einen Rausschmiss zu vermeiden. Im Sommer wäre dann ja ohnehin alles überstanden. Da ich von Anfang an ohne zu murren zum Kiosk gerannt war, Schuhe geputzt und Betten gemacht hatte, war ich glimpflich davongekommen. Im letzten Halbjahr erhielt ich solche Aufträge nur noch ab und zu, gewissermaßen als Kontrolle meines weiteren Gehorsams.

Das war erniedrigend und lächerlich, aber der einzige Weg, der auf ein Stockholmer Gymnasium führte. Ich konnte mich glücklich schätzen, nur eine überschaubare Zeit ausharren zu müssen. Die anderen armen Hunde, wie beispielsweise af Wirsén, mussten bis zum Abitur in Stjärnsberg durchhalten. Die meisten meiner Mitschüler ebenfalls. Einige, weil sie einfach zu dumm waren, um an einer normalen Schule klarzukommen, andere, weil sie eine Familientradition aufrechterhielten. Wie etwa von Winckel, der Stjärnsberg bereits in dritter Generation besuchte. Dann gab es noch die Emporkömmlinge, deren Eltern Höheres für ihre Sprösslinge anstrebten. Aus diesem Grund hatte der Direktor von Libo in Borås seinen Sohn nach Stjärnsberg geschickt, der natürlich verspottet und von den Ratsmitgliedern ganz besonders drangsaliert wurde, erst recht, als wir herausfanden, dass die Jeansimitationen von seinem Vater hergestellt wurden.

In diesem Frühjahr wurde die germanische Disziplin in Stjärnsberg auf eine unerwartet harte Probe gestellt.

Einige Wochen nach Beginn des neuen Halbjahres tauchte in meiner Parallelklasse 4^{5}A ein neuer Junge auf. Er hieß Erik Ponti und war keinesfalls Germane, sondern Itaker. Als er auf dem Hof aus dem Taxi stieg, trug er eine rote Satinjacke und zwar nicht irgendeine, sondern *die* Satinjacke. Und als wäre das nicht Provokation genug, trug er sein Haar wie Elvis zu einer Tolle hochgekämmt. Da er nach Schuljahresbeginn vom Gefangenentransport angeliefert wurde, war klar, dass er ein Relegierter war.

Bereits seine äußere Erscheinung signalisierte eine ungewöhnliche Aufsässigkeit, weshalb die Ratsmitglieder und die Abiturienten ihn in den ersten Tagen mit niederen Aufgaben überhäuften.

Aber er weigerte sich konsequent. Egal wie viel Arrest und Strafarbeit ihm angedroht wurden, putzte er keinen einzigen Schuh.

Alle sahen mit Hochspannung der wöchentlichen Zusammenkunft des Schülerrates am Mittwochabend entgegen. Dem Neuling drohten für seine Gehorsamsverweigerung Strafarbeit oder Arrest an mehr als zwölf Samstagen und Sonntagen, was dem Rest des Schuljahres entsprach. So etwas war noch nie vorgekommen.

Als af Wirsén nach der Versammlung in die Allén zurückkehrte, murmelte er besorgt und aufgebracht, das gesamte System sei bedroht. Ponti war zu vierzehn Strafwochenenden verurteilt worden, was die Zeit bis zu den Sommerferien ausfüllte und ihn praktisch gegen weitere Strafen immun machte.

Ein einzelner Oberschüler durfte sich nicht arrogant und höhnisch grinsend über alle Zurechtweisungen und Regeln hinwegsetzen, sonst war das System der Kameradschaftserziehung bedroht.

Man beschloss, das Problem mit Gewalt zu lösen, was neue Probleme aufwarf. Der clevere Bursche wusste, dass er relegiert werden würde, sobald er sich einem Ratsmitglied oder Abiturienten gegenüber zur Wehr setzte. Er hatte bereits dreist verkündet, so etwas würde ihm im Traum nicht einfallen, weil er nach diesem Schuljahr an einem Gymnasium in Stockholm anfangen würde, und dann hieß es Goodbye Stjärnsberg.

Denn auch eine Bestrafung mit Gewalt setzte Gehorsam beim Bestraften voraus. Kopf vorbeugen und stillgestanden! Dann ein gezielter Schlag auf den Kopf, zum Beispiel mit dem Glaskorken der Essigkaraffe, den Schwester Fjaset mit einem Stich nähen musste. Aber welche Maßnahme eignete sich für jemanden, der sich lieber die Wochenenden ruinierte, als gehorsam den Kopf zu senken?

Auf diese Frage gab es nur eine Antwort. Man musste ihn zu einem Kampf im Quadrat herausfordern und dort fertigmachen. Wenn er sich nicht traute, würde er Ratte getauft und von allen geschnitten werden.

Mir waren bereits einige Geschichten über das Quadrat zu Ohren gekommen, einen Betonplatz von der Größe eines Boxrings hinter der Küche und der Unterkunft des Küchenpersonals. Die Regeln waren einfach. Zwei Ältere gegen den zu bestrafenden Jüngeren. Alles war erlaubt. Die Bestrafung dauerte so lange, bis der zu Züchtigende aus dem Quadrat kroch und um Gnade winselte. Wer sich zu früh ergab, galt als Feigling.

Den Grund für diese Maßnahme lieferte er wenige Tage später, als er gegen zwei Ratsmitglieder aufbegehrte, die ihn provozierten und ihm vorwarfen, sich auf dem Weg in den Speisesaal vorgedrängt zu haben.

Die Erwartungen waren gewaltig, die Spannung ebenso. Alle Fenster des Küchenpersonals waren besetzt, die Mädel hatten wie im ersten Opernrang die perfekte Sicht. Die gesamte Schule schien sich versammelt zu haben, um der Bestrafung beizuwohnen, und alle rechneten mit einer ungewöhnlich blutigen Vollstreckung. Sie kamen auf ihre Kosten.

An der Vasa Real hatte es täglich Schlägereien gegeben, nicht nur die beinahe schon routinemäßigen Bestrafungen der Hosenpisser, auch bedeutend brutalere Kämpfe gleich starker Gegner. Aber so etwas wie die Brutalität des Erik Ponti hatte ich noch nie erlebt.

Er begann damit, seine Gegner einzuschüchtern und zu verunsichern. Nachdem der Sprecher des Schülerrates die Regeln heruntergeleiert hatte und für die beiden Älteren der Zeitpunkt gekommen war, sich auf Erik zu stürzen, hob dieser gelassen die Hand und erklärte, er hätte noch eine Frage. Der Trick funktionierte, die beiden Älteren gerieten aus dem Konzept. Er wollte wissen, ob beide vor ihm auf die Knie fallen und um Gnade bitten müssten, oder ob man es bei einem bewenden ließe. Das erwartungsvolle Gejohle verstummte, die Stimmung kippte ins Unbehagliche. Wer zwei Ratsmitgliedern in dieser Weise drohte, war entweder vollkommen übergeschnappt oder fähig, die Drohung umzusetzen.

Letzteres traf zu. Binnen zweier Minuten hatte Erik seine beiden Gegner systematisch, kontrolliert und ohne das geringste Zeichen von Aufregung nach Strich und Faden zusammengeschlagen.

Beide mussten mit dem Taxi nach Björnlunda gebracht und vom Bezirksarzt zusammengeflickt werden. Selbst zwei Wochen später boten sie noch einen fürchterlichen Anblick.

Erik Ponti wurde kein zweites Mal im Quadrat herausgefordert.

Vermutlich war ich nicht der Einzige, der ihn insgeheim bewunderte, aber keiner sagte etwas. Die Lehrer taten so, als hätten sie nichts von der missglückten Zurechtweisung im Quadrat mitbekommen. Im Schwedischunterricht nahmen wir gerade »Fähnrich Stahl« von Runeberg durch. Sven Dufva verteidigte alleine eine Brücke, über die er laut Befehl nicht einmal den Teufel lassen durfte. Seine Tapferkeit war seiner Dummheit zuzuschreiben, und schließlich starb er, »weil die Kugel wusste, wo sie traf«.

Unser Lehrer deutete an, dass wir gerade etwas Ähnliches erlebt hätten.

Ich war da ganz anderer Meinung, wagte aber nicht, diese laut zu äußern, was ich noch lange bedauerte. Ich hätte entgegnen sollen, dass Sven Dufva aus Gehorsam gestorben war, nicht aber Erik Ponti. Sven Dufva war einfach gestrickt gewesen und wies kaum Ähnlichkeit mit Ponti auf. Ich hätte meine Stimme erheben sollen.

Stattdessen grübelte ich über die Frage nach, welche Strategie die bessere war, seine oder meine. Ich hatte alles über mich ergehen lassen, um nicht noch einmal relegiert zu werden. Pontis Situation war meiner nicht unähnlich. Er war wie ich von einer Stockholmer Oberschule geflogen, wegen des Verhaltens, das er auch im Quadrat an den

Tag gelegt hatte. Für ihn war es mindestens so wichtig wie für mich, dieses Schuljahr in Stjärnsberg abzuschließen. Trotzdem hatte er sich allen Befehlen widersetzt und auf diese Weise das System und die Ratsmitglieder verspottet und sich gegen alle Strafen immunisiert.

So hätte auch ich mich verhalten können, aber dazu war es jetzt zu spät, ich galt als brav und gehorsam. Ich hatte den feigen Weg des geringsten Widerstandes gewählt.

Den Arrest am Wochenende hätte ich problemlos durchgestanden, da mich die Wochenendbesuche in Stockholm ohnehin nicht mehr sonderlich interessierten. Was Sylvia in Talludden zugestoßen war, saß zu tief, ich hatte erst einmal genug von Mädchen. Außerdem sprießten neuerdings Pickel in meinem Gesicht. Die Wochenenden büffelnd im Arrest zu verbringen wäre also keine wirkliche Strafe gewesen.

Aber das Quadrat?

Von Harry Hansson gedrillt, konnte ich sicher mehr einstecken als die meisten anderen. Das Quadrat hätte ich also auch mit unbeschadeter Ehre überstanden, wenn auch zugerichtet wie die beiden von Ponti zugerichteten Unterprimaner.

Der entscheidende Punkt war, dass Ponti nur ein einziges Mal antreten musste. Wie viele Runden würde ich durchhalten?

Nein, meine Strategie war besser als Pontis, wenn auch wenig löblich, im Gegenteil.

Sein Weg zum Ziel war kurvenreicher als meiner, denn natürlich ließen ihn die Ratsmitglieder nach der abschreckenden Vorführung mitnichten in Ruhe. Einmal überfielen sie ihn auf dem Schulhof, banden ihn zwischen vier

Eisenstangen fest und zwangen seine Klassenkameraden, ihn abwechselnd mit Eimern eiskalten und heißen Wassers zu übergießen.

Die Schüler machten sich vor Angst fast in die Hose. Wir alle hatten Ponti im Quadrat erlebt. Trotzdem gehorchten sie.

Wir erwarteten, dass er blutige Rache üben würde, und niemand verstand so richtig, warum er darauf verzichtete.

Er kam auf seine Art ans Ziel, und mehr als das. All die mit einem Stapel Schulbücher im Klassenzimmer eingesperrten Wochenenden waren seinen Leistungen zuträglich. Er erhielt die Auszeichnung »Bester Oberschüler des Jahres«, was mich fuchste, weil ich mit diesem Titel gerechnet hatte. Aber wenn ich es einem Schüler der Oberschule gönnte, mich auf den letzten Metern zu schlagen, dann ihm.

Mein französischer Pass eröffnete mir eine neue Welt, ein neues Leben und eine neue Identität. Mama schien davon nichts mitzubekommen. Vielleicht tat sie aber auch nur so. Als ich zu Beginn der Sommerferien nach Hause kam, sagte sie ganz beiläufig, ich könne vor dem Abendessen noch meinen Pass in der französischen Botschaft am Narvavägen abholen. Die schwedischen Pässe für sich und Acke hatte sie bereits besorgt. Wir brauchten die Ausweise für unsere Sommerreise nach Frankreich.

Wir hatten seit Langem nicht mehr über die Frankreichreise gesprochen, und ich hatte nicht gewagt nachzufragen. Das schlechte Gewissen, alles verdorben zu haben, lastete schwer auf mir, weil sie für die Finanzierung von Stjärnsberg auf den amerikanischen Wagen verzichten musste.

Diesen Wagen, von dem sie so lange geträumt und vor meiner Relegierung so oft gesprochen hatte.

Ich wagte nicht zu fragen, welches Fortbewegungsmittel wir stattdessen nutzen würden.

Ich stand vor der französischen Botschaft und betrachtete die Trikolore voll feierlicher Inbrunst. Mein Herz klopfte. Ich trat durch den linken Seiteneingang und befand mich in Frankreich. Ich würde zum ersten Mal mit echten Franzosen parlieren, statt einer Schallplatte nachzusprechen. Ich fühlte mich wie ein Trockenschwimmer, der ins tiefe Wasser gestoßen worden war.

Alles lief wie geschmiert. Ich nannte meinen Namen und erklärte, dass ich meinen Pass abholen wolle. Der ältere Herr hinter dem Schreibtisch sprang auf, schüttelte meine Hand und erzählte begeistert, er habe meinen Großvater aus der Zeit bei den Freien Franzosen sehr gut gekannt. Ab und zu warf ich ein *Oui, Monsieur* oder ein *Merci, Monsieur* ein. Wenig später stand ich wieder auf der Straße und hielt einen französischen Pass und eine französische Carte d'Identité, die jeder Franzose in diesen Zeiten bei sich tragen musste, in der Hand.

Ich setzte mich in der Allee vor der Botschaft auf eine Bank und nahm meinen Pass in Augenschein. Er hatte einen festen Einband mit einer Aussparung auf der Vorderseite, in die mein Name von Hand eingetragen worden war, in einer weiteren kleineren Aussparung stand eine Nummer. Die Fotos im Pass und Personalausweis hatte Mama von der Firma besorgt, die im Vorjahr die Klassenfotos an der Vasa Real aufgenommen hatte.

République Française! C'est vraiment moi, maintenant je suis définitivement un citoyen français. Et ma vie nouvelle est arrivée …

Das Futur, mit dem ich ausdrücken wollte, dass Mama, mein kleiner Bruder und ich bald in Frankreich eintreffen würden, bereitete mir etwas größere Mühe.

Über Mittsommer in Sandhamn gibt es nicht viel zu erzählen. Ich sehnte die Reise herbei, außerdem war das Wetter schlecht. Das feierliche Gelage musste im Haus stattfinden, da es auf der Terrasse zu kalt war.

Es herrschte eine seltsame Stimmung. Onkel Hans Olaf und Alice waren zwar erschienen und brachten wie immer alle zum Lachen, aber ich spürte, dass etwas im Argen lag, obwohl niemand darüber sprach. Onkel Carl Lauritz feierte mit Frau und Kind andernorts, was so ungewöhnlich war, als würde er Weihnachten nicht erscheinen. Mama und er waren nach wie vor zerstritten, was vermutlich mit dem Erbe zusammenhing. Tante Johanne und die Cousins Henning und Eilert hatten inzwischen ein eigenes Sommerhaus auf Möja. Wahrscheinlich waren wir mit ihnen ebenfalls zerstritten.

Wir traten unsere Reise direkt nach Mittsommer an. Was bedeutete, dass wir uns irgendwo in Deutschland befinden würden, wenn Ingemar Johansson gegen Floyd Patterson um den Weltmeistertitel kämpfte.

Mamas Kommentar, das Ergebnis sei auch im Sportteil deutscher Zeitungen nachzulesen, war nur ein schwacher Trost. Aber eigentlich bestand kein Grund zur Klage. Hätte ich zwischen der Reise nach Frankreich und dem nächtlichen Sportbericht eines ausländischen Privatsenders – das schwedische Radio war sich zu fein, Boxkämpfe zu übertragen – wählen müssen, wäre mir die Entscheidung nicht schwergefallen.

Zu diesem Zeitpunkt ahnte ich noch nicht, dass Mama wieder einmal etwas ausheckte. Sie hatte ein Faible für Überraschungen, aber diese war vermutlich ihre allergrößte.

Wir hatten Sandhamn verlassen und waren in die Stadt zurückgekehrt. Nach einem raschen Abendessen wollten wir früh zu Bett gehen, um am nächsten Morgen um sechs Uhr aufzubrechen. Mama wollte bereits am darauffolgenden Abend in Hamburg sein. Jetzt würde sie nur noch rasch das neue Auto abholen. Acke und ich sollten schon einmal den Tisch decken und die Kartoffeln schrubben.

Wir unterhielten uns natürlich über den neuen Wagen, als wir die Erde von den neuen Kartoffeln aus Schonen bürsteten. Acke glaubte, dass es ein amerikanischer war, aber ich erklärte ihm, die seien viel zu teuer und zu groß. Und zu dritt brauchten wir nicht so viel Platz. Ich tippte eher auf einen französischen Wagen, einen Citroën. Schließlich führte die Reise nach Frankreich, und bei einer Panne gäbe es Werkstätten zuhauf. Ein weißer Citroën mit roten Ledersitzen, schlug Acke optimistisch vor. Dem hielt ich ernüchternd entgegen, französische Autos kämen nicht in so auffälligen Farben daher. Der französische Stil sei dezenter.

Mama blieb erstaunlich lange weg. Wir sahen uns gerade die Nachrichten an, als sie endlich auftauchte und uns aus der Diele zurief, wir müssten uns das Auto anschauen. Wir rannten an ihr vorbei nach unten, während sie uns mit klappernden Absätzen folgte.

Uns klappten die Unterkiefer runter. Das war kein Auto, das war ein Schiff, ein weißes Schiff auf Rädern.

Ein Oldsmobile 98, erklärte Mama, das neueste Modell.

Die Ledersitze waren rot, und das Verdeck war aufgeklappt.

Wir testeten die Vorderbank, auf der wir problemlos zu dritt Platz fanden. Mama ließ den grollenden V-8-Motor an und fuhr einmal um den Block, während Acke und ich johlend auf der federnden Bank herumhopsten. 240 PS, der neueste Motor, wie Mama uns erläuterte.

Sogar Acke bekam einen Schluck Wein zum Abendessen, damit wir trotz der Mittsommerhelligkeit schlafen konnten und am nächsten Morgen zeitig aus den Federn kamen. Vor dem Zubettgehen mussten wir Schwimmflossen, Schnorchel und alles andere, das wir aus Sandhamn mitgebracht hatten, einpacken. Die Gepäckmenge war kein Thema, weil im Kofferraum des neuen amerikanischen Wagens Platz für eine Kuh gewesen wäre.

Wir aßen echtes Wiener Schnitzel und tranken Bordeaux, und Mama erklärte, wie diese Dinge auf Französisch hießen. Die Mahlzeit sei eine Einstimmung auf das Land der besten Küche und der besten Weine der Welt.

Und der besten Literatur, dachte ich.

Mama war klar, dass ich mir über das Geld den Kopf zerbrochen hatte, und vermutlich wusste sie auch, warum ich nicht wagte, sie danach zu fragen. Ausnahmsweise habe sie im Leben Glück gehabt. Mittlerweile sei sie für die Liegenschaften in den teuren Vororten Saltsjöbaden, Djursholm und Lidingö zuständig, die höhere Provision abwarfen. Wir befanden uns also wieder auf einem aufsteigenden Ast.

Wir brausten in einem weißen, röhrenden Straßenkreuzer durch Schweden. Alle drehten sich nach uns um und starrten uns hinterher, wenn wir sie überholten.

Kurz vor Jönköping hielten wir an einem Rastplatz, tranken wässrigen Kaffee und aßen weiche Brötchen mit schwitzendem Käse. Mama forderte mich lachend dazu auf, sie hinter der französischen Grenze daran zu erinnern, die gleichen Dinge nochmals zu bestellen. Dann klappten wir das Verdeck auf, und Acke, der auf der Rückbank geschlafen hatte, kletterte zu uns nach vorne.

Mama genoss die Fahrt in vollen Zügen und sang abwechselnd norwegische und deutsche Kinderlieder und Frank-Sinatra-Songs. Soweit ich es beurteilen konnte, fuhr sie sehr gut, jedenfalls überholte sie alle anderen.

Kurz vor Ladenschluss erreichten wir Lübeck. Dort hatte Mama eine weitere Überraschung für uns parat.

Wir hielten vor einem Geschäft mit vielen bunten Schildern, die mir nichts sagten.

Es war ein Kleidergeschäft und zwar ein ganz besonderes, in dem es echte amerikanische Jeans der Marke Lee gab. Acke interessierte sich nicht dafür, also bekam ich zwei Paar und zog das eine sofort an. Endlich. Zum Teufel mit Libo!

Kurz vor Einbruch der Dunkelheit fuhren wir durch Hamburg und hielten vor einem Gasthaus mit einer Zapfsäule. Zum Scherz bestellte Mama das Deutscheste, was ihr einfiel, nämlich Würste mit Sauerkraut. Die Würste schmeckten ganz anders als die schwedischen, aber recht gut, der Senf seltsam und das Sauerkraut überhaupt nicht. Mama sah glücklich aus, obwohl sie nach vierzehn Stunden Fahrt gehörig müde sein musste.

»Morgen«, sagte sie, »verlassen wir mein Revier. Hier

spreche ich wie alle anderen. Aber morgen sind wir in Frankreich, das ist dann dein Revier, und du hast dann eine wichtige Aufgabe, wenn wir ein Nachtquartier suchen. Wir fahren ein Auto, das die Franzosen nicht kennen, und haben weiße Nummernschilder, die sie mit deutschen verwechseln werden. Wenn wir auf Zimmersuche sind, gehst du voraus, hältst deinen Pass in die Höhe und sagst auf Französisch: *Wir sind keine Deutschen! Bonsoir, Madame, haben Sie Zimmer frei?* In dieser Reihenfolge. Das ist französischer Humor.«

Wir bretterten durch Deutschland, wo es dreispurige Autobahnen und keine Geschwindigkeitsbeschränkungen gab. Wir wollten Deutschland nur durchqueren, nachts in Lyon Station machen und am Tag darauf nach Juan-les-Pins an der Riviera fahren. Bald würden wir im funkelnden Mittelmeer baden und uns dem Nichtstun hingeben. Aber da uns noch eine anstrengende Fahrt bevorstand, mussten wir ordentlich schlafen.

Bei Frankfurt aßen wir zu Mittag. Acke hatte die ganze Zeit auf der Rückbank geschlafen, und ich hätte gerne mit ihm getauscht, um ebenfalls ein Nickerchen zu halten, weil die Autobahn so einschläfernd war. Aber ich wollte Mama nicht im Stich lassen und suchte im Autoradio nach einem Muntermacher.

Und da hörte ich es in Radio Luxemburg, vielleicht war es auch Radio Free Europe, jedenfalls war es ein Sender mit Nachrichten und Rockmusik: AND THE NEW HEAVY WEIGHT CHAMPION OF THE WORLD IS INGEMAR JOHANSSON FROM SWEDEN!

Mama hörte es natürlich auch. Während der Reporter berichtete, wie Johansson seinen Gegner in der dritten

Runde siebenmal niedergeschlagen hatte, bog sie auf einen Rastplatz ab. Anschließend führten sie, Acke und ich um das Auto herum einen Freudentanz auf. Ingo hatte gewonnen! Er war Weltmeister!

Wir feierten mit Coca-Cola und nutzten die Gelegenheit zum Tanken.

Nach einigen weiteren Stunden Richtung Süden bekamen wir Hunger, aber Mama sagte, wir sollten uns noch ein wenig gedulden.

Am Nachmittag passierten wir die französische Grenze. Zum zweiten Mal in meinem Leben zeigte ich meinen französischen Pass vor.

»Willkommen zu Hause, Monsieur«, sagte der Zöllner, und ich bekam eine Gänsehaut.

In Frankreich waren die Straßen schlechter, und Mama fuhr langsamer. Unsere Mägen knurrten, und Mama bog recht bald von der Hauptstraße ab und parkte in einer Kleinstadt, in der gerade Markt war. Mama und Acke gingen einkaufen, während ich das Auto bewachte.

Bald hatte sich eine Menschentraube, hauptsächlich Kinder, um das Auto geschart. Sie schienen davon auszugehen, dass ich kein Französisch verstand, und unterhielten sich über die schöne Amerikanerin. Da konnte ich mir nicht verkneifen, ihnen zu sagen, dass meine Mutter Schwedin sei.

Ein Junge in meinem Alter erklärte mir, dass nicht von meiner Mutter, sondern von dem Auto, *une belle américaine*, die Rede gewesen sei. Natürlich, *la voiture*.

Als Mama und Acke mit einem halben Dutzend Papiertüten zurückkehrten, zwinkerte mir der Junge zu und meinte, die Schwedin sei allerdings auch nicht übel.

Wir verließen die kleine Stadt und hielten an einem leeren Rastplatz mit Bänken und Aussicht auf einen Fluss und weidende Kühe.

Wir belegten die langen und sehr knusprigen Brote mit einem streng riechenden Käse, Aufschnitt und Schinken. Der Geschmack verschlug Acke und mir die Sprache, wir aßen mit zunehmender Begeisterung.

Mama erklärte uns, dass wir ganz gewöhnlichen Camembert und Epoisses verzehrt hätten. Unser erstes französisches Picknick blieb mir jedenfalls auf immer im Gedächtnis. Nie wieder habe ich seither Camembert oder Epoisses gegessen, ohne die Anhöhe über dem Fluss im Elsass vor mir zu sehen.

»Enfin, mon fils, bienvenu en France«, sagte Mama und prostete uns mit dem göttlichen Käsebrot zu. Hier nahm mein französisches Leben seinen Anfang.

*

Stockholm, Juni 1968

Die Hitze ist unbeschreiblich, seit meiner Afrikareise mit Großvater Oscar habe ich so etwas nicht mehr erlebt. Vor drei Tagen stieg die Temperatur auf über 30 Grad, und gestern war Stockholm mit 32 Grad die heißeste Stadt Europas. In Deiner Zeitung lese ich, dass es zuletzt 1876 so heiß war. Man kann also getrost sagen, dass ich mich durch den Schluss dieser Geschichte geschwitzt habe. Aber heute wird sie fertig, und morgen fahren wir mit dem VW-Bus nach Beirut.

Möglicherweise erweckt sie gegen Ende einen rhapsodischen Eindruck. Aber ich habe nichts Wesentliches weggelassen, um zum Punkt zu kommen, und hege den ernsthaften Verdacht, dass es nicht die gefürchtete Literaturkritikerin Johanne Lauritzen ist, die sich mehr Substanz für den Beginn meines französischen Lebens in Juan-les-Pins wünscht, sondern meine neugierige Tante Johanne. Hast Du als Lehrerin nicht genügend Aufsätze mit dem Titel »Mein schönstes Sommererlebnis« gelesen?

Dass ich die Leser in Bezug auf meine Schwimmkarriere im Stich lasse, ist ein Einwand, den ich schon eher gelten lasse. Wie es damit weiterging, erzähle ich Dir gerne im Privaten. Im Roman hat es aber nichts verloren.

Als ich auf dem Stockholmer Gymnasium anfing, setzte ich mein Training fort. Anfang Januar rief mich Tage Lindström aus dem Becken, um mich Birger Buhre vorzustellen, einem der damals bekanntesten und einflussreichsten Sportjournalisten und Mitglied des Schwimmverbands.

Ich musste einige Bahnen in Höchstgeschwindigkeit absolvieren, und Birger Buhre stoppte die Zeit.

Anschließend führten wir ein vertrauliches Gespräch. Birger Buhre erkundigte sich, ob ich Lust hätte, mit der Nationalmannschaft zur Olympiade zu fahren. Ich ging davon aus, dass er die Sommerolympiade in Rom meinte und dass ich im Rahmen der Nachwuchsförderung zuschauen dürfte, um etwas zu lernen.

Aber weit gefehlt, er sprach von der Olympiade 1964 in Tokio, wenn ich volljährig wäre. Das Angebot war ein Schock. Konkret bedeutete es, dass ich meine gesamte Gymnasialzeit im Schwimmbecken verbringen und zum Schluss vier Stunden täglich trainieren musste.

Das war mir ein vierter Platz oder eine noch schlechtere

Platzierung bei der Olympiade nicht wert. Beim Freistil über 100 Meter sind die Marginalen minimal.

Ich denke da an den französischen Schwimmer Alain Gottvallès. Im Jahr 1962 wurde er mit minimal über 55 Sekunden Europameister in Leipzig und schlug unter anderem den besten Schweden Per-Ola Lindberg.

Hätte ich dabei sein können, wenn ich weitertrainiert hätte? Gut möglich. Nach seinem Besuch im Sportpalast schrieb Birger Buhre, der Schwimmverein Kappis habe einen knapp sechzehnjährigen 56-Sekunden-Mann hervorgebracht. Das war 1960.

Alain Gottvallès zählte bei der Olympiade in Tokio zu den Favoriten, nachdem er kurz zuvor beim Staffelschwimmen auf einer Bahn den Weltrekord deutlich unterboten hatte. Aber aus dem ihm so sicheren Gold wurde am Ende ein fünfter Platz. Die französischen Staffelschwimmer gehörten mit Gottvallès auf der letzten Strecke ebenfalls zu den Favoriten auf 4 x 100 Meter, wurden aber wegen eines zu frühen Starts disqualifiziert. Wer erinnert sich heute noch an Alain Gottvallès oder an seine mäßige Zeit in Tokio, 53,4 Sekunden?

Aber zurück in den Sportpalast und zu jenem Tag im Januar 1960, als Tage Lindström und Birger Buhre mich dazu überreden wollten, alles auf die Olympiade in Tokio zu setzen. Ich hatte zwei Möglichkeiten. Vier Jahre weiter eisernes Training, um bei der Olympiade möglicherweise ebenso zu versagen wie Alain Gottvallès. Oder als Alternative ein anderes Leben, mein französisches Leben.

Ich verließ die Schwimmhalle an jenem Tag und kehrte nie wieder dorthin zurück. Ich habe es keine Sekunde bereut und höchstens ein Ziehen in der Magengegend verspürt, wenn ich eine Weltmeisterschaft oder eine Olympiade im Fernsehen sehe.

Statt beim Training verbrachte ich die vier Jahre auf dem Gymnasium mit Chansons, Georges Brassens, Charles Aznavour und Edith Piaf, Wein, Existenzialismus, Gauloises, Literatur und der Universität in Montpellier. Ein reicheres Leben als vier Jahre in der Chlorbrühe.

Wie auch immer. Diese Fortsetzung hätte der Erzählung nichts von Wert hinzugefügt. Mein Auftrag waren die Fünfzigerjahre. Dem Sport habe ich so viel Platz eingeräumt, weil er für diese Zeit so typisch war. So lebten wir, so war es damals. Heute wiegen Schulkinder im Schnitt drei oder vier Kilo mehr. Damals waren die Ideale andere und der Lebensstil einfacher. Das wollte ich zeigen.

Du stellst mit Nachdruck fest, dass sich meine Erzählung nicht zur Veröffentlichung eignet, was ich auch nicht vorhabe. Unser Projekt ist mein Versuch, mir eine neue, dem neuen französischen Roman möglichst ferne Erzähltechnik anzueignen. So wie mich Tage Lindström zum Schwimmen animierte, solltest Du mich zum Schreiben inspirieren. Diese Übung schwebte mir allerdings nie als mein Romandebüt vor.

Deine Begründung, warum sich dieser Text nicht zur Veröffentlichung eignet, ist sehr interessant. Ich kann Deine juristischen Einwände durchaus nachvollziehen, alles andere wäre ja noch schöner! Die Rektoren Froske und Reineclaude könnten Verlag und Autor wegen Verleumdung verklagen. Sylvias Mutter Karola ebenso, sowohl für sich als auch für ihre verunglimpfte Tochter Sylvia. Vermutlich hätte sie größere Chancen, einen solchen Prozess zu gewinnen, als die werten Herren Rektoren. Du hast natürlich recht, aber wie gesagt habe ich nie eine Veröffentlichung erwogen.

Am meisten überrascht mich, dass Dir erst am Schluss klar wurde, dass es sich hier nicht um Fiktion handelt, sondern dass ich mich so eng wie möglich an die Wahrheit gehalten habe.

Alles, was ich geschrieben habe, ist weitestgehend »wahr«. Ich dachte, das sei Dir von Anfang an bewusst gewesen, da Du Dich mit unserer Familiengeschichte auskennst. Deine Betroffenheit darüber, dass ich nur »Journalismus« geliefert habe, begreife ich nicht.

Ich habe eine große Zahl wahrer Bilder und Bausteine zu einer haltbaren Fiktion zusammengefügt. Betrachte beispielsweise das Bild meiner Mutter. Alles, was ich über sie geschrieben habe, jedes Detail, ist wahr. Aber es hängt von der Auswahl und Zusammensetzung der Details ab, ob sich eine weiße oder eine schwarze Wahrheit ergibt. Und indem ich mich auf das Beste, was sie im Leben vollbracht hat, beschränkt habe, ergab sich eine weiße Wahrheit. Später im Leben hätte eine ähnliche Konstruktion eine ganz andere, wenn nicht schwarze, dann eher graue Wahrheit erschaffen.

Aber Journalistik ist das nicht, sondern ganz einfach das, was Truman Capote letztes Jahr »non-fiction novel« nannte. Ich weiß nicht, ob Du »In Cold Blood« gelesen hast, da der Titel recht abschreckend ist und eher einen simplen Krimi suggeriert. Das war auch der Grund, warum auch ich unnötig lange einen Bogen um dieses Buch gemacht habe. Aber es handelt sich um einen Roman, allerdings ohne Fiktion. Das war auch mein Anliegen. In diesem Sinne bin ich von Frankreich nach Amerika ausgewandert.

Deswegen scheint es mir rechtlich unmöglich, meine Erzählung zu veröffentlichen. Sie enthält Verleumdungen. Und eine wahre Verleumdung ist immer noch eine Verleumdung, sollte ich vielleicht hinzufügen.

Dein zweiter Einwand gegen eine Veröffentlichung ist allerdings umso lustiger. Du weist, möglicherweise mit einer gewissen Ironie, darauf hin, dass eine Erzählung über die bürgerliche Welt der Fünfzigerjahre in dem herrschenden politischen und literarischen Klima kaum das Zeug zu einem Bestseller hat, insbesondere wenn es sich um das Erstlingswerk eines Unbekannten handelt.

Vielen Dank. Diese Einschätzung teile ich voll und ganz. Vor einigen Tagen las ich in *Dagens Nyheter* etwas, was dieses politische Klima sehr gut illustriert. Der Artikel handelte von den Anträgen zur Versammlung des Jugendverbands der Zentrumspartei, ein Thema, das auf den ersten Blick wenig spannend wirkt. Es wurden aber folgende Forderungen gestellt: Die diplomatische Anerkennung Ostdeutschlands, Nordkoreas und Nordvietnams, eine Erhöhung der Entwicklungshilfe auf fünf Prozent des Bruttonationalprodukts (also das Fünffache!), die Abschaffung der Gesinnungsregistrierung, der Filmzensur und des militärischen Arrests, eine höhere Bezuschussung der Befreiungsbewegungen (einschließlich der NFB) und eine Steuererhöhung. Und das fordert der Jugendverband der Zentrumspartei! Kein Wunder, dass sie Småland-Marxisten genannt werden!

Aber es stimmt natürlich, dass sich dieser Roman in einem gesellschaftlichen Klima, in dem selbst der Jugendverband der Zentrumspartei linksradikal wirkt, besonders schlecht macht. Das liegt auf der Hand. Außerdem sind uns die Fünfzigerjahre vielleicht zu nahe, schließlich befinden wir uns erst im nächsten Jahrzehnt.

Mir kommt gerade ein lustiger Gedanke. Dieses Manuskript verschwindet jetzt wie von Anfang an geplant in einer Schublade. Stell Dir nun aber vor, man würde es viel später mit einem sicheren Abstand zu den Fünfzigerjahren wieder hervorkramen! Was jetzt aus genannten Gründen ein unmöglicher Roman wäre, wäre dann, in, was sollen wir sagen, fünfzig Jahren möglicherweise bedeutend interessanter. Ich könnte also auf den dicken Umschlag schreiben: *Keinesfalls vor Herbst 2017 veröffentlichen!*

Du weist darauf hin, dass der Stjärnsberg-Revolutionär Erik Ponti einen eigenen Roman wert wäre. Ich stimme Dir zu, und er ist tatsächlich eine ebenso reale und nicht fiktive Gestalt wie alle anderen in dieser Geschichte. Aber auch hier trifft Obiges zu. Angesichts des gegenwärtigen Zeitgeistes einen Roman zu veröffentlichen, sei er nun fiktiv oder nicht, der von einem Internat der Oberschicht Ende der Fünfzigerjahre handelt, wäre vermutlich verlorene Liebesmüh.

Natürlich sind all das nur Tagträume, wir schreiben das Jahr 1968, und ich befinde mich auf dem Weg zu den Genossen im Libanon und in Jordanien, um Material für eine neue schwedische Solidaritätsbewegung zu sammeln. Literatur steht demnach nicht sonderlich weit oben auf meiner Tagesordnung.

Das bedeutet jedoch nicht, dass ich aufgebe. Ich bin aus zwei Gründen Jurist geworden. Zum einen, weil ich ebenso früh wie handgreiflich ein Interesse für Jura entwickelte, zum anderen, weil ich ein sicheres Einkommen benötige, wenn ich auch in Zukunft ein wenig schreiben möchte.

Wenn wir uns beispielsweise einen Roman über Erik Ponti auf einem Internat vorstellen, wäre dieses Thema in Schweden noch nicht so abgekaut wie in England. Aber ein gutes Geschäft wäre dieser Roman natürlich nie. Auch dann nicht, wenn ich als Anwalt Berühmtheit erlange und die Zeitungen über mich berichten wie zum Beispiel über Henning Sjöholm.

Für unsere Zusammenarbeit danke ich Dir unendlich. Sie war ungemein lehrreich, obwohl wir in einigen Dingen trotz meines frankophilen Hintergrunds sehr unterschiedlicher Meinung sind. Du hast vor einigen Tagen in *Dagens Nyheter* über E. M. Forster geschrieben, lobend, wenn ich es richtig verstehe, und dieses Zitat illustriert recht deutlich den Abstand zwischen uns:

»… als würde der Autor nie zu seiner eigentlichen Aussage vordringen, sondern sich die ganze Zeit zu etwas Unbekanntem, Geheimnisvollem vortasten, für das seine Worte nicht richtig ausreichen …«

Und weiter:

»Man befindet sich in einer Landschaft geprägt von Dämmerlicht, Unwägbarkeiten, halb undurchdringlicher Stimmungen und Gefühlsschwankungen. Unbedeutende Ereignisse können Berge versetzen.«

Das klingt fast wie eine ironische Beschreibung meiner hiermit beendeten Periode als junges literarisches Genie französischen Zuschnitts. Unbedeutende Ereignisse können in meiner neuen Welt keine Berge mehr versetzen.

Ich bin mir der literarischen Größe Edward Morgan Forsters sehr wohl bewusst und weiß auch, dass man ihn sicherlich ein Dutzend Mal für den Nobelpreis vorgeschlagen hat. Aber sollte ich in Zukunft schreiben, dann keinesfalls auf diese Weise. Nicht in einer Zeit, in der es in Vietnam Napalm regnet. Und in dieser Zeit kann man auch nicht schreiben wie Claude Simon oder J.M.G. Le Clézio, um meine inzwischen entthronten Hausgötter zu nennen, sondern bestenfalls so wie Truman Capote.

Ich vermute, dass es Dich schaudert und dass Du die Nase rümpfst, denn natürlich sind sowohl Claude Simon als auch Le Clézio denkbare Nobelpreisträger. Aber das spielt in einer Zeit wie der unseren, in der es in Vietnam Napalm regnet, keine Rolle.

Da können weder »die Fleischeslust noch die unheilbare Einsamkeit der Seele« die Hauptsache sein.

In Prag blüht der politische Frühling, und das ist eine Hauptsache. Vielleicht erlebt Europa eine Renaissance des Sozialismus mit menschlichem Gesicht, und da frohlockt das Morgen.

Zu guter Letzt will ich noch einmal betonen, dass das Buch über den Blauen Stern früher oder später geschrieben werden muss. Vorzugsweise von Dir. Denn die Alternative wäre, dass ich es schreibe und dann sicher schlechter. Diese Erzählung ist ebenso notwendig, wie die Erzählung über einen ehemaligen Schwimmer in den Sechzigerjahren überflüssig ist.

Jeffrey Archer

Die große *Clifton-Saga*

978-3-453-47134-4

978-3-453-47135-1

978-3-453-47136-8

978-3-453-41991-9

978-3-453-41992-6

978-3-453-42167-7

978-3-453-42177-6

Leseproben unter **www.heyne.de**